Pour Elise

APPELEZ-MOI JEANNE

le cri d'une rebelle

Avec amitié

Elian Fischer

(Elise)

comme vous

je vous embrasse,
avec amitié

le 18.09 2010

à Metz

ÉLISE FISCHER

Appelez-moi Jeanne

ROMAN

FAYARD

ISBN : 978-2-253-12379-8 – 1re publication LGF

À Loona et à Maureen.

Wir müssen unser Dasein so weit, als es irgend geht, annehmen ; alles, auch das Unerhörte, muss darin möglich sein.

[Il nous faut accepter notre existence aussi loin qu'elle peut aller ; tout et même l'inouï doit y être possible.]

Lieben Sie ihre Einsamkeit, und tragen Sie den Schmerz, den sie Ihnen verursacht, mit schön klingerder Klage.

[Il vous faut aimer votre solitude et supporter, à travers des plaintes aux beaux accents, la souffrance qu'elle vous cause.]

Rainer Maria RILKE, *Lettres à un jeune poète*
(notamment celle écrite de Worpswede,
près de Brême, le 16 juillet 1903).

Doucement, j'entre dans sa chambre, comme je le fais chaque jour depuis qu'elle est hospitalisée. Elle est allongée les yeux clos. La tête de lit est surélevée pour l'aider à mieux respirer. Depuis des jours sa lunette à oxygène ne quitte pas son visage. Son bras droit est prisonnier d'une perfusion. C'est ainsi qu'on peut lui administrer la batterie d'antibiotiques, de médicaments pour le cœur, d'anticoagulants, de calmants aussi. Je tousse un peu pour l'alerter ; lui signifier ma présence. Elle m'entend, tourne la tête, soulève ses paupières, et je vois ses yeux, dans une sorte de réflexe, aller du plafond au pied de son lit, puis de gauche à droite pour tenter de voir qui a pu pénétrer dans sa chambre. Je respire profondément pour refouler l'émotion qui me submerge et puise je ne sais où la force d'afficher un sourire. J'ai pourtant une grande habitude des hôpitaux, mais j'ai toujours le cœur serré en entrant dans sa chambre d'où l'on voit la Seine, sombre en ces mois d'hiver, qui poursuit sa route vers la Normandie.

En quelques années, j'ai apprivoisé les hôpitaux et leur atmosphère ouatée, troublée par le mécanisme automatique des portes coulissantes, des ascenseurs où l'on parle à voix feutrée ; sans compter les odeurs qui vous submergent d'un couloir à l'autre... Ceux de Nancy et ceux de la région parisienne obéissent aux mêmes règles et répandent les mêmes effluves souvent alourdis des émotions qu'il faut refouler.

Tout a commencé avec la rupture d'anévrisme de papa, l'accompagnement pendant sept semaines de coma. Je croyais bien ne jamais surmonter cette épreuve. Il faut oser franchir le sas menant aux services de réanimation et se laisser envahir par la vision des corps en partie désertés par la conscience, en permanence reliés aux machines qui maintiennent en vie. Dans ce lieu, en dehors de l'agitation du monde, la vie écrit ses courbes et ses lignes brisées sur des écrans qui affichent performances et contre-performances sur fond de bips-bips et sifflements qui ajoutent à l'angoisse des proches. Je me demande encore aujourd'hui comment une telle chose a pu se faire. Peut-on parler de grâce ? Je ne sais si elle m'a vêtue et comment elle a pu le faire entre deux accès de révolte, mais j'ai tenu. Je m'approchais de papa, le touchais, le palpais, caressais ses joues tout en lui parlant avec le plus de sérénité possible, tandis que maman se contentait de lui tenir une main et de prier à ses côtés. Que peut-on faire de plus en ces instants où seul Dieu est maître des destinées ? J'avais l'impression d'être le témoin impuissant de l'ultime qui se livrait entre les forces bonnes et mauvaises de la Création.

Maman n'est pas dans le coma, mais son état est jugé sérieux après avoir été critique à la suite d'un accident cérébral vasculaire. On venait de lui découvrir un diabète sévère et soudain.

Depuis Noël, elle a pris ses distances. Avec la vie d'abord. Puis avec nous. Du moins, depuis qu'un petit caillot de sang a décidé de se promener dans sa tête. Dans les premières heures de cet accident vasculaire, vu son état général, le médecin a pensé que la mort était proche. Maman a manifesté des absences. Après les périodes de sommeil, elle ne sait plus où elle se trouve, ni pourquoi elle est à l'hôpital. Elle se rendort, ouvre les yeux, sourit par habitude au personnel soignant, aux personnes venues lui rendre visite. Et elle sombre ensuite très vite dans des contrées connues d'elle seule. Mais toujours elle tient bon, s'accroche et, de ce fait, dépose en chaque cœur sa graine d'espoir. Finalement, me dis-je, malgré la cécité qui l'éloigne de ce qu'elle aime le plus, la lecture, elle cultive un féroce désir de vivre.

C'est bien cette cécité survenue depuis une hémorragie rétinienne qui a fait qu'elle avait enfin accepté de venir habiter chez nous à Ecquevilly, en région parisienne. Depuis la mort de papa, elle ne voulait pas quitter sa maison de Frouard, près de Nancy. Combien d'allers et retours ai-je fait entre Ecquevilly et Nancy pour approvisionner le frigo, l'accompagner à l'hôpital ? Des visites de contrôle à la suite d'un cancer du sein ; une opération de la cataracte avant une nouvelle opération à l'autre sein. Il y a eu les séances de radiothérapie. J'arrivais à Nancy par le premier train, sautais dans l'autobus qui me déposait à sa porte. Le taxi nous attendait pour nous conduire jusqu'au centre hospitalier de Brabois. Elle trottinait à mon bras. Quand ses forces la lâchaient, je me mettais en quête d'un fauteuil roulant et je la plaisantais : « Madame et son carrosse » ; « Madame et sa servante ». Elle finissait par rire. Puis elle accepta de venir en convalescence à la maison. « Pas trop longtemps », car ses amies, sa paroisse allaient lui manquer. Je ne savais pas combien elle aimait ses soirées à Frouard. C'était le temps où elle plongeait dans ses cahiers secrets, tournait les pages des albums photos pour y respirer la Lorraine et rêver à son Alsace natale. « Je viendrai chez toi, ma fille, quand l'heure sera venue, quand je ne pourrai plus faire autrement, mais je ne t'encombrerai pas longtemps. » Je me fâchais. « Tu n'as pas le droit de dire cela. Nous serons heureuses toutes les deux. Nous irons partout où tu n'es pas encore allée... » Elle levait une main vers le ciel, défaite déjà. L'impuissance et la fatalité se lisaient dans son regard et j'avais le cœur affreusement serré en pressentant qu'un jour elle écrirait le mot fin. De sa vie et de celle qui me relie à elle. Je ne voulais pas imaginer ces instants. Je ne pouvais pas. Je voulais gagner sur le temps, sur le mal, sur l'amour, sur le chagrin. Je la voulais vivante, éternelle, ma mère, maman.

– C'est moi... Bonjour, maman, lui dis-je en m'appuyant à la barrière que les infirmières ont mise de chaque côté du lit pour éviter une chute.

Je caresse son front, ses joues. Elle ouvre les yeux et sourit.

– Tu es là, c'est bien.

Et elle referme les yeux tout aussitôt. Je m'assois près d'elle et la force à reprendre pied en la questionnant :

– Comment vas-tu ?

– Comme ça...

– Raconte-moi, qu'as-tu mangé à midi ?

– Je ne sais pas, je ne me rappelle plus. Peut-être que je n'ai pas mangé, parce que je dormais, je crois que je dors beaucoup ici.

Il y a du progrès, j'arrive à la faire parler. Et puis, elle ouvre les yeux tout à fait et semble me fixer. Elle lève l'index gauche pour attirer mon attention.

– Il a fait du soleil, je crois. J'ai perçu de la lumière. Et puis je crois que je te vois un peu, me dit-elle.

– Mais c'est formidable !

– Tu es encore dans le flou, je ne vois pas si tu es bien coiffée (elle m'a toujours fait la chasse pour que je me tienne bien, aie une tenue digne. On en arrivait même à se disputer), mais je te reconnais.

– Si je t'apportais tes lunettes, peut-être verrais-tu mieux, lui dis-je, enjouée.

Je les lui apporterai, mais elle ne verra pas mieux. Cependant, peu à peu, elle va émerger de ce sommeil qui l'absorbe comme pour mieux nous la ravir. Les jours vont passer et, vers la mi-janvier, elle va me demander :

– Quel jour sommes-nous ?

– Le 15 janvier, maman.

– Noël est déjà passé ?

Je hoche la tête, laisse échapper un « hum hum » qui la laisse abattue.

– Et je n'aurai rien vu ! se lamente-t-elle. J'espère que tu as bien distribué les cadeaux à chacun, tout ce que j'avais prévu. Mais, dis-moi, pourquoi m'as-tu placée ?

Il faut lui expliquer sa maladie. Je ne l'ai pas « placée ». Elle n'est pas dans un hospice, elle est à l'hôpital. Elle secoue la tête et murmure dans un souffle :

– Je reviens donc de si loin...

Et elle ajoute aussitôt :

– Je te donne bien du mal.

Je veux la rassurer, lui prouver le contraire. Mais c'est mission impossible avec elle. Nous parlons alors de mes sœurs, de ses petits-enfants, de Loona, son arrière-petite-fille, qui lui fait de très grosses bises.

– Et sa maman ? interroge ma mère.

– Elle est fatiguée, mais sa grossesse se poursuit normalement. Tu seras arrière-grand-mère une fois de plus.

Elle lève la main et la laisse retomber sur le drap.

– Ce n'est pas moi qui décide.

– Si, maman, justement. Chaque jour, tu fais des progrès. Demain les médecins te lèveront un peu. Tu verras quel bon temps nous allons passer à nous raconter mille choses, à voyager.

– Mais je ne pourrai plus marcher longtemps.

– Je pousserai ton fauteuil.

– Tu en auras vite assez, et puis tu es tellement occupée avec ton métier, tu dois vivre ta vie, écrire tes livres...

– Justement, je veux écrire sur l'Alsace, j'aurai besoin de tes souvenirs, de ta mémoire, d'entendre l'alsacien dans ta bouche, les poèmes de Rilke ou les

stances de Goethe en allemand, avec cette façon incomparable qui est la tienne de prononcer parfaitement les ch *et les* ich, *venus du fond du larynx et qui s'énoncent avec une incroyable légèreté chez toi...*

– Ah, c'est donc ça ! dit-elle, les yeux levés au ciel. Promets-moi, ma fille, de ne pas écrire sur moi, comme tu l'as fait sur ton père...

– Pourquoi, c'était mal ?

– Non, mais je n'ai pas envie d'être sanctifiée. Je me connais et je te connais aussi, c'est normal, tu es ma fille.

– Alors ?

– N'écris pas, et pas de cette façon-là. C'est un ordre, lance-t-elle, l'index pointé dans ma direction.

– Et si c'était toi qui écrivais ta vie ? Tu es une incroyable conteuse et ta vie est un roman.

– Et tu ne sais pas tout...

Je lis avec plaisir la lueur qui anime son visage.

– Justement, tu as des choses à dire, à transmettre.

– Je ne saurai pas, je ne saurai plus, insiste-t-elle. Tu m'as dit l'autre jour que maintenant je faisais des fautes.

– Mineures, maman. Tu es seulement étourdie, commc moi.

– Si j'écrivais...

Son visage prend soudain des couleurs. Gagnée de plénitude, elle ferme les yeux.

De jour en jour sa vue s'améliore.

– Tu sais, j'y vois presque, me lance-t-elle, triom-

phante. Je pense tout le temps à ce que tu m'as dit, l'autre jour. Si j'écrivais...

Mais oui, je vois bien son regard sombre briller de mille feux. Je suis heureuse d'avoir éveillé son intérêt. Je vois sa poitrine se soulever, et elle pointe son index vers la fenêtre.

– C'est la Seine en bas, n'est-ce pas ? Je ne rêve pas, c'est ce que tu m'as dit hier ou avant.

– Oui, maman.

– Si j'écrivais, reprend-elle, tu me lirais ?

– C'est sûr, et pas seulement moi.

– Tu ne pourrais pas t'empêcher de me corriger, ou d'ajouter ton grain de sel.

Et vlan ! C'est tout ma mère ! Je retrouve son punch, son humour, sa lucidité. Je constate qu'elle a envie de griffer, de mordre peut-être.

– Je ne te corrigerai pas, maman, mais peut-être que j'écrirai dans la marge, je te répondrai. Tu me punissais, petite fille, quand j'avais la langue bien pendue.

– C'est un héritage, soupire-t-elle.

– Comme l'écriture, n'est-ce pas ?

– On peut dire cela.

Et elle raconte, raconte, se confie, ouvre son cœur avant de s'endormir, épuisée mais heureuse. Elle va le faire à chaque visite. Elle va guetter mes heures d'arrivée, s'impatienter. Elle me dira : « Ce matin, ou pendant ma toilette, ou hier soir après ton départ, j'ai encore pensé à cela. » Elle aime, semble-t-il, ces instants qui n'appartiennent qu'à nous deux, ce temps de la confidence avec le jour qui baisse jusqu'à la nuit qui tombe et précède les bruits de chariots et l'arrivée des plateaux-repas. Je lui passe la serviette autour du cou et je guide sa main jusqu'à sa bouche. Elle dit que c'est le monde à l'envers ; que sa fille la nourrit comme un bébé. Parfois, je me substitue aux aides-soignantes toujours débordées. Elle s'agrippe à mon cou, se soulève et je la change. Bien qu'elle soit pudique, elle se laisse faire, confesse qu'elle ne voudrait pas qu'une autre de ses filles le fasse ; qu'avec moi c'est différent. Elle espère seulement que ça ne m'ennuie pas. Je la rassure et c'est vrai. Jamais, en ces jours, je ne m'agacerai une seule fois. La grâce, peut-être...

Je découvre cette femme qui renaît, qui s'agite. Je la vois petite fille, jeune fille, femme entre rires et larmes. Souvent, je garde ses mains dans les miennes et prie secrètement Dieu de me la laisser vivante. Nous avons tant à nous dire. J'ai encore tellement à apprendre.

Je vais lui donner la plume, je veillerai à ce qu'elle ne la lâche pas jusqu'au mot fin. Elle l'a tant tenue pour les autres...

Toute la rue, toute la petite ville défilaient chez nous. On avait besoin de son savoir pour tourner une lettre – c'était son expression –, traduire un texte. Jamais elle n'a accepté de récompense, jamais elle n'a monnayé son savoir. Quand on voulait la payer, elle se redressait, drapée dans ses principes et sa dignité : « Vous m'offenseriez. Le savoir ne se paie pas, il se partage », lançait-elle, le menton levé, furieuse déjà.

Des années plus tard, elle lira la vie du père Joseph Wrésinski, fondateur de ATD Quart-Monde, et dira :

« Voilà un saint homme. Il sait de quoi il parle quand il évoque la dignité des pauvres et le partage des savoirs. »

Je la revois, appliquée et désinvolte à la fois, presque sûre d'elle. Quand Jeanne sait, elle sait, et le stylo file sur le papier. Son visage exprime toute sa satisfaction de donner le meilleur d'elle-même. Elle a cette assurance joyeuse mais jamais dédaigneuse. Elle offre pour se faire reconnaître, pour se faire aimer.

Je ferme les yeux un instant et je suis transportée dans notre cuisine, la pièce commune de ce petit logement près de la brasserie à Champigneulles. C'est l'époque où se brassent la Reine des Bières, la Belle Blonde, la Silva, les meilleures d'entre toutes les bières puisque brassées à l'eau de source de Bellefontaine. Une source qui fait la fierté des habitants de la localité.

Jeanne a poussé ce qui se trouvait sur la table pour répondre à une demande. Peut-être était-elle en train d'éplucher des légumes ou de repasser du linge. La table de cuisine servait à beaucoup de choses, y compris à faire mes devoirs. Voici donc ma mère penchée sur son bloc, occupée à rédiger une lettre pour une voisine demandant un délai pour payer une traite ; voici Jeanne écrivant pour elle, vite, vite, inspirée, fébrile, vivante, si vivante dès lors qu'elle a découvert un texte et qu'elle le savoure. Si vivante lorsqu'elle livre au papier ses émotions qu'elle ne montre à personne et que je découvrirai trop tard, bien trop tard. On ne connaît jamais vraiment ceux qu'on aime et la mère qui nous chérit. Maman a su garder et préserver longtemps sa part de mystère. Un jardin secret qui n'appartenait qu'à elle et dans lequel personne n'est entré parce que personne n'a eu connaissance de son existence.

À toi de dire, Jeanne. C'est ton tour. À toi d'écrire tes espoirs et tes chagrins. Peut-être te répondrai-je. Je ne pourrai pas vraiment m'en empêcher, tu le sais, tu m'as faite et tu me connais. *« Je te connais », prévenais-tu. Une mise en garde dont tu as usé (abusé ?) depuis que je suis petite. Et cette seule phrase a fait que je n'osais pas te résister, te désobéir. Quoi que je fasse, tu le saurais. Tu me connaissais si bien que tu lisais à travers moi. Pour moi, tu étais l'égale de Dieu et je ne pouvais m'empêcher de te vénérer. Ma crainte aura toujours été de te déplaire, de te fâcher, de te blesser.*

PREMIÈRE PARTIE

Mon enfance

1

Tu m'as donné la plume pour que je me raconte, que je me livre. C'est bien, ma fille, au moins tu n'interpréteras pas à ta façon ce que parfois je t'ai confié ou ce que je n'ai encore jamais révélé à personne. Peut-être, d'ailleurs, ne dirai-je pas tout dans ces écrits... Mais je promets d'essayer d'être le plus honnête possible sans peiner personne. Avec le temps, bien des chagrins se sont estompés, bien des pardons ont été accordés. Sans être allée m'allonger sur le divan d'un psy – je n'en aurais jamais eu les moyens –, j'ai appris. Un peu grâce à toi, ma fille – tu m'as fait lire tellement de livres passionnants. L'ACGF[1], où l'on pratiquait « les révisions de vie » qui avaient pour but d'apprendre à se réconcilier avec soi-même afin d'aller aux autres, aura également été une belle école. J'en ai souvent déduit que tout ce qui était psy n'était finalement pas si éloigné des choses de la foi. Et quand tu m'as apporté les ouvrages de Françoise Dolto, j'ai été heureuse de constater que

1. Action catholique générale féminine. L'objectif de l'ACGF aura été d'inciter les femmes au militantisme : prendre part à la vie du monde tout en s'appuyant sur l'Évangile.

cette science-là n'était pas l'ennemie de Dieu... Il n'empêche que ces exercices où il faut analyser et s'analyser avec vérité m'ont coûté. Cette mise à nu fut rude, mais dès lors qu'on sait mettre de côté son orgueil, on en sort grandi. Pour ce qui est de l'orgueil, j'étais plutôt nantie... C'est génétique, me disais-tu quand nous étions fâchées ou lorsque j'échangeais des propos doux-amers avec ton père.

Me voici face à ma feuille blanche. La remplir ne m'épouvante pas. J'ai toujours aimé cela, j'ai même beaucoup écrit, bien plus que tu ne l'imagines. Si je ne l'avais pas fait en certaines occasions, je serais morte bien avant l'âge. Maintenant que c'est sérieux, cette histoire d'écriture, je m'interroge et me tourne autour. Oserai-je tout dire ? Tout évoquer ? L'intime de l'intime. J'ai lu tellement de livres de gens qui se racontent. Certains m'ont bouleversée, alors que d'autres, un peu trop racoleurs, étaient écrits sans pudeur. Sans doute pour faire vendre. C'est toi qui me disais cela lorsque je m'en plaignais. Aujourd'hui, je découvre que l'écriture est un pouvoir. C'est une responsabilité, un véritable engagement. J'ai soudain le vertige alors que je viens de prendre mon stylo et, pourtant, Dieu sait si je t'ai enviée, si j'ai rêvé un jour, moi aussi, d'exister autrement : en inventant des vies, en publiant des livres qui feraient rire ou pleurer. Rire, c'est aussi important que les larmes. Mais c'est le plus difficile à réussir. J'ai lu et relu tes livres, ma fille, quand j'étais seule, quand tu repartais à Paris. Je vais te faire une confidence : je les ai appréciés, mais parfois ils m'ont agacée. Sais-tu que j'ai eu le désir de barbouiller certaines pages, de réécrire certains passages ? Il m'est même arrivé de trouver que tu manquais de style, de poésie. Enfin quoi, tu aurais parfois pu écrire les choses plus joliment. Tu n'as pas toujours été tendre avec tes personnages et leurs histoires, leurs douleurs m'ont donné le frisson et réveillé bien des angoisses.

Je me suis retenue de te dire ces choses, car je savais que tu m'aurais répondu : « Maman, la vie n'est pas toujours rose, il faut écrire en vérité. » Là, je t'ai jalousée, si, si. Car au-delà de la forme utilisée, je comprenais que tu pouvais conquérir cette part de liberté que personne ne te ravirait.

Au fond, ma fille, toi et moi, nous nous ressemblons. Sans doute est-ce la raison pour laquelle nous nous sommes heurtées si souvent tout en nous aimant beaucoup. Les chiens ne font pas des chats. Je dois t'agacer ou te réjouir en te confiant cela et tu dois penser : allons, maman, écris, écris vraiment au lieu de bavarder...

Tu as raison, je vais finir par m'égarer. Je me dérobe sans parvenir à l'essentiel. Et l'essentiel, tu me l'as assez répété, c'est le témoignage. Une ouverture à cœur ; dire ce que je ressens ; comment j'ai vécu le roman de ma vie alors que le soir tombe.

L'ivresse me gagne et m'effraie tout à la fois. C'est un curieux sentiment que celui qui m'étreint au moment d'écrire, de livrer mes pensées. Tu me crois capable. Ton amour pour moi t'aveugle sans doute et je me demande si cet exercice est bien raisonnable. Je me rends compte de la difficulté de cette tâche. Soudain, je deviens fébrile et apeurée. Le doute s'empare de ma plume. Je ressens intensément toute chose jusqu'au tremblement du cœur qui s'affole, jusqu'au tressaillement de la chair enfiévrée, un peu comme avant la jouissance. Je me relis, et je me dis : « C'est moi ? J'ose donc écrire de telles choses ! » Dans le même temps, je perçois ta présence, ma fille, penchée au-dessus de mon épaule. Tu souris et sembles me dire : « Le fait de tenir la plume et d'écrire en vérité te donne de l'audace. Continue, maman. Lâche-toi ! »

Cette fois, je me lance. Il est vain de « tourner autour du pot », pour reprendre une expression très familière que tu m'as souvent reprochée. Je vais donc écrire pour moi, pour toi puisque tu me le demandes, mais aussi pour toutes ces femmes que j'ai aidées ; pour toutes celles que je ne connais pas et qui, peut-être, se reconnaîtront dans ce que j'ai vécu. Les petites gens, les oubliées, celles qui n'ont jamais eu la parole.

Tu m'avais donné à lire, il y a quelque temps, un essai d'un sociologue poète dont j'ai oublié le nom. Il décrivait si joliment *Les Gens de peu*[1]. C'est rare qu'un sociologue soit aussi poète. Je me suis reconnue dans ses écrits, du moins dans ce livre-là. Il fait exister les petites gens. J'en fais partie, de ces petites gens. Je suis de ces femmes devenues rondes avec le temps – cela ne m'a jamais gênée. Je m'étais toujours projetée dans le temps avec des formes... Je me voyais assise, ouvrant grand les bras pour accueillir enfants et petits-enfants dans un giron vaste et confortable. Je me voyais maman poule surprotégeant ses petits. Tu m'as même reproché cet excessif amour si étouffant.

C'est vrai, les années m'ont bien enrobée et les enfants sont venus, les miens et ceux des autres, il n'y

1. Pierre Sansot, *Les Gens de peu*, Paris, PUF, 2002.

en avait jamais assez. J'ai adoré les enfants. Qu'on m'en fasse pas le reproche ! Jouer avec eux, allumer mille lumières dans leurs regards fut toujours une fête pour moi. J'ai aimé leur raconter des histoires quand ils étaient petits, écouter leurs confidences quand l'âge en faisait des adolescents fougueux et rebelles. Sans doute avais-je l'impression de justifier ainsi mon existence quand le découragement se profilait.

Je pressens, ma fille, que je vais te fâcher. D'ailleurs, tu as mille fois raison, il est temps que je fasse ce voyage, ce sera peut-être le dernier avant de passer sur l'autre rive. Tu seras près de moi, n'est-ce pas ? Tu me tiendras la main, tu me l'as promis.

2

Aussi loin qu'il m'en souvienne, dans tous mes rêves, c'est Nordhouse, à moins de vingt kilomètres de Strasbourg, à deux pas d'Erstein et du Rhin, qui sert d'écrin aux plus belles années de ma vie. J'y suis arrivée à l'âge de six mois dans les bras de ma mère qui venait me confier à la sienne pour faciliter mon sevrage, m'a raconté grand-mère Philomène. Comme je suis née un 15 mai, ce devait être aux alentours du 11 novembre. La Toussaint était déjà passée et grand-mère s'est réjouie, tout comme Aloyse, son mari, qu'une petite-fille vienne leur redonner un peu du soleil de leur jeunesse. « Une fille, elle est pour nous, c'est la vie qui recommence. »

Mes grands-parents maternels n'avaient eu que des filles.

Du grenier, Aloyse a redescendu le moïse[1]. Grand-

---

1. Berceau alsacien. Il s'agit d'une grande corbeille d'osier tressé, posée sur un chariot à roulettes de bois. Elle est pourvue d'une capote à arceaux qui se déploie à la manière de la capote d'un landau de ville. Tout moïse digne de ce nom en Alsace se doit d'être juponné d'un tissu à carreaux bleus et blancs ou roses et blancs, selon le sexe du bébé.

mère a lavé et amidonné les voiles et tissus juponnant le moïse. Elle est allée acheter de la laine à matelas qu'elle a étirée et emprisonnée dans une toile épaisse, rayée d'un blanc un peu écru et de gris clair. Elle s'est donné beaucoup de mal pour confectionner le plus beau des berceaux, celui où j'allais dormir. Le moïse suivait mes grands-parents de la *Stube*[1] à leur chambre. Il paraît que le berceau était souvent du côté d'Aloyse qui s'endormait, la main posée dessus pour me bercer quand je pleurais. Grand-mère taquinait son mari. C'est l'oncle Achille qui m'en a fait la confidence par la suite. Elle disait :

– Depuis qu'elle est arrivée, tu ne me vois même plus. Tu vas en faire une capricieuse.

Aloyse riait et répondait :

– On n'aime jamais trop les enfants.

Malgré toute l'attention et l'amour dont je fus l'objet, ma tante Philomène (ma grand-mère avait donné son prénom à l'une de ses filles) et ma grand-mère m'ont raconté que j'ai beaucoup pleuré dans les premières semaines. J'ai inquiété les femmes de la maison, celles des maisons voisines aussi. On disait que je dépérissais à force de pleurer. Je ne pleurais pas pour ennuyer mes grands-parents, ça non. Mes larmes et mes cris traduisaient mon incompréhension. Parfois, mon chagrin se muait en une sorte de rage. Mes yeux sombres viraient à une couleur étrange, inondés de nuit obscure. On ne percevait rien de mes désirs secrets. Je m'isolais dans un monde qui n'appartenait qu'à moi. Un monde où j'étais une princesse égarée, perdue et désespérée parce que ma mère m'avait lais-

1. Alsacien : salle de séjour.

sée. Personne ne pouvait comprendre mon chagrin. Ma mère me manquait et je ne pouvais exprimer cette détresse autrement que par mes cris et mes suffocations. Je cherchais son odeur, sa poitrine devenue sèche, raison pour laquelle on m'avait éloignée d'elle pour que j'apprenne à boire au biberon, ce que je refusais obstinément. Grand-mère a souvent dit que je cherchais le sein de ma mère jusque sur sa poitrine. Mes petites mains agrippaient rageusement ses chemisiers dans l'espoir de retrouver la trace, l'odeur première que perçoit le nouveau-né quand il fait irruption dans le monde des hommes. C'est ma mère que je cherchais avec frénésie, un espoir aussi vain qu'insensé. De dépit, épuisée d'avoir crié, je laissais retomber ma tête dans un long sanglot sans larmes, mais subsistait la déception mutilante et frustrante. Grand-mère et ma tante observaient l'étrange poupon que j'étais. Elles s'en remirent à la Vierge, à Notre-Dame-du-Chêne de Plobsheim, puis à saint Ludan venu mourir sur le ban de Nordhouse, en 1202, au retour d'un pèlerinage. On dit que les anges lui donnèrent la communion et que les cloches de tous les villages des environs se mirent à sonner [1].

1. À l'époque, Nordhouse comptait deux paroisses qui se disputèrent la dépouille du saint homme. Il fallut qu'un prêtre des environs suggérât de s'en remettre au choix de Dieu. Le corps de Ludan fut posé sur une charrette attelée à un cheval qui n'avait pas été dressé. Là où le cheval s'arrêterait, là serait inhumé Ludan. Ce fut sur le territoire de Hipsheim, un village proche de Nordhouse. La chapelle Saint-Ludan, qui a longtemps contenu les restes du saint, est toujours visitée. Mais Nordhouse a aussi sa chapelle Saint-Ludan, parfaitement entretenue. Elle s'élève au cœur du nouveau cimetière, à l'entrée du village, et contient un morceau du tilleul auquel s'était adossé Ludan, épuisé, avant de rendre son âme au Créateur.

Elles promirent un pèlerinage à sainte Odile – mon deuxième prénom, c'est Odile –, tant elles crurent que je ne survivrais pas puisque je repoussais tout biberon. Il fallait que la faim fût extrême pour que je consente à accepter la tétine caoutchoutée. Il paraît que je faisais la grimace. Grand-père suggéra qu'on l'enduisît de miel et ce fut lui qui, avec une infinie patience, réussit à me faire boire tandis que les femmes couraient à l'église Saint-Michel pour y brûler un cierge. Enfin, j'allais devenir un vrai bébé, une vraie petite fille qui allait vivre puisque j'acceptais de me nourrir. Grand-père restait dubitatif. Il tirait sur sa pipe avec philosophie. Pour lui, je pressentais autre chose, une vérité secrète... J'avais compris ce que ma mère voulait cacher. Il affirmait qu'il fallait m'aimer bien plus qu'une autre enfant. Philomène, ma tante, grognait après sa sœur Élise (ma mère) et critiquait son stupide orgueil. Grand-père secouait la tête. Il ne fallait pas parler sans savoir. Il disait avoir compris le désir de sa Lessle (diminutif d'Élise, ma mère). Il fallait qu'elle en eût gros sur le cœur pour aller se mettre au service de riches bourgeois à Belfort, en France déjà [1]...

Il comprenait sa fille mieux que personne. Les deux Philomène lui jetaient des regards furibonds. La fille tournait les talons et grand-mère gardait pour elle ce

---

1. Belfort a fait partie du Haut-Rhin, donc de l'Alsace, jusqu'à la guerre de 1870. Mais la résistance aux Prussiens y fut telle – il y eut un siège épouvantable pendant lequel les habitants ont préféré manger des rats plutôt que de se rendre – que ce canton est resté dans le giron français à la fin de la guerre. Alors que le reste de l'Alsace, comme la Lorraine mosellane, est devenu allemand jusqu'en 1918 pour être repris entre 1940 et 1945.

qu'elle pensait. Je crois bien que grand-mère se rangeait à l'avis de son mari. Parfois, le temps que je digère un peu, que je fasse un rot que je semblais retenir, grand-père me parlait, me racontait l'histoire d'une petite fille qu'une cigogne avait apportée sur les bords de l'Ill, juste devant sa barque, là où la prairie est si douce. Là où le soleil envoie ses premiers rayons. Tante Philomène s'énervait.

– Que des sottises, père ! bougonnait-elle.

Invariablement, il lui répondait :

– Assez ! En fait de sottises, tu n'es rien qu'une sotte fille.

Ce sont pourtant ces sottises-là qui m'ont apaisée certains soirs. Les enfants comprennent les paroles des adultes. Ils savent si elles sont porteuses d'amour. Plus tard, Françoise Dolto enseignerait la même chose.

J'ai été aimée. De cela je suis certaine et c'est cet amour qui m'a sauvée, réconciliée avec la vie. Aloyse se mettait en quatre pour consoler le bébé que j'étais. Lorsque je suis sortie de cet état de repli et lui ai adressé un timide sourire, grand-père s'est servi une grande rasade d'eau-de-vie de quetsche et s'est mis à chanter comme il savait le faire. Il avait gagné la première manche. Il verrait petite Jeanne grandir et il se disait impatient. Je serais étonnante, prédisait-il. Avec un tel caractère, une telle volonté, je ne pourrais pas être une petite fille banale, puis une femme ordinaire.

Je m'attachai donc à mes grands-parents. Je regardai enfin grand-mère et perçus sa bonté quand, laissant aller ma joue contre la sienne, je lui arrachai quelques larmes. Furent-elles douces à mon cœur ? De ce jour, j'ai aimé m'enfouir entre ses seins et ses bras. Je m'y faisais une niche à force de soupirs. Elle caressait ma tête en chantonnant doucement une jolie berceuse : *Schlof, Kendele* [Dors, petit enfant chéri].

Schlof, Kendele, schlof !
Din Vader het di Schof,
Din Müeder het die Lämmele.
Drum schlof, du goldig's Ängele,
Schlof, Kendele, schlof[1].

J'aimais sa main sur ma tête qui allait et venait jusque dans mon cou tandis qu'elle chantait. Je crois me souvenir de sa voix, qu'elle avait claire et déliée, comme de sa caresse sur ma tête. Cette caresse-là, j'en userai avec mes filles, mes nièces, neveux, petits-enfants et tous ceux qui chercheront refuge dans ma maison. Ma fille aînée me reprochera d'avoir davantage aimé les autres enfants que les miens. Lui démontrer et prouver le contraire sera peine perdue. Je lirai la flamme de jalousie dans son regard. Je verrai ses tentatives pour repousser ce défaut qu'elle s'obstinera à nier... Au fond, je me retrouverai en elle, mais je ne le lui dirai jamais.

Grand-mère m'aimait, mais cela ne suffisait pas à gommer certains jours douloureux pour moi. Le lundi, jour de la lessive. Dès que je percevais l'odeur du

---

1. Dors, petit enfant, dors !
Ton père a le mouton,
Ta mère a l'agnelet.
Alors dors, petit ange d'or,
Dors, petit enfant, dors.

linge trempé dans le savon qui bouillait dans la grande lessiveuse, je pressentais qu'elle allait me quitter. Je ne voulais pas et je retrouvais mes réflexes, mon chagrin d'autrefois. C'est au bord de l'Ill que, comme toutes les femmes du village, grand-mère frottait vaillamment les draps, les torchons et les serviettes. Elle avait beau me répéter qu'elle allait revenir, je m'époumonais à hurler, les poings serrés contre les joues. Pensais-je que grand-mère risquait de m'abandonner, elle aussi ? Je m'agitais dans le moïse, la cherchais du regard, l'ouïe à vif. J'avais besoin de l'entendre aller et venir de la cuisine à la *Stube* et de la *Stube* à la chambre à coucher. Grand-père observait, ne disait rien, et quand mes pleurs se faisaient trop insistants, trop douloureux à son cœur, il abandonnait ce qu'il était en train de faire pour venir à mon secours. Il me sortait du moïse. Je disparaissais alors dans ses bras vigoureux. Son épaisse chemise de coton contre laquelle je me lovais me rassurait. Il me berçait, chantait pour moi. Dès que j'ai été en âge de comprendre, les voisines m'ont confié ces choses. Je les écoutais sans jamais me lasser. On me parlait de moi. J'avais un passé, une vie propre inscrite dans les souvenirs collectifs.

À Nordhouse, la vie était simple, les portes jamais fermées. Tout se savait. Les voisines s'émerveillaient de ce qu'un homme pût ainsi s'intéresser à un bébé triste et lui redonner le goût de la vie. C'était en 1922 et Aloyse chantait pour moi. Il commençait en allemand, pour s'éclaircir la voix, disait-il. Il connaissait un nombre impressionnant de marches militaires.

Puis il passait aux comptines alsaciennes qu'il avait apprises enfant, dont *Der Hans im Schnokeloch*[1].

Il n'omettait jamais *Das Elsass, unser Ländel*[2], pour montrer aux Boches – c'est ainsi qu'Aloyse disait – qu'ils n'auraient jamais la mainmise sur ce pays.

Das Elsass unser Ländel / Das isch meineidig scheen : / Mer bewa's fescht am Bändel, / Un lehn's, bigott, nitt gehn, Juhé ! / Mer Jehn'es, bigott, nitt gehn.

[L'Alsace, notre pays, / Est extraordinairement belle, / Nous la tenons serrée à la laisse / Et ne la lâcherons pas, pardieu ! Luhé ! / Nous ne la lâcherons pas, pardieu !]

Es sott's nur einer wage / Un sott'es grifan an, / Mer halta fescht zusamme / Un schlaga Mann für Mann, Luhé ! / Un schlaga Mann für Mann.

[Que quelqu'un s'avise d'oser / Et s'avise de l'attaquer, / Nous nous tenons serrés / Et nous nous battons homme contre homme, Luhé ! / Et nous nous battons homme contre homme.]

Puis, fier de lui et de cette page d'histoire qu'il m'adressait, il entamait alors en français *Le Temps des cerises* avant d'ouvrir le registre latin des cantiques de l'Église. Grand-père était chantre à la grand-messe : une des plus belles voix de Nordhouse, disait-on. Quand je me calmais enfin, comme au sortir d'une cérémonie religieuse importante, il pouvait louer le Très-Haut avec *Grosser Gott, wir loben Sie*[3].

---

1. *Le Jean du trou du moustique*, l'histoire d'un homme jamais content. Tout ce qu'il a, il ne le veut pas, et ce qu'il veut, il ne l'a pas...

2. Chant patriotique antérieur à 1870, composé pour narguer les Prussiens quand ils envahirent l'Alsace en 1814.

3. « Grand Dieu, nous vous louons. »

Aloyse s'émerveillait devant la petite poupée noiraude que j'étais – j'ai le teint mat – et dont le crâne ne se décidait pas à se couvrir de cheveux. Alors, on me coiffait de jolis petits bonnets que la tante Marie de Strasbourg, ma marraine, une sœur de maman, m'avait offerts. L'oncle Achille, un frère d'Aloyse, le coiffeur du village qui exerçait son métier chez les grands-parents après sa journée à la ferme, caressait ma tête et disait :

– Elle prend son temps et, parole de coiffeur, elle aura la plus belle chevelure du village. Lessle en sera fière quand elle la reprendra.

Ma mère n'est jamais venue me rechercher. Elle ne m'a pas abandonnée, ça non. À plusieurs reprises, elle m'a rendu visite, mais elle est toujours repartie sans moi – les grands-parents n'ont d'ailleurs jamais insisté pour qu'elle me reprenne au sein de son foyer. Ils n'ont même jamais posé la moindre question sur ce sujet. Ils racontaient à Élise mes progrès après le difficile sevrage. Ils lui faisaient part de mes besoins en vêtements dont, semble-t-il, elle se souciait peu. Ils rapportaient mes bons mots et, plus tard, mes bonnes notes. Élise écoutait sans entendre. Elle était ailleurs, déjà en partance, préoccupée avant d'aller rejoindre son mari à Belfort qui travaillait à l'atelier de mécanique des Chemins de fer. Plus tard, mon père fut muté dans les Ardennes. Et s'il vint quelquefois à Nordhouse, ce ne fut que rarement. Le Bas-Rhin n'était pas son pays, disait-il. Lui, il était de Magstatt-le-Haut, dans le Haut-Rhin. Et il ne faut jamais confondre le nord du sud de l'Alsace. Albert était un bon vivant qui appréciait les produits de la terre, particulièrement ceux de la vigne. Et la vigne, en Alsace... Dieu avait bien fait les choses.

Albert avait des frères et des sœurs dont certains avaient déjà quitté le pays pour aller vivre « à l'intérieur[1] ». Berthe, sa sœur, s'était installée à Belfort. Je crois me souvenir que Berthe et ma mère s'entendaient bien. Albert est un brave garçon, déclarait Aloyse sans faire aucun autre commentaire. Quand Philomène, sa fille, se risquait sur les chemins de la critique et parfois persiflait, grand-père la regardait de biais avant de hausser imperceptiblement les épaules. Alors elle se taisait. Jamais je n'ai entendu de commentaire désobligeant sur mes parents dans la bouche de mes grands-parents. Ce qui est vrai, c'est que mon père se souciait peu de moi. Qu'étais-je pour lui ? Bébé, je l'ai peu intéressé. Jamais il ne se penchait au-dessus du moïse pour me regarder. Je n'ai pas le souvenir d'un père qui m'ait pris sur ses genoux, ni qui ait regardé un de mes cahiers ou m'ait fait compliment sur une tenue ou une coiffure, ce qui ravit toujours une petite fille. Il souriait et disait seulement, un peu précipitamment :

– Voilà qui est bien.

Je fis mes premiers pas, et s'il n'en fut pas ému quand il l'apprit, je n'en éprouvai pas de chagrin – m'a dit grand-père – puisque j'ignorais qu'Élise et Albert étaient mes parents. Je savais qu'ils faisaient partie de la famille tout comme Marie et Philomène, mes tantes, les sœurs de ma mère Élise.

Marie, ma tante-marraine, vivait à Strasbourg et ne manquait pas une occasion de me gâter. Elle avait de

1. Les Alsaciens parlent toujours de « l'intérieur » quand ils évoquent la France.

l'affection pour moi et je lui étais attachée. Ma tante Philomène et son mari habitaient chez les grands-parents avec leurs deux filles, Marguerite et Flora. J'aimais mes cousines comme des sœurs.

C'était bien compliqué, deux Philomène sous le même toit. C'est ce que déclarait grand-père quand l'une ou l'autre voisine entrait chez grand-mère et demandait à Aloyse où était Philomène. « Laquelle ? taquinait-il. La mère ou la fille ? »

Je riais souvent de cette situation qui ne me dérangeait pas. Pour moi, il n'y avait qu'une Philomène, ma tante. L'autre, je l'appelais mère, comme j'appelais Aloyse père, et personne ne me contredisait.

J'ai tout partagé avec mes cousines, des petites sœurs charmantes, aussi blondes que j'étais brune et d'une docilité à toute épreuve. Je ne manquais pas une occasion de les entraîner à faire des sottises, ce qui, paraît-il, ravissait grand-père, et cela, d'une certaine manière, m'encourageait à poursuivre, au grand désespoir de ma tante. Je crois avoir été bien plus proche de Marguerite et de Flora que je ne le fus de ma sœur Marie-Thérèse. Pour mon frère Gilbert, ce fut différent. Mais c'est une autre histoire dont je parlerai plus tard...

3

Je revois la maison des grands-parents située dans la partie haute du village, rue des Fossés qui donne sur la rue de l'église Saint-Michel. Au bout de la rue des Fossés coule l'Ill. La maison des grands-parents est située sur un immense terrain qui borde la rivière. Pour moi, cette bande de terre verdoyante fut la prairie enchantée de mon enfance alsacienne. Un extraordinaire rayon de soleil auquel je penserai toujours quand je me sentirai trop malheureuse. Je fermerai les yeux et les odeurs d'herbe mouillée en été, de vase mystérieuse après les grandes chaleurs, ou encore celles porteuses des fragrances du printemps m'envelopperont et viendront dilater mes narines avec bonheur.

J'ai aimé la vie simple et rustique dans la maison des grands-parents. Je me suis habituée au lieu jusqu'à me sentir bien, à ma place, dès que grand-mère ou grand-père posaient leurs regards sur moi. L'amour qu'ils m'ont donné m'a tant chauffé le cœur que j'ai fini par me sentir unique pour eux.

Aussi loin que remontent mes souvenirs, ma cousine Marguerite est à mes côtés. Elle est ma cadette d'un an et m'a toujours suivie comme son ombre. Tout ce que je disais était pour elle parole d'Évangile. J'ai souvent usé de ce droit d'aînesse pour l'entraîner à faire des bêtises, et quand grand-mère et tante Philomène découvraient nos frasques, Marguerite pleurnichait et gémissait :

– C'est Jeanne qui m'a dit que...

– Le jour où tu n'écouteras plus Jeanne, les Vosges s'étaleront jusqu'ici, rugissait sa mère.

Je crois bien qu'elle devait ajouter des phrases aigres-douces me concernant.

Bien que la maison des grands-parents ne fût pas immense, elle abritait deux foyers qui ne se gênaient pas dans leur quotidien. C'était une maison alsacienne à colombages, une maison à *Kniestock*, typique des régions du Ried-Nord, et qui s'étalent le long de la vallée de la Bruche et de l'Andlau. *Kniestock* peut se traduire en français par « comble à surcroît » : c'est un étage de combles dont le sol est placé au-dessous du faîtage des murs gouttereaux, ce qui donne des maisons à un étage et demi. La maison des grands-parents n'était pas très ancienne – c'est ce qu'a toujours affirmé grand-père. Elle devait dater de la fin du XVIIIe siècle – pour Marguerite et moi, entendre grand-père évoquer le XVIIIe siècle était comme entendre parler de la préhistoire. D'où tenait-il cette certitude ? De M. Kim, le directeur de l'école des garçons, l'érudit du village, un homme passionné d'histoire. Il pouvait dater nos maisons rien qu'en observant de près la construction, les piliers, le faîtage, etc. Quand on ignorait quelque chose, il suffisait d'interroger le savoir du directeur de l'école. Les anciens disaient : « Il y a plus de livres chez lui que dans l'école des garçons et des chères sœurs enseignantes. » Où M. Kim avait-il appris ce qu'il savait de la guerre de Trente Ans et des ravages que causèrent les Suédois qui brûlèrent tout sur leur passage ? Il parlait du « traumatisme », en prononçant le mot en français, ce qui lui donnait une importance qui nous ouvrait démesurément le regard. Il répétait : « Oui, oui, un *traumatisme* pour notre région. »

Je ferme souvent les yeux quand je veux mieux me souvenir de la maison et j'entends M. Kim raconter comme personne les campements des armées napoléoniennes à la sortie du village en direction du Rhin. Sa voix est calme, son débit lent et mesuré. Il devait admirer l'Empereur – il n'était pas le seul au village. Jamais nous ne l'avons entendu dire du mal des soldats français, sauf qu'ils étaient si affamés et que le village peinait à les rassasier. À Nordhouse, on les avait appelés les *Kostbeutel*[1].

À la maison, les repas étaient pris séparément. Mais bien souvent, lorsque les travaux des champs l'exigeaient, la mère et la fille s'organisaient et la table était commune. Je ne me posais pas de questions à cette époque-là, et Marguerite non plus. D'ailleurs, il en était ainsi dans beaucoup de foyers du village. Pourtant, peu à peu, à la faveur d'un regard intercepté, d'une conversation que je n'aurais pas dû entendre, je commençais à ressentir une certaine gêne. J'étais la petite-fille en trop, celle qui n'a rien à faire auprès de

1. « Sacs à nourriture ».

sa grand-mère. Ces faits se confirmeraient lorsque tante Philomène recevrait sa belle-famille.

Je vois encore ma tante mettre les petits plats dans les grands parce qu'une visite s'annonçait. La parenté strasbourgeoise de son époux allait venir. Les femmes de la maison sortaient les marmites et astiquaient l'argenterie avec un zèle inouï. Nous n'étions pas riches, disait grand-mère, ce que nous possédions, nous ne le devions qu'à nous-mêmes et aux quelques biens qui nous venaient des arrière-grands-parents et dont nous avions pris soin. Nous ne devions pas nous sentir supérieurs, mais pas inférieurs non plus. Nous pouvions traverser Nordhouse la tête haute et entrer dans chaque foyer sans avoir à rougir. Mais elle achevait sa tirade en me fixant :

– Sauf toi, Jeanne. Chez Alphonse et Toinette, tu ne dois pas entrer. Si je t'y vois, je t'attache au poteau devant la maison et tout le monde saura que tu as désobéi. En attendant, viens m'aider à frotter les couverts.

Ma curiosité était piquée. Je n'osais pas demander pourquoi. Ce qui ne m'empêchait pas de faire des serments secrets, de mettre Dieu au défi afin de parvenir au pourquoi de l'interdiction.

Grand-mère continuait sa tâche, s'obstinait à redonner de l'éclat aux couverts. Elle me surveillait et lisait jusque dans mon cœur.

– Je veux bien continuer à astiquer si vous me dites pourquoi je ne dois pas entrer chez Alphonse et Toinette.

– Frotte, quand le temps sera venu, tu sauras. Il reste encore à encaustiquer les boiseries...

Rien ne résistait à grand-mère et à ma tante. Tout

devait briller. On relavait la vaisselle des jours de fête qui n'avait pas servi depuis plusieurs mois. Grand-père taquinait les femmes qui s'enfermaient ensuite dans la cuisine. Je humais alors les odeurs qui s'en échappaient. Je guettais le frémissement dans les casseroles. Le couvercle de la plus grosse marmite se soulevait à intervalles réguliers. J'essayais de deviner ce qui mijotait. Et quand je m'extasiais un peu trop en sautant d'un pied sur l'autre, déjà réjouie, en passant ma langue sur mes lèvres, grand-mère tempérait mes ardeurs.

– Ne te réjouis pas si vite, cette visite n'est pas pour nous, mais pour tes cousines. C'est la famille de tes cousines qui vient... Nous ne sommes pas invités.

Je ne comprenais pas. Car lorsque les grands-parents invitaient, ma tante et ses filles n'allaient pas manger ailleurs. Pressentant ma réponse, grand-mère mettait un doigt sur ses lèvres, ce qui signifiait qu'on ne devait pas poser de questions. Je devais donc me taire, contrainte et obligée, mais la langue me démangeait, comme aurait dit grand-père.

Grand-mère, grand-père et moi resterions à la cuisine. J'en ressentais un pincement féroce autour du cœur. Je voyais Marguerite et Flora très excitées à la perspective des cadeaux qu'elles allaient recevoir... Je dus apprendre à ne rien espérer, à ne montrer aucun sentiment. Je ne devais pas être jalouse.

– C'est le plus vilain défaut, insistait ma tante. C'est un péché CAPITAL.

Ah bon ! Puisqu'elle le disait. J'appris très vite à serrer les dents et à claironner que cela m'était égal. Il fallait tuer cette bête capitale avant qu'elle me dévore.

Grand-mère me répétait cela à tout bout de champ. Je devais m'endurcir pour ne pas céder à la bête. Ai-je réussi ? Je ne sais qu'une chose, c'est que j'ai fait de même avec mes filles. L'aînée avait le cœur trop tendre et je craignais pour elle.

Malgré cette exclusion temporaire, je me souviens cependant d'avoir participé aux fêtes. Car dans ces jours-là, les enfants dormaient sur des matelas que grand-père et l'oncle allaient chercher dans le *Schopf*[1]. Ces nuits-là, Marguerite, Flora et moi ne les avons jamais oubliées. Que d'histoires nous nous sommes racontées ! Personne n'a jamais su la teneur des secrets échangés. Nous avons fait les folles et nos chahuts – que je déclenchais toujours – nous ont valu bien des réprimandes et des punitions, dont la privation de dessert. Très gourmande, Marguerite suppliait pour que la punition soit levée. En vain, tante Philomène, sa mère, ne cédait jamais. Marguerite pouvait pleurer pendant des heures. Je me suis toujours demandé comment elle faisait pour avoir encore des larmes après deux heures de gémissements et de sanglots.

– Forcément, répondait tante Philomène en se moquant de moi, toi, tu as épuisé ta réserve quand tu étais bébé. Il ne t'en reste plus.

Grand-père désapprouvait sa fille d'un signe de tête. Il voyait le chagrin de Marguerite et n'aimait pas qu'on me tracasse. C'était un bon grand-père, toujours prompt à se laisser émouvoir. Il dérobait quelques tranches de *Kougelhopf* pour nous les apporter après la prière du soir. Ah, comme ses yeux brillaient de plaisir !

1. Hangar, remise.

Je me souviens d'un jour de fête. Ce devait être l'anniversaire du mari de Philomène. La famille strasbourgeoise allait arriver d'un instant à l'autre et je vois encore tante Philomène, déjà apprêtée, en grande discussion avec grand-mère.

– Mère, papa et vous pouvez venir à notre table, mais elle [moi]... ce n'est pas possible. Vous comprenez, ma belle-famille strasbourgeoise... Faites-la manger avant, couchez-la et rejoignez-nous dans la *Stube*.

Grand-père est entré dans une grande colère. Il a tapé du pied et le vaisselier a tremblé. C'était la première fois que je le voyais ainsi.

– Si Jeanne n'est pas invitée, nous resterons dans la cuisine. Ce n'est pas parce que tu as fait un beau mariage qu'il faut te croire mieux que tes parents et avoir honte d'eux ou de ta sœur Lessle.

Je cherchai dans ma tête le lien avec Lessle, cette femme qui venait de temps à autre ici, parfois avec Albert, son mari. Lessle me regardait longuement à son arrivée, mais en silence. Une fois, j'avais croisé son regard et j'y avais vu de l'intérêt. Elle avait souri et tourné la tête, si vite, trop vite.

– Soit, venez tous les trois... pour le dessert, a bafouillé tante Philomène qui voulait se rattraper.

– Tu es une fille ingrate, a grondé grand-père. Nous ferons aussi la fête. Reste donc avec ta belle et riche famille. Viens, a continué Aloyse en me prenant par la main et en me faisant sortir par l'arrière de la maison, allons au bord de l'Ill. Ce serait bien le diable si je ne pêchais pas quelques truites que je cuisinerai à ma façon. Tu te régaleras, Jeanne. Dimanche prochain, je t'emmènerai, toi seule, chez la cousine d'Erstein et on ira jusqu'au Rhin.

– Père, on ne va pas se disputer, sanglotait Philomène. Je ne veux pas vous froisser. Je sais ce que vous faites pour nous en nous logeant ici.

Je n'ai jamais oublié le geste rageur de grand-père quand il a saisi son feutre pour se l'enfoncer sur les oreilles et m'entraîner au bord de l'eau.

J'adorais les bords de l'Ill au bout de la prairie, derrière notre maison, et le hangar où séchait le tabac. Les soirs, à la veillée, nous passions les feuilles une à une sur un fil que nous tendions au-dessus du balcon du hangar. Je courais jusqu'au bord de la rivière, peu profonde à cet endroit. Aloyse m'apprenait à aimer cette « belle fille ».

– Elle n'est jamais dangereuse si on la connaît et la respecte, prévenait-il. Il faut se méfier des tourbillons du centre et du courant après les grandes pluies.

Je me précipitais jusqu'à sa barque amarrée à un piquet que je saisissais déjà, ivre de bonheur. Je tournais autour du piquet en sautant. Il disait que je faisais la folle et que la sorcière des marais m'attraperait un de ces jours. Je n'y croyais pas.

Parfois, je sautais dans la barque et je m'essayais à ramer comme grand-père le faisait. Quand il faisait chaud et qu'il portait des chemisettes à manches courtes, j'admirais la puissance de ses muscles qui se gonflaient avec les mouvements qu'il faisait pour nous faire avancer. Il était, en ces instants, le plus fort et le plus merveilleux des hommes. Je l'ai vu repêcher au beau milieu de la rivière des conscrits qui avaient bu la tasse après un stupide pari lancé un jour de cuite mémorable. Sans son intervention, ces deux garçons se seraient noyés.

Monsieur le curé passait parfois par là en lisant son bréviaire tandis que je regardais grand-père préparer ses lignes. Un jour, il a abandonné sa sainte lecture et a déclaré :

– Aloyse, il faudra bientôt envoyer Jeanne au catéchisme.

– Ce sera comme à l'école, monsieur le curé, ce sera la meilleure, elle sait déjà toutes ses prières.

– En allemand aussi ?

– En allemand et en français, monsieur le curé, et elle retient tout. Il n'y a que pour les cantiques que c'est plus difficile. La pauvre enfant est handicapée, elle chante faux...

– C'est le cas de la plupart des enfants, et les choses s'arrangent ensuite, Aloyse. Tu vas remédier à cela, toi qui es musicien et si bon chantre.

– Non, je ne crois pas. Il n'y a rien à faire. Elle n'a, hélas, pas hérité des talents de Lessle qui a une voix très juste. Un rossignol. Pour Jeanne, j'ai tout essayé. Les paroles, c'est bon. Mais l'air n'y est pas, bien qu'elle y mette tout son cœur. Je n'insiste pas, elle ferait pleuvoir[1].

J'ai haussé les épaules et grand-père s'est mis à rire tandis que monsieur le curé s'éloignait.

– Il va prier pour que tu chantes juste.

J'ai pris ma mine boudeuse. Je n'ai jamais aimé

1. Un proverbe alsacien dit que lorsque les filles chantent il faut leur tordre le cou pour empêcher la pluie de tomber, sinon le Rhin et l'Ill risquent de déborder.

qu'on se moque de moi. Je suis très vite vexée. Grand-père a bien vu que j'étais contrariée.

– On ne peut pas être douée en tout. La chère sœur – sœur Margareta – dit que tu es la meilleure de la classe. Il faut en laisser aux autres. Tu connais les plantes, tu sais enfiler les feuilles de tabac à la veillée. Tu soignes ton petit jardin et tu tricotes fort bien alors que Marguerite n'y arrive pas.

– J'aimerais filer la laine et manier la quenouille comme tante Philomène.

– C'est un truc de vieux qui disparaîtra bientôt. Dans les fabriques de tissage de Strasbourg et de Mulhouse arrivent d'énormes machines qui tissent et tirent les fils à grande vitesse.

– Peut-être, mais j'aimerais bien faire cela.

– Demain, c'est jeudi, tu iras chez la cousine Anna qui aime occuper ses doigts à cette tâche. Si tu es sage, elle te montrera. Et son frère te racontera peut-être son épopée avec l'empereur ou celle de son oncle en Crimée.

Mes yeux se sont ouverts grands comme le pré. C'est grand-père qui disait toujours cela. Il avait toujours des expressions très imagées aux lèvres. Quant à moi, il est vrai que j'adorais aller chez la vieille Anna qui habitait trois maisons plus loin. Elle faisait des beignets délicieux. Elle me donnait toujours des illustrés à lire. Je me rencognais dans son plus vieux fauteuil, face au banc de coin et à l'*Eckkansterle*[1], à côté du *Kacheloffe*[2]. Je pouvais rester ainsi des heures, tant il y avait à lire. Anna gardait les Vies de saints

1. Meuble de coin.
2. Poêle en faïence.

parues dans les revues que distribuaient les sœurs de la Providence de Ribeauvillé qui nous faisaient la classe. Que n'ai-je pas lu chez la cousine Anna ! Pendant ma lecture, elle cuisait ses fameux beignets aux cerises et un onctueux chocolat dont je n'ai jamais oublié l'odeur quand il frémissait dans la casserole. Au palais, c'était délicieux. Je le gardais longtemps dans la bouche avant de l'avaler.

C'est vrai que Joseph, son frère aîné, nous rejoignait parfois. C'était déjà un très vieil homme mais qui imposait le respect. Je sentais sur ses épaules le poids d'une vie que l'on percevait jusque dans son regard qui avait les couleurs lointaines des contrées ensoleillées qu'il avait embrassées. Malgré sa grande taille, Joseph avait un air fragile, si fragile qu'un souffle eût pu le briser. Il était comme un vase de porcelaine ancienne que les ans ont fissuré. Il flottait dans son pantalon de velours, sa chemise blanche et son gilet rouge. Je le trouvais élégant, ce vieux cousin Joseph qui se tournait vers le mur quand une quinte de toux le saisissait. Quand il n'était pas trop fatigué, il me racontait les histoires de la guerre. Celle d'avant 14-18 ; là-bas, disait-il, sur les bords de Meuse, et puis avant, de l'autre côté de la mer qu'il avait vue... Il avait participé à l'expédition de Napoléon III en Cochinchine parce qu'il avait entendu les récits d'un oncle qui, lui, s'en était allé jusqu'en Crimée. Il me parlait de *son* empereur, hélas vaincu à Sedan, sur les bords de la Meuse, sans pouvoir empêcher cet immense désastre, disait-il.

La cousine Anna tentait bien de le faire taire en argumentant que les histoires de soldats n'intéressaient pas les petites filles. Mais elle se trompait, la vieille Anna, j'écoutais, et quand je rentrais chez les grands-parents je me précipitais sur le dictionnaire pour trouver sur les cartes les lieux qu'avait vus le vieux cousin qui avait passé sa vie à voyager avec *son* empereur que je voulais faire mien à mesure qu'il parlait. Un homme qui vous entraîne à sa suite pour une idée ne peut qu'être séduisant. Mon aînée me reprochera souvent un petit côté royaliste. Elle se moquera de la rebelle que j'aurais été. Elle soulignera mes contradictions. Elle raillera mon admiration pour Napoléon III dont elle dira qu'il n'aura été qu'un empereur de pacotille. Il n'empêche, les récits du vieux cousin éveillaient en moi des désirs de voyage. Je m'en ouvrais parfois à grand-père qui accueillait mes rêves d'un sourire.

4

Ce dimanche-là, nous sommes allés à la première messe et grand-père a sorti le char à bancs avant de toiletter Chocolat, notre vieux cheval.

– Que dis-tu de cette promenade, mon beau Chocolat ? Comme au bon vieux temps, quand je m'en allais courtiser les filles d'Erstein ? Rien. Tu as raison, c'était juché sur ta mère, la Câline, avant qu'on m'offre une bicyclette. Allez, mon beau canasson, je te mets dans le secret : pour faire plaisir à Jeanne, on va faire une visite à Maria. T'es content ?

Pour toute réponse, le cheval a posé ses naseaux sous le menton de grand-père et a soufflé bruyamment en relevant la tête.

– Tu vois, Jeanne, Chocolat comprend tout. C'est très intelligent, un cheval. Et Chocolat, plus qu'un autre.

– Et mère, elle va venir ?

– Bien sûr, Maria est sa cousine. Tu n'as pas senti le *Kougelhopf* qui cuisait tôt ce matin ? Tu étais encore perdue dans tes rêves. À présent, il doit être tout juste refroidi. J'y ajoute deux bonnes bouteilles de chez nous. On va traverser les champs de la cousine après avoir longé l'Ill et sans doute croisera-t-on les petites demoiselles qui gardent ses oies.

– Les oies ! Mais pour quoi faire ?

– Ah, ça ! Moi, je n'aurais jamais pu le faire, mais Maria, si. Elle s'est lancée dans la fabrication du foie gras.

– Expliquez, père...

C'est grand-mère qui a répondu qu'il fallait gaver les oies, les faire manger, manger, manger...

– Et si elles ne veulent pas ?

– On les force un peu, avec un tube et un entonnoir. Leur foie doit grossir dans la graisse, doubler, tripler de volume pour être classé et dégusté.

J'ai pris une mine dégoûtée qui a bien fait rire grand-père.

– Ne ris pas, Jeanne. Le foie gras, cela se mange bien, c'est même très bon, mais c'est surtout pour les riches. Et quand on l'arrose d'un vin blanc bien sucré issu de vignes qui ont poussé non loin de Colmar, on se tient déjà sur le seuil du paradis. C'est le petit Jésus qui descend du ciel en culotte de velours, dit la cousine qui se fait ainsi de l'argent.

Il a joint le geste à la parole en frottant son pouce et son index, d'un air entendu.

– Oui, mais tout son bel argent ne lui a pas redonné son amoureux, a poursuivi grand-mère.

– Elle l'a perdu ? ai-je demandé.

– C'est la tante Irène, sa mère, qui n'a pas voulu, a soupiré grand-mère. L'amoureux de Maria, c'était un Allemand.

– Un homme bien, même s'il était allemand, a continué grand-père. Hans était médecin et habitait de l'autre côté du Rhin. Mais tante Irène et son mari ont interdit à Maria de le revoir. Maria a fugué plusieurs fois pour aller le rejoindre le dimanche après-midi. Il l'attendait au calvaire.

– Elle a apporté le déshonneur, ont dit ses parents qui ne voulaient pas d'un Boche. Et puis, elle était... Enfin tu sauras cela plus tard, tu es encore trop jeune.

– Oh, je sais ! ai-je fanfaronné en montrant mon ventre. J'ai entendu tante Philomène en parler avec la voisine quand elles lavaient leur linge à l'Ill. Si on va avec un garçon, ben, on attrape un gros ventre.

– Et après ? a questionné grand-père, en cachant son visage dans sa large main pour que je ne voie pas le fou rire le secouer.

– Ben, on a un enfant. Mais là, moi, je ne comprends pas. Pourquoi, un enfant, c'est un déshonneur ?

– Si l'homme et la femme n'ont pas été voir le curé ou le pasteur, a précisé grand-mère, c'est mal.

– Et Maria, elle n'avait donc pas vu le curé ?

– Faut croire, a marmonné grand-père.

– Et son enfant, il est où ? On parle toujours de Maria, mais jamais de l'enfant.

– Ben, elle l'a plus, elle ne l'a jamais eu, a répondu grand-mère.

Mes questions se faisaient soudain plus précises et je voyais combien les grands-parents étaient gênés.

– Il est mort ? La cigogne l'a repris ?

– Peut-être, oui... Cela doit être ça, une cigogne est venue le rechercher, a dit grand-père qui cherchait à se tirer de l'embarras que mes questions provoquaient.

Plus tard, je découvrirai que les filles de bonne famille qui avaient fauté partaient se reposer non loin de Strasbourg avec le fallacieux prétexte qu'elles étaient anémiées. Elles y mettaient leur bébé au monde et les religieuses de l'institution qui les avaient accueillies se chargeaient de faire adopter le bébé né des étreintes coupables. La jeune fille revenait alors au village et pouvait ainsi trouver à se marier. L'honneur était sauf.

Chocolat filait vers Erstein. Nous avons coupé à travers champs pour longer une grande prairie sur la droite, derrière un bouquet d'ormes. J'ai vu la masse des Vosges se dresser soudain et j'ai retenu une exclamation. Les arbres frissonnaient sous la poussée du printemps.

– Les Vosges sont proches, a gémi grand-mère, on aura de la pluie avant demain. Tiens, les oies de Maria sont de sortie et Marinette est de garde. Tu vois ce qui t'arrivera si tu n'apprends pas à l'école, m'a-t-elle sermonnée. Et si tu fais crier cette pauvre chère sœur. Il paraît que tu t'y connais pour la faire tourner en bourrique.

– Pas plus que les autres, mère. C'est pas de ma faute si j'ai fini mes devoirs la première et si j'ai déjà lu tous les livres de la bibliothèque du couloir.

Nous avons pris la rue du Moulin, puis nous nous sommes dirigés vers l'île du Woerth où s'élève la belle demeure de Maria. Erstein est une petite ville d'eaux. L'Ill se faufile à travers le village qu'elle traverse en différents endroits. Non loin coulent le canal et le

Rhin. Cette situation exceptionnelle donne à la forêt du Ried qui borde Erstein une végétation dense d'une grande variété.

Grand-mère et grand-père m'ont mise en garde. Je ne devais rien réclamer à Maria et attendre bien sagement qu'on me sollicite ou qu'on me propose quelque chose.

– Message bien reçu, c'est promis, je ne vous ferai pas honte, ai-je dit, et pour ne pas être tentée, parce que je suis curieuse, j'ai emporté mon tricot. Tante Philomène trouve que je travaille mieux qu'elle, que mon tricot est plus régulier que le sien et que mes doigts virevoltent.

C'est Anna qui m'avait tout appris. Elle m'avait raconté que Lessle et elle avaient fait leurs premiers pas de tricoteuses et de crocheteuses chez Toinette. « La femme d'Alphonse ? avais-je risqué quand elle m'en avait fait la confidence. – Oui, c'est une gentille dame. – Grand-mère m'a interdit d'entrer chez elle. Si je dois passer devant leur maison, je suis obligée de regarder le ciel ou de l'autre côté de la rue. Mes yeux ne doivent pas se poser dans leur cour. Je pourrais croiser un regard et me trouver dans l'obligation de saluer Toinette et les siens. Vous savez pourquoi ? – C'est une très vieille histoire, tu es trop petite pour comprendre. – Et quand je serai grande ? – On verra d'ici là. – Et vous, Anna, vous allez encore chez Toinette ? – Oui, quelquefois. »

Tandis que Maria dressait la table, aidée par grand-mère, je me suis plongée dans mon tricot et j'ai entendu les deux femmes évoquer le temps d'avant.

– Les meilleures années auront été celles de la fin de la guerre. Quand l'Alsace est redevenue française, a affirmé grand-mère qui suivait dans la presse le feuilleton des méfaits de la grande crise de 1929.

Elle a raconté alors comment les voisins de ma tante-marraine à Strasbourg avaient perdu leur fortune. La banque où était placé leur argent avait fait faillite, comme d'autres. Des entrepreneurs étaient ruinés et le travail allait manquer. Les temps à venir seraient bien douloureux.

– Je suis au courant, a répondu Maria.

Elle ne s'inquiétait pas pour l'avenir. Ce qu'elle produisait continuait de se vendre et elle avait toujours été économe. En veine de confidences, elle a repris la conversation sur ces années qui avaient été celles de son bonheur.

– J'espérais tellement. C'était en 1913 et je croyais en la vie.

– Hans exerçait à Erstein, c'est cela ? a questionné doucement grand-père.

– Oui. Mais mes parents ont refusé ce garçon. Hans a insisté et a dit que nous voulions nous marier. Notre histoire était sérieuse. La famille de Hans a même écrit à mes parents. Rien n'y a fait, mon père m'a si souvent reproché la mort de maman. J'ai été une mauvaise fille, je lui ai causé un chagrin mortel. C'est ce qu'il a dit.

– J'ai pourtant essayé de lui faire entendre raison, a repris grand-père. Je lui ai parlé des qualités humaines de Hans. Votre père ne voulait rien savoir.

– Pourtant Hans était prêt à rester en France. Et il avait promis de respecter ma religion. Ce qui a surtout gêné ma famille, c'est le fait que Hans était protestant. Pour eux, j'étais tellement entichée de lui que j'allais renier mes convictions... « Tu finiras en enfer, c'est inévitable », clamait mon père.

J'ai vu Maria essuyer ses joues d'un revers de manche. Et j'en ai été impressionnée. Son chagrin d'amour remontait à plus de quinze ans et la blessure demeurait. J'ai vraiment éprouvé de la peine pour cette femme encore belle et qui n'avait pas d'homme à ses côtés.

– En enfer, j'irai de toute façon, gémit-elle. C'est si dur à porter, cette histoire-là. Pardonnez-moi, chers cousins, de vous embêter avec mes pleurnicheries. Vous avez eu votre part avec votre fille...

J'ai levé la tête de mon ouvrage. Parlait-on de moi ? Mon regard a croisé celui de Maria. Je ne comprenais pas. Pas encore. Ou pas bien. Grand-père a haussé les épaules et murmuré :

– La vie est parfois bien compliquée. Il faut faire avec. Ne vous tourmentez pas inutilement, Maria. Le passé est le passé, vous n'y pouvez rien et n'êtes pas entièrement responsable. Hans aurait peut-être dû s'accrocher davantage.

– Vous savez bien, Aloyse, que ce n'est pas lui qui a abandonné, mais que les parents m'ont obligée à aller à Strasbourg... Et ça, c'est resté à jamais. Je m'en suis posé, des questions... Quand je suis revenue, la guerre était déclarée et Hans n'était plus à Erstein. Beaucoup plus tard, j'ai appris sa mort à Verdun. J'étais veuve avant d'avoir été mariée et j'étais interdite de larmes. Je restais une fille à marier. La tante Léa s'y employait. Le panier de noces ne serait pas vide, mais suffisamment rempli pour blanchir mon passé.

– Ah oui ! C'est vrai, j'ai appris cela.

– Qu'est devenu Gaspard qui vous a ensuite demandée en mariage ? a questionné grand-mère.

– Il est parti s'établir en Algérie après mon refus. Il m'a écrit deux fois. Il espérait encore. Il disait que la vigne poussait bien sur les coteaux de Tlemcen. Que l'Algérie était un beau pays. Les Alsaciens qui s'y étaient établis après 1870 s'y plaisaient bien. Nos cigognes passaient l'hiver dans cette belle région. Je ne serais pas vraiment dépaysée si je le rejoignais. L'insistance de Gaspard me touchait, mais je n'ai pas eu envie de partir, ni avec lui, ni avec un autre. Pour moi, il n'y aurait qu'un seul homme dans ma vie. Je ne pouvais pas oublier Hans. Puis Gaspard m'a fait part de son mariage avec Anne-Lise, une jeune fille de là-bas. Enfin, une petite Alsacienne d'Algérie. Deux filles sont venues égayer son foyer. Il a bien fait.

Avant de passer à table pour le repas, Maria a loué ma sagesse et mon art – ce n'était pas si souvent qu'on me faisait compliment.

– Mais c'est le point d'Anna que tu fais, les fameux crans des si jolies brassières que Toinette tricotait autrefois. Toinette l'a appris à toutes les jeunes filles de Nordhouse.

Grand-mère a toussé bruyamment pour attirer l'attention de Maria qui semblait ne pas comprendre. C'est moi qui suis sortie de ma réserve pour lancer vivement :

– Toinette a montré à Anna qui m'a expliqué. Au début, les jetés de maille me paraissaient difficiles.

Après, c'est devenu rigolo. Je ne sais toujours pas pourquoi je ne peux pas aller chez elle. Quand on tricote si bien, on ne peut pas être une méchante personne.

– C'est ma foi vrai. Si Toinette est un peu vive, c'est une femme de cœur, a précisé Maria. Elle est juste un peu fâchée avec tes grands-parents.

– Mais cela pourrait s'arranger ? ai-je demandé.

Grand-père a coupé court à cette conversation, qui devenait embarrassante ou menaçait de le devenir, en disant :

– Les femmes, faut toujours qu'elles jacassent comme des pies sur des choses sans importance. Laissons Toinette à ses tricots et mangeons !

J'avais peut-être faim, mais ce qui touchait à Toinette m'intéressait. Je fis remarquer que Toinette devait savoir exécuter d'autres points de tricot, d'autres travaux qu'elle pourrait m'enseigner, et puis que je pourrais aller bavarder avec elle quand grand-mère et Philomène seraient occupées ailleurs.

Ma réflexion dut paraître incongrue car personne n'y a répondu. Je me suis fait la promesse de tirer la chose au clair dès que cela serait possible.

À la fin du repas, grand-père a proposé une promenade au bord du Rhin après un passage par le Pré-des-biches et par Krafft. Le retour se ferait par Plobsheim avec une halte à la chapelle Notre-Dame-du-Chêne, l'un des plus anciens lieux de pèlerinage dédiés à la Vierge en Alsace.

Tante Philomène était attachée au lieu. Aux beaux jours, nous y allions assez souvent. Elle affirmait que nos prières, si elles sont sincères, sont toujours exaucées. Que Notre-Dame-du-Chêne est l'amie des femmes en détresse. J'ai songé à Maria. Y était-elle allée quand elle était amoureuse de Hans ? Grand-mère m'a devancée dans mon questionnement et Maria a glissé d'une voix assourdie :

– Vous savez bien, cousine, que ce cochon de vieil Armand nous avait surpris dans les bois et qu'il avait chanté mes exploits dans tout le village. Je n'avais plus le droit d'être enfant de Marie[1].

La pauvre Maria avait payé bien cher son audace. Longtemps, je la plaindrai, mais, pétrie par cette éducation rigide, je tenterai de répéter à mes filles que le plus beau cadeau que l'on puisse faire à l'homme aimé est sa virginité. Elles se moqueront de mes grands principes, du moins les plus jeunes. Je n'aurais d'influence que sur l'aînée.

Je n'ai jamais oublié ce dimanche passé chez Maria et la promenade qui a suivi dans le char à bancs. Quand nous sommes arrivés à la hauteur de la sucrerie, grand-père a arrêté Chocolat pour m'expliquer, avec beaucoup d'éloquence, que le sucre d'Erstein était vendu dans toute l'Alsace, jusqu'en Lorraine. Que c'était le meilleur sucre du monde parce que l'Alsace était une terre bénie. Les gens y priaient plus qu'ailleurs et les processions, notamment aux rogations, étaient les plus belles et les plus ferventes. Maria riait

1. Les filles, bien évidemment, étaient consacrées à la Vierge dès leur baptême, et le lendemain de la communion solennelle elles étaient de nouveau bénies : une protection pour arriver vierges au mariage. Elles en témoignaient en portant, par-dessus leur robe de mariée, la médaille de la Vierge enfilée dans un ruban bleu. On ne badinait pas avec la morale, à cette époque.

en l'entendant et disait à grand-mère que notre vin déliait la langue et rendait lyrique. Dans le registre des pieuseries, elle a ajouté à mon intention que le mont Sainte-Odile était si proche que la patronne de l'Alsace ne pouvait pas faire autrement que de veiller sur la région. Ceci expliquait cela. Je décelais cette fierté dans les paroles comme dans les regards et toutes mes fibres se tendaient sous l'effet de cette joie soudaine. Je devais les croire. C'était si bon d'y croire...

5

L'hiver est venu s'installer précocement l'année de mes neuf ans. Le vent soufflait sur toute l'Alsace. Une bise glacée, terrifiante. À la Toussaint, le ciel était déjà plombé. Un ciel de neige. Et j'ai vu l'inquiétude de grand-mère à mon sujet. J'avais besoin de chaussures d'hiver et nous n'avions pas encore eu le temps d'aller à Strasbourg. Les dernières récoltes de betteraves et de tabac avaient absorbé aussi bien tante Philomène que grand-mère. Marguerite et Flora étaient cependant parées pour l'hiver. La famille strasbourgeoise avait veillé aux garde-robes des jeunes demoiselles que je voyais se pavaner et se regarder dans le miroir fixé au mur dans l'entrée de la maison.

La neige se mit à tourbillonner un soir et à coller aux fenêtres.

– Demain, tu mettras deux paires de chaussettes l'une sur l'autre dans tes chaussons et tu prendras les galoches pour cette semaine. Nous irons à Strasbourg, jeudi prochain, décréta grand-mère.

Ce n'était pas la première fois. Malgré le brin de contrariété qui m'irriguait, je n'osai pas me rebeller. Je grandissais et je savais que, à part les deux orphelines élevées chez les Sturmwald, je serais la seule à faire claquer mes galoches sur la chaussée. Dans la mesure où je n'essuyais pas de remarques désobligeantes ou de railleries, cela ne me dérangeait pas. Mais j'arrivais à un âge où la cruauté des enfants ne demande qu'à s'exprimer. Jusque-là, je m'étais toujours amusée à faire claquer mes semelles de bois au rythme des comptines que garçons et filles chantaient à la sortie de l'école. Mais cette année-là, je pressentis que le chant des galoches, comme je l'avais toujours appelé, aurait d'autres résonances. J'allais enfin savoir ce qu'inconsciemment je refusais. J'avais neuf ans. Mes grands-parents étaient mes parents. Je les appelais toujours père et mère sans que jamais personne me contredît.

La sortie de l'école se fit dans un joyeux désordre car la neige avait blanchi le village. C'était à qui ferait la première boule de neige, bien ronde, bien serrée, scintillante, pour l'expédier accompagnée de petits cris qui en disaient long sur les plaisirs liés à l'enfance. D'un côté de la rue, les garçons, de l'autre, les filles. J'en expédiai quelques-unes aux garçons, soutenue comme il se doit par les clameurs du camp des filles. Mais j'en reçus aussi, et l'une d'elles me vint des filles en plein visage. C'était trop fort. Les garçons gloussaient. Ainsi, j'avais une ennemie ! Je n'eus pas le temps de m'ébrouer que déjà Joséphine, du bas village – c'était elle, nous ne nous aimions pas vraiment –, avait empoigné mon bonnet de laine pour le faire tournoyer dans les airs. Je voulus la rattraper afin de reprendre mon bien, mais comment courir avec des galoches ? Je m'étalai au milieu des rires et railleries. Vexée. Honteuse.

– Elle ne peut même pas courir... Lalalère, la galocheuse, galocheuse...

Furieuse, je me relevai d'un bond et, en chaussons dans la neige, je fondis sur elle pour lui faire ravaler ses paroles. D'une main, je la plaquai au sol en lui disant :

– Répète un peu et je vais le dire à mère.

– La vieille Philomène, c'est pas ta mère, c'est ta grand-mère. Ta mère, elle s'occupe même pas de toi.

Les paroles de Joséphine me firent l'effet d'un coup de poignard en pleine poitrine. Je me mordis les lèvres pour ne pas pleurer. Je ramassai mes galoches et courus, échevelée, en chaussons, jusqu'à la maison. Grand-mère m'attendait. Savait-elle ? En sanglotant, je me suis jetée avec désespoir dans ses jupes. Elle posa ses mains sur mes cheveux avant de les caresser.

– Il fallait bien que cela arrive un jour ou l'autre. Viens, ne pleure pas, j'aurais dû te dire ces choses plus tôt.

Je ne voulais rien entendre.

– Je hais tout le monde, tout le monde, je vais me jeter à l'Ill.

– Pas aujourd'hui, affirma grand-père, le gel a pris la rivière dans ses griffes. Faudra attendre le printemps. Allons, Jeanne, n'aie pas honte. Lessle ne pouvait pas faire autrement. Elle ne voulait sans doute pas te laisser aussi longtemps ici, mais tu t'es habituée à nous comme nous nous sommes attachés à toi. Et puis, elle a eu d'autres enfants. Ne sois pas chagrin, ni en colère. Ta mère est passée par des moments douloureux et elle n'est pas aussi bien mariée que Philomène ou Marie. Albert n'a pas beaucoup d'argent et il doit aider sa mère qui est veuve et a encore de jeunes enfants à élever. Quand tu seras grande, tu comprendras mieux toutes ces choses.

– Je ne serai jamais grande, ai-je hurlé en claquant la porte de la cuisine pour aller me réfugier sur mon lit.

S'il avait fait beau, c'est dans le grenier à foin que je serais allée cacher mon chagrin.

Comment pouvait-on grandir avec le poids de la honte sur les épaules ? Est-ce pour cela que je n'ai jamais dépassé les cent cinquante-deux centimètres ? Mon aînée m'a dit que j'avais sans doute, dans mon inconscient, bloqué ma croissance.

J'ai compris pourquoi j'étais exclue de certains repas de fête. J'ai décrypté les regards en biais, entendu le double langage des vieux du village qui venaient se faire coiffer par l'oncle. Les allusions ne manquaient pas sur les libertés d'Élise qui s'en tirait à si bon compte et qui avait la chance d'avoir des parents si compréhensifs. On louait mes grands-parents pour leur immense tendresse. Mais chaque compliment masquait l'inconduite d'une fille qui s'était écartée du droit chemin. Les femmes avaient la dent dure à son égard. Les hommes étaient plus réservés, voulaient se souvenir de Lessle qui dansait si bien et chantait encore mieux. En ces instants, je lui en voulais. Je l'ai haïe en secret et je ne m'en suis jamais confessée au curé, bien consciente de ce que je faisais. Cette affaire ne concernait pas l'homme de Dieu. Je n'avais pas besoin d'intermédiaire pour régler mes comptes avec le Très-Haut. Il y a toujours eu chez moi ce sentiment de révolte face au silence de Dieu, que je voulais pousser à bout, espérant une réaction de sa part. Je relisais sans cesse le Livre de Job pour me justifier. Lui non plus ne comprenait pas le Très-Haut. Ses interrogations justifiaient les miennes sans pour autant me consoler.

Comment une mère pouvait-elle laisser un de ses enfants dans une autre maison ? En quoi avais-je déçu la mienne ? Que s'était-il donc passé pour qu'elle m'éloigne d'elle ? Je me sentais affreusement coupable. Mais de quoi ? Et pourquoi ? Quelle était ma faute ? Ces questions me rendaient nauséeuse. Quand j'y songeais aux moments de solitude auxquels nul être humain n'échappe, j'avais l'impression que le sol se dérobait sous mes pas. La terre allait s'ouvrir et m'absorber. Fallait-il donc que je disparaisse, que je me transforme en elfe et erre dans la forêt qui borde Nordhouse jusqu'au Rhin ? Élise avait eu d'autres enfants, quelle mère était-elle pour eux ? Anna me dirait. Il fallait que je sache. C'était mon histoire et personne n'avait le droit de me la voler.

Anna a souri quand j'ai eu fini de lui confier ce que je venais de découvrir et que, disais-je, je n'avais pas soupçonné.

– C'est bien surprenant ce que tu racontes, ma petite Jeanne. Intelligente comme tu es, tu es la première de la classe, non ? il me semblait que tu étais au courant de tout.

Je crois, en y songeant aujourd'hui, que je ne voulais rien savoir. Je préférais le déni. Ce flou m'arrangeait, il masquait ma peur de connaître la vérité qui m'obligerait à me poser des questions. Mais maintenant que j'avais approché ce vague secret, une houle me submergeait. Je voulais la vérité entière et, comme on me la refusait, je trépignais avec une folle insistance. Pourquoi ma mère m'avait-elle abandonnée ? Pourquoi ne m'avait-on jamais détrompée ? Quel était ce courage dont on gratifiait Élise ? Pourquoi avait-elle quitté Nordhouse brusquement ?

– Jeanne, tu dois modérer tes ardeurs et tes impatiences, suggéra Anna en versant le chocolat dans ma tasse. Ne te mets pas en colère, ce n'est jamais bon. Élise n'a sans doute pas eu d'autre choix que celui de te laisser chez ta grand-mère qui t'aime tellement que sa fille Philomène en est jalouse. Marguerite et Flora sont aussi ses petites-filles, au même titre que toi.

Je n'ignorais pas la jalousie de tante Philomène que j'aimais par ailleurs. Maintenant que son mari était très malade, elle anticipait et prétendait que lorsqu'elle serait dans le besoin il ne resterait rien car une seule des petites-filles aurait mangé le peu de bien qu'il y avait. Grand-mère soupirait, lasse, si lasse face à de tels arguments. Elle secouait la tête en disant :

– Pour ce que Jeanne mange... Tu ne vas pas lui reprocher quelques tartines ? Est-ce que je te compte, moi, le bois de chauffage ou l'éclairage dans cette maison ?

Quand le printemps pointa le bout de son nez et que j'assistai au dégel de l'Ill, j'accompagnai Anna dans sa distribution des journaux religieux édités par l'évêché de Strasbourg. À chaque printemps, Anna procédait à l'encaissement des abonnements. Elle entrait donc dans chaque foyer, en profitait pour se faire offrir une tasse de café. Les nouvelles étaient alors échangées.

J'avais ma petite idée derrière la tête.

Comme toutes les femmes de Nordhouse, Toinette était abonnée au petit illustré bleu. Anna se rendrait donc chez elle... Cette année-là, pendant tout le mois de mars, je ne manquai aucune visite chez Anna qui m'invitait à l'accompagner dans la tournée d'encaissement qu'elle faisait le jeudi. Nous irions chez Toinette. Anna comprit ma ruse et s'en amusa.

– Fille obstinée, lâcha-t-elle en attrapant son petit sac de cuir. Il ne faudra rien dire à tes grands-parents. Si tu ouvres ton bec et claquettes telle une cigogne, Aloyse ne te permettra plus de venir ici et tu pourras dire adieu à mon chocolat, me prévint-elle.

– Je serai une tombe, c'est juré, craché. Croix de bois, croix de...

– N'en ajoute pas, me sermonna Anna. On ne jure pas pour si peu de chose, sinon la porte de l'enfer va s'entrouvrir.

Toinette nous attendait, je l'ai compris dès que nous sommes entrées dans sa belle demeure. Longtemps, elle m'a regardée et a appelé un homme. Son mari ?

– Regarde cette petite qui aurait pu être la nôtre aussi.

Je n'ai pas bien vu le visage de l'homme qui s'est dressé dans l'embrasure d'une porte, sur le seuil de la grande *Stube* où nous étions reçues, Anna et moi. L'homme est resté dans l'ombre, mais sur moi j'ai senti le poids de son regard. L'homme se taisait et son silence me pénétrait, traversait mes chairs et griffait mes os. Je tressaillis lorsque Toinette reprit la parole.

– Alors ? lui a demandé Toinette.

– C'est bien. C'est une belle petite, vraiment une belle petite.

Toinette m'a regardée longuement et sa poitrine s'est soulevée comme pour faire refluer des regrets ou un vague chagrin, et puis la haute stature de l'homme s'est effacée sans que grince une seule latte du parquet de chêne encaustiqué et lustré. Il avait quitté les lieux tandis que Toinette et Anna bavardaient comme deux vieilles amies. Quand vint le moment de partir, Anna sortit la première dans la cour. Je l'ai vue regarder en direction de la maison pour s'assurer que ni grand-père, ni grand-mère, ni tante Philomène n'étaient dans les parages. Et nous avons pu continuer notre tournée. Mais avant de partir, Toinette s'est soudainement penchée vers moi avec affection en m'embrassant sur une tempe. Je ne m'y attendais pas et fus prise d'un frisson en découvrant que ma petite personne pouvait plaire aux ennemis des grands-parents. C'est ainsi que je les avais toujours appelés.

– Il faudra revenir nous voir, Jeanne. Tu as le même regard vif que Lessle. Des yeux qui parlent... comme elle.

J'ai bien évidemment demandé à Anna pourquoi Toinette m'avait parlé de ma mère. Anna s'est mise à tousser.

– Je ne sais pas si j'ai le droit de te dire cela. C'est un secret.

– J'aime les secrets et je sais les garder. Je vous le jure, Anna. Croix de bois, croix...

– Tais-toi avec ta ritournelle idiote ou je ne te raconte rien.

Elle allait parler, de cela j'étais certaine. La joie me parcourut, doublée de crainte cependant, car je devrais jouer serré ; ne pas la fâcher, ne pas la contredire afin de ne pas interrompre la confidence.

– Pardon, Anna. J'ai seulement envie de connaître l'histoire d'Élise, enfin maman, maintenant que je sais.

– Tiens, avant d'aller chez Louise, asseyons-nous un instant sur la margelle du puits, le printemps est presque là et le soleil en a chauffé la pierre. Voilà, quand ta mère était très jeune, vers quatorze ans, peut-être même avant, elle était promise au fils de Toinette.

– On ne se marie pas à quatorze ans !

– Bien sûr que non. Mais les parents pouvaient « réserver » leurs enfants. C'était comme ça autrefois. Ce sont les parents de Toinette qui voulaient ce mariage depuis très longtemps...

– Et pourquoi ?

– Parce que ton grand-père a des prés où la terre est bonne. Ses terrains touchent ceux de Toinette à l'autre bout du village. Par ce mariage chacun s'enrichissait en développant la plantation de tabac. La manufacture de Strasbourg paie bien la culture du tabac.

– Et alors ?

– Tout se passait bien. Les familles s'invitaient. Élise plaisait bien au garçon et elle, aimait bien son promis. Toinette appréciait Élise.

– Pourquoi ça a dérapé ?

– La faute à Toinette. Ce n'est pas une mauvaise personne, je te l'ai déjà dit, mais il faut toujours qu'elle montre ce qu'elle a pour dominer les autres. Elle n'aime pas être contrariée.

– Elle a dû faire son importante... On voit bien qu'elle se pavane comme une dinde, comme dirait grand-mère.

– Vas-tu te taire, espèce de pie !

– C'est la vérité, elle marche comme...

– Même si c'est un peu vrai, Toinette a bon cœur et on ne peut pas lui ôter cette qualité. Quand quelqu'un est dans le besoin, elle est la première à ouvrir son porte-monnaie.

– On voit qu'elle a des sous, elle est bien mise et bien coiffée. Les meubles, la vaisselle, c'est du beau et du chic. J'ai même vu un piano.

– Il n'empêche, Toinette est une femme de cœur...

– La belle affaire ! C'est facile de partager quand les greniers sont pleins.

– Il faut toujours que tu causes. Tu as la langue bien près des dents, tiens, comme ta mère, et cela te jouera de mauvais tours. Que tu sois d'accord ou pas, c'est un fait, Toinette a bon cœur, son mari et son fils aussi. Depuis que ta mère est partie, c'est le chagrin qui s'est installé sous leur toit. On n'a plus entendu le son du piano dans la rue. C'est le fils qui en jouait quand Élise était là ou quand il l'attendait. Quand elle était près de lui et qu'il jouait, parfois elle chantait. Mon Dieu, que c'était beau !

– Grand-père, lui, il dit qu'un piano, c'est très très très cher. Il n'y a que les très très très riches qui peuvent s'en acheter un, c'est comme l'automobile.

– C'est bien ce qui a tout gâché. Quand ta mère a grandi, elle n'a pas supporté qu'on lui serine : « Tu vas faire un beau mariage, notre garçon, il a des biens. Tu vas en profiter... »

– Et alors, elle s'est fâchée et elle est partie.

– Faut toujours que tu mettes ton grain de sel avant moi.

Mon Dieu, donnez-moi la patience, ne me la retirez pas au moment où je vais savoir ! ai-je supplié intérieurement avec une férocité telle que mes yeux durent lancer des éclairs. Anna me regardait tandis que j'avais encore le nez levé vers les nuages. Elle dut lire mes pensées et ma prière. Elle haussa les épaules et reprit :

– C'est ça. Ce fut même très violent. Toinette était ulcérée. Qu'une jeune fille sur le point d'entrer dans leur famille s'exprime comme le dernier des charretiers la rendit rouge de colère. Elle s'est confiée à quelques amies qui, bien évidemment, se sont empressées de colporter l'incident. Personne n'arrivait à croire que la belle Élise, si réservée, si policée ait pu se conduire de la sorte. Toi, je te préviens, Jeanne, ne parle jamais ainsi. C'est très mal pour une jeune fille de bonne famille de s'exprimer aussi grossièrement...

– Qu'est-ce qu'elle a dit ?

– Ah, non ! Tu es trop jeune.

J'ai un instant gardé le silence et puis, frondeuse, j'ai lancé :

– J'aurais fait la même chose ! J'aurais dit ses quatre vérités à Toinette.

Beaucoup plus tard, j'ai su le fin mot de cette histoire. La belle Élise était rentrée outrée chez ses parents et pâle comme un linge. Elle avait mis des sabots, le grand tablier des ouvrières, puis elle avait ouvert le buffet de la *Stube* et collecté tous les cadeaux que son promis lui avait offerts : bijoux, bibelots, livres, etc. « Que fais-tu ? » suppliait sa mère. Élise gardait le silence, mais elle avait demandé à la vieille Josepha qui servait dans la maison de l'aider à tendre le tablier. Elle y avait déposé les cadeaux, avait refermé le tablier dessus. Elle était sortie de la maison et, la tête levée, s'était dirigée vers la maison de Toinette où elle était entrée sans frapper. Toinette était là. Élise avait ouvert son tablier, tout était tombé à terre.

« Voilà, avait-elle dit, les yeux noirs de colère, je vous chie sur votre garçon. Nous sommes quittes. Au revoir, madame », avait-elle ajouté dans une révérence moqueuse avant de sortir en faisant claquer ses galoches.

Je sautillais autour d'Anna, ravie qu'on me raconte enfin les hauts faits de cette femme, ma mère. C'était son histoire que je recevais tel un précieux cadeau. Anna s'en aperçut.

– Ta mère a du caractère. Mais parfois, il est bon de savoir se taire. Cela étant dit, Toinette a bien regretté, tu sais. Son fils aussi, surtout lui. C'était une maladresse, elle n'avait pas voulu peiner sa future belle-fille. Elle pensait seulement se l'attacher. Elle espérait la reconnaissance de la jeune fille qui lui baiserait les mains puisqu'elle entrait dans une famille qui lui était supérieure socialement. Et c'est tout le contraire qui s'est produit. C'est vrai qu'il faut être délicat, éviter les humiliations.

– Toinette n'avait qu'à tourner sa langue sept fois dans sa bouche avant de parler, comme dit grand-père.

– Certes, on doit réfléchir avant de parler. Voilà, tu sais tout maintenant.

– Non, je ne sais pas tout. Et l'amoureux de maman, qu'est-ce qu'il est devenu ?

– T'es vraiment une fouineuse, Jeanne.

– Qu'est-ce qu'il est devenu, ce promis, comme vous dites ?

– Je ne sais pas.

– Mais si vous savez. Il a bien dû avoir du chagrin ?

– Il en a eu, c'est vrai. Et beaucoup, jusqu'à en tomber malade. Toinette était si désespérée qu'elle a fait des pèlerinages dans toute l'Alsace pour qu'il guérisse. Quand il a été mieux, on ne l'a plus guère vu. Certains ont affirmé qu'il avait quitté le village, mais qu'il serait revenu, puis reparti. On ne sait plus très bien.

Beaucoup plus tard, j'apprendrai par l'oncle coiffeur que le promis sombrait régulièrement dans des périodes de grande dépression.

Ce jour-là, si j'étais heureuse qu'une partie du voile se déchire enfin, je ne comprenais toujours pas pourquoi maman ne m'avait jamais reprise chez elle. C'était un autre mystère. J'en étais encore à me poser une multitude de questions quand nous avons croisé une bande de conscrits déguisés qui terminaient leur collecte de Mardi gras. À chaque porte ils tambourinaient et hurlaient plutôt qu'ils ne chantaient : *« Fassnacht ! Viel Eier gebracht, dass mer durch kenne mache die ganze Nacht. »* [Mardi gras ! Donnez-nous beaucoup d'œufs pour que nous puissions tenir toute la nuit.]

C'est près de leur arbre de mai qu'ils se retrouveraient pour déguster le fruit de leur collecte bien arrosée, comme il se doit. Prétentieux, ces conscrits-là ont ajouté que leur classe était la meilleure que Nordhouse ait jamais eue, et que l'arbre de mai, planté devant l'auberge qu'ils avaient choisie, serait le plus beau que Nordhouse ait jamais vu.

C'était une astucieuse manière de se faire payer à boire par le restaurateur ainsi honoré par la jeunesse. L'arbre de mai des conscrits était toujours fort bien décoré, enrubanné, garni de chapeaux de toutes les couleurs. Bien évidemment, quelques bonnes bouteilles pendaient aux grosses branches de l'arbre. Des bouteilles censées être servies dans l'auberge. L'invitation était claire. Personne n'était choqué. Les vieux se rappelaient leurs frasques et disaient d'un air entendu :

– Il faut bien que jeunesse se passe.

Anna se mit à rire en voyant ces joyeux lurons qui la saluèrent en s'inclinant jusqu'à terre.

– Profitez bien, jeunes gens, leur lança-t-elle. Le carême est proche et vous devrez ensuite attendre Pâques avant de recommencer vos amusements.

6

Jamais mois de mai et début de mois de juin n'avaient été aussi beaux. Après un printemps doux et suffisamment humide, les prairies s'étaient couvertes de hautes herbes si bien que la fenaison avait pu se faire avec une belle avance sur le calendrier. Les plus grands élèves, dont j'étais, s'étaient réjouis, car nous avions obtenu des sœurs enseignantes et de M. Kim, le directeur de l'école des garçons, l'autorisation d'aller aider aux champs. Cette période de l'année nous enchantait. Pas d'école, mais des journées passées dans les champs et les prés à faucher et à rire. À la mi-journée, nous trouvions refuge sous un bouquet d'aulnes en bordure de l'Ill et nous déchiquetions à belles dents nos casse-croûte. Les hommes bavardaient, plaisantaient et buvaient un verre de vin et les femmes s'offraient parfois un verre de bière. Il nous arrivait d'avoir droit à un fond de verre de ce liquide ambré dont l'amertume disparaissait sous l'ajout de limonade. Je faisais claquer le liquide doré entre la langue et le palais. On ne pouvait pas être plus heureux qu'en ces instants. Le soir, nous rentrions fourbus, épuisés mais gonflés de la joie des rencontres et de la satisfaction des tâches accomplies. Avais-je tenu compte des recommandations de grand-mère et de ma tante qui redoutaient pour moi le soleil ? Jusqu'à l'année de mes huit ans, je n'avais guère été consciente de mon teint sombre.

Pourtant, Marguerite et moi jouions souvent à comparer nos couleurs de peau en tendant nos bras, nos jambes et en les rapprochant. À ce petit jeu de la plus brune, je gagnais. Marguerite était blonde comme les blés et avait une peau si laiteuse qu'elle devenait rouge comme une écrevisse dès les premiers rayons de soleil. Dans la famille, on vantait sa peau délicate et soyeuse. Une peau de lait était le comble du raffinement. Quant à moi, les premières caresses du soleil me transformaient en fille des bois. Je devenais un pruneau aussi mystérieux que soupçonneux. J'étais différente de la plupart des écolières du village. Grand-mère répétait sans cesse :

– Marche à l'ombre ! Ne joue pas en plein soleil !

Et tante Philomène ajoutait que si je n'y prenais garde, on me traiterait de noiraude, voire de bohémienne ou de sorcière – le mot était lâché.

On l'a fait. Une fois, la sœur enseignante de la petite classe m'a même envoyée au lavabo pour que je lave mes mains plus énergiquement afin d'en ôter la crasse accumulée, a-t-elle persiflé devant toutes les élèves qui ont éclaté de rire. Mes mains étaient propres, seulement elles étaient marquées par le soleil. Mais la sœur n'a pas voulu reconnaître son erreur et j'ai pesté contre elle. Je n'ai pas pu la rosser comme je savais le faire dans la cour de récréation quand on m'insultait. J'ai serré les dents et je l'ai maudite. Que le diable t'emporte et te brûle jusqu'à la fin des temps ! ai-je songé, l'œil noir. Et à la récréation, j'ai déclaré à la fille du docteur pour qu'elle le lui répète :

– Je lui ai jeté un sort, elle finira au bûcher de l'enfer. Les génies du Rhin viendront la prendre.

La connaissance de la mythologie germanique m'inspirait tout comme *La Petite Fadette* et autres histoires de la campagne de George Sand que je lisais et relisais régulièrement. La bouche de Rose s'ouvrit comme un *o* sous l'effet de la stupeur.

– Mais, Jeanne, tu n'as pas le droit, c'est une femme de Dieu, une religieuse. C'est toi qui seras punie...

– Elle n'avait pas le droit de m'humilier pour une chose qui n'était pas vraie. Dommage que le jugement de Dieu, comme au Moyen Âge, ne soit plus en vigueur. J'aurais gagné...

J'avais de l'aplomb, je le sais. Mais c'était, pour moi, le seul moyen de garder la tête haute et de ne pas souffrir de ce qui me faisait pleurer certains soirs quand je m'enfouissais sous les couvertures.

– Aussi bagarreuse qu'un garçon, constatait grand-père en tirant sur sa pipe.

J'entendais toute la tendresse qu'il me portait et le soutien dont son regard me gratifiait. Je me savais aimée de cet homme et cette seule certitude m'était un immense réconfort. Il avait parfois été témoin d'un corps à corps musclé avec Justine, une petite nièce de Toinette. Justine était une bagarreuse rouquine – presque une tare pour les anciens du village. Sans doute essayait-elle de s'affirmer en attaquant. Au village, on montrait du doigt les rouquins. Je me souviens d'une réflexion de la tante-marraine qui relatait une naissance : « Il est plein de vie, cet enfant, mais *Mein Gott ! Er ist rot*[1] », s'exclama-t-elle en allemand, en pensant que les enfants ne comprendraient pas.

Je devais avoir huit ans et, déjà familiarisée avec la langue de Goethe, dont je commençais à lire les poèmes, j'avais évidemment pu traduire par : Mon Dieu, il est roux !

Ce soir-là, après la fenaison, l'oncle coiffait chez les grands-parents. La fatigue d'une journée passée aux champs marquait encore tous les visages. J'aimais ces longues soirées à l'approche de la Saint-Jean. Le soleil n'en finissait pas de se coucher derrière le clocher de l'église et ces retrouvailles autour des ciseaux et des poils de barbe remettaient tout le monde en forme, affirmait grand-mère. Zélée, tante Philomène cuisait des gâteaux et grand-père sortait la quetsche et le kirsch de la remise. Après avoir eu droit au canard, j'étais allée me coucher. Tout le monde a cru que je dormais.

Les festivités étaient terminées. La classe allait reprendre dans l'attente de la Saint-Jean, toute proche. Je venais d'avoir douze ans, et dans moins de trois semaines grand-père sortirait le char à bancs pour conduire à Erstein la dizaine de filles que sœur Margareta avait préparées au certificat d'études pour deux langues – en Alsace, nous avions une épreuve d'allemand. Version et traduction. Sœur Margareta estimait que j'étais prête. J'avais un an d'avance. Ce n'était

1. Littéralement : « Mon Dieu, il est rouge ! »

pas la peine de me garder en classe une année supplémentaire. Je m'y ennuierais. Au lieu de me féliciter, tante Philomène déclarait à qui voulait bien l'entendre qu'elle devait en avoir assez d'une Jeanne à la langue trop bien pendue. Sœur Margareta affirmait qu'au contraire elle regretterait sa meilleure élève. « Son allemand est parfait », répétait-elle. Souvent, j'aidais les plus petites de la classe dans cette matière. Je jouissais de cette petite différence, non pour me hausser du col, mais parce que la connaissance de l'allemand m'ouvrait d'autres horizons de lecture. Pour moi, cette langue ne présentait aucune difficulté. Ce n'était pas le cas de toutes les élèves du village. En famille, on parlait surtout le dialecte. Un dialecte refuge, surtout face à l'occupation prussienne entre 1870 et 1918. Et quand les jeunes gens s'exprimaient en français, c'était par ruse, pour éviter d'être compris par les anciens. Les garçons en usaient pour dire ainsi tout le bien qu'ils pensaient des filles. Ils parlaient des « avantages » de quelques-unes déjà pourvues de « pneus » qu'ils mesuraient en « ballons » ou « demi-ballons ». Un jour, tante Philomène, qui nous conduisait Marguerite et moi au chapelet à l'occasion du mois de Marie, était parvenue à décrypter leur « langage de voyous ». Une expression qu'elle utilisait en français pour montrer combien elle était indignée. Grand-père se moquait d'elle jusqu'à rire aux éclats. Selon lui, sa fille prenait ses grands airs pour bien peu de chose. « Je suis outrée que le fils du cordonnier et celui de ma meilleure amie Germaine parlent ainsi des filles et de leur poitrine. »

C'était surtout de la mienne qu'avaient parlé les garçons en faisant semblant de jouer aux osselets. Ce jour-là, bien décidée à donner une leçon de morale à ces garnements, tante Philomène nous avait priées, Marguerite et moi, de l'attendre à l'entrée de l'église, le temps qu'elle aille régler ses comptes avec ces « malotrus ». L'affaire devait être grave, car elle multipliait les mots français. Marguerite avait frémi, les « malotrus » allaient passer un vilain quart d'heure. Elle risquait de perdre son amoureux, le plus jeune des fils de Germaine, qui l'attendait chaque jour au coin de la rue des Fossés pour lui porter son sac jusqu'à l'école. Tante Philomène avait coursé les jeunes gens jusque dans l'allée du cimetière, en brandissant son parapluie, le visage irradié par l'indignation ; elle les avait menacés de l'enfer et surtout de répéter leurs propos à leurs parents. Je me souviens de la mine déconfite des garçons et du fou rire qui m'avait saisie tandis que Marguerite s'inquiétait : son sac allait sans doute lui peser lourd au bout du bras pendant un certain temps...

Le sommeil ne parvenait pas à clore mes paupières. Mes pensées continuaient leur errance dans les rues du village et ces instants vécus dans les champs. Soudain, mon attention fut attirée par les propos des adultes dans la *Stube*. On parlait de moi. Je tendis l'oreille en retenant mon souffle. Le sommeil s'éloigna ainsi de moi, sans doute pour aller mourir de l'autre côté de l'Ill, comme disait grand-mère quand elle se relevait pour se préparer une infusion de tilleul sucrée au miel.

– Alors, Aloyse, questionnait Gustave, il paraît que la sœur Margareta pousse ta petite-fille ?

– Elle n'a pas besoin de la pousser, Jeanne se pousse toute seule. Elle est faite pour étudier et continuera à le faire à Strasbourg après son certificat.

J'ai frémi sous les couvertures en entendant les affirmations de grand-père. Je lui avais confié mon désir de m'occuper d'enfants. Je le prouvais souvent en classe avec les petites. Sœur Margareta m'encourageait et disait que j'avais des dispositions, mais pour cela, avait-elle précisé un jour à grand-père, je devrais continuer mes études jusqu'au brevet. Le bonheur et la fierté avaient illuminé le visage de grand-père. J'avais cru, quant à moi, que j'allais exploser de joie. Mais quand il avait relaté sa rencontre avec l'enseignante, tante Philomène s'en était irritée. « Ne sois pas jalouse, Philomène. Il faut donner à chaque enfant ce qui lui revient. Si Jeanne peut étudier, qu'elle étudie ! Cela n'ôtera rien à Marguerite. »

Marguerite peinait en classe. Elle n'aimait guère étudier. Mais elle avait d'autres talents. Elle cuisinait déjà parfaitement et ses doigts agiles sur l'étoffe suscitaient l'admiration. Marguerite cousait et brodait comme personne. Les travaux manuels faisaient partie de l'enseignement. Sur des échantillons de tissu, nous devions réaliser des jours et différents points de couture. Marguerite cousait pour moi. En échange, je rédigeais pour elle. Combien de fois lui ai-je fait ses rédactions ? Je ne comptais pas. Notre association convenait à l'une comme à l'autre. Parfois, la sœur s'en apercevait et s'écriait : « Bon devoir, Marguerite, mais les trois quarts de cette note reviennent à Jeanne dont j'ai reconnu le style. »

J'avais toute ma récompense, je jubilais intérieurement. Du fond de mon lit, entre les bruits de ciseaux et ceux, feutrés, de la chute des cheveux et les coups de rasoir sur des peaux que le soleil avait déjà marquées, j'écoutais. Grand-mère entra dans la chambre. Voulait-elle s'assurer que je dormais ? Je ne bougeai pas et gardai les yeux clos. Rassurée, elle tira la porte. Seul un rai de lumière filtrait et la conversation reprit.

– Comme ça, Aloyse, tu paierais des études à Jeanne ?

– Ben, si on veut la marier..., reprit un homme dont je ne reconnus pas la voix. C'est pas de sa mère qu'elle peut prétendre à quelque chose.

– Ne t'inquiète pas pour elle ! Son grenier ne sera pas vide, protesta grand-père.

– Comme tu y vas, Aloyse. Tu ne peux pas lui donner tous tes avoirs. Ce n'est que ta petite-fille et elle n'est pas ton unique...

– Ça, il l'oublie ! (Tante Philomène laissait déborder l'amertume qui la saisissait parfois.) Comme il oublie que mon pauvre mari...

– Mais je n'oublie rien du tout, je ne suis pas gâteux, s'écria grand-père, agacé. Cesse de te plaindre. Tu es logée chez nous. Et si je venais à mourir, tu resterais dans la maison. Ce n'est pas ta sœur Marie, même si elle est veuve, qui te chercherait des poux, et encore moins Lessle, qui est obligée de suivre Albert. Tiens, à propos, il vient d'être muté près de Nancy.

– C'est une promotion ! s'exclama diplomatiquement Achille. On devrait boire un petit coup.

– Taratata ! répliqua grand-mère, si tu bois trop, tes ciseaux ne couperont plus droit.

– Et ton rasoir nous fera des entailles.

J'entendais tout cela. Je pouvais rire des plaisanteries des adultes, mais je ressentais vivement les sous-entendus. Je n'étais pas une enfant comme les autres. J'étais élevée par charité. Tante Philomène, qui défendait l'avenir de ses filles, revint sur le sujet avec une pointe de perfidie.

– Puisque le père de Jeanne a eu une promotion, il pourrait sans doute la prendre en vacances. Jeanne a eu douze ans, ce n'est plus une gamine.

– Ça se voit ! ricana un des jeunes gens venus se faire coiffer. Elle bourgeonne déjà sous le chemisier...

Il dut recevoir un regard désapprobateur de la part des plus âgés car, de la soirée, je n'entendis plus sa voix.

– Son père pourrait lui envoyer son billet de train et j'irais la conduire, j'en profiterais pour visiter Nancy, dont on dit tant de bien, reprit Philomène d'un ton trop mielleux pour être honnête.

– Il n'y a que la vieille ville et la place Stanislas qui soient intéressantes, et encore, ça ne vaut pas Strasbourg et sa cathédrale, s'exclama Achille dont je connaissais le chauvinisme.

– J'ai quand même envie de visiter Nancy et ses beaux magasins et de revoir ainsi ma sœur, renchérit tante Philomène. Et puis, ces vacances feront le plus grand bien à Jeanne qui doit mourir d'envie de mieux connaître son frère et sa sœur. Albert peut bien lui offrir un billet de train.

– Surtout, répondit l'oncle, que les familles de cheminots voyagent gratuitement.

– Qu'en pensez-vous, mère ? Voulez-vous que j'écrive à ma sœur si vous n'avez pas le temps ?

– Je m'en occuperai, répondit sèchement grand-mère.

Je me suis endormie en pleurant. J'allais vivre mon premier été hors d'Alsace. Ces vacances n'en seraient pas. Elles ressemblaient déjà à une exclusion, à une punition et j'avais le cœur en lambeaux. Je trouvais cependant quelque réconfort à la pensée que tante-marraine viendrait me chercher au lendemain du certificat d'études – elle était certaine que je l'obtiendrais – pour me faire vraiment visiter Strasbourg dont je ne connaissais que la cathédrale. Elle m'avait déjà conduite à Marienthal et au mont Sainte-Odile, des lieux de pèlerinage qu'elle affectionnait quand, le temps d'une retraite, elle avait accompagné les prêtres dont elle s'occupait depuis son veuvage. Les méchantes langues disaient qu'elle était devenue « babette de curé ».

Tante-marraine se fâchait, s'en défendait. Elle était *secrétaire* de monsieur le curé – elle insistait sur ce mot qu'elle disait en français pour le gonfler d'importance et de respect. Les tâches domestiques étaient assurées par Louisa, une vieille femme qui veillait sur toute la cure où logeaient également deux abbés.

Je n'ai jamais rien rapporté. Ma tante-marraine doit sourire à l'évocation de ces souvenirs, elle qui se trouve déjà dans la lumière. Elle sait que j'ai compris que son dévouement pour monsieur le curé était *très* attentionné, qu'il allait bien au-delà du travail de secrétariat. Tante-marraine me couchait dans sa chambre sur un divan qu'elle dépliait. Elle m'embrassait et me promettait de venir me rejoindre dès qu'elle aurait terminé le travail urgent que lui avait confié monsieur le curé. Or je me réveillais souvent dans la nuit pour constater l'absence de tante-marraine de son lit jamais défait. Quand j'ai eu pleinement conscience de la situation, j'ai été très choquée. J'ai même éprouvé de la honte. Tante-marraine vivait dans le péché et sa faute ne pourrait que rejaillir sur la famille. Un jour ou l'autre, il faudrait payer. J'appartiens à une génération qui a grandi dans la crainte de Dieu.

Fort heureusement, je savais vivre l'instant présent et quand tante-marraine venait me chercher pour aller à Strasbourg, même si je quittais peu la cure la joie était première. Je savais que j'irais à la cathédrale, forcément. À 12 h 30, la plus belle récréation me serait offerte avec la visite de l'horloge astronomique. Pour avoir eu droit, en privé, aux explications du chanoine de la cathédrale, je savais que cette horloge avait été construite au XVIe siècle. Elle avait été restaurée un peu avant la guerre de 1870. J'étais attentive aux explications données sans toutefois comprendre toute la science contenue dans cet impressionnant édifice. J'entendais bien l'énumération de toutes ses fonctions : le calendrier perpétuel, l'histoire des révolutions planétaires, les différentes phases de la lune, les éclipses. Il me suffisait de les retenir. Ainsi, lorsque sœur Margareta ferait cours de géographie et tenterait de nous démontrer que la Terre tourne autour du Soleil et la Lune autour de la Terre, je ne manquerais pas d'intervenir, parfois en lui coupant la parole : « Je le sais déjà, je suis allée à l'horloge astronomique, à la cathédrale. »

J'étais régulièrement punie pour avoir fait mon intéressante, mais c'était plus fort que moi. J'étais une gamine et c'est le mécanisme des personnages venant rythmer les heures qui m'impressionnait le plus. Je connaissais par cœur le déroulement de ce minithéâtre où la mort est annoncée, où le coq se met à chanter en battant des ailes. Les apôtres défilent devant le Christ... Pour l'enfant que j'étais, cette horloge avait un rapport avec Dieu et me prouvait, en tout cas, que Dieu ne pouvait pas être l'ennemi de la science puisque cette horloge se trouvait dans un lieu de piété. Elle n'avait pu être inventée que par une personne inspirée dans le but de clarifier les esprits des fidèles. Ils ne devaient donc jamais douter de la vie éternelle. Et puis, si cette horloge se trouvait à l'intérieur de la cathédrale, c'est que Dieu était d'accord. Tout était vrai dans cet édifice. On ne mentait pas aux fidèles. Dieu ne l'eût point permis. C'est ce qui expliquait que jamais aucune guerre ou catastrophe n'était venue frapper les lieux de manière irrémédiable... Dieu protégeait les siens. Je ressentais une immense fierté à demeurer sur cette terre bénie, probablement la terre préférée de Dieu. Je restais muette de saisissement et de ravissement et ma tante-marraine souriait de mes élans mystiques.

Dans la *Stube*, la conversation se poursuivait, passant d'un sujet à un autre. Tout devint ensuite confus. Un brouillard nimba ma petite tête. Je mélangeai Strasbourg, Nancy, Nordhouse dans un chagrin compact. Mes larmes faisaient écran. J'ai fini par m'endormir avec le sentiment que plus rien ne serait comme avant mais que je devais être forte et ne point montrer ma peine. Pour ce faire, je prendrais les devants et déclarerais, avec grandeur et mystère à la fois, à qui voudrait bien m'entendre que la chance m'avait souri puisque j'allais aller en vacances très loin de Nord-house, quelque part « à l'intérieur ».

7

La Saint-Jean toute proche précédait de quelques jours le certificat d'études. Je voulais tout oublier et vivre ce temps de fête dans l'étourdissement. J'avais réussi à mettre de côté toutes mes inquiétudes. Je parlais tellement de mon grand voyage à mes amies de classe qui ouvraient des yeux immenses d'envie et de curiosité que j'allais finir par croire à ma chance, mais ma raison savait ce qu'il en était. L'été pouvait venir et montrer grand-mère affairée à préparer une valise de vêtements, je n'exprimerais aucun sentiment dans la maison des grands-parents. J'évitais même de croiser le regard de la tante Philomène. Grand-mère s'inquiétait de mon indifférence quand elle pliait un corsage ou une jupe en me demandant si je désirais l'emporter. Je haussais les épaules et tournais les talons pour courir jusqu'au bord de l'Ill. Si elle s'inquiétait, grand-père lui répondait que mon détachement n'était qu'une façade qui cachait bien des désillusions.

– Tu connais la fierté de Jeanne. Ses yeux se sont ouverts un peu trop tôt sur les bassesses du monde des adultes. J'espère que ces réalités ne lui durciront pas le cœur.

Le temps était splendide, déjà porteur des chaleurs estivales. Grand-père disait que l'orage n'était pas loin. Les eaux de l'Ill étaient lourdes et grises et faisaient remonter les poissons à la surface. Je n'ai jamais su comment il pouvait analyser et prédire le temps rien qu'en s'asseyant sur les berges ou en ramant d'une rive à l'autre.

Depuis plusieurs jours, les garçons de l'école, sous la direction de M. Kim, avaient dressé et solidement amarré un arbre sur la *Gansweid*[1]. C'était ce qui marquait le départ des festivités. Il avait été choisi avec soin. Il fallait qu'il fût grand et bien large afin de rester debout le plus longtemps possible lorsque serait allumé le bûcher.

La collecte du bois mettait de l'animation au village. À bord d'une charrette, les garçons sillonnaient toutes les rues et ruelles de Nordhouse. Personne ne leur refusait le « don du bois ». Je les enviais. Pourquoi n'étais-je pas un garçon ? J'aurais pu les accompagner et crier avec eux ! C'étaient toujours les garçons qui avaient le premier rôle. Au nouvel an, les conscrits allaient de maison en maison souhaiter la bonne année en chantant. À l'Épiphanie, trois garçons méritants, déguisés en Mages, allaient chanter *Dreikönigslied*[2] à chaque porte pour recevoir une petite pièce ou un morceau de bretzel. Moi, j'aurais voulu être le roi du milieu, comme dans la chanson, quand Hérode interroge :

1. Lieu du bûcher.
2. « Le chant des trois rois ».

Hérode sprach mit falschem Bedacht :
« Warum ist der mittlere König so schwarz ?
– Der Schwarz, der Schwarz ist wohlbekannt,
er ist der König aus dem Moorenland. »
[Hérode dit avec une fausse prudence :
« Pourquoi le roi du milieu est-il si noir ?
– Le Noir, le Noir, c'est bien connu, est le roi du pays des Maures. »]

Pendant la Semaine sainte, les communiants de l'année faisaient tourner les crécelles quand les cloches se taisaient. Mais pour les filles... Une fille bien élevée doit faire preuve de délicatesse. Elle doit parler doucement, ne pas s'esclaffer ; veiller à toujours demeurer discrète et bienveillante. Une fille ne doit pas être grossière, même si elle se met en colère. Tout comportement excessif de sa part nuit à sa réputation et à celle de la famille dont elle est issue. Tante Philomène nous assommait avec son parfait manuel de la jeune fille bien élevée qui serait ainsi forcément bien mariée et fort heureuse ensuite. Je m'indignais, je pestais. Somme toute, les filles n'avaient droit à rien sauf à marcher en tête des processions religieuses dès qu'elles avaient intégré le groupe très prisé des vertueuses filles de Marie. Il fallait les voir, ces filles, qui, cierge en main, auréolées de sagesse et de pureté, disaient les anciens, marchaient en tête des pieux cortèges dans toutes les rues du village. Elles allaient ainsi sous le regard de tous, le cou paré de leur médaille suspendue au ruban bleu. Les jeunes gens qui les voyaient défiler savaient à qui confier leur descendance, disait ma tante.

Tandis que passait la charrette des garçons me revenaient les dires de grand-père après l'une des processions du mois de Marie. J'avais encore dans les oreilles l'altercation qui l'avait opposé à tante Philomène. Il avait levé les yeux au ciel avec amusement en observant les si sages jeunes filles qui faisaient l'admiration de sa fille : « Tu veux que je te dise quelque chose, Philomène ? Tu es bien la dernière à croire à toutes ces sornettes, ou alors, ce qui est plus grave, tu es hypocrite. La moitié de ces jeunes vierges ne méritent pas de porter la médaille. Elles ne sont sages que le temps de la procession. L'homme des bois et du Ried que je suis a des yeux pour voir et des oreilles pour entendre. Elles ont déjà perdu la fleur de beauté ou le petit diamant, appelle ça comme tu veux... »

Elle savait que son père ne mentait pas, aussi ne fut-elle pas obligée de s'exclamer qu'une telle chose était impossible. Mais sa curiosité fut excitée.

« Qui ? l'interrogea-t-elle.

– Je ne te dirai rien, mais je ne veux pas t'entendre louer ce qui n'a pas lieu de l'être. D'ailleurs, tout cela n'est qu'une savante comédie. Je l'ai déjà dit à monsieur le curé. Il y a plus grave que les histoires de fesses... »

Grand-père avait dû cesser ses commentaires, car grand-mère venait d'entrer et elle détestait ce genre de conversation.

Les garçons étaient déchaînés dans les rues de Nordhouse. La Saint-Jean était une fête épatante pour eux. Un grand défoulement. Ils pouvaient réclamer du bois pour le feu et proférer ainsi mille menaces à l'égard de certaines familles qu'ils ne portaient pas dans leur cœur. Il suffisait d'en référer au rituel de la fête pour n'être pas soupçonné de méchanceté gratuite. La demande de bois variait d'une maison à l'autre :

– *Stier fer a Fier, für St Johannes Kantzfier.*

[Impôt pour le feu, pour le feu de la Saint-Jean.]

Et pour inciter les gens à donner du bois, on ajoutait aussi :

– *Johannes ist der beste Mann, der allen Leuten helfen kann.*

[Saint Jean est le meilleur des hommes, qui peut aider tout le monde.]

Bien évidemment, je préférais la demande qui comportait quelques menaces quand on arrivait chez des personnes réputées pour leur avarice :

– *Holz herüs ! Holz herüs ! Oder mer schlage e Loch ens Hüs !*

[Du bois, du bois dehors ! Sinon nous percerons un trou dans la maison !]

Il arrivait que les garçons, malgré l'interdiction du maître d'école, lancent les malédictions qui n'avaient normalement plus cours au village :

– *Ihr bekommt keinen langen Hanf.*

[Vous n'aurez pas de long chanvre.]

Ou encore :

– *Sankt Johanneskohle, der T... soll euch holen !*

[Charbon de la Saint-Jean, que le diable vous emporte !]

Dans mes souvenirs, je me revois suivre de loin le groupe des garçons pour les observer. Je réussissais souvent à entraîner Marguerite et Flora qui, plus jeune, battait des mains. Mais tante Philomène venait nous récupérer. Elle grondait, les poings sur les hanches :

– Vous me faites honte. Ce n'était pas la peine de redevenir français pour continuer à se conduire comme des barbares.

Est-ce que l'instituteur avait tout son bon sens pour inciter ses élèves à pareille mascarade ? On l'entendait vitupérer dans toutes les ruelles du village tandis qu'elle nous ramenait, victorieuse, à la maison comme si elle venait de nous arracher à l'enfer.

Ce à quoi, grand-père, qui n'avait pas dû être le dernier à se prêter à ces rites dans sa jeunesse, répondait à sa fille pour la taquiner :

– Tu aurais probablement dû entrer au couvent. Tu y aurais fait carrière, ma pauvre Philomène. Peut-être serais-tu devenue mère supérieure... Dommage que je ne m'en sois pas aperçu avant.

Je suis restée tard dans la nuit entre les grands-parents à regarder le feu saisir le bûcher. J'aimais l'assaut furieux des flammes ; le bruit des brindilles et des écorces qui craquent et s'enflamment ; la chute des bûches rougeoyantes déjà tordues ; la chaleur qui venait lécher nos visages. J'observais la nuit que traversaient les lueurs du feu. Allait-elle reculer, fondre sous l'éclatement des braises jaillissant du foyer ? L'arbre planté tenait bon. Tomberait ? Tomberait pas ? S'il restait debout, on disait que c'était signe de bonheur pour le village. Je pensai, quant à moi : S'il ne tombe pas sous l'effet des flammes, j'aurai mon certificat d'études et je ne serai pas déçue par ce voyage chez *ma mère*. Je martelais ce *ma mère* dans ma tête. Je devais m'y habituer. Pour moi, ma mère, ce serait toujours ma grand-mère.

Et l'arbre est resté debout, vaillant, bien fiché au milieu du bûcher qui, lui, s'est affaissé dans une fantastique gerbe de braises et d'étincelles sous les cris et les applaudissements de tous. On aurait dit un feu d'artifice. Le tronc de l'arbre avait certes noirci, mais il était resté droit comme un I. On salua l'exploit et les garçons gloussèrent et esquissèrent quelques pas de danse entre eux en soulevant leur béret. Mon cœur s'est empli de joie. Le Ciel m'avait entendue.

Le certificat d'études à Erstein fut un événement pour moi. Grand-mère, comme toutes les mères du village qui avaient un enfant candidat, me prépara un casse-croûte – on ne disait pas « sandwich » à l'époque. Je n'ai pas le souvenir de ce qu'elle glissa entre les épaisses tranches de pain. Était-ce du lard ou de la saucisse, ou encore des pâtés faits maison ? Tout cela avait bien peu d'importance. Ce qui comptait, c'était l'examen que j'avais hâte de passer et de réussir avec les félicitations de monsieur l'inspecteur que sœur Margareta nous avait décrit comme un homme imposant avec une barbichette et une moustache de notaire. J'essayais de me le représenter. Il devait être un vrai monsieur et porter un complet trois pièces rayé et un chapeau noir à large bord. Comme le docteur du village qui impressionnait tous les enfants que nous étions.

Tandis que je buvais mon café au lait, je voyais grand-mère s'activer à préparer ce qui serait mon repas de midi. L'anxiété m'avait saisie des doigts de pied à la racine des cheveux. La nausée me donnait un teint cireux qui inquiéta grand-père. Je ne pus toucher aux tartines beurrées que j'aimais pourtant. Je n'avais pas faim et je n'aurais pas faim de la journée, du moins tant que toutes les épreuves ne seraient pas terminées. Tante Philomène se fâcha. Je devais manger pour être en bonne santé et ne pas m'évanouir devant monsieur l'inspecteur d'académie. Mon Dieu ! Je frémis encore en me souvenant de la façon dont elle avait prononcé *mon-sieur-l'ins-pec-teur-d'a-ca-dé-mie* en français, en détachant chaque syllabe, ce qui renforçait son accent. Si je n'avais pas croisé le regard sévère de grand-père, je lui aurais ri au nez. Je connaissais bien ma tante. Comme tous les Alsaciens nés entre 1870 et 1918, elle maîtrisait mal le français. Mais elle ne voulait pas l'avouer. Elle trouvait que cela faisait chic de glisser quelques mots de cette langue qui était celle de la liberté et de l'honneur. Grand-père se moquait d'elle parfois et ne manquait pas une occasion de lui rappeler ce fameux défilé à Strasbourg, fin novembre 1918 – Strasbourg avait été officiellement libérée le 22 novembre 1918. Il y avait emmené ses filles assister au défilé de la victoire des troupes françaises. Philomène et ses sœurs ne comprenaient pas le français puisqu'elles n'avaient connu que l'école allemande. En famille, on ne parlait que le dialecte alsacien. Leur route croisa sans doute celle de jeunes recrues françaises venues du Midi et qui s'exclamaient en employant quelques expressions méditerranéennes, dont « oh, putain ! ». Pour montrer qu'elle savait parler français, quand les troupes passèrent devant elle, Philomène s'écria joyeusement : « Vive la France ! Hop'là ! Oh, putain ! » L'accent en plus. Évidemment, les soldats et quelques spectateurs attrapèrent un rude fou rire. Philomène se demandait pourquoi. Il fallut lui expliquer la signification de ce qu'elle s'époumonait à crier.

Je compris que tante Philomène était aussi anxieuse que moi quand elle glissa quelques morceaux de sucre dans ma poche en m'assurant de ses prières.

– Ce sera un honneur pour toute la famille si tu le décroches, ce diplôme.

Grand-mère n'osait pas me regarder, elle essuyait furtivement ses yeux. Elle vérifia ma tenue. J'avais mis mes vêtements du dimanche. Oncle Achille m'avait coiffée et deux jolies barrettes relevaient mes cheveux derrière mes oreilles. Quand fut venue l'heure d'aller tester mon savoir, grand-mère, qui n'avait jamais été démonstrative, me prit contre elle et me serra à m'étouffer.

– Tu es très jolie quand tu t'en donnes la peine, déclara oncle Achille en me regardant grimper dans le char à bancs que grand-père avait méticuleusement nettoyé.

Il avait déposé des couvertures de velours sur les bancs pour que les robes des demoiselles gardent leur bel aspect. L'air se chargeait d'un soupçon d'anxiété. Sœur Margareta se força à rassurer tout le monde. Tout se passerait bien, ses filles étaient prêtes. Elle les conduisait vers la reconnaissance du savoir acquis et les honneurs. Elle espérait annoncer à ses supérieures de Ribeauvillé un beau succès. Elle disait sa chance d'avoir des élèves exceptionnelles. Je voulais la croire, mais j'avais mal au ventre. J'avais hâte de voir se terminer cette journée qui serait mémorable, à en croire l'oncle qui répétait cela depuis plusieurs jours.

Qu'on en finisse !

Quand Chocolat est passé à proximité des pacages où Marinette gardait jadis les oies de Maria, mon cœur s'est serré. J'ai songé à cette cousine qu'on avait trouvée morte dans sa maison, quelques semaines plus tôt, juste après l'arrivée du printemps. La mort l'avait prise à la veille de Pâques pendant la nuit. Elle n'avait pas quarante ans. Le médecin avait conclu à une mort naturelle, un arrêt cardiaque. « C'est son cœur trop fatigué par le chagrin », avait murmuré grand-père qui savait que Maria sombrait parfois dans une profonde mélancolie qu'elle noyait dans des drogues qu'elle allait chercher à Strasbourg.

En avait-elle abusé volontairement pour repousser ce trop-plein de larmes quand les soirées et les nuits étaient trop longues ? De cela, il ne fallait pas parler, surtout pas. Jamais ! Le moindre doute, et le curé aurait refusé de l'enterrer religieusement. Et la honte serait retombée sur toute la famille.

Sœur Margareta me tira de mes rêveries.

– J'espère, Jeanne, que tu as bien révisé ta géographie. L'épreuve aura lieu par écrit. Ne compte pas sur les premières élèves interrogées pour raviver tes souvenirs !

D'un signe de tête, je la rassurai. Elle n'était pas convaincue, car elle fronça les sourcils. Elle savait que je n'apprenais jamais mes leçons. Si j'avais été attentive en classe, il suffisait qu'une ou deux élèves soient interrogées avant moi pour que je récite ma leçon. On disait que j'avais une mémoire exceptionnelle et que je m'y fiais un peu trop.

– Grand-père m'a tout fait réciter, ma sœur. Je n'ai rien oublié.

Toutes les écoles des environs envoyaient leurs meilleurs élèves passer le certificat d'études. Les garçons d'un côté, les filles de l'autre. Nous allions tremper nos plumes dans les encriers, nous appliquer et éviter de tacher nos pages quadrillées et nos vêtements, car exceptionnellement nous ne portions pas nos tabliers. Dictée, problèmes de mathématiques, géographie, histoire, récitation, version et thème en langue allemande et interrogation orale sur la compréhension des textes. Une récréation à la mi-journée, pour le fameux casse-croûte, sous les tilleuls de la grande cour. Vers 16 heures, tout serait terminé et les résultats seraient proclamés vers 18 heures. Au fur et à mesure, des instituteurs et institutrices corrigeaient nos devoirs.

Sœur Margareta nous avait bien préparées à cette grande épreuve. Je ne la trouvai pas difficile, sauf peut-être en mathématiques. Je n'aimais pas me tracasser sur les problèmes de volumes ou de trains qui se croisent et je priai le Ciel pour que le sujet me convienne. Finalement, ce fut un problème avec une règle de trois. Oncle Achille et grand-père s'étaient relayés la semaine précédente sur ce sujet. J'avais appris à décomposer l'opération et il me semblait m'être tirée honorablement de cet exercice. Vint celui de langue allemande, le dernier de cette longue journée. Rien n'était plus simple pour moi. Ce fut l'inspecteur en personne qui m'interrogea oralement. J'étais sa dernière candidate. J'eus à traduire un texte évoquant les travaux des champs et qui décrivait les beautés de la campagne et le chant des oiseaux. Sûre de moi, je répondis aux questions de l'inspecteur qui me demanda quels oiseaux je connaissais. Je me souviens d'avoir cité, la mésange, le coucou, le rossignol, l'aigrette, l'aigle, le merle. Chacune de mes réponses recevait un *gut* ou *sehr gut* [bien, très bien]. Et puis, l'inspecteur voulut aller plus loin.

– *Wo baut der Kuckuck sein Nest ?*

[Où le coucou construit-il son nid ?]

L'œil de l'inspecteur se voulait sévère, pourtant une trace de malice le faisait briller. J'aurais dû lui répondre que le coucou ne construisait pas de nid mais qu'il empruntait celui des autres oiseaux pour pondre ses œufs. Avec un réel plaisir et très familièrement, je m'entendis lui répondre comme je l'aurais fait à un proche :

– *Haben Sie schon ein Kuckuck gesehen der ein Nest baut ?*

[Avez-vous déjà vu un coucou qui construit un nid ?]

L'inspecteur éclata de rire au moment où sœur Margareta nous rejoignait. Il lui relata ma réponse. Elle hocha la tête, d'abord l'œil courroucé, puis elle se mit à rire à son tour.

– Monsieur l'inspecteur, Jeanne est ma meilleure élève. Elle est seulement un peu...

Elle se retenait de dire l'adjectif « dissipée » et en cherchait un autre, moins sévère. L'inspecteur vint à son secours.

– Un peu vive, dirons-nous, mais j'avoue avoir pris plaisir à la provoquer. Son allemand fait honneur à Goethe. Nous allons attendre les résultats. Ce ne sera plus très long. Nos correcteurs n'ont pas traîné. Si le reste des épreuves de cette demoiselle est à la hauteur de ce qu'elle sait en allemand, je ne doute pas de son succès. Je vous félicite, ma sœur. J'espère que nous retrouverons cette élève dans un lycée strasbourgeois très bientôt.

Sœur Margareta m'empoigna avec énergie pour me faire sortir du bâtiment. Elle eut soin de me gronder et de me faire remarquer que ma dernière réponse frisait l'insolence. Je me défendis. Je n'avais pas voulu être effrontée.

– C'est bien ce qui me chagrine, Jeanne.

Les résultats furent proclamés dès 17 h 30. Grand-père était de retour sur la grand-place et nous attendait en flattant Chocolat à l'encolure. À la vue de monsieur l'inspecteur qui s'avançait presque majestueusement au milieu de la cour, il s'est approché pour bien entendre le palmarès. J'étais reçue avec d'excellentes notes et l'on me décernait une mention « très bien » en allemand. L'inspecteur, car c'était lui qui proclamait les résultats, dit qu'il espérait que mes études ne s'arrêteraient pas à ce diplôme. J'ignorais ce que serait ma vie, et si ce diplôme me comblait et illuminait ce jour, je ne réalisais pas tout à fait ce qui m'arrivait. Je ne montrais rien de ma joie. Je demeurais figée, muette. J'étais comme au théâtre du cercle Saint-Michel à Nordhouse. Je jouais dans une pièce et je craignais de m'éveiller. L'inspecteur me tendit mon diplôme avec un clin d'œil et je ne bougeai pas... Je fourrai alors ma main dans celle de grand-père. Il abaissa son regard ému vers moi, se pencha et m'embrassa sur la tempe.

– C'est bien, Jeanne, tu nous honores. Maintenant, va chercher ton diplôme.

Cette seule phrase fut mon plus beau cadeau.

8

Depuis le matin j'attendais, non sans impatience, tante-marraine. Elle resterait deux jours à Nordhouse, puis grand-père nous conduirait à la gare de Limersheim. Ma valise était prête. Je passerais quelques jours à Strasbourg où tante Philomène nous rejoindrait avant de partir directement à Nancy. Élise et Albert, mes parents – je ne parvenais pas à m'habituer à utiliser ces deux mots –, avaient écrit qu'ils étaient d'accord pour m'accueillir jusqu'à la fin août. Leur logement n'était pas grand, mais il y avait un canapé dans la salle à manger où je pourrais dormir.

J'allais et venais de la maison jusqu'aux berges de l'Ill. Il faisait chaud en ce mois de juillet et grand-père prédisait de l'orage avant la fin de la journée. Tante Philomène avait déjà préparé ses cierges bénis à la Chandeleur. Pouvoir quasi divin, ou magique, cette bénédiction était censée nous protéger de la foudre et des incendies. Elle n'omettait alors jamais de raconter les quelques catastrophes liées aux orages d'une violence peu commune en Alsace. Des familles de Nordhouse ou de Hipsheim avaient tout perdu et s'étaient retrouvées à la rue avec rien d'autre que les vêtements que chaque membre portait au moment de l'incendie. Elle se lamentait sur leur sort alors que les faits s'étaient déroulés trois décennies plus tôt. Ce qui faisait rire grand-père. « Tu ne les as même pas connus ! »

Tante Philomène se défendait et évoquait aussi un pauvre paysan s'en revenant chez lui, la faux sur l'épaule, alors que les premiers éclairs zébraient le ciel plombé au-delà de la route menant à Limersheim. L'orage, disait-elle, venait des Vosges, et comme toujours dans ces cas-là il était d'une force diabolique. La foudre avait frappé le vieux Joseph au pied d'un tilleul qui s'était enflammé. « Quand on voit cela, on croit au diable. Cet orage-là a fait six orphelins, car le malheureux Joseph avait une famille nombreuse. Six petits qui ont mal tourné parce qu'ils n'avaient plus de père et que la femme s'est mise à boire pour oublier. »

Les jours d'orage, c'était ainsi, tante Philomène égrenait le chapelet des malheurs liés à la foudre. Pour être honnête, son attitude a renforcé la tendance à l'anxiété qui était la mienne.

Le temps était vraiment lourd, irrespirable. Avant de quitter la maison pour aller au bord de l'Ill, j'avais vu tante Philomène rassembler les papiers de famille qu'elle allait disposer dans un ancien coffret de courtoisie[1] qui lui venait d'une arrière-grand-mère. Moi, j'avais mal au ventre, comme à chaque fois que j'étais dans l'attente d'un voyage que je redoutais. La touffeur me donnait mal au cœur et je voulais faire une dernière trempette dans l'Ill pour me rafraîchir, quand

1. Typiquement alsacien, ce coffret de bois peint servant à ranger la correspondance était souvent offert en cadeau de mariage.

je sentis quelque chose de poisseux couler le long de mes jambes. Ce n'était pas la transpiration... D'étranges sensations de lourdeur m'assaillaient. J'éprouvais même quelques difficultés pour avancer. Le sol se dérobait sous mes pas sous l'effet de nausées qui me donnaient le tournis. Après m'être assurée que j'étais seule au milieu du pré, je relevai ma robe à mi-cuisses et je vis l'inconcevable sur mes jambes : du sang... Je m'inspectai sur toutes les coutures sans comprendre. Je ne m'étais pourtant pas griffée... Le sang venait donc de plus haut. Je me sentais mouillée à l'entrejambe. Je posai ma main sur ma culotte à l'endroit qu'on ne touche pas à mains nues. Seul le gant de toilette a le droit de l'effleurer mais sans s'attarder. Je regardai le bout de mes doigts. Rouges ! Ils étaient rouges. Le dégoût me vint quand je compris d'où me venait ce sang. J'avais sans doute attrapé une très grave maladie. J'allais mourir comme mon amie Madeleine l'an passé. Madeleine habitait à quelques rues de chez grand-mère. Une très grave anémie l'avait emportée en quelques mois, disaient les vieilles gens. Tous mes rêves s'envolaient. L'école de Strasbourg, ma vie de jardinière d'enfants... J'ai couru jusqu'à la maison, il fallait que j'en parle à grand-mère. J'ai poussé la porte en jetant un cri féroce et en l'appelant de toutes mes forces. C'est tante Philomène qui me répondit :

– Tu en fais du bruit ! On dirait que tu as vu le loup dans le pré.

– Grand-mère, où est grand-mère ?

– Tu sais bien qu'elle est partie à Limersheim pour accueillir Marie qui vient te chercher.

– Je ne pourrai pas aller à Strasbourg, ni à Nancy, car je saigne et je vais mourir, m'écriai-je avant d'éclater en sanglots.

Tante Philomène me regardait en fronçant les sourcils pour tenter de me comprendre. Alors, j'ai levé ma robe et elle a vu mes jambes maculées de sang et je me suis laissée choir au sol. La mort m'épouvantait. J'avais envie de vivre, de faire des choses. J'avais envie d'aimer, d'être aimée et de continuer à respirer l'Alsace au bord de l'Ill. Pourquoi Dieu était-il si injuste ?

– Suis-moi dans la chambre de ta grand-mère et je vais t'expliquer. Tu es simplement devenue une jeune fille. Et c'est normal qu'il en soit ainsi. Viens, je vais te laver, te changer et te donner ce qui est nécessaire comme protection pour ne pas tacher ta culotte.

Tandis qu'elle ouvrait la grande armoire de chêne, sortait une pile de torchons et bousculait une rangée de draps pour aller quérir une pile de petites serviettes-éponges ainsi cachées aux regards, je continuais à vider mon chagrin en refusant de comprendre.

– Désormais, tu devras être plus sage, te conduire telle une vraie jeune fille ; ne plus te baigner quand tu seras dans cet état... D'ailleurs, tu n'en auras pas envie, tu auras parfois mal au ventre. Il ne faudra pas t'inquiéter. Toutes les femmes vivent cela.

– Et cela va durer longtemps ?

– Toute ta vie de femme, jusqu'à cinquante ans au moins.

– Mais ce n'est pas possible ! Je ne veux pas saigner de cet endroit jusqu'à cinquante ans. Je vais être anémiée. Je préfère mourir tout de suite.

– Idiote ! On ne saigne pas tous les jours jusqu'à cinquante ans, mais quelques jours par mois. Et quand on ne saigne pas chaque mois, c'est qu'on va avoir un bébé. Mais ne répète pas cela aux plus petites que toi.

– Un bébé ? Mais je ne veux pas de bébé ! Et pas maintenant !

– J'espère bien. Mais tu sais, Jeanne, pour avoir un bébé, il faut aller avec un homme. C'est pour cela que tu dois te garder...

Me garder ? Mais de quoi ? Tante Philomène m'aurait parlé chinois que le résultat eût été le même. Je ne comprenais rien à son discours et aux termes voilés qui étaient les siens. Je n'osais pas poser de questions. Je vis ma tante rouvrir ma valise et glisser une provision de petites serviettes parmi mes vêtements.

– Si ce n'est pas suffisant, Marie te dépannera. N'hésite pas à lui en demander. Allons, cesse de pleurer, ce n'est pas la fin du monde. C'est le début de ta vie de grande fille. Tu es un peu en avance, c'est tout. Souvent on devient jeune fille vers quatorze ou quinze ans. Ta grand-mère se doutait bien que cela allait t'arriver. Ta poitrine a bien poussé depuis Noël. Elle avait fini de te crocheter des soutiens-gorge. Ils sont très jolis, elle a même fait un point de picot rose sur les bords.

J'avais déjà eu beaucoup de mal à accepter certaines transformations de mon corps, la poitrine et quelques poils sur le pubis. Maintenant, j'allais apprendre à marcher avec un chiffon entre les jambes.

– Et cette chose arrive à toutes les filles ?

– Toutes, tu peux me croire. Seulement, les femmes n'en parlent jamais en public et surtout pas devant les hommes. C'est leur secret. Entre elles, elles évoquent leurs *embarras*. Mais pour rire, tu l'apprendras vite, nous disons que nous vivons nos *jours glorieux*.

Je ne voyais pas ce qu'il y avait de glorieux dans ces jours. La vie n'était pas juste. Un garçon, qui devenait jeune homme, attrapait seulement de la moustache et de la barbe. Il changeait de voix aussi, mais cela n'était rien en comparaison de ce qui arrivait à une fille. J'en voulus à Dieu. Il avait raté sa création. Les hommes avaient tous les droits et accédaient à tous les premiers rôles. Les femmes collectionnaient tous les ennuis. Elles étaient condamnées à regarder et à admirer les hommes qu'elles se devraient de servir sans jamais se plaindre. Il me semblait avoir atteint le comble de l'injustice avec ce sang qui allait ainsi dégouliner chaque mois de l'endroit secret.

Tante-marraine fut mise au courant de l'événement et de la promotion qui était advenue à ma petite personne. Elle me félicita en me parlant doucement à l'oreille. Marguerite avait repéré les attitudes de tante-marraine à mon égard. Elle se demandait bien pourquoi on me félicitait ainsi. Était-ce à cause du certificat d'études ? Allais-je recevoir des friandises ?

– Qu'est-ce qu'elle t'a promis ?

– Rien.

– Si elle te donne des bonbons, tu m'en garderas ?

– Oui, ai-je répondu, un peu agacée par ma cousine toujours aussi gourmande.

J'avais douze ans et je ne me sentais pas encore prête à entrer dans le monde des grandes personnes que j'entrevoyais grâce à mes lectures. D'ailleurs, ce que je lisais, n'évoquait jamais les « jours glorieux » des femmes. Sœur Margareta savait ce qui était bon pour nos âmes. Je lisais beaucoup. L'histoire de France n'avait plus guère de secrets pour moi. En allemand, j'avais à présent terminé le cycle de la mythologie allemande. J'étais passionnée par les histoires du dieu Wotan sur le Walhalla. Ce qui ne m'empêchait pas de continuer à rencontrer mes amies au village. Cette histoire de sang me contrariait. Elle m'obligeait à devenir une grande avant l'âge. Moi, je désirais continuer à mener la même vie qu'auparavant, c'est-à-dire courir dans les prés et les bois, grimper à l'échelle qui conduisait au grenier de grand-père sans avoir à me soucier de qui la maintenait. Une partie de mon insouciance mourait avec l'arrivée de ce flux rouge qui me harcèlerait chaque mois jusqu'à ce que me viennent des cheveux gris. Si j'étais terrifiée à cette idée, je me fis la promesse de parler à mes filles quand je serais mère. Je les préviendrais.

À Strasbourg, tante-marraine me fit parler dans le parc de l'Orangerie où elle me conduisit avant d'aller, rêveuse, s'accouder à la pierre du pont de Kehl. J'ai aimé ce parc créé par Le Nôtre en 1692. J'ai apprécié le pavillon Joséphine édifié pour l'impératrice, car elle est venue en ce lieu aux côtés de Napoléon que les Alsaciens vénèrent. Quand on relit sa vie et ses œuvres, on constate pourtant que l'orgueil l'a poussé à guerroyer bien au-delà du raisonnable. Que de morts sur sa conscience et ce, au nom de l'Empire ! Après l'avoir, moi aussi, admiré, j'ai relu l'histoire autrement, c'est-à-dire entre les mots, entre les lignes, et j'ai découvert le machisme de l'homme. Je l'ai dit à tante-marraine qui m'a approuvée :

– Ta remarque est juste, Jeanne. On nous a fourré bien des bêtises dans la tête. Les religieuses et les prêtres ne sont pas innocents et se retranchent derrière la volonté divine. Nous, les femmes, devrions nous battre pour l'égalité comme le font des femmes d'Amérique. Si j'étais plus jeune, je lèverais une armée d'amies pour aller combattre les hommes.

– Marraine, si tu y vas, à ce combat, je t'accompagne. Déjà qu'il faut supporter les *jours glorieux*, comme dit tante Philomène...

Je surpris son air évasif. Elle avait soudain le regard triste. Comme si tout était trop tard pour elle. Elle se ressaisit pourtant en me glissant :

– Tu t'y feras, à ces jours glorieux. Tu dois accepter l'idée que tu ne seras jamais plus une petite fille. Cependant, ta vie ne s'arrête pas là. D'autres joies t'attendent. La vie de jeune femme n'est pas forcément un temps de tristesse. Tu as encore tout à apprendre. Mais si tu parviens à vivre sans te préoccuper de l'opinion ou des grands principes stupides, tu pourras être heureuse. Sois ton propre juge dès l'instant que tu ne nuis à personne.

Tante-marraine parlait bien. On voyait qu'elle vivait en ville et rencontrait beaucoup de monde. Grand-père disait souvent cela d'elle. Et je lisais dans le regard de tante Philomène une pointe de jalousie quand, au hasard d'une rencontre ou d'une veillée, grand-père évoquait avec admiration l'élégance, l'érudition de sa fille de Strasbourg.

Je n'ai pas profité, comme je l'aurais souhaité, de ma visite dans la capitale alsacienne. Tante-marraine me fit pourtant la surprise de m'emmener au mont Sainte-Odile. Il faisait bien chaud ce jour-là, et l'altitude et les magnifiques tilleuls de ce haut lieu de piété ont rafraîchi mon âme. Pour la énième fois, à l'ombre des tilleuls, dans le cloître, j'ai relu l'histoire de la patronne de l'Alsace. Odile, née aveugle et condamnée par son père dès sa naissance, fut sauvée par une servante. Baptisée à douze ans, elle recouvra la vue, tenta ensuite de revoir son père, le terrible Aldaric prêt à la tuer de ses mains, qui décida de la marier. Odile lui résista. Elle lui échappa grâce au rocher contre lequel elle s'adossait, lequel s'ouvrit miraculeusement. Elle fonda alors un couvent. Sa sagesse attirait les foules éprises de piété. On dit que la main d'Odile fit jaillir une source miraculeuse à un kilomètre du lieu de prière sur la route de Saint-Nabor. Cette source coule toujours et guérit les maladies des yeux. C'était au VIIIe siècle et, pour l'enfant que j'étais encore, c'était loin dans le temps, mais si proche dans le cœur des fidèles toujours nombreux à venir prier en ce haut lieu de spiritualité. Lorsque Jean-Paul II vint en Alsace en 1988 et pria devant le sarcophage de sainte Odile, une grande émotion m'a submergée. Il a fallu que je cache ces larmes sinon mes filles se seraient moquées de moi.

Quand je suis arrivée en gare de Nancy entre tante Philomène et tante Marie, il pleuvait. Nous avions quitté Strasbourg sous le soleil et c'est la pluie qui nous accueillait. Décidément, plus rien n'allait et ce temps chahuté augurait des jours de grisaille. Je ne disais rien, je suivais mes tantes, je regardais cette ville dite « de l'intérieur ». C'était la France. Nous avons changé de train pour prendre une ligne très champêtre qui reliait Nancy à Neufchâteau. Le train s'arrêtait à toutes les gares. Mais ce voyage, pour nous, fut bien court, puisqu'il nous fallait descendre à Champigneulles – le premier arrêt – où nous attendaient maman et ma sœur.

J'avoue ne pas me souvenir de cette descente de train à Champigneulles. Si je peux l'évoquer, c'est parce qu'on m'a raconté plusieurs fois cette arrivée en Lorraine. Elle fait désormais partie de la mémoire familiale. La première chose que j'ai vue, avant d'apercevoir maman et ma sœur, fut le port sur le canal qui relie la Marne au Rhin. Il y avait là au moins cinq ou six péniches de grande taille. L'une transportait du charbon ; une autre, bâchée, était prête à être découverte et déchargée. Elle contenait l'orge que la brasserie toute proche attendait pour fabriquer la bière. Une autre encore contenait du sable qui devait aller jusqu'à la cristallerie Daum à Nancy. Cette vision des bateaux, des grues et des camions qui attendaient pour être chargés ou déchargés m'aspirait, me propulsait dans d'impossibles rêves de voyages. Il y avait des péniches à moteur, mais elles étaient encore rares, et des péniches que des chevaux tiraient depuis le chemin de halage. J'ai eu de la peine pour ces pauvres bêtes. Chez nous, les chevaux travaillaient aux champs ou tiraient de petites carrioles, leur travail devait être moins pénible. Si tous leurs propriétaires se comportaient comme grand-père avec Chocolat qu'il considérait comme un réel travailleur, ces chevaux n'étaient sans doute pas malheureux. En descendant du train, je me demandais qui réconfortait ces braves bêtes attelées à ces lourdes péniches. Qui les flattait à l'encolure, leur donnait une pomme ou un morceau de sucre ? Je remarquai aussi quelques badauds près du port. C'était un événement quand une péniche chargée ou déchargée s'en allait vers Nancy, car il y avait un pont qui enjambait le canal afin de permettre aux passants d'aller sur l'autre rive. Ce pont était tournant et on l'actionnait avec une manivelle qui grinçait de façon à la fois sinistre et magique. Le pont s'élevait très légèrement pour pivoter afin de permettre le passage de la péniche. La même chose existe à Strasbourg, dans le quartier de la Petite France. De ce fait, je n'étais pas dépaysée. Sauf qu'à la Petite France le lieu des Tanneurs et des Moulins est plus riant, plus pittoresque qu'à Champigneulles. J'avais encore les yeux rivés au port quand tante Philomène m'a rappelée à l'ordre :

– Va embrasser ta mère et ta sœur.

Ma mère, Élise, m'a embrassée distraitement. Elle était surtout heureuse de revoir ses deux sœurs. C'était si rare. J'ai vu ma petite sœur âgée de huit ans qui sautait d'un pied sur l'autre. Elle portait des vêtements que j'ai trouvés très élégants, plus que les miens. C'était une jolie petite fille. À la maison, mon petit frère de quatre ans m'attendait. Une voisine avait accepté de le garder, car il faisait encore la sieste l'après-midi. Marie-Thérèse était déjà venue en vacances à Nordhouse, mais nous n'étions pas très liées. C'est surtout avec Flora qu'elle avait joué. Je n'ignorais pas que j'avais un frère, mais je ne le connaissais pas. La mémoire me faisait défaut. Quand l'avais-je vu ? Il devait n'être encore qu'un tout petit bébé. Les vacances allaient nous rapprocher, déclara maman. Je l'entendais bavarder, mais je restais silencieuse. Que lui dire ? Nordhouse me manquait déjà. Je reniflais l'air du pays en suivant le groupe des grandes personnes. Il fallait passer sous le pont du chemin de fer. Un endroit sinistre pour moi, qui débouchait sur la route menant à Bouxières-aux-Dames, village où mes parents habitaient. Nous étions encore sous le pont lorsque me parvinrent des effluves que je trouvai atroces. J'ai dû faire la grimace et ma mère s'en est aperçue.

– Qu'est-ce qui ne va pas ?

J'avais saisi mon nez entre le pouce et l'index droits.

– Ce n'est rien, c'est l'odeur de la brasserie toute proche. Le malt et le houblon sont en train de bouillir. Tu verras aussi dans les jours qui viennent les paysans des alentours venir chercher les drêches pour le bétail et là, tu pourras te pincer le nez quand passera un tombereau empli de ces restes encore fumants. Tu vois cette haute cheminée rouge et blanche, c'est celle de la brasserie. Ici aussi, comme à Strasbourg, on fait de la bière. Et elle n'est pas mauvaise cette « Reine des Bières [1] ».

---

1. Célèbre brasserie, la « Reine des Bières » parraina le Tour de France pendant des décennies jusqu'à la loi Évin. Puis, avec les différentes restructurations, elle tomba dans le giron du groupe Kronenbourg, sa grande rivale.

À la hauteur de la brasserie, une voiture tirée par un cheval s'est arrêtée. Le chauffeur a salué maman et lui a proposé de nous prendre à bord. C'était le laitier qui rentrait à Bouxières-aux-Dames et nous avons fait le reste du chemin dans sa carriole. Il a fallu longer les prés bordés d'arbres immenses, traverser le passage à niveau. J'ai levé les yeux et mon regard s'est cogné à la colline toute proche. Une colline où le village de mes parents s'accrochait. Puis nous avons encore longé d'autres prairies où paissaient des troupeaux avant d'apercevoir la petite maison où habitaient mes parents, non loin d'une rivière.

– Toi qui aimes tellement l'eau, glissa tante-marraine, tu ne seras pas dépaysée. La Meurthe serpente joliment ici avant d'aller se jeter à deux pas, dans la Moselle...

Les lieux ne manquaient pas de charme, je ne pouvais pas dire le contraire, mais il me semblait que ce mois de vacances qui s'annonçait serait le plus long de ma vie.

9

Mes parents louaient un appartement dans une maison qui en comptait quatre. Avec la location de cette maison se trouvait un potager dont maman s'occupait. C'était son plaisir et sa fierté, cela se sentait dans ses paroles. Il y avait aussi quelques arbres fruitiers, un mirabellier qui donnait bien et un cerisier un peu plus capricieux. Au-delà du jardin, les prés bordant la Meurthe accueillaient les enfants du bas du village. Les femmes allaient laver leur linge au bord de la rivière. Les étés, ces lessives étaient pour elles l'occasion de se rencontrer, de partager joies et peines, et aussi de se raconter tous les potins de la localité.

Au-delà de la Meurthe, on devinait Champigneulles, Frouard. Ma sœur était une pipelette. Elle m'expliqua tout du village accroché à la colline. Le cimetière se trouvait dans le haut du village, derrière l'église, et plus haut encore la Pelouse, un espace planté de tilleuls centenaires où se déroulaient parfois certaines fêtes de village. « Le bas de Bouxières-aux-Dames se trouve coincé entre Custines et Lay-Saint-Christophe », déclara-t-elle. À huit ans, elle connaissait parfaitement sa géographie locale.

Tante-marraine et tante Philomène ne rencontrèrent même pas papa, leur beau-frère, retenu à Nancy depuis deux jours pour un travail urgent aux Chemins de fer. Le lendemain, elles quittèrent tôt Bouxières-aux-Dames, alors que je dormais encore. Elles voulaient visiter Nancy avant de reprendre le train en fin d'après-midi. Toutes deux passeraient la soirée à Strasbourg. Tante Philomène rejoindrait Nordhouse le surlendemain.

Mes tantes m'avaient fait mille recommandations avant le coucher. Mille recommandations que j'interprétais à ma façon. Je devais être telle une petite souris qui se fait oublier. J'avais la chance d'être en vacances. On avait fait des efforts pour moi et je ne devais rien oser qui puisse faire regretter à mes parents de m'avoir accueillie. Je devais être la plus discrète petite fille qui soit et faire honneur aux grands-parents.

Je ne crois pas avoir démérité, mais à quel prix... J'ouvrais grands les yeux quand je découvrais quelque chose que je n'avais jamais vu, mais je ne disais rien. Ma mère possédait de la vaisselle moderne, des appareils ménagers qui coupaient, hachaient, moulinaient. Elle s'en excusait et disait :

– Il faut vivre avec son temps, tu ne crois pas ?

Cherchait-elle une approbation quelconque chez moi ? J'étais incapable de lui répondre. J'avais envie de hausser les épaules, mais je me souvins des recommandations de mes tantes. Rester discrète. Quand tu ne sais pas répondre, souris. Un sourire en appelle un autre et tout s'arrange ensuite. Ce qui me frappa le plus fut cet appareil brun et noir qui trônait sur le buffet de la salle à manger. Pour moi, cet appareil, comme le piano vu chez Toinette à Nordhouse, représentait le comble du luxe. C'était un poste TSF. Et mes parents en possédaient un dont le dessus se soulevait tel un couvercle pour découvrir un tourne-disques. Marie-Thérèse m'expliqua sommairement comment tout cela fonctionnait et je restai stupéfaite devant cette machine à paroles et à musique. Il n'y avait rien de tel chez mes grands-parents. Je trouvais cela magique... Je l'aurais écouté toute la journée. Et puis je vis des disques. Je voulais comprendre comment on pouvait graver de la musique sur cette chose noire et plate si fragile. Pour la radio, on parlait des ondes, courtes, longues, moyennes. Mais personne ne pouvait vraiment répondre à mes questions. Il faudrait que j'attende de retourner à Nordhouse pour en parler à grand-père qui demanderait les explications nécessaires à M. Kim. J'avais bien compris que cet appareil n'avait rien à voir avec le téléphone où la voix courait sur un fil à cette époque. On n'arrête pas le progrès, répétait ma mère.

Ma sœur me montra aussi ses jouets. Je n'en avais jamais vu autant, même dans le coffre de Marguerite et Flora. Une poupée, un baigneur, un ours, deux dînettes. Elle me vantait les bienfaits de saint Nicolas parce qu'elle avait été bien sage. La chipie feignait d'y croire de peur que les cadeaux cessent. Avais-je donc été moins sage quand j'étais plus jeune ? Chez nous aussi saint Nicolas apportait des cadeaux aux enfants, mais c'était uniquement une orange et un pain d'épices qu'il déposait à l'école pour chaque enfant. Quant au soir de Noël, nous avions droit à la visite du *Christkindel*[1] et du

1. Enfant Jésus.

Hans Trapp[1]. *Christkindel* gâtait les enfants des familles riches en leur apportant des jouets ; les autres devaient se contenter de friandises. J'avais douze ans et je savais évidemment que tout cela n'était que légendes. Marie-Thérèse aussi, mais elle prenait un malin plaisir à y croire. Elle avait un de ces tons doucereux dans la voix, un tel visage d'ange que les adultes ne pouvaient que s'exclamer : « Cette petite est douée pour la vie, elle réussira. »

Du reste, elle paraissait gentille, ouvrait son coffre à jouets, étalait tout à terre ; elle tirait les tiroirs de sa commode où elle rangeait ses livres et, ébahie, je regardais ses albums, ses crayons de couleur. Ma sœur ne manquait de rien. Je pensais à mes lectures de la comtesse de Ségur : Marie-Thérèse était une petite fille modèle comblée. Mes parents étaient pourtant des ouvriers... En cherchant bien, je songeai à la fille du docteur de Nordhouse chez qui parfois j'allais passer un jeudi après-midi quand elle était malade. Elle aussi était une enfant privilégiée, mais elle était la fille du docteur. Du reste, elle n'en faisait jamais état. Dans ma tête, les pensées défilaient, s'affolaient. Grand-père disait souvent, du moins depuis que je savais qui étaient mes parents, que grand-mère et lui m'avaient élevée pour les soulager. « Tes parents ne sont pas très riches. »

Or, je constatais, moi, à mon niveau, qu'il n'en était rien. Gilbert aussi avait des jouets : tambour, petits

---

1. En Alsace, Hans Trapp est une sorte de père Fouettard, semblable à celui qui accompagne saint Nicolas dans ses tournées et emporte les enfants désobéissants dans sa hotte ou son grand sac noir.

soldats, camion de pompiers, cheval à bascule. Pourquoi ma mère ne pensait-elle pas à moi ? Pourquoi ne m'avait-elle jamais fait le moindre petit cadeau ? Estimait-elle que, à Nordhouse, je ne manquais de rien ? Je n'ai pas le souvenir d'un jouet ou d'un vêtement offert par mes parents. Une bouffée de tristesse et de rancœur me submergea, que je devais taire avec le sourire. Me revenaient les remarques de grand-mère et de tante Philomène : la jalousie est un péché capital. Je tendis pourtant la main vers la plus jolie poupée de Marie-Thérèse pour l'admirer de près, toucher ses cheveux, examiner les vêtements qu'elle portait et que je soulevai. Ma sœur bondit sur moi.

– Il faut être soigneuse avec les jouets. Redonne-moi cette poupée, il ne faut pas la casser, car cela coûte très très cher et tu n'as pas l'habitude.

Je ne comprenais pas. Qui donc étais-je pour elle ? Une pauvre petite qui n'a jamais rien vu, ne sait rien ? Je rendis la poupée au moment où maman entrait dans la pièce. J'en avais assez vu. Je me levai pour sortir.

– Tu n'as pas envie de jouer avec ta sœur. Il est vrai que tu es grande maintenant. Ce sont des jeux de petite fille.

Je n'avais que douze ans. Mais j'ai retenu la leçon et ne suis plus jamais allée admirer les jouets de cette chipie. J'ai simplement demandé à maman si elle avait des livres.

– Pas beaucoup, nous ne sommes pas riches – je n'ai pas eu le toupet de la traiter de menteuse, pourtant l'envie était grande –, mais, si tu veux, je t'emmènerai chez une voisine qui a une grande bibliothèque, elle sera heureuse de te prêter des livres.

Elle tint parole. La voisine en question habitait une maison bourgeoise à deux pas du pont enjambant la Meurthe. Chez cette dame, il y avait des domestiques, un jardinier et une bonne. On disait cette femme généreuse car elle s'occupait des bonnes œuvres et élevait une nièce par charité. Dans sa belle maison, une pièce était réservée aux livres soigneusement rangés sur des rayonnages protégés par des portes vitrées. Les pièces où sommeillent les livres ont toutes une odeur de papier et d'encre mêlée à celle de l'encaustique des rayonnages sombres qui les accueillent. C'est une atmosphère confinée indispensable, selon moi, pour retenir dans les pages des ouvrages les vies relatées, les conflits, les guerres, les atrocités et les grandes histoires d'amour. Je me suis toujours demandé comment ces pièces parvenaient à absorber tous ces sentiments contradictoires ; comment les rayons n'explosaient pas, ne cédaient pas sous le poids du verbe. J'ai aimé l'odeur de cette pièce. Elle m'enveloppait. La dame était élégante, posée.

– Voici donc Jeanne ! Jeanne qui aime lire. C'est merveilleux. Les livres sont nos amis. Des amis qui ne trahissent jamais.

Elle proposa de me faire lire la comtesse de Ségur. J'avais déjà tout lu. Elle sortit plusieurs ouvrages signés Erckmann-Chatrian ; je connaissais aussi. Jules Verne ; j'ai dû lui dire que je n'aimais pas beaucoup à cause des choses scientifiques que je n'arrivais pas à me représenter sans l'aide de grand-père. Alors, elle me tendit deux jolis livres rouges, reliés cuir et dorés sur tranche. J'ouvrais de grands yeux.

– Hector Malot a écrit *Sans famille*, une histoire vraiment très belle.

Je me suis régalée. J'ai beaucoup pleuré cet été-là sous le saule du grand pré. Parfois, je m'identifiais à Rémi. Et je voyais sous les traits de monsieur Vitalis mon cher grand-père. Je lisais sous les feuillages et le saule fut témoin de mes émois. C'est sous cet arbre que je fis la connaissance des garçons et filles du bas village qui allaient devenir d'excellents amis pendant ce mois d'août et les années qui suivraient.

Les soirées d'été n'en finissaient pas. La nuit tardait toujours à venir. Avant la fuite du jour, à Bouxières-aux-Dames – c'était aussi le cas à Nordhouse –, les adultes se réunissaient par petits ou grands groupes. Ils emportaient une chaise et s'installaient sur le pré et la soirée passait à faire la causette. Parfois, une bonne bouteille circulait, suivie d'un café et d'une tranche de gâteau, pendant que les enfants jouaient non loin. C'était le pique-nique du soir. On jouait à colin-maillard, à chat perché, à la chandelle sur l'air de *Le facteur n'est pas passé, il repassera demain, ding ding le voilà !* On chantait aussi à plusieurs voix. Parfois, les adultes s'y mettaient et c'est un de ces soirs que j'entendis pour la première fois la belle voix d'Élise. Quand Élise chantait, chacun retenait son souffle et l'on voyait le plaisir inonder son visage. Elle avait une voix de soprano très pure.

Ces veillées me plaisaient infiniment. Je participais aux jeux dans le pré, mais j'aimais aussi écouter les conversations des grandes personnes. On apprend toujours en tendant l'oreille. Parfois, une pluie d'orage nous obligeait à écourter la soirée à l'extérieur, qui se poursuivait alors à l'intérieur de l'une ou l'autre maison. Le plus souvent, c'était chez Élise et Albert, à cause du café d'Élise et très probablement pour la musique qu'elle offrait en même temps, puisqu'elle mettait en route son tourne-disques. Ces soirées-là, je ne les ai jamais oubliées. J'ai longtemps gardé le souvenir des senteurs des prés mouillés après la chaleur du jour. Bien évidemment, à Nordhouse, les bords de l'Ill étaient ma véritable demeure. Mais à Bouxières-aux-Dames, je savais que je vivais entre parenthèses. J'étais comme sur une scène de théâtre que je quitterais sitôt le rideau tombé. Ce théâtre-là m'offrait un nouveau rôle, de nouveaux partenaires. Pendant quelques semaines, j'avais un père, une mère, une sœur et un frère. J'aurais bien des choses à raconter en rentrant à Nordhouse. Certes, personne ne saurait qu'on s'était poussé pour me faire une petite place, que je devais aider au ménage ou à la cuisine, ce qui d'ailleurs ne me gênait pas, sauf quand j'étais plongée dans un roman qui m'absorbait.

J'avais fini par m'attacher à Gilbert, ce petit frère âgé de quatre ans. Il semblait me préférer à Maric-Thérèse. C'était le seul garçon de la famille. Un autre était mort à l'âge de cinq ans, sans doute d'une leucémie, et ma mère avait encore les yeux brouillés de larmes quand elle évoquait la grave anémie de l'enfant. Gilbert était donc l'objet de toutes les attentions et, de ce fait, était un enfant capricieux. Capricieux, mais attachant. Et je fondais à chaque demande. Mais grâce à lui, j'approchais déjà mon futur métier. Je m'occuperais de dizaines de petits que j'éduquerais, préparerais à la vie future, puisque je voulais être jardinière d'enfants.

En attendant, je racontais des histoires à Gilbert, répondais à ses questions, le grondais quand c'était nécessaire. Ma mère riait et disait que le gamin me menait par le bout du nez.

Je me fis des amis et filles et garçons prirent l'habitude de me questionner sur ma vie alsacienne. J'aimais raconter. J'aimais conter et l'on m'écoutait, et ce, malgré le fort accent alsacien qui faisait rire ma sœur et ses amies. Les plus âgés ne se moquaient pas, du moins pas en ma présence dès l'instant que l'histoire que j'évoquais les passionnait. Je crois avoir tout dit des légendes et des coutumes du bord du Rhin et de l'Ill. J'ai décrit Strasbourg de long en large. J'ai captivé mon auditoire avec *La Fille du géant Schletton* ; je l'ai effrayé avec l'histoire du méchant Géroldseck désirant pour épouse la belle et pure Galswinthe, fille du sire de Freundstein qui préféra pour lui et sa fille la mort plutôt que de se soumettre au furieux Géroldseck. Et puis, j'ai raconté l'histoire du Puits aux bébés. J'ai chanté, sans doute un peu faux, la chanson de la cigogne pour qu'elle n'oublie pas de rapporter des petits dans son bec, à chaque retour de printemps, et celle du Hans de Schnokeloch.

Je voyais bien que, pour mes nouveaux amis, j'habitais un pays merveilleux et je découvrais surtout que je pouvais faire rêver. En moi naissait quelque chose d'encore confus. Je sentais se lever une force inconnue, à la fois exaltante et angoissante.

Il y eut un soir où maman me demanda d'aller me coucher tôt, car elle et moi devions aller à Nancy le lendemain pour faire des courses et elle avait besoin de moi. Nous partirions très tôt. Le 15 août approchait. C'était une grande fête à Bouxières-aux-Dames. C'était à la fois la fête de la Vierge et la fête patronale. De ce fait, la table familiale se trouverait agrandie. Une sœur d'Albert, mon père, était attendue.

Marie-Thérèse se réjouissait de la venue de tante Léa. Elle espérait bien recevoir un cadeau. L'attente fébrile de ma jeune sœur réveilla un sentiment que j'avais appris à dominer depuis plusieurs années : ne rien espérer pour ne jamais être déçue. Je me félicitai de cette attitude. Car cette tante, la mienne aussi, allait venir avec des cadeaux. Pour Marie-Thérèse, ce serait des barrettes ornées de rubans pour tenir ses cheveux. Pour Gilbert, deux soldats de plomb de l'armée de Napoléon qu'il collectionnait. Pour moi, il n'y aurait rien. La tante en serait confuse un bref instant, mais elle se rattraperait très vite : d'abord en déclarant qu'elle ignorait ma venue, puis en ajoutant que j'étais déjà « une presque grande personne ». Forte de cette soudaine promotion, je saurais sourire. Mais nous n'en étions pas encore là, j'allais me rendre à Nancy avec ma mère. Cette perspective me réjouissait. Ma mère allait me donner de son temps à moi seule. Pour cette visite dans la capitale lorraine, je serais sa complice, sa préférée. Je vis Marie-Thérèse pleurnicher avec l'espoir qu'elle serait, elle aussi, du voyage. Maman ne céda pas. Elle déclara à Marie-Thérèse qu'elle avait déjà vu Nancy plusieurs fois et qu'elle s'y ennuierait. C'était un jour où papa était là, elle resterait avec lui et jouerait avec Gilbert.

Maman me réveilla tôt sans aucune difficulté. J'attendais déjà. Un bus venu de Custines passait par Bouxières-aux-Dames et Champigneulles où il nous déposerait et où nous prendrions le train, moyen de locomotion peu onéreux pour les familles de cheminots.

En sortant de la maison, nous avons aperçu le laitier qui partait faire sa tournée. Il a agité la main en nous dépassant. Il nous aurait volontiers prises à bord de sa carriole, mais maman a décliné son offre.

– En fait, me dit maman, nous irons bien à Nancy, mais un peu plus tard. Je dois voir quelqu'un. Nous allons marcher à travers champs jusque sur la route de Custines. Tu m'attendras, ce ne sera pas long. Ne me pose pas de questions et ne raconte rien à personne de ce que tu auras vu ce matin, ce sera notre secret.

J'avoue n'avoir pas compris sur l'instant ce dont il était question ni pourquoi je devais être dans le secret de cette rencontre qu'elle eût pu faire sans me mettre au courant. Pourquoi, d'ailleurs, me demander de l'accompagner ? C'est après, bien plus tard, que j'ai compris, ou du moins décrypté l'événement. Si ma mère me demandait d'être à ses côtés, ce n'était pas par amour filial, ni pour créer quelques liens et encore moins pour me récompenser. Elle avait simplement besoin d'un chaperon, d'un passeport de bonne conduite. Je devenais son alibi. Allait-on accuser une femme mariée de se livrer à quelque démon puisqu'elle était en compagnie de sa fille ? Il est vrai que la route de Custines n'est pas le plus court chemin pour se rendre à Nancy.

J'ai vu un homme de haute stature marcher de long

en large au bord d'un pré. Il attendait. Il a fait quelques pas vers nous, puis s'est arrêté. Il hésitait, semblait-il, sur la conduite à tenir. Pour se donner une contenance, il a porté une cigarette à ses lèvres. Il était encore trop éloigné de moi pour que je fixe ses traits dans ma mémoire. L'homme paraissait m'examiner en silence. Avant de le rejoindre, ma mère m'a dit :

– Va t'asseoir sur le banc de l'arrêt de bus. Nous prendrons le prochain qui passera tout à l'heure. Tu n'as qu'à lire en m'attendant.

Elle disait cela très froidement, avec une détermination que rien ne semblait pouvoir entamer. C'était assez étonnant. Pas un frémissement n'ombrait son visage. J'ai fait ce qu'elle m'avait demandé. Elle a quitté la route pour rejoindre l'homme. Je l'ai vue l'embrasser et disparaître derrière un bouquet d'arbres. J'ai attendu sans pouvoir lire, assise sur le banc. Je balançais mes jambes et je fixais le sol. Le manège de quelques fourmis qui transportaient des graines m'amusa un temps. Une fourmilière devait se trouver à proximité. J'admirais l'obstination de ces petites bêtes qui œuvraient sans se poser de questions. Et puis ma mère réapparut en vérifiant que sa veste était bien boutonnée. Rien ne trahissait en elle une action embarrassante, à défaut d'être coupable, sauf peut-être des yeux brillants et le feu aux joues qu'elle vérifia d'un revers de main en levant la tête vers le ciel et que, été oblige, elle mit sur le compte d'une journée qui serait chaude. Nous n'avons pas parlé de cette rencontre, jamais. Je sais qu'elle s'est reproduite, y compris à Nordhouse quand elle est venue seule pour une visite à grand-mère. Je crois que grand-père avait déjà fermé les yeux. Et, à chaque fois, elle m'a emmenée pour une promenade... Je n'ai jamais vu de près le visage de cet homme. Était-ce le même ? Mais toujours j'ai senti son regard me transpercer telle une lame d'acier.

Il est vrai que cette visite secrète de ma mère, comme celles qui suivirent, m'ont interpellée. Instinctivement, j'ai songé à Toinette et à l'homme qui s'était dressé au seuil de la *Stube*. Était-il mon père ? J'ai eu besoin de le croire. S'il en était ainsi, j'avais une histoire. J'étais le fruit d'un grand amour. Mais, de ce fait, je compris aussi ma douleur. Je n'étais pas la fille d'Albert. Était-ce la raison pour laquelle j'avais été condamnée à grandir loin de ma mère ? J'ai longtemps réfléchi à cette histoire. Alors que j'approche l'autre rive, j'y songe encore. J'en ai parlé à ma fille aînée qui semble d'accord avec mes suppositions.

10

Quand je suis revenue à Nordhouse après mes vacances en Lorraine, j'ai trouvé grand-père bien soucieux. Joseph, un de ses amis, revenait de Munich où vivait sa fille qui avait épousé un Allemand bien avant la guerre de 1914. Joseph était parfaitement au courant de la politique menée outre-Rhin. L'arrivée de Hitler, qui prétendait redonner à l'Allemagne sa force, imposer le respect à ses ennemis du passé, était fort inquiétante. Pour lui, Hitler était un dangereux fou dont les idées racistes ne laissaient rien présager de bon. Les premières brimades avaient déjà commencé. Les Juifs étaient montrés du doigt, on disait qu'ils étaient responsables de tous les maux. On fermait leurs commerces ; on renvoyait leurs enfants des écoles ; on ne les admettait plus dans certains hôpitaux. On avait déjà connu cela dans l'histoire. Quant aux autres Allemands, ils se devaient d'applaudir et de soutenir la pensée de cet homme étrange sous peine de s'exposer aux mêmes représailles. Joseph avait lu *Mein Kampf* et avait dit à grand-père que ces pages regorgeaient de haine et d'orgueil.

– Tout cela finira par une guerre, Hitler ne se

contentera pas de faire le ménage uniquement en Allemagne. Il voudra toujours plus. Il va s'emparer de territoires qui furent autrefois allemands. Il lavera dans le sang et la terreur l'humiliation de 1918. Et ce qui est consternant, c'est que l'homme de la rue demeure sans réaction.

Grand-père ne cessait de répéter à grand-mère ou à sa fille ses angoisses.

– Nous sommes, hélas, nés allemands, mais de parents qui étaient français, et nous risquons de mourir allemands. Philomène, si tel était le cas, arrange-toi pour couvrir mon cercueil du drapeau français. Je ne veux rien devoir à ce fou.

Grand-mère avait tressailli avant de hausser les épaules. J'ignorais encore, après cet été lorrain, que grand-père vivait ses derniers jours. Je me suis toujours demandé si sa mort, peu de temps après ces conversations, n'était pas la conséquence de la forte angoisse due à la montée du nazisme. J'ai éprouvé un tel chagrin que je me suis juré, si la guerre survenait, de combattre cette folie de toutes mes forces ; selon moi, cette monstruosité, qui sévissait outre-Rhin, avait tissé le linceul de l'homme que j'admirais le plus. Je crois que c'est grand-père qui, carte à l'appui, m'expliqua où se trouvait autrefois l'État d'Israël.

– Ce sont des gens comme tout le monde. Nous avons, ta grand-mère et moi, d'excellents amis qui sont juifs à Strasbourg, à Bischwiller. D'ailleurs, Jésus-Christ était juif. Nous avons le même Dieu. C'est bien la raison pour laquelle je me dispute régulièrement avec monsieur le curé au moment de Pâques. Je n'aime pas qu'on prie pour le Juif perfide qui a fait mourir Jésus sur la croix... C'est tellement stupide, cette haine entretenue au fil des siècles.

Je n'ai jamais oublié le chagrin de grand-père. Sa sagesse m'a ouvert les yeux très tôt. Lorsque l'État d'Israël est né au lendemain de la guerre, c'est d'abord à lui que j'ai pensé. À ses côtés je voyais la silhouette et les grands yeux sombres de Nicole, cette amie de classe à Nancy obligée de porter l'étoile jaune et que je continuais à fréquenter alors que beaucoup la délaissaient. J'ai suivi la dramatique épopée de l'*Exodus*. Quand le concile Vatican II s'est tenu et qu'il a supprimé toutes les allusions idiotes au Juif perfide, j'ai applaudi, pour moi, et en souvenir de grand-père qui aurait dit : « Enfin ! »

La mort d'Aloyse m'a laissée anéantie. Avec lui sont morts mon enfance et mes espoirs quant à l'avenir. Plus rien ne serait comme avant. Je lisais le chagrin sur le visage de grand-mère qui se taisait. Elle se tenait droite, le front levé, le menton en avant, devant le corps de cet homme que la vie avait déserté si subitement et trop précocement. Ils appartenaient tous deux à une génération qui ne se livrait pas en public à de savantes effusions. Depuis plusieurs années, ils faisaient chambre à part. Mais je surprenais parfois entre eux des regards chargés de tendresse. Je ne les avais jamais entendus se disputer. Il se pouvait que l'un commence une phrase que l'autre terminait. L'accord était parfait. Grand-mère devrait maintenant, seule, faire face à Philomène, veuve depuis peu. La belle-famille de tante Philomène l'aidait à élever Marguerite et Flora, mais au lendemain des funérailles de grand-père je surpris une conversation dans la cuisine.

– Vous comprenez, mère, mes beaux-parents veulent bien m'aider, mais ils estiment que cet argent doit être utilisé uniquement pour mes filles. Il n'est pas destiné à l'éducation de Jeanne qui a encore ses parents. Le plus sage est d'écrire à Élise et Albert afin qu'ils la reprennent chez eux. Elle est grande maintenant et devrait bientôt être en âge de travailler.

Grand-mère ne répondait pas. Elle continuait à vérifier que la soupe cuisait à petits bouillons ; qu'elle ne déborderait pas de la marmite ; qu'elle était correctement salée.

Pour ne pas entendre, pour me soustraire aux regards lourds de reproches de tante Philomène, j'ai couru au bord de l'Ill. La nuit tombait. Les saules des bords de la rivière dessinaient des ombres inquiétantes, je ne m'en souciai pas. Plus rien de fâcheux ne pourrait m'advenir. Le pire était arrivé puisque grand-père gisait au cimetière de Nordhouse. Je m'installai dans sa barque toujours amarrée à son piquet. Qui la ferait glisser sur l'eau ? Qui irait dorénavant repêcher l'un ou l'autre risquant de se noyer ? J'ai pensé : la barque a le même manque que moi, et je m'y suis assise, les coudes posés sur les genoux, la tête dans les mains. Je voulais réfléchir mais je ne savais pas comment mener cette réflexion qui me permettrait d'être libre, de ne dépendre de personne sans quitter mon paradis. Je n'avais pas encore l'âge d'entrer à l'école de Strasbourg. Était-ce une question d'âge ou d'argent ? Le temps passait. La nuit était totalement tombée et, avec elle, le froid pénétrant de l'automne qui me glaçait les os. Personne ne s'inquiétait de mon absence. Je me mis à pleurer tandis que passait un vol d'oies sauvages qui descendaient le Rhin, sans doute pour rejoindre ces pays chauds dont parlait si souvent grand-père. La brume recouvrait tout le village et seul émergeait le bulbe du clocher de l'église. Je me fondis dans cette ouate frissonnante. Je me rappelle avoir pensé qu'il serait sans doute préférable de disparaître à jamais. Cela simplifierait la vie à mes deux familles d'Alsace et de Lorraine. Je devenais indésirable dans cette maison de Nordhouse et représentais une grosse charge financière. Là-bas, sur les bords de la Meurthe, personne ne semblait se soucier de moi. Pourquoi mes parents ne répondaient-ils pas aux courriers de grand-mère ?

C'est l'oncle Achille qui me découvrit au fond de la barque alors que la nuit était tombée. J'étais grelottante de fièvre et, aspirée par le chagrin, je n'avais pas voulu répondre lorsqu'on m'avait appelée. Je ne sais pas combien de temps je fus malade. Je gardai souvent les yeux clos et les adultes devaient penser que la fièvre me rendait sourde à leurs propos. Ils évoquaient la bonté des grands-parents, le sans-gêne de leur fille Élise qui avait bien des excuses, il est vrai, avec un tel mari. Elle sauvait la face, voilà tout. Mais quand même, Jeanne était la fille d'Élise – j'entendais –, elle ne devait pas l'abandonner. Maintenant que sa mère allait se trouver dans le besoin, Élise devait reprendre sa fille.

Le docteur du village vint me visiter deux fois. Il ne se fit pas payer lorsque grand-mère ouvrit le tiroir de la commode dans la chambre.

– Gardez vos sous, Philomène, et ne vous inquiétez

pas. Jeanne se remettra de cette congestion. Continuez les cataplasmes à la moutarde et les ventouses.

À la rentrée, je retournerais à l'école du village pour aider sœur Margareta. J'avais obtenu le certificat d'études. Je pourrais m'occuper des petites dans la classe, distribuer les cahiers, préparer les encriers en attendant la réponse de mes parents et l'argent me permettant d'aller très vite à Strasbourg. Fallait-il que je fusse encore naïve à cette époque pour espérer entrer à l'école de Strasbourg !

Pressée par tante Philomène, grand-mère écrivit plusieurs lettres. Noël passa et je vis encore mes cousines être comblées de cadeaux. Il fallait bien consoler ces deux petites, orphelines de père. Qui se souciait de grand-mère et de moi ?

– Vous comprenez, mère, insistait tante Philomène, ma belle-famille veut bien faire un effort pour vous, mais pour Jeanne, ce n'est pas possible. Elle a des parents. Ils doivent s'en occuper. Depuis la mort de père, la pension qu'il recevait est divisée par deux. Et c'est une toute petite rente qui vous arrive. Insuffisante pour deux personnes. Ma sœur devrait le comprendre. Le lui avez-vous dit ? Je vais m'en charger.

Grand-mère s'agitait. Elle promettait d'écrire encore une fois. Oui, elle insisterait ; bien sûr qu'elle ferait état du peu de moyens dont elle disposait à présent pour m'élever.

Après les fêtes, je repris le chemin de l'école pour aider les sœurs. J'aimais beaucoup l'ambiance de l'école. Les sœurs me considéraient, selon moi, avec une bienveillance amicale. Elles me fournissaient en livres. Des livres de grandes personnes, disaient-elles.

J'en éprouvais une immense fierté et mettais un point d'honneur à bien les lire, à les apprécier du premier au dernier mot. Je recopiais sur un cahier les plus beaux extraits, les phrases qui entraînaient ma pensée hors de l'histoire étalée dans les pages de l'ouvrage. Je lisais en français et en allemand avec la même aisance. J'aimais aussi beaucoup la poésie et je m'émerveillais qu'on pût, en quelques lignes et quatrains, dépeindre un paysage, raconter une histoire qui défilait devant mes yeux. Elle était si précise qu'elle pouvait, j'en étais certaine, donner des idées à des peintres, tant les mots étaient colorés, lumineux et odorants. La sonorité des vers qui s'appelaient et s'attendaient, pensais-je, à cause des rimes, devenait un véritable chant qui m'émouvait. C'est à cette époque que je découvris vraiment Verlaine, Baudelaire, Musset. Il y avait aussi Arthur Rimbaud. Je lisais et relisais l'histoire de ce grand buffet jusqu'à la savoir par cœur :

C'est un large buffet sculpté ; le chêne sombre
Si vieux a pris cet air si bon des vieilles gens ;
Ce buffet est ouvert, et verse dans son ombre
Comme un flot de vin vieux, des parfums engageants.

Mes filles ont aussi appris ce poème. Pourquoi me suis-je tue ? Il eût été si facile de leur dire : J'ai appris cette récitation quand j'étais petite fille. L'émotion me submergeait, aussi violente qu'à la mort de grand-père. Ce buffet symbolisait à lui seul mon paradis perdu.

Ce buffet, mais oui, c'était celui de grand-mère. J'en voyais les sculptures. Dans ma tête, j'échafaudais mille histoires, dont la plus probable – et qui avait dû valoir quelque notoriété à la famille des grands-parents – était que le poète avait dû passer par chez nous, il y avait fort longtemps. Il avait vu cette belle pièce de musée – c'est tante-marraine qui disait cela quand il grinçait un peu trop –, et il l'avait tellement aimée qu'il lui avait consacré un poème. Je gonflais le torse. Grâce à lui, la maison des grands-parents passait à la postérité. Elle entrait peut-être même dans la légende... J'en ai parlé à Alphonse, le vieux cousin qui avait suivi l'empereur. Il est resté songeur et m'a confortée dans cette histoire en penchant la tête et en réfléchissant longuement.

– Arthur Rimbaud a écrit *Le Buffet* en 1870, il avait fait la guerre et avait même célébré la victoire de l'empereur à Sarrebruck...

– Et c'est aussi lui qui a écrit *Le Dormeur du val,* a ajouté Alphonse en souriant.

Tout se tenait. Le vieux cousin a souri. Moi, j'ai pris son sourire pour une approbation. D'ailleurs, il n'y avait rien d'impossible à cela puisque des soldats de l'empereur avaient cantonné sur les terres de Nordhouse. Ma vie rêvée, celle que les mots dessinaient, s'affirmait avec force et prenait le pas sur le réel. J'avais un refuge, un palais secret où j'étais reine. Goethe et Rilke figuraient déjà dans mon panthéon. Je connaissais bien l'histoire d'amour de Goethe, ou sa non-histoire, avec Frédérique Brion à Strasbourg. Tante-marraine, toujours friande des choses du cœur, m'avait montré la maison où il avait habité quand il y était étudiant. Elle ne comprenait pas que ces deux jeunes gens aient pu s'aimer sans véritablement se déclarer et, surtout, sans *concrétiser*. Tante-marraine se lançait dans de savantes analyses en me tirant par la main dans les rues de Strasbourg. On eût dit parfois qu'elle oubliait que j'étais une enfant. Elle employait des expressions inconnues de moi et s'exprimait en français pour dire des choses qu'une petite fille à cette époque n'aurait pas dû entendre.

– Tu sais, Jeanne, *le corps parle*, et parfois, *il parle bien* et l'on peut en être très heureux...

Elle s'arrêtait un instant, m'observait et terminait par :

– C'est vrai, tu es encore petite, mais tu comprendras plus tard. Et, quand tu comprendras, tu penseras à moi.

Presque deux ans s'écoulèrent à attendre une réponse de mes parents. Je ne dirai pas que j'étais malheureuse. Grand-mère ne m'aima pas moins. Je la devinais préoccupée. Je savais son chagrin. Aloyse et elle avaient formé un beau couple, solide. On ne les avait pas mariés. Ils s'étaient choisis. À ce chagrin s'ajoutait celui de mon départ pour éviter les reproches de sa fille et de la belle-famille de celle-ci. Grand-mère ne voulait pas déplaire. Son visage se creusait de rides supplémentaires. Elle ne supportait pas cet écartèlement des sentiments et répétait pour se consoler, en caressant mes cheveux certains soirs, quand j'étais occupée à lire :

– Ma pauvre petite, qu'allons-nous devenir ?

Comme j'ai aimé grand-mère en ces instants ! Mais je me suis interdit d'exprimer mes sentiments. Sinon, nous aurions toutes deux plongé dans un océan de larmes. Si j'ai détesté ma mère et son silence, j'ai tout autant redouté l'arrivée d'une lettre qui aurait signifié qu'était venu le temps de l'adieu à l'Alsace, à mon petit jardin que je continuais d'entretenir dans le potager des grands-parents. Grand-père m'avait tout appris des légumes et grand-mère m'avait enseigné la science des boutures de géranium. Je savais aussi partager un bulbe d'iris. Et puis, l'Ill me manquerait... L'Ill et la barque de grand-père que personne n'osait utiliser et dans laquelle je me réfugiais pour lire quand le temps le permettait. C'est un jour où je barbotais dans *Histoires du Bon Dieu* de Rilke que le facteur apporta *la lettre* qui me fit chavirer l'âme. Tante Philomène m'appelait. Elle tenait la précieuse missive entre ses mains qu'elle agitait à la hauteur de sa tête.

– Jeanne, Jeanne ! Élise a écrit. Elle t'attend pour le 15 août.

J'ai fermé mon livre et suis revenue à la maison où j'ai trouvé grand-mère assise à la table de la cuisine en train d'écosser des petits pois. Elle a levé la tête quand je suis entrée. Elle m'a regardée d'un air douloureux et a aussitôt abaissé son regard pour que je ne voie pas ses larmes couler. Je n'oublierai jamais cette douleur qui me transperça. C'en était fini de mon enfance. Je partirais dans deux petites semaines.

Je voulus faire mes adieux à tous les lieux qui m'avaient bercée. À travers champs je me rendis à Notre-Dame-du-Chêne.

– Vous ne m'avez pas exaucée, murmurai-je à genoux sur le banc. C'est dommage, si vous l'aviez fait, je vous aurais acheté un ex-voto avec ma première paie.

Je suis ainsi, je mets Dieu, la Vierge et ses saints au défi. Je marchande. Une attitude qui faisait briller les yeux de grand-père.

Avec Marguerite et Flora nous allâmes aussi jusqu'à la chapelle Saint-Ludan, à l'entrée de Nordhouse. J'y entrai seule, sur la pointe des pieds, tandis que mes cousines couraient autour de la chapelle. Je restai longtemps à contempler les restes du tronc du tilleul auquel saint Ludan s'était adossé avant de mourir. Je revivais la scène de la communion donnée par les anges. Je trouvais cette histoire si étrangement belle qu'elle resterait figée dans l'écrin de mes souvenirs d'enfance. Pourquoi espérais-je un miracle ? Qui pourra un jour expliquer le besoin de merveilleux niché en chaque être ? Mais saint Ludan, qui avait fait tellement de miracles, ne m'entendit point. Était-il fatigué par le poids des siècles, les multiples demandes ? Tante Philomène disait toujours qu'il ne faut pas user la patience de Dieu et de ses saints. Je n'en voulais pas à saint Ludan de garder ses distances et de ne pas se pencher sur les désirs d'une petite fille. J'avais simplement le cœur immensément gros. Je n'avais plus ma place au village, peut-être parce que je ne méritais pas d'être aimée.

Janvier 2001

Je viens te rendre visite comme chaque jour. Je quitte mon travail plus tôt pour te rejoindre vers dix-sept heures. Tu ne sais pas que ma rédactrice en chef n'apprécie pas, qu'elle m'a sommée de reprendre des horaires normaux et que je fronde comme tu l'aurais fait puisque je m'acquitte de ma tâche en commençant plus tôt au journal et en travaillant à la maison. Tu m'attends parfois les yeux clos. Et j'aime voir le sourire redessiner tes lèvres quand tu m'entends arriver avant de me voir. Je dois d'abord te prendre la main, m'asseoir face à toi. Une onde de bonheur rosit tes joues, pâles d'être privées du grand air depuis si longtemps.

J'ai trouvé la personne responsable de l'aumônerie. Elle vient prier avec toi et t'apporte la communion. Tu en es émue. Il arrive que j'entre dans la chambre en même temps qu'elle, et moi, qui ai pris quelque distance avec Dieu – depuis que je le trouve injuste, quand l'innocence est bafouée –, je me surprends à prier avec toi et la paix me gagne alors que le soir tombe.

Tu sors peu à peu de la brume qui t'a saisie à Noël. Depuis que nous parlons de ton passé, tu renais. Tu te défendais, tu ne voulais pas qu'on parlât de toi, mais je lis bien dans ton regard cette espérance. C'est le temps de dire, d'écrire. Faire cela te rend étonnamment tendre et proche, c'est surprenant. J'avais encore le souvenir de quelques colères, chagrins, révoltes. C'est une autre femme que je découvre, une autre mère. Qu'on ne me susurre pas : allons, Élise, c'est parce que tu sais les jours comptés que tu peux laisser aller ton cœur. Je ne suis pas encore prête à entendre cela. Non, ce que je découvre de toi est d'un autre ordre. Comme si pendant des années tu t'étais dédoublée, avais rangé au fond d'un placard ton véritable moi que tu peux attraper et retailler à ta mesure. J'y songe en passant le pont de Meulan par-dessus la Seine. J'y songe et mon cœur se serre. J'éprouve ce sentiment féroce et douloureux que toi, tu n'ignores rien de ton futur. Un futur qui t'a toujours angoissée, qui a pris une importance obsessionnelle quand papa est mort. Tu t'es accrochée à moi en répétant, telle une litanie : « Tu seras là, quand ce sera mon tour ? » J'ai promis, j'ai fait le serment de ne jamais t'abandonner quoi qu'il arrive.

Toi, l'« éternelle angoissée » – ce sont tes mots –, tu te prépares à l'inéluctable avec la paix au cœur. Et moi, j'entre dans la douleur.

Maintenant, on t'assoit dans un fauteuil et tu regardes couler la Seine. Tu n'as pas perdu ton humour.

– C'est presque un grand bonheur, ma fille, d'être hospitalisée dans un centre de soins qui borde un fleuve. Avec un peu d'imagination, c'est l'Ill puis la Meurthe que je revois.

Et nous voilà reparties toutes deux entre l'Alsace et la Lorraine. Quand tu seras fatiguée, tu regagneras ton lit dont j'abaisserai la tête après avoir retapé les oreillers. Tu fermeras les yeux en me disant :

– Fais ce que tu as à faire, mais reste un peu, ta présence me fait du bien.

Alors, je sortirai la pile de nouvelles pour le prochain comité de lecture et je lirai ces femmes, mais aussi ces hommes, qui écrivent pour toi et des milliers d'autres ces textes qui leur vrillent l'âme et le cœur, mais qui les libèrent. Ce qu'on écrit n'est jamais innocent.

DEUXIÈME PARTIE

Dans la tourmente de la guerre

1

Faut-il que je perçoive la lumière au bout du tunnel pour me risquer à te raconter, ma fille, ce que fut ma vie ? Parfois, j'en ai assez. Et quand je te dis que ce que j'ai vécu a si peu d'importance et que tu sais déjà tout cela, tu insistes. Bon chien chasse de race, te dis-je, quand je décèle chez toi la même obstination qui m'a toujours tenue debout. Tu ne manques pas d'arguments. Tu me dis que je me sentirai mieux ensuite. Je dois reconnaître que tu as raison.

Après ton départ, quand je t'ai parlé, c'est un peu de lumière qui reste dans la chambre et en moi-même. Depuis cette hémorragie rétinienne, en novembre, ma vue s'est améliorée, mais je ne peux pas encore lire seule et, gentiment, tu me fais la lecture. Tu sais me faire parler. Jamais nous n'avons autant échangé. J'ai l'impression que chaque souvenir évoqué, mis en forme, en phrases, déchire l'obscurité de cette maladie, repousse la nuit. Je vais finir par croire, comme tu le dis, aux bienheureux ravages de la psychologie. Ne fronce pas les sourcils, ma fille. Je reprends ma plume, puisque mes écrits te plaisent.

Il y eut ce jour de rentrée des classes. Lever à six heures moins le quart pour se rendre au cours ménager situé dans le quartier Saint-Fiacre à Nancy. On ne me demanda pas mon avis. Trois années d'études afin de préparer un CAP qui me rendrait apte au travail dans n'importe quelle collectivité : servir dans une cantine, en usine ou à l'hôpital. Je devais m'estimer heureuse, d'après mes parents. Dans les familles modestes, la plupart des jeunes gens travaillaient dès l'âge de quatorze ans, c'est-à-dire après l'obtention du certificat d'études. Toi, tu es sursitaire, a précisé mon père en riant.

Quand je suis arrivée à Bouxières-aux-Dames après le 15 août, mon avenir était décidé. « Mais après ce CAP ménager, pourrais-je devenir jardinière d'enfants ? » Ma question était incongrue. Ma sœur s'est moquée de moi en pouffant dans ses mains et maman a haussé les épaules. On ne reviendrait pas sur le sujet.

Accompagnée par Denise, une voisine de ma mère qui s'en allait travailler à Nancy, j'ai fait le chemin de Bouxières-aux-Dames jusqu'à la gare de Champigneulles pour prendre l'autorail à destination de Nancy. Je n'ai pas osé parler, de crainte qu'on se moque de mon accent que j'avais fort prononcé. Devant nous marchaient d'autres jeunes gens et jeunes filles qui se rendaient à Nancy. J'entendais leurs rires. J'aurais sans doute aimé faire partie du groupe, mais Denise me surveillait. Quand nous sommes arrivées à la hauteur de la brasserie de Champigneulles, elle m'a dit qu'il fallait se dépêcher et qu'il lui semblait entendre le bruit de l'autorail dans le lointain. Il restait à passer sous le pont du chemin de fer et nous serions à la gare, face au port sur le canal. L'autorail avait deux minutes d'avance et je me suis mise à courir, comme Denise, en l'entendant passer sur le pont alors que nous étions en dessous. En grimpant dans le wagon, un peu essoufflée, j'ai failli tomber et des mains charitables se sont tendues. Pierre, Paul et Dédé, des bords de la Meurthe, étaient à bord. Le sourire m'est revenu. La joyeuse bande de copains du bas de Bouxières-aux-Dames venait à mon secours.

– Allez, Jeannette, cela ira !

Jeannette, Jeannette ! J'étais un peu sidérée. Les larmes devaient mouiller mes yeux. Je plongeais dans l'inconnu.

– Ne pleure pas, Jeannette, tralalalala, lalalala, lala...

C'était Raymonde qui voulait faire de l'humour. Et comme je ne répondais pas, afin de ravaler mon chagrin, elle insista alors que tous riaient dans le wagon :

– Quoi ! Tu ne t'appelles pas Jeannette ?

Je me suis redressée en serrant les dents, en me mordant les lèvres. Un sursaut de fierté que j'utiliserai souvent dans ma vie. J'ai dû la foudroyer du regard et je lui ai répondu d'un ton cinglant :

– Appelez-moi Jeanne ! Cela ira très bien.

Les garçons ont applaudi, sifflé, mais ont répété en chœur :

– Ça, c'est envoyé, Jeannette !

Je ne garde pas un excellent souvenir de l'enseignement de ce cours ménager essentiellement destiné à faire des jeunes filles qui le fréquentaient de futures épouses soumises, entièrement dévouées à leur mari et à leur famille. Outre les règles élémentaires d'hygiène, nous apprenions à cuisiner, coudre, repasser, à tenir les comptes du ménage. Mais, surtout, la maîtresse du cours – on disait ainsi – insistait sur le fait que le mari était le chef de famille. Nous aurions des comptes à lui rendre. Nous devions être des femmes honorables, des mères exemplaires qui seraient d'excellentes éducatrices.

Les jeunes filles autour de moi étaient dociles et, pendant les récréations, elles avaient mille confidences à se faire. Chacune bâtissait son rêve de bonheur : une maison bien tenue ; un mari félicitant l'épouse parfaite et sage. De quoi vieillir doucement dans la paix d'un foyer qui serait leur fierté. Paule, une jeune fille de troisième année – une vieille pour moi, elle avait déjà dix-sept ans –, revint après les vacances de Noël avec une bague de fiançailles au doigt. Elle montrait sa main et provoquait l'admiration autour d'elle. Le mariage aurait lieu quand elle aurait dix-huit ans. Le promis était le fils d'amis de la famille. C'était déjà un homme raisonnable puisqu'il avait vingt-cinq ans. Oui, il est beau, affirmait Paule. Il travaillait à la droguerie de ses parents. Paule faisait un beau mariage, le jeune garçon était fils unique, c'est lui qui hériterait du fonds de commerce. Paule se déclarait ravie. Elle aiderait son futur mari au magasin. Ses amies l'enviaient. Pas moi. Je le confesse, ces perspectives-là ne m'enchantaient pas du tout. Je ne m'imaginais pas enchaînée à un jeune homme, fût-il beau et eût-il les poches bien remplies. Je voulais être libre. Libre de choisir qui j'aimerais, libre de me lier ou de rester fille.

– Rester fille, s'exclama Gisèle, ma voisine de classe, tu n'y penses pas, Jeanne !

J'y pensais, justement. Le beau parti serait de toute façon pour ma sœur, si belle, si intelligente et qui avait le goût du bonheur. On répétait cela souvent devant moi. Sans doute pour que je m'en imprègne. De mon avenir, il n'était jamais question. On m'avait reprise sous le toit où j'aurais dû grandir. On me tolérait, je le sentais. Chaque fois que l'argent manquait pour le moindre achat, il me semblait sentir peser sur moi des regards lourds de reproche. Ce que je coûtais était la part qui manquait au foyer. Je devais m'estimer heureuse de dormir maintenant dans la même chambre que ma sœur. Mon frère avait trouvé refuge dans la salle à manger où les parents avaient pu lui aménager un espace. Un garçon ne doit pas dormir dans la chambre de ses sœurs, les parents étaient sévères à cet égard. Mais je m'attachais à ce gamin. Sans doute imaginais-je qu'il était l'un des enfants dont j'aurais pu m'occuper. Il avait six ans et bien souvent je lui faisais réciter ses leçons en revenant de Nancy. Gilbert était un enfant capricieux qui refusait d'apprendre à lire et à écrire. Il détestait l'école. Il inventait tous les prétextes pour ne pas y aller. Un jour, il revint à la maison en disant : « L'école a brûlé. Nous sommes en vacances jusqu'à la Saint-Nicolas. » Un autre jour, c'était le maître qui était tombé très gravement malade. Lorsque maman découvrait le mensonge, il était puni. Mais rien n'y faisait, il recommençait. Jusqu'à l'âge de dix ans, il pleura chaque jour – pure comédie ? – devant son café au lait et ses tartines. Il avait trop mal à la tête, au ventre, aux jambes. Il allait mourir comme ce frère qu'il n'avait pas connu et qui était mort à cinq ans. Il ne fallait donc pas le forcer. Un matin, il refusa de se lever et répondit à maman :

– Je ne peux pas me lever, je suis presque mort.

Maman, déjà fort énervée parce que papa était revenu du travail avec une paie considérablement rognée après être passé au café à côté de la Sanal, mit ses mains sur ses hanches avant de lui administrer une magistrale paire de gifles.

– Tiens, et ne t'avise pas de pleurer. Un presque mort ne pleure pas. Maintenant, lève-toi et va te laver !

Il gémissait pourtant devant la table de toilette que l'eau était trop froide et qu'il tomberait malade si l'on insistait. Je vis les yeux de ma mère virer au noir flamboyant. De toute évidence, elle allait sortir le martinet du tiroir de la table de cuisine si son fils manifestait encore autant de mauvaise humeur. Je me suis approchée de Gilbert et lui ai dit dans le creux de l'oreille que j'allais m'occuper de lui. C'était un jour où je n'allais pas en classe car l'école était fermée afin que les enseignantes soient formées à un nouveau matériel de cuisine.

– C'est pas juste, redoubla-t-il, Jeanne a des vacances et pas moi.

– Cela suffit, ai-je dit sur un ton qui n'admettait aucune réplique, tous les enfants doivent se laver et aller en classe afin d'apprendre à lire, écrire et compter. Si tu ne veux pas te laver, il te poussera des poireaux dans les oreilles, et si tu ne veux rien apprendre, tu seras comme Pinocchio. Tu auras des oreilles d'âne et même une queue. Tu ne parleras plus comme les enfants, mais tu brairas. Tu feras hi-han et tout le monde rigolera.

Lui ai-je fait réellement peur ? Il se laissa laver, vêtir, prit son petit déjeuner sans geindre et partit à l'école. Petite victoire. Gilbert n'était pas un enfant docile. Mais de ce jour, chaque fois que cela fut possible, il préféra que je m'occupe de lui car, tout en le préparant, je lui racontais des histoires. Il éveillait mon sentiment maternel. J'aimais les enfants et, entre eux et moi, le courant passait bien. Je vérifiais ce petit talent avec les plus jeunes au bord de la Meurthe quand je les amusais. J'aimais les voir heureux, les occuper, apprendre à tricoter aux petites filles. Chaque matin, quand je partais prendre l'autorail, j'essayais d'imaginer ce que pourrait être ma vie si l'on me laissait faire le métier dont j'avais envie. Denise et la bande de camarades des bords de la Meurthe me ramenaient à la réalité. Les uns allaient déjà travailler à la fabrique de chaussures, d'autres dans une maison de confection. Et puis, il y avait des jeunes filles, condamnées, comme moi, au cours ménager où je m'ennuyais. Les recettes de cuisine de ce cours me paraissaient coûteuses et je ne pouvais les expérimenter à la maison car ma mère ne pouvait se procurer tous les ingrédients nécessaires. Le manque d'argent se faisait parfois cruellement sentir quand mon père se répandait et distribuait jusqu'à son dernier sou ou empruntait. J'ai vu ma mère, le jour de la paie, aller l'attendre à la sortie de son travail pour être certaine d'avoir la totalité du salaire.

– Albert, l'enveloppe, tout de suite !

Il haussait les épaules, ouvrait sa veste et, de la

poche intérieure, extirpait l'enveloppe. Ces jours-là, elle avait gagné, mais pas pour longtemps. Sans argent, mon père avait des ardoises et parfois le cafetier venait jusqu'à la maison réclamer son dû. Ce qui mettait ma mère dans une grande colère. Je l'observais et je la voyais maigrir. Ses joues se creusaient et, quand elle se croyait seule, je voyais son regard se perdre en des contrées inconnues. À quoi pensait-elle ? À qui ? À cet homme ? Elle n'était pas heureuse en son foyer. Pourquoi avait-elle épousé Albert ?

Ce que je vivais chez mes parents était si éloigné de l'idyllique tableau de la vie de famille dans lequel nous, les jeunes filles sages et vertueuses, étions censées nous couler, que je fus agacée par les leçons de morale de la directrice. Un jour, elle s'aperçut que j'avais haussé les épaules après qu'elle eut dit qu'une jeune femme respectable devait savoir se taire même si le mari faisait une remarque injuste. Nous devions bien nous mettre dans la tête qu'après une rude journée de labeur, un mari qui rentrait dans son logis avait l'humeur fatiguée. Il appartenait alors à l'épouse de veiller à son confort, de l'accueillir avec sourire et indulgence. Moi, je n'étais pas d'accord. J'ai marmonné entre mes dents :

– Et puis quoi encore ! L'esclavage est aboli. Et la Révolution a dit que tous – hommes et femmes – naissent libres et égaux en droits.

– Voulez-vous redire tout haut ce que vous avez dit tout bas, Jeanne ?

Ma voisine de classe riait sous cape, elle aimait beaucoup les diversions que je provoquais.

Bien évidemment, j'ai gardé le silence et ma voisine aussi.

– D'ailleurs, mademoiselle, quand on a un tel accent alsacien, on apprend à s'en défaire avant de prendre la parole...

Il y a eu un mouvement dans la classe. Les rangs de devant se sont retournés et, peu à peu, j'ai vu que toutes les élèves étaient secouées par le rire. J'ai bien compris que le rire était en ma défaveur. Aucune élève n'eût couru le risque de se moquer de la directrice. Ma voisine a pensé la même chose que moi et a murmuré :

– Quelles gourdes !

Ce qui m'a donné l'audace de me lever et de taper du poing sur la table avant de m'exclamer :

– Je vais, madame, dire deux choses. À vous : il n'est pire sourd que celui qui ne veut pas entendre. Et à la classe d'élèves moqueuses : c'est le lot des sages que d'être la risée des sots !

Et j'ai quitté la salle en claquant la porte. Fière de moi, c'est le moins qu'on puisse dire, dans un silence tel que le vol d'une mouche eût paru terrifiant.

Naturellement, j'ai été punie, collée, et mes parents ont reçu une lettre qui relatait mon insolence. Une attitude inadmissible, précisait la directrice. Je redoutais la réaction de mes parents. J'allais entendre un sermon en règle sur le respect et la nécessité de savoir tourner sa langue sept fois dans sa bouche avant de parler. Je serais sans doute privée de sortie le dimanche après-midi.

Mon père était à la maison quand la lettre est arrivée. Impossible de m'esquiver, de courir au bord de la Meurthe. Il l'a lue et relue et quand il l'a repliée, j'ai vu qu'il n'était pas en colère.

– Élise, *ta* fille te ressemble. Elle sait se défendre.

Mais il m'a demandé de lui relater très exactement les faits avant de prendre ma défense.

– C'est sûr, tu n'aurais pas dû répondre. À ton âge, les élèves doivent garder leurs pensées secrètes. Mais en vrai, c'est toi qui as raison. Pour qui se prend-elle, madame la directrice ? Elle est peut-être excellente pour vous enseigner le ménage et la cuisine, mais pour l'humanité, elle a encore beaucoup à apprendre. Depuis quand c'est une honte d'être alsacienne ? Je m'en irai lui dire deux mots à l'occasion.

– Albert, tu n'iras pas, l'a coupé maman. Je te connais. Ton sens aigu de la justice ne fera qu'envenimer les choses.

– Élise, protesta-t-il, on ne doit pas insulter l'Alsace. C'est une grave offense, très grave offense. Cette directrice-là ne l'emportera pas au paradis. En 1914, je suis parti à la Légion étrangère pour ne pas avoir à saluer le drapeau allemand. Les Alsaciens ne sont pas des Français de seconde catégorie.

Ma mère respirait. La tirade de son mari prenait soudain des accents patriotiques suffisants pour le détourner de ses idées. Je croisai d'ailleurs le regard de maman et je compris ce qu'il fallait faire : inciter mon père à raconter comment il était entré à la Légion étrangère.

Son admission dans ce célèbre corps d'armée était devenue une légende familiale qu'il cultivait soigneusement.

Mon père n'était pas très grand, il devait atteindre

le mètre soixante alors que ses frères dépassaient tous le mètre soixante-dix. Quand, en 1917, il s'était présenté devant les officiers de la Légion afin d'échapper à la conscription allemande[1], on l'avait pesé et mesuré. « Trop petit », avait dit le légionnaire qui actionnait la toise.

Mon père s'était alors retourné et avait lâché, dépité : « Alors, tant pis, cher camarade, j'irai me battre chez les Boches et je deviendrai l'ennemi de la France qui fait battre mon cœur depuis bien avant ma naissance. »

Mon père avait un sens inné du théâtre. Les légionnaires en étaient restés cois.

« Repasse sous la toise, je crois que je me suis trompé, avait repris le légionnaire, soudain plus compréhensif. Hausse-toi sur la pointe des pieds et lève la tête. Bon, ça va, on atteint 168 centimètres. Bienvenue à la Légion ! »

Quand mon père évoquait ses souvenirs, pour moi, c'était un réel plaisir. Je comprenais soudain pourquoi grand-père était si indulgent à son égard. Bien sûr, Albert était un joyeux luron qui n'aimait pas la solitude et, de ce fait, fréquentait un peu trop les bistrots où il refaisait le monde. Il pouvait lui arriver de s'enivrer, mais on ne pouvait pas dire qu'il était alcoolique. Il aimait surtout rencontrer des gens. Son écoute et sa générosité étaient connues de tous. C'est bien ce que lui reprochait ma mère : d'être trop généreux avec l'argent du foyer.

– Ne mets plus en avant ton bon cœur, Albert. Si

---

1. L'Alsace était allemande depuis 1870 et devait le rester jusqu'en 1918.

tu en avais, tu penserais d'abord à ta famille au lieu de secourir le premier va-nu-pieds qui a su t'émouvoir. Et comment je vais faire, moi, pour nourrir tout le monde avec une moitié de paie ?

– Comme d'habitude, tu feras des miracles ! Tu sais si bien t'y prendre, Élise. C'est pour cela que je t'ai épousée, ma belle.

– Ça ne marche plus, tes compliments, Albert. Je te préviens, ajouta ma mère un jour que son irritation était à son comble, si la prochaine paie n'est pas complète, je te casse ta belle petite gueule.

Ma mère avait agité l'index droit d'un air menaçant. Elle n'avait jamais été grossière avec lui, ni en français ni en allemand, d'où la surprise qui laissa mon père sans voix. Aucun son ne sortit de sa bouche qu'il avait pourtant ouverte. Il fallut quelques secondes pour qu'il pût enfin articuler :

– Élise, si le curé t'entendait... si le curé t'entendait...

– Il me donnerait raison et le Bon Dieu aussi. À ce propos, Albert, samedi prochain il y a des confessions à l'église. Si tu veux faire tes Pâques...

– C'est toi qui m'y obliges. Enfin, puisque tu as décidé de veiller sur mon âme comme sur mes chaussettes... Merci, belle Élise, j'irai à confesse et communier à la grand-messe pascale, comme chaque année, pour être en règle, avec toi et avec ton Dieu. Des fois qu'il vienne me chatouiller avant la date. Tu auras ainsi l'âme en paix.

2

L'été approchait à grands pas. Je voyais mon père s'intéresser aux événements du monde, lire la presse et soupirer, s'inquiéter ou se mettre en colère à la lecture d'un article.

– On aura la guerre avec cet imbécile d'Adolf. Nom de...

– Albert, on ne jure pas, le coupa ma mère qui était en train de repasser.

– Écoute, Élise. Le monde entier cire les bottes à ce Boche d'opérette qui se prend pour Napoléon. Je ne lui pardonnerai jamais son intervention en Espagne. Il a bombardé Guernica[1]. Il mène une politique d'expansion insensée pour redonner sa fierté à l'Allemagne humiliée après 1918. Et puis, ce que tu ne sais pas, c'est qu'il met sous les verrous les Allemands qui lui résistent, les pasteurs trop virulents qui soutiennent les Juifs... Les associations charitables n'ont plus le droit d'être, de se rassembler. Il enrôle les jeunes pour leur

---

1. Ville du Pays basque espagnol, bombardée le 27 avril 1937 par l'aviation allemande au service des nationalistes espagnols. Il y eut 2 000 victimes.

laver le cerveau. Les commerces des Juifs sont confisqués.

– Je ne comprends pas...

– Oh ! C'est pourtant facile. Les vieux démons resurgissent toujours quand on les taquine. Tu n'as quand même pas oublié l'affaire Dreyfus, au début du siècle. Un capitaine alsacien et juif était forcément un félon.

– Mon Dieu ! fit ma mère en se signant.

– J'espère que ton Dieu donnera un peu d'intelligence à nos dirigeants et leur ouvrira les yeux sur ce qui se passe dans le monde en ce moment. Le fascisme s'impose partout. S'il est combattu en Espagne, la France, après l'Angleterre, ferme les yeux. La France n'est pas courageuse dans cette affaire. À part quelques cas isolés, comme Malraux. J'aurais cru Blum plus audacieux. Mais son gouvernement a démissionné le 22 juin dernier. Il est vrai que ses ennemis de droite ne le ménagent guère.

– En quoi cela nous concerne ?

– C'est une répétition avant d'installer la dictature et le racisme. Il y en a un qui voit clair, c'est Pie XI, qui a mis le monde en garde contre le nazisme. Mais ça n'a pas empêché Hitler d'exclure les Juifs. Personne n'a pris le temps de lire l'encyclique papale, dans laquelle il y a des choses intelligentes, mais le Vatican se fourre quand même le doigt dans l'œil en condamnant le communisme athée. Du coup, Hitler se frotte les mains et ne va pas se priver de poursuivre ses actions en Espagne.

– Tu lis les écrits du pape, toi ?

– Oui. Et bien d'autres choses encore, belle Élise.

La situation politique est grave, très grave. Et chacun veut d'abord se protéger au lieu de s'indigner.

– Et comment sais-tu tout ça ?

– Par les copains des Chemins de fer qui reviennent d'Allemagne, et puis par mes réunions de syndicat. Bon, je te laisse, j'ai justement une réunion...

– J'espère que tu ne rentreras pas trop tard et que « ta réunion » ne finira pas chez Angèle...

Angèle était la serveuse du café à côté de l'épicerie.

– Elle est malade, Angèle, répondit mon père. C'est sa sœur Lucienne qui la remplace, mais le soir, le père Mougin ferme plus tôt que d'habitude, car Lucienne doit s'occuper de ses petits.

– S'il pouvait en être toujours ainsi, soupira ma mère qui redoutait les ardoises que mon père laissait, car il payait la tournée générale plus souvent qu'à son tour.

Ma mère s'énervait, mon père n'était pas rentré souper la veille[1].

Elle était sans nouvelles de lui depuis le matin du 31 août et nous étions déjà le 2 septembre quand elle décida de se rendre au bureau des Chemins de fer à Champigneulles. Elle y croiserait bien l'un ou l'autre copain de son mari qui lui donnerait des nouvelles de son Albert. Elle me confia le repas à préparer et la garde de ma sœur et de mon frère. Je m'acquittai de cette tâche. D'ailleurs, à son retour, elle était si fâchée

1. Jusque dans les années soixante, en Lorraine comme dans le Nord, on a dit « dîner » pour « déjeuner » et « souper » pour « dîner ».

qu'elle ne pensa pas à inspecter la maison pour vérifier que j'avais travaillé comme elle le désirait. Ma mère était pointilleuse, quasiment maniaque. Mes fantaisies en matière de ménage et de cuisine lui déplaisaient et provoquaient de fréquents soupirs. Je la désespérais. Un jour, agacée, je lui ai répondu :

– Tu n'avais qu'à m'élever toi-même, j'aurais été parfaite.

J'avais pris soin de lui dire cela à une distance telle qu'elle ne pouvait allonger suffisamment le bras dans ma direction. Car elle avait la main leste. Ce jour-là, elle se contenta de pester contre sa mère qui ne m'avait pas appris grand-chose de bon.

À son retour de Champigneulles, je compris qu'elle n'avait pas retrouvé Albert. Je la vis donc se laisser choir au coin de la table et prendre sa tête dans ses mains. Je crois même avoir redouté le pire en voyant son état.

– Albert est à Paris depuis le 30 août au soir avec ses copains des syndicats et les autres. Le 31 a eu lieu la création de la Société nationale des Chemins de fer français. Il devait aller à Paris, m'a dit son chef. Il sera sans doute de retour vendredi, car samedi il doit prendre son poste. Son chef était surpris qu'il n'ait pas songé à me prévenir. M'est avis que le gredin n'est pas parti seul... Si c'est cela, il va voir comment je m'appelle, gronda-t-elle.

– Ben, son chef te l'a dit, il est avec ses copains du syndicat.

– Et avec eux il y a parfois des filles. Je ne devrais pas te le dire, mais Albert est bien désordre. J'ai trouvé une photo dans la poche de sa veste. Une blonde, comme les actrices américaines...

Ma mère évoquait les blondes platine, des filles maniérées, forcément artificielles. Pour elle, ces filles étaient des « demi-catins sans morale » qui perturbent les ménages et volent les maris.

J'ai pensé à cet homme que ma mère avait rencontré dans les prés sur la route de Custines et à celui qui l'attendait au Pré-des-biches non loin de Nordhouse. Tous deux grands, élancés... Même silhouette. Pour moi, c'était le même homme. Mais j'ai gardé le silence et pourtant la curiosité me démangeait de savoir qui il était. Ma mère était très en colère, je le sentis à la manière dont elle ouvrit les portes du buffet pour dresser la table et mit de l'eau à chauffer pour se faire un café. Elle en buvait au moins deux litres par jour.

– Ces filles-là détournent les hommes mariés pour l'argent, soupira ma mère, usée de devoir compter.

C'est curieux, je ne parvenais pas à imaginer mon père en train de conter fleurette à une autre femme qu'à ma mère. Il était très amoureux d'elle, tendre dans ses paroles alors qu'elle le rudoyait et, parfois même, le repoussait. Si mon père trompait ma mère, il me semblait que c'était avec ses idéaux et ses réunions secrètes. Combien de fois l'ai-je entendu répondre à ma mère qui le questionnait : « Ça, je ne peux pas te dire. C'est un secret, il faut me croire ! »

Ce soir-là, j'ai écrit à grand-mère qui me manquait. J'irais la voir le surlendemain pour une dizaine de jours et j'attendais avec impatience le moment des retrouvailles. Marie-Thérèse serait du voyage. On m'avait déclarée suffisamment « grande » pour faire le voyage avec ma petite sœur. Je saurais changer de train à Strasbourg pour prendre celui de Bâle qui s'arrêtait en gare de Limersheim où l'on viendrait nous chercher.

C'est un cousin de grand-père qui nous attendait, ma sœur et moi, en gare de Limersheim. Grand-mère avait tenu à l'accompagner. Je me jetai dans ses bras la première. Elle caressa mes cheveux comme à son habitude.

– Tu deviens une bien belle jeune fille, et la petite Marie-Thérèse a bien grandi, déclara-t-elle.

Elle parla peu pendant le retour à Nordhouse. Le cheval allait bon train et j'avais oublié les inconvénients des voyages en char à bancs quand les roues épousent parfaitement les routes truffées de nids-de-poule. Marie-Thérèse se croyait sur un manège à sensations et se laissait aller à sauter et à verser à gauche, à droite, malgré les mises en garde du cousin. Entre-temps, elle pépiait, questionnait. Moi, je buvais le paysage et respirais à pleins poumons cette Alsace dont j'étais tellement privée. Je me retournai quand nous passâmes devant le calvaire. C'était un jour de temps clair et les Vosges se dressaient au loin. Reverrais-je le mont Sainte-Odile ?

Nous sommes arrivés au village par la route qui mène à Plobsheim... La chapelle Saint-Ludan s'offrait à notre regard. Mais je n'ai rien dit. J'ai eu la vision du moine irlandais adossé à son tilleul à son retour de croisade. J'ai imaginé la scène de la communion donnée par les anges et j'ai entendu sonner les cloches des églises voisines. J'étais de retour au pays de mon enfance.

Bien évidemment, la première chose que j'ai faite en sautant à terre et en remerciant le cousin qui nous avait convoyées fut de courir au bord de l'Ill. L'été avait été chaud et les eaux étaient basses. J'ai perçu l'odeur des marais proches et j'ai levé les yeux au ciel chargé de lourds nuages qui annonçaient l'orage. Tante Philomène avait dû rassembler ses papiers dans le coffret de courtoisie et préparer les cierges bénis à la Chandeleur... La barque de grand-père était toujours là, amarrée au piquet de bois. Je sus qu'en dix jours j'irais bien une ou deux fois m'y réfugier, lire et rêver.

Je suis revenue vers la maison pour revoir Marguerite et Flora et j'ai fait un léger détour pour traverser le jardin. Quelqu'un s'était-il occupé de mon jardin, de mes fleurs ? J'avais fait promettre la chose à Marguerite avant mon départ. Grand-mère ne répondait jamais à cette question dans les lettres qu'elle m'adressait. J'ai fait trois fois le tour du jardin. C'était là, non ? Peut-être sous le cerisier ? Ou là-bas, près du *Schopf* ? Il n'y avait plus rien. Toute trace de mon jardin avait disparu sous les labours de la bêche. Les haricots ramants s'enroulaient autour des tuteurs, les tomates mûrissaient, mais de mes géraniums, de mes dahlias, de mes soucis et petits rosiers il n'y avait plus aucune trace. Le jardin s'en était débarrassé. Avais-je donc rêvé cet espace ? Étais-je si peu désirée pour qu'on se soit empressé de faire disparaître ce souffle de nature que je m'obstinais à faire perdurer ?

« C'est un peu de ton cœur qui pousse en ce jardin et le vent s'y enroule avec bonheur quand il souffle », disait grand-père quand il me regardait faire.

Je le revis en train de m'apprendre la taille des rosiers. Le jardin n'avait plus besoin de mon cœur. Je me suis adossée au cerisier un instant et j'ai mordu l'intérieur de mes joues pour ne pas pleurer avant de rentrer dans la maison. Ne rien montrer, ne rien exprimer. Ma place n'était plus sur cette terre. J'étais seulement de passage.

Ces dix jours furent cependant une jolie parenthèse dans ma nouvelle vie. En très peu de temps, le village sut mon retour et mes anciennes amies de classe arrivèrent jusque dans la cour et m'appelèrent. Je devais avoir des choses à leur raconter sur ma vie, ma nouvelle école. Est-ce que les garçons – ah, les garçons ! – étaient plus beaux, plus gentils que ceux de Nordhouse ? Est-ce que j'avais déjà un amoureux ou un promis ? Madeleine, la fille du plus gros propriétaire de Nordhouse, avait un *presque fiancé*. Il ne s'était rien passé entre eux. Non. Les parents avaient tout prévu. Elle l'avait compris car régulièrement les familles s'invitaient. Madeleine devait toujours être présente et Rodolphe, le fils de ce riche propriétaire, aussi. Je demandai à Madeleine si elle aimait bien Rodolphe.

– Si mes parents y ont pensé, c'est que c'est le meilleur mari qui existe pour moi. J'arriverai à l'aimer, dit-elle. Il a de l'argent et des terres, et grand-mère dit que c'est un bon début pour l'amour. Mais je vais t'avouer qu'il n'est pas très beau. Maman dit qu'il est très bien pour moi, car je ne suis pas non plus très jolie, ajouta-t-elle avec un petit rire forcé.

J'étais choquée et triste pour mon amie. Elle avait quinze ans et le fameux Rodolphe devait approcher les dix-neuf ans. Je me souvenais de lui comme d'un gros lourdaud. Gentil, une force de la nature, mais qui ne voyait pas plus loin que le bout de son nez.

« Heureusement qu'il a des parents qui prévoient tout pour lui », disait grand-père.

J'observai Madeleine. Si elle n'était pas une beauté comme les filles qui posent pour les pages des magazines de cinéma, elle avait du charme et vraiment rien de repoussant. Je comprenais une chose : on la sacrifiait. Le fameux Rodolphe était fils unique, et les parents de Madeleine ne pensaient qu'aux avantages que ce mariage leur procurerait. Ils étaient déjà propriétaires de leur ferme. La mère de Madeleine avait quelques biens dans le village voisin. Par ce mariage, le capital familial s'agrandirait rapidement. Leur fille hériterait car Rodolphe était le fruit d'une union tardive. Les parents du garçon étaient heureux d'avoir trouvé une jeune fille bien comme il faut pour leur fils un peu gauche. Je fus soudain très heureuse d'être une jeune fille modeste. Je ne serais jamais mariée par intérêt. Je me souvenais de certaines mises en garde que me faisait tante Philomène quand l'un ou l'autre garçon du village me taquinait : « Ne pense pas à lui. Il n'est pas pour toi. Les fortunes ne sont pas assorties. »

Thérèse s'entendait bien avec Flora. Je retrouvais un peu de liberté, du moins je le crus. Marguerite et moi parcourions le village à bicyclette. Elle sur la sienne – je la trouvais bien chanceuse – et moi sur celle de grand-mère qui ne l'utilisait plus beaucoup. Tante Philomène nous suivit un jour jusqu'à la *Wassertor*[1], non loin du petit port par où transitaient autrefois les petites et moyennes embarcations venues de Sélestat et de Strasbourg, avant la mise en service du canal du Rhône au Rhin. L'écluse existait toujours et quelques rares bateaux continuaient de naviguer par là et de transporter des récoltes de tabac et de chanvre, ou des bouses de vache nécessaires pour donner de la force à la terre. Les soirs d'été, les jeunes du village aimaient se retrouver à la *Wassertor* et les plaisanteries fusaient. Les commentaires allaient bon train sur qui rencontrait qui. On pariait sur les mariages possibles, les robes blanches et la médaille des enfants de Marie méritée ou non. Parfois, des garçons d'Erstein ou de Limersheim venaient grossir le groupe. C'est ce moment que tante Philomène choisissait pour nous rappeler à l'ordre, Marguerite et moi.

– Toi, Marguerite, file à la maison immédiatement, tu es trop jeune. Et toi, Jeanne, tu n'as rien à prétendre de ces jeunes gens. Ils ne sont pas pour toi. Tiens-toi-le pour dit.

– De toute façon, je ne veux pas me marier, lui répondis-je un jour avec arrogance.

– Parce que tu te ferais chère sœur, toi ? (J'avais pris un air important qui la fit éclater de rire.) La supérieure te mettrait à la porte avant quinze jours !

L'audace m'est venue en même temps que la fureur me submergeait. J'ai toisé tante Philomène et lui ai répondu de façon cinglante :

---

1. Écluse.

– Une vie de femme ne se résume pas au mariage ou au couvent, ma tante.

– Je ne te vois pas rester chez ta mère.

– Je n'ai pas dit que je resterais chez ma mère.

– Taratata ! Les filles doivent être casées. Celles qui ne le sont pas sont montrées du doigt. Ce sont des filles de mauvaise vie.

Un lourd silence s'est installé entre ma tante et moi tandis que nous regagnions la maison de Nordhouse. Marguerite pédalait gaillardement en tête, sa mère derrière elle, et je suivais à bonne distance, le nez au vent. Je voulais penser à grand-père. Je suis certaine qu'il aurait répondu à sa fille que les temps changeaient. Qu'une femme pouvait travailler en dehors de sa maison ou de la ferme tout en demeurant une femme honnête et honorable. J'avais besoin d'indépendance et j'entendais bien la trouver sans l'aide d'un homme.

Je sais qu'en écrivant cela je vais fâcher ma fille aînée. Elle m'a reproché d'avoir tenté de guider sa vie en lui faisant rencontrer des fils d'amies, des jeunes gens dont aucun ne m'aurait déplu comme gendre car ils appartenaient au même milieu social que le nôtre. Au fond, je reproduisais l'éducation que j'avais reçue.

Ce soir-là, Marguerite et moi avons bavardé jusqu'à une heure tardive. Marguerite n'était pas vraiment rebelle. Elle se marierait, c'était certain. Elle en rêvait même. Elle espérait un beau parti afin d'être à l'aise pour élever beaucoup d'enfants, mais elle était agacée quand elle entendait sa mère lui faire la leçon. Son mari, elle se le choisirait. Pas question d'épouser un Rodolphe, affirma-t-elle. Je ne pouvais que lui donner raison. D'une certaine manière, elle a été comblée.

Elle s'est mariée selon son choix avec Marcel et semble avoir été heureuse. Elle a eu cinq enfants qui ont fait son bonheur. Marcel a même accepté d'être le parrain de mon aînée. Mais c'est déjà une autre histoire.

3

Noël 1937 est passé quasiment sans tambour ni trompette dans notre famille. J'ai le souvenir d'une mère bien triste et bien pâle. Mon père s'en aperçut puisque je me souviens d'une dispute entre eux. Il lui demandait d'aller voir le médecin. Et elle, comme elle savait le faire quand elle voulait le contrer, elle haussait les épaules. Voulait-elle le punir ? Ou bien la lassitude était telle qu'elle se moquait de mettre sa santé en danger ? Elle supportait mal les absences de son mari qui se rendait toujours à des réunions d'où il revenait avec les dernières nouvelles concernant la marche du monde. Il répétait à qui voulait bien l'entendre : « On va avoir la guerre. Hitler s'y prépare et le gouvernement français ne voit rien venir... »

Ce que constatait surtout ma mère, c'était le manque d'argent. Il lui arrivait de se confier à moi quand nous étions seules et que je l'aidais au raccommodage. Elle disait les choses très vite, sans s'appesantir sur le sujet. Je la devinais gênée face à moi. Maladroitement, elle essayait de justifier sa conduite à mon égard.

– Ma vie n'a pas été facile et c'est toi qui en auras le plus souffert, laissa-t-elle échapper un jour.

Je posai la chaussette que je venais de saisir et dans laquelle j'avais déjà glissé l'œuf de bois afin de repriser le talon où un trou n'allait pas tarder à apparaître, et j'attendis la suite en la regardant. Ma mère était belle. Une jolie brune avec des yeux un peu verts, et si tristes. Je crus qu'elle allait m'ouvrir son âme. J'attendais, le cœur battant, mais je fus déçue. Elle inspira profondément en murmurant :

– À quoi bon, les choses sont ce qu'elles sont, on ne refera pas ce qui a été raté, hélas.

Aujourd'hui, je me dis que j'aurais dû la questionner. Lui tendre la main. Elle était dans une réelle souffrance... Mais nous n'avions pas été assez intimes pour que j'ose la moindre question. J'avais grandi loin d'elle. Elle m'avait sans doute manqué. Je m'étais si souvent demandé pourquoi elle m'avait tenue éloignée d'elle, de ma sœur et de mon frère pendant si longtemps. Je n'ai jamais su vraiment. Beaucoup plus tard, les suppositions surgiraient. Mais seraient-elles les bonnes ? Le doute qui persisterait serait probablement le principal obstacle à mon propre bonheur. Quand on se sent si peu désirée... comment se laisser aller à aimer normalement ? comment transmettre le goût du bonheur à ses enfants ?

Nous avons donc raccommodé en silence jusqu'à la tombée de la nuit. Puis nous avons épluché ensemble les légumes pour la soupe et elle a suggéré que nous fassions quelques *vautes*. Elle disait *vautes*, comme on le dit en Lorraine, pour le mot « crêpes », et elle a ajouté :

– Mais nous ne les ferons pas au saindoux, c'est trop gras et je sais que cela te lève le cœur. J'ai une recette de vautes légères comme on les fait en Bretagne, c'est-à-dire fines comme de la dentelle.

Je constatais les efforts qui étaient ceux de ma mère pour essayer de m'être agréable et de créer entre elle et moi certains liens. À défaut de parvenir à installer une complicité mère-fille, elle espérait entre nous deux une relation amicale. J'en ai ressenti une onde de plaisir qui dut rosir mes joues. J'admirais cette femme qui s'évertuait à tenir son foyer avec une grande dignité et qui disposait de si peu de moyens.

En janvier 1938, je pris une grande décision : celle de chercher du travail. Je me débrouillais suffisamment en couture pour trouver une place dans un atelier à Nancy et rapporter ainsi quelque argent à maman. J'en parlai à la directrice du cours ménager, une nouvelle qui me paraissait une personne plus humaine, plus compréhensive. Elle trouva que c'était dommage que je n'aille pas jusqu'au CAP mais comprenait mon désir. Je ne serais pas la seule à quitter la classe avant le fameux diplôme. Nicole, ma charmante et discrète voisine, fut mise dans le secret et me promit son aide. Ses parents avaient des amis qui connaissaient d'autres personnes qui... Je ne relatai rien de mes démarches à mes parents. Je les mettrais devant le fait accompli. J'étais certaine que mon choix ne pourrait que les satisfaire. Je voulais tellement n'être plus une charge pour les miens.

C'est en mars que la directrice me convoqua dans son bureau. Nicole m'avait prévenue. Les amis de ses parents s'étaient adressés à elle comme ils le faisaient quand ils avaient besoin de personnel dans leur atelier au Faubourg-des-Trois-Maisons.

– Ne crains rien, le patron de cette maison de confection est un homme juste et bon.

– Je n'ai pas peur. J'aurai de la peine de ne plus te voir.

– Je viendrai te dire bonjour à l'atelier en allant voir mon oncle, car c'est lui le patron.

Nicole mit son index droit sur ses lèvres et me fit un clin d'œil. J'appréciai son extrême gentillesse.

Quand je regagnai ma classe après l'entrevue chez la directrice, je savais tout de la vie qui m'attendait. J'avais rencontré le patron de l'atelier dans le bureau de la directrice. Nicole avait été mon intermédiaire et j'avais lu dans le regard de cet homme la même bonté que chez mon amie de classe.

Je pourrais commencer à travailler dès le lundi 14 mars. J'étais folle de joie à cette idée. J'allais gagner de l'argent. Certes, ce travail n'était pas celui dont j'avais rêvé, mais peut-être qu'en économisant un peu je réussirais à me payer des cours du soir... Cela devait bien exister. Quand j'aurais aidé mes parents, je pourrais penser à moi. J'étais à deux mois de mes seize ans, ma vie ne faisait que commencer.

J'eus la tentation de révéler la chose à maman, mais quand je rentrai, je trouvai mes parents en grande discussion à propos de la politique de l'Allemagne qui allait annexer l'Autriche. Personne en Europe ne soutiendrait le chancelier von Schuschnigg qui était bien décidé à organiser un plébiscite sur le maintien de l'indépendance de l'Autriche. Mes parents suivaient les informations, l'oreille rivée à leur poste de TSF, et mon père, furieux, tapait du pied.

Le dimanche 13 mars, sa colère fut terrible quand il apprit les premières vagues d'arrestations en Autriche.

– Il n'a fallu que quelques jours pour organiser cette honte, dit-il. La Gestapo ordonne et la police autrichienne suit.

– C'est un désastre, a gémi ma mère, un immense désastre. Hitler viendra aussi en France et partout en Europe. Cet homme est fou, fou.

J'écoutais, j'entendais. Je ne savais pas ce qu'était la guerre. Je ne la connaissais qu'à travers les livres et les dires des anciens. Cette guerre qui approchait serait différente, selon mon père qui avait lu *Mein Kampf*. Et « différente », dans sa bouche, signifiait « atroce ». Ce fou commençait par enfermer ses propres opposants pour avoir les mains libres. Hitler était un dangereux raciste qui voulait que le monde soit peuplé par une « race d'élite »...

J'entendais bien ce qui se disait à la radio, mais j'eus le sentiment que je devais lire ces faits dans les journaux pour bien m'en imprégner et comprendre. Je voulais être capable d'analyser la situation. Comme j'allais gagner de l'argent, je pourrais acheter un journal, me faire une opinion.

Autour de moi, à part mes parents qui étaient alsaciens – eux savaient ce que signifie une guerre contre l'Allemagne, surtout quand elle est perdue – et la voisine de la maison à l'immense bibliothèque où je puisais de quoi satisfaire mes appétits, on parlait peu des événements du monde. Ou bien, si tel était le cas, chacun voulait se persuader que la guerre ne toucherait pas la France. Chacun se rassurait égoïstement. Tant qu'Adolf était occupé à agrandir l'Allemagne et à le faire avec des territoires qui lui étaient proches ou lui avaient été ravis depuis le traité de Versailles, on pouvait encore dormir sur ses deux oreilles. « Les imbéciles », dit mon père qui pesta quand un voisin lui glissa :

– L'Autriche, c'est presque normal, on y parle allemand. Quant à la Hongrie et à la Tchécoslovaquie, on peut comprendre aussi, Hitler veut sans doute reconstituer l'équivalent de ce que fut l'Empire austro-hongrois et la France n'est pas concernée par ces territoires. Ne t'énerve pas, Albert, chacun chez soi, on ne peut pas porter tous les malheurs du monde.

– Mais on peut agir, faire pression. Nous savons les horreurs infligées par les dictateurs. T'es fier, toi, de ne pas avoir levé le petit doigt pour braver le sinistre Franco en Espagne ? Tu serais content qu'on vienne te saisir tes biens parce que tu es juif ou catholique ou d'une autre religion qui émet des réserves sur la politique pratiquée ? rétorqua mon père.

Il avait raison. Mais le monde demeurait sourd et aveugle. Qui savait que les artistes modernes étaient brimés ? Pour Hitler, la modernité s'apparentait au genre dégénéré.

– Adolf, c'est le diable, reprit mon père. Les pays libres ne devraient pas le laisser agir. Quand il en aura fini en Europe centrale, il s'en ira vers le Nord et l'Ouest.

Je pouvais parler de ces événements avec Nicole. Dans sa famille, on s'inquiétait aussi de la situation. Avant que j'aille travailler dans l'atelier de confection de son oncle, Nicole m'a confié son secret.

– Ce n'est pas écrit sur mon visage, mais il faut que tu saches que je suis juive comme toute ma famille.

– Et alors, Nicole, qu'est-ce que cela change ?

– Si tu le prends comme ça, je te remercie. Parfois, les gens n'aiment pas. Je sais que tu es catholique et que tu pratiques ta religion...

– Tu sais, Jésus, le fils de Dieu, c'était un Juif. On devrait plutôt bien s'entendre. En Alsace, mon grand-père avait des amis juifs. Ils venaient à la maison et nous allions chez eux. Il n'y a que la choucroute qu'on ne pouvait pas partager, à cause du porc, sinon, pour le reste...

J'ai encore dans les oreilles, en me souvenant de cette conversation, l'éclat de rire qui a secoué mon amie. Elle était heureuse et m'a embrassée.

J'allais travailler tous les jours et je n'en avais pas averti mes parents. Je me sentais libre et légère. J'avais posé la première pierre de mon indépendance. Personne ne se doutait vraiment du changement puisque mes horaires de train n'avaient pas changé. Et puis un jour, j'ai oublié mon sac d'école que je continuais d'emporter chaque matin. Il paraît que cela s'appelle un acte manqué...

Mon père a voulu me le rapporter à l'école. Il a donc découvert que je n'y allais plus. Il a pris son air sévère le soir quand je suis rentrée. Il marchait de long en large dans la cuisine, les bras dans le dos, les mains nouées, et a fini par déclarer cérémonieusement que j'étais une brave petite puisque je voulais aider la famille.

– J'espère que tu es contente et pas trop fatiguée.

Contente, sans doute, car l'enseignement dispensé au cours ménager ne m'apprenait pas grand-chose. Je m'y ennuyais à mourir. Quant à ma fatigue... Elle était là et m'arrachait encore les muscles chaque soir et chaque matin. La première semaine, j'avais cru m'évanouir à chaque fin de matinée. Toujours le même mouvement, penchée sur la machine, le pied sur la pédale... Il fallait s'habituer au bruit ambiant de l'atelier, aux odeurs des tissus neufs qui se mélangeaient. J'avais l'impression que l'odeur des teintures allait m'anesthésier. Souvent, une sensation d'étouffement me saisissait. Mes voisines m'assuraient qu'au bout de quelques semaines l'odeur et le bruit sourd de l'atelier me seraient familiers. Il fallait rester attentive. Toujours ces fichus ourlets de bas de pantalon ; coudre droit ; guider le travail sous le pied-de-biche sans y laisser un bout de doigt – ce qui arrivait de temps en temps. « Le doigt, c'est une chose, disait la contremaîtresse qui voulait plaisanter, mais le pantalon taché de sang... c'est fichu. »

J'étais payée à la tâche. Il fallait donc travailler vite et bien pour avoir la prime de rendement qui gonflerait le salaire. Au bout de la chaîne était une vieille dame qui vérifiait le travail – toutes les filles de l'atelier la redoutaient. Elle ne laissait rien passer. Dans notre dos passait régulièrement la contremaîtresse pour contrôler nos attitudes, prévenir les éventuelles défaillances des machines, cela arrivait. Il ne fallait pas bavarder trop longtemps pour rester concentrée sur son travail qui devait toucher à la perfection. C'était l'honneur de la maison. Les ouvrières disaient que l'atelier de monsieur Jean était celui qui payait le mieux sur la place de Nancy. Je jubilais, ma paie serait plus grosse.

Je rapportai mon premier salaire à maman avec une fierté telle que je crus avoir grandi de plusieurs centimètres, moi qui atteignais si difficilement le mètre cinquante-deux.

Je crois avoir couru depuis la gare de Champigneulles jusqu'au pont de Bouxières-aux-Dames, la main serrée sur mon sac à main. J'en oubliais les rages secrètes qui me prenaient quand je ne parvenais pas à dépasser le nombre d'ourlets que je m'étais fixé ; quand le fil m'avait joué des tours ; quand l'aiguille avait cassé parce que j'avais voulu aller trop vite. Dans mon sac, il y avait cette enveloppe de papier kraft brun contenant les billets et les pièces. Je me sentais riche et utile. La contremaîtresse m'avait encouragée en me remettant l'enveloppe. Elle m'avait félicitée pour mon bon esprit et mes capacités à m'adapter au groupe. Pour elle, je deviendrais vite l'une des meilleures ouvrières. Ses compliments m'étaient allés droit au cœur. Je craignais toujours de faire des erreurs et de me faire mettre à la porte. Quant à l'intégration, je l'avais laissée dire. Comme partout, les ouvrières n'étaient pas forcément tendres entre elles. Je ne me mêlais pas à ces conversations-là. D'ailleurs, la contremaîtresse frappait avec un petit maillet sur une table pour rappeler son petit monde à l'ordre. J'appris en discutant avec quelques ouvrières que, dans cet atelier, le patron veillait à la bonne tenue des propos.

Comme je tendais l'enveloppe, ma mère me dit :

– Combien de temps tout cela va-t-il durer ? Hitler s'en prend à la Tchécoslovaquie et veut récupérer les

Sudètes. La France et l'Angleterre se voilent la face et, en Autriche, on chasse les Juifs...

Quand j'y songe aujourd'hui, le monde entier pouvait prévoir ce qui allait se produire. Les décrets tombaient depuis l'année 1937. L'année 1938 avait jeté les bases du plus odieux système qui se mettait en place. Les brimades, les interdictions, les confiscations des biens des Juifs se faisaient au grand jour et tout le monde finissait par trouver la chose normale. Si ces pratiques existaient, c'est que « ces gens » étaient douteux. Et l'on faisait appel au vieil adage selon lequel il n'y a pas de fumée sans feu... Et les vieilles histoires resurgissaient : « Les Juifs, vous savez... Des persécutions ont eu lieu jadis... Il n'y a sans doute pas de quoi s'alarmer. Hitler remettra de l'ordre. Un pays ne peut fonctionner que s'il est fort et ordonné. » Certains allaient même jusqu'à dire : « C'est quelqu'un comme lui qu'il faudrait en France. On travaillerait, on aurait moins de grèves... » Des paroles qui me hantent encore aujourd'hui et provoquent toujours la même nausée. Ces gens étaient-ils si stupides qu'ils ne comprenaient pas que l'Allemagne resserrait son étau ?

4

J'eus seize ans. Le pape Pie XI s'est une fois de plus élevé contre le racisme, l'antisémitisme et le nationalisme exacerbé de l'Allemagne, mais Hitler se moquait bien des avis du Vatican.

Je travaillais toujours à l'atelier de couture au Faubourg-des-Trois-Maisons et je donnais intégralement mon salaire à maman. Elle devait le minorer quand elle annonçait la somme à mon père, afin qu'il ne rapporte pas moins d'argent à la maison. Maman me laissait parfois un peu d'argent de poche que je dépensais tout aussitôt en cadeaux destinés à Marie-Thérèse ou à Gilbert qui me sautait au cou et m'aimait de plus en plus.

J'appréciais de ne plus avoir à faire de stupides devoirs. Mon temps libre, je pouvais le consacrer à la lecture ou à prendre des notes sur ma vie... C'est à cette époque que j'ai commencé à écrire plus sérieusement dans mes cahiers. Je le faisais assez régulièrement, quand le besoin s'en faisait sentir. Je me donnais des rendez-vous avec la plume. Parfois, je déchirais ce que je venais d'écrire. Ma seule crainte était que des yeux trop curieux tombent sur mes écrits, entrent dans ce jardin secret. Personne ne sut mon bonheur quand je jetais des mots sur les pages du cahier. Je ressentais d'abord une libération avant d'éprouver une certaine jubilation dès lors que j'avais trouvé le terme exact pour dire mes sentiments.

J'aimais aussi, les soirs de beau temps, rencontrer la bande de camarades du bas de Bouxières-aux-Dames. Jusqu'à l'âge de dix-huit-vingt ans, nous avons joué comme des gamins à la chandelle, à colin-maillard, aux cartes, au pendu... Je ne m'énervais plus quand ils m'appelaient Jeannette au lieu de Jeanne, mais je rectifiais tout de même. C'était ma petite fierté. Aucun ne m'a manqué de respect et, pourtant, beaucoup vivaient déjà des aventures amoureuses qui allaient au-delà du fameux « conter fleurette » ou du flirt encore bien innocent et qui n'engageait à rien mais éveillait mille sentiments de bonheur. Je n'ai jamais su ce que ces garçons pouvaient penser de moi, ou, si je l'ai découvert, ce fut bien plus tard. Tous voyaient en moi une jeune fille différente que les jeux amoureux ne semblaient pas intéresser. J'étais devenue pour eux une vague grande sœur. Ils firent de moi leur confidente, leur messagère des choses de l'amour. Mais aucun ne se risqua à frapper à la porte de mon cœur. Je n'y pensais même pas. Ce serait quand j'aurais grandi, quand enfin j'aurais réalisé mon rêve... Un rêve qui s'éloignait à grands pas à mesure que le temps passait.

Mon amie Nicole tenait ses promesses et venait me rendre visite à l'atelier pendant les vacances scolaires. Elle arrivait à l'heure du repas avec un casse-croûte et nous mangions ensemble sur les bords du canal quand le temps le permettait. Elle me confiait ses inquiétudes face à la situation mondiale. Une tante qui s'était mariée en Allemagne était de retour chez ses parents car les Juifs n'avaient plus le droit de fréquenter les lieux publics en Allemagne. Les nazis s'en prenaient aux synagogues. Il y avait eu cette triste Nuit de cristal. Qui avait réagi ? Qui s'était indigné ? « La Gestapo pourrait tuer un Juif en pleine rue, en pleine journée, personne ne lèverait le petit doigt », me confiait-elle.

Pourtant, on commençait à s'inquiéter en France. Les diplomates qui voulaient encore croire en la paix multipliaient les rencontres avec leurs homologues anglais. Un constat s'imposait : la guerre risquait d'éclater. Or la France n'était pas prête militairement.

Je me souviens de cette période durant laquelle je suivais les offices religieux, messes et vêpres du dimanche. Je priais avec force. J'étais, il me semble, une jeune fille angoissée. Je pense que je réussissais à le cacher en continuant à rire avec la bande de jeunes sur les bords de la Meurthe, mais parfois mes pensées erraient dangereusement vers l'avenir qui s'assombrissait de jour en jour.

Ma sœur était bien plus follette. J'eus dix-sept ans le 15 mai 1939. Deux jours plus tôt, Hitler avait laissé partir un millier de Juifs à bord du *Saint-Louis*. L'embarquement avait eu lieu à Hambourg. Tout avait été soigneusement orchestré pour que le monde entier sache que l'Allemagne laissait la liberté à ses ressortissants juifs. Cuba devait les accueillir. Il n'en fut rien. Le commandant du navire se tourna vers les États-Unis, pas davantage décidés et, le 17 juin, après avoir été refoulés de tous les ports, c'est à Anvers qu'ils débarquèrent et furent répartis entre l'Angleterre, la France et les Pays-Bas. Hitler prouvait ainsi à la face du monde que les Juifs étaient véritablement indésirables. La porte était ouverte à tous les excès. L'abominable machinerie pouvait se mettre en marche. On entrait dans l'inimaginable monstruosité. À peine une dizaine de Juifs, candidats à un ailleurs, survivraient[1]...

Hitler était un dangereux manipulateur qui avait compris l'usage et le pouvoir des médias. Il les soumit aisément et développa ainsi une prodigieuse propagande au service du grand Reich. Trois semaines auparavant, le monde entier s'était fait l'écho de la gigantesque parade militaire qu'il avait organisée pour son cinquantième anniversaire.

– Il annonce ainsi ses désirs et prouve à tous la force qui est la sienne, soupira ma mère.

L'Italie s'en était prise à l'Albanie. La Belgique, qui voulait encore croire que la guerre pouvait être évitée, continuait d'offrir ses bons et loyaux services. Cette fois, l'Angleterre s'insurgeait, et mon père, l'oreille collée au poste de TSF, s'emporta :

– Mais c'est bien trop tard ! Hitler est sur le point d'envahir la Pologne ! Je me demande d'ailleurs comment réagira Staline.

L'avenir allait confirmer les craintes de mon père. Le 1er septembre 1939, l'ordre de mobilisation générale fut décrété en France. La guerre, la guerre... l'inévitable guerre, puisque la Luftwaffe avait bombardé la Pologne sans lui avoir déclaré la guerre. Dantzig se

1. Lire Gilbert Sinoué, *Un bateau pour l'enfer*, Paris, Calmann-Lévy, 2005.

trouvait donc rattaché au Reich. Je me souviens du dimanche 3 septembre. Nous étions, mes parents et moi, tendus vers le poste de radio. À 11 heures du matin, l'Angleterre déclarait la guerre à l'Allemagne et, à 17 heures, la France faisait de même. L'Allemagne avait rejeté l'ultimatum posé par ces deux pays. Le Reich ne se retirerait pas de Pologne. On ne pouvait pas compter sur l'URSS qui avait signé en secret le fameux pacte germano-soviétique. Je remarquai le visage décomposé de mon père et pensai à la déception qui serait celle de ses copains communistes. Nous irions nous battre pour Dantzig puisque nous n'avions pas eu le courage de le faire pour les Sudètes.

– Elle n'est pas gagnée, cette guerre. Que le Ciel nous vienne en aide ! gémit ma mère.

Dans les premiers temps, malgré la mobilisation générale et le départ des jeunes gens pour le front, cette déclaration de guerre n'a pas bouleversé fondamentalement nos façons de vivre. Nous avons bien vu arriver un vague canon et deux ou trois soldats chargés de garder le pont, l'un des points de circulation importants de la région. Les pauvres soldats avaient plus l'air de s'ennuyer qu'autre chose. Les plus jeunes demandaient alors à leurs parents si c'était par là que l'ennemi arriverait. Nous nous informions du mieux que nous pouvions. À la maison, on écoutait Radio Stuttgart, non par conviction mais pour avoir une idée très précise de la situation en Allemagne. Il était utile de décrypter les discours du Führer. Mon père ne l'appelait plus qu'ainsi. Il essayait d'entendre entre les mots ce que ce fou voulait. J'avoue avoir été stupéfaite par cette voix hurlante. J'imaginais l'homme gesticulant, vociférant, postillonnant, l'œil noir et la mèche rebelle. Pour moi, il aboyait. Je ne trouvais pas d'autre terme pour qualifier ses discours que des marées humaines acclamaient. Aujourd'hui encore, je m'interroge sur les Allemands. Comment ont-ils pu suivre cet homme ? Personne n'a donc eu assez de discernement pour oser lui résister ? Que nous étions loin de Goethe et des humanistes ! Mon père fulmina :

– Ce fou furieux a le sens de la propagande. Il justifie ses actions : si la guerre a lieu, c'est parce que la France et l'Angleterre sont des États capitalistes laxistes...

J'ai vu mon père et ma mère tourner le bouton qui actionnait la grande aiguille se déplaçant derrière le cadran vitré de la TSF pour y chercher d'autres fréquences.

– On arrivera à la trouver, cette radio anglaise dont parle le Führer qui ose donner des ordres aux Français en leur interdisant d'écouter la voix de l'Angleterre. De quoi je me mêle ? Comme si ce petit moustachu gueulard allait me dicter ma conduite ! Eh bien, moi, je vais l'écouter, la radio anglaise ! Elle ne dira pas autant de mal de la France que Radio Stuttgart.

C'est ma mère qui, à force de patience, capta la BBC et les trois principaux bulletins d'informations diffusés en français. Mon père se frottait les mains. Il avait envie de courir chez le général en retraite de l'armée française qui habitait à deux pas pour lui dire qu'il avait enfin trouvé la station anglaise.

– Maintenant, à nous deux, Adolf ! Foi d'Albert, tu n'auras pas le dernier mot.

– En attendant, le reprit Élise, tu ferais bien d'être discret, on ne sait pas comment les événements peuvent tourner. La France n'a pas encore gagné la guerre. Et tu as la langue trop près des dents. L'Allemagne est forte militairement. Elle a ses admirateurs, y compris ici, en France...

Ma mère avait raison. Elle écoutait alternativement les deux stations, Radio Stuttgart et la BBC. Elle savait le travail de sape auquel se livrait Hitler... La France allait perdre la bataille.

Noël 1939 est passé dans le recueillement et la ferveur. Jamais nous n'avions autant prié et chanté en faveur de la paix, mais déjà nous n'y croyions plus. Nous avions fait une crèche comme chaque année. J'avais aidé Marie-Thérèse et Gilbert à l'installer sur la commode. Du coton étiré avait été posé sur le dessus de la crèche pour symboliser la neige et, après la messe de minuit, les voisins et amis avaient été conviés à un vin chaud. Maman avait préparé une brioche géante, des voisines avaient apporté du chocolat et des oranges. Toute la maison se trouvait parfumée. J'ai vu ma mère garder les épluchures d'orange pour les faire griller sur le dessus de la cuisinière avant d'y mettre le feu. Les petites flammes dansaient sur la cuisinière et libéraient un arôme enchanteur.

Nous étions, certes, en guerre. Une guerre, pour le moment, sans bataille sur notre sol, sans soldat visible à nos portes. Nous connaissions tous des jeunes gens mobilisés partis rejoindre une caserne. Ils écrivaient que tout allait bien ; qu'ils se préparaient à la bataille ; qu'ils ne feraient qu'une bouchée des Boches. Ils écrivaient qu'il leur arrivait de jouer aux cartes certains soirs.

Nous avions connu une très belle arrière-saison, très douce, très colorée, qui avait repoussé la venue de l'hiver. Mais le mois de janvier fut terrible. Toute l'Europe grelottait. À Moscou, on releva des températures jamais enregistrées encore, moins quarante-cinq degrés et, à Londres, la Tamise avait gelé. En Lorraine, le canal de la Marne au Rhin fut transformé en bloc de glace dont les péniches brise-glace ne venaient plus à bout. Mais personne ne s'en étonna. En Lorraine les hivers sont plus rudes qu'ailleurs. La Meurthe aussi gela, ce qui est plus rare. Si les anciens s'inquiétaient, les jeunes prirent la chose avec insouciance et s'en allèrent patiner dessus. Ces conditions météorologiques nous mettaient en joie et nous faisaient oublier les premières restrictions alimentaires auxquelles la France devait faire face. La viande devint une denrée rare, très rare en ville. À la campagne, on s'en arrangeait et les élevages de lapins, de poules et de canards prospéraient et palliaient les manques dus au rationnement.

En mars 1940, on apprenait que la Finlande qui avait tenté de résister à l'Allemagne avait perdu la guerre et devait céder des territoires. Pour des milliers de Finlandais habitant l'isthme de Carélie ou la presqu'île de Hanko, un terrible exode allait commencer au cœur d'une froidure sans pitié et dans une indifférence quasi générale. Aucun État ne vint au secours de ce pays humilié. L'Amérique se contenta d'envoyer en Allemagne un haut fonctionnaire proche du président Roosevelt. Il rencontra Hitler, Göring et von Ribbentrop avant de passer à Paris et à Londres. Les États-Unis étaient embarrassés et n'avaient pas envie de prendre part au conflit. Hitler ne se manifestait pas encore sur le sol français et, naïvement, la plupart des gens pensaient qu'il ne s'y risquerait pas. Qui comprenait que ses manœuvres expansionnistes au Nord et en Europe centrale étaient pour lui un terrain d'entraînement ? Qu'il avancerait forcément puisqu'il avait mis en marche son infernale machine de destruction et d'assouvissement haineux ? Les plus optimistes comptaient sur la fameuse ligne Maginot censée arrêter les envahisseurs. Mon père pestait et se mettait en colère. Pour lui, cette ligne était de la foutaise. Il expliquait, carte à l'appui, qu'il y avait bien d'autres moyens d'entrer en France. Le danger ne viendrait pas de l'est.

En avril 1940, les troupes de Hitler se trouvaient à la fois en Norvège, au Danemark et sur le front polonais. En Pologne, Hitler avait fait fermer le ghetto de Lodz et s'activait à la construction d'un mur autour du ghetto de Varsovie. Des larmes dans les yeux, Nicole, très au courant de cette actualité, venait souvent m'en parler.

Tout allait vite à présent, trop vite. Les Allemands étaient en Belgique. Les pays scandinaves étaient battus. Le gouvernement norvégien s'était exilé à Londres. Le 10 mai, les troupes de la Wehrmacht foulaient déjà le sol luxembourgeois tandis que la

Luftwaffe bombardait Bruxelles, Anvers, Calais, Dunkerque, Boulogne... Cette fois, les troupes françaises étaient concernées. Dans l'urgence, Londres et Paris remaniaient leur gouvernement. Winston Churchill devenait Premier Ministre et entrait dans l'histoire. La France allait, hélas, en sortir. J'aurais voulu ne jamais avoir dix-huit ans. Le jour de mon anniversaire, le 15 mai, la percée de Sedan était consommée. Les Allemands étaient à notre porte sans avoir eu à vaincre la ligne Maginot. J'ai pensé au vieux cousin qui avait pleuré à Sedan en 1870. Moi aussi, je pleurais la défaite de Sedan en 1940. Cette *Blitzkrieg*[1] avait parfaitement réussi. Hitler redonnait sa fierté au peuple allemand. Le Reich n'était plus un rêve. Les Français, eux, étaient consternés. Ils se crurent sauvés en apprenant que le maréchal Pétain venait d'être nommé vice-président du Conseil. Mais les temps avaient changé. Le héros de la guerre de 14-18 était déjà un vieillard dont le Führer ne ferait qu'une bouchée en le transformant en chef d'État d'opérette, avant d'en faire une marionnette.

La Belgique avait perdu la guerre. Qu'en serait-il de la France ? Les soldats résistaient tant bien que mal. Plutôt mal que bien, comme les troupes britanniques obligées de se replier vers la Manche dès la fin du mois de mai.

Alors vinrent des jours sombres et de grande confusion. Ordre fut donné – mais je cherche encore comment et par qui – aux Français de s'en aller vers le Sud par n'importe quel moyen pour échapper aux Allemands vainqueurs. Les anciens disaient : « Ils arrivent, ils vont

1. Guerre éclair.

violer les filles et couper les seins des femmes... » On quittait son travail, on ouvrait des valises qu'on bourrait de vêtements et de victuailles, et l'on partait sur les routes, sans savoir où... De longues colonnes de femmes et d'enfants, de vieillards se formaient. Fuir, il fallait fuir. Le personnel des Chemins de fer fut invité à emprunter des trains mis à disposition pour s'en aller vers le Sud. Ce fut un spectacle à la fois désolant et hilarant. Avec le recul, on peut dire les choses ainsi. Nous avions bien pris place dans le train sur des banquettes de bois et nous nous retrouvions presque entre amis à saucissonner en plaisantant de la situation. C'était un moyen comme un autre de refouler l'angoisse. Où allions-nous ? Dans le Sud, répétait l'un ou l'autre agent des Chemins de fer. Alors, nous imaginions la mer, le soleil, d'éternelles vacances sans l'ombre d'une casquette militaire. Où logerions-nous ? Peu importe. Sous une tente ou à la belle étoile, puisque au Sud il fait toujours beau. Notre train n'est pas allé plus loin que Jarville ou La Malgrange, ce qui d'ailleurs ne me semblait pas être la route du Sud. Il parcourut à peine quinze kilomètres en dix heures. À force de questionner les quelques agents qui voulaient bien nous répondre, nous apprîmes que des ponts avaient sauté et que des aiguillages avaient été sabotés. Il y avait donc déjà des infiltrés, des espions, des traîtres. Les plus jeunes avaient une propension inouïe à bâtir des scénarii qui forçaient les anciens à rire. Germaine, une voisine, se lamentait. La mère lapin de son clapier était pleine et sur le point de mettre bas. Qui allait s'en occuper ? Mon père et d'autres hommes qui ne faisaient pas partie des convois qui partaient vers le Sud mais restaient affectés à leur poste de travail avaient promis de veiller sur tous les animaux du voisinage. Ma mère rassurait Germaine : Albert et Georges nourriraient les bêtes. Notre voisine demeurait cependant inquiète. Elle gardait en mémoire le souvenir d'une lapine qui avait mangé ses petits un jour d'orage. « Si la pauvre bête ressent la peur, elle est capable du pire. »

Entre jeunes, nous nous adressions des coups d'œil complices pour nous retenir de rire des malheurs de la pauvre Germaine accrochée à l'anse de son panier et qui, nerveusement, se mordait la lèvre supérieure en avançant un menton déjà proéminent.

Le train s'arrêtait, toussait avant de repartir en arrière après une grande secousse qui nous projetait les uns sur les autres dans un grand charivari. Quand le train roulait pendant quelques centaines de mètres, on applaudissait et les plus jeunes scandaient : le Sud, le Sud. À La Malgrange, maman estima que la plaisanterie avait assez duré et que, vainqueurs ou pas, elle se moquait bien des Boches. Elle le leur dirait, et dans la langue de Goethe. Je la voyais agiter son index droit en signe de menace. Ils entendraient tout ce qu'elle avait sur le cœur. Gagner la guerre est une chose, se comporter en malotrus en est une autre... Aussi décida-t-elle de rentrer chez elle. Il serait toujours temps d'aviser ensuite. Après avoir passé deux jours à respirer les odeurs des uns et des autres par une chaleur suffocante, elle descendit du train, emprunta une brouette, y déposa nos valises et revint à pied à Bouxières-aux-Dames, suivie par d'autres familles qui attendaient un signe. Pour nous, l'exode avait pris fin.

Début juin, je suis retournée à l'atelier. Le patron était soucieux, visiblement inquiet. Je n'oublierai jamais l'arrivée en pleurs de Nicole le vendredi 14 juin.

– Jeanne, c'est terrible, la France a perdu. Les Allemands sont à Paris. Le drapeau nazi flotte sur les Champs-Élysées. Qu'allons-nous devenir et... ?

Elle n'eut pas le temps d'achever sa phrase ni moi de lui répondre ou de la consoler, son oncle entrait dans l'atelier et frappait dans ses mains pour nous imposer le silence. Il allait parler. Ce qu'il nous a dit nous a glacés sans nous surprendre vraiment. La fermeture de son atelier s'imposait. Il promettait de dédommager chaque employé en offrant trois mois de salaire supplémentaires. Il s'engageait aussi à reprendre tout le personnel dès que les hostilités seraient terminées. D'ailleurs, il voulait croire que cette situation ne durerait pas éternellement et aboutirait à la victoire de la France. C'était une question de justice et de noblesse de la cause...

Je revins soucieuse à la maison. Ma mère était seule dans sa cuisine. Je lui racontai tout. Elle demeurait silencieuse. Sur son visage, l'ombre passait, s'arrêtait, éteignait son regard. Elle sortit un mouchoir de la poche de son tablier et se tourna pour soustraire ses yeux aux miens. Ma mère pleurait et son chagrin me bouleversa. Puis elle me regarda en haussant les épaules comme pour se redonner du courage.

– C'est pas le tout, ma fille. Il y a le canon au bout du pont. Les soldats ont disparu et si les Boches arrivent, ils vont le prendre. J'en ai parlé à la voisine. Vers minuit, nous allons tenter une expédition. Le ciel est couvert et on ne devrait pas nous repérer. Si tu veux te joindre à nous pour pousser l'engin à la Meurthe, ce ne sera pas de refus...

Qui s'est douté qu'une poignée de femmes, aidées par les grands fils de l'une ou l'autre, par une nuit noire de printemps, osèrent dire « merde » à Pétain qui déshonorait la France. La colère cognait aux tempes de chacune.

– Il a demandé l'armistice et fait don de sa personne à la France. Mais ce n'est pas ce qu'on attendait de lui, gémissait la voisine.

La pluie qui tombait doucement avait dissuadé les flâneurs noctambules. Moins il y aurait de témoins, mieux ce serait. Nous poussions le canon à en perdre le souffle. C'était un gros, et nous eûmes toutes les peines du monde à le diriger jusqu'à l'endroit où la pente était suffisante pour le faire choir dans les flots et le rendre aussi invisible qu'inutilisable.

– Et les munitions, Élise ? interrogea le fils de la voisine.

– Les munitions ?

– S'il y a un canon, il y a des munitions, forcément. Il n'était pas là pour le décor...

Nous avons allumé nos lampes de poche et cherché tout autour, et c'est moi qui ai trouvé la cache sous l'arche du premier pilier du pont. Il y avait une vague cabane qu'on ne pouvait apercevoir de la route ou du sentier champêtre. Un bouquet d'aulnes en cachait l'entrée.

Une bonne vingtaine de caisses y étaient empilées, des caisses qui nous firent reculer d'un pas quand nous aperçûmes la tête de mort qui les ornait...

– De quoi faire un joli feu d'artifice jusqu'à la Pelouse ! s'exclama Paul, le fils aîné de la voisine.

Et nous avons porté les caisses jusque sur le pont pour les balancer par-dessus le parapet, de part et d'autre de la chaussée, afin de les répartir à l'endroit le plus profond de la rivière. Le canon avait été lourd à pousser, mais les caisses nous arrachaient les épaules et les muscles du dos. Cependant, l'ivresse nous gagnait à chaque plouf...

– C'est toujours ça que les Boches n'auront pas, assurait ma mère.

Vers 2 heures du matin, les premiers résistants étaient rassemblés autour de la table de cuisine de ma mère qui a naturellement fait du café, sorti des tranches de brioche du grand buffet sculpté et est allée dans la salle à manger avec un air très mystérieux. Elle en est revenue avec une bouteille de quetsche.

– Tu te mets à la boisson, Élise ? l'interrogea la voisine.

– Cette nuit, oui, mais c'est uniquement pour donner du goût au café, répondit-elle dans un éclat de rire.

5

J'étais à Nancy. J'avais passé ma journée à chercher du travail. Les fabriques et industries baissaient le rideau les unes après les autres, et les rares qui étaient encore en activité se sentaient en sursis. Les matières premières commençaient à manquer. Il fallait attendre.

Alors que je voulais prendre un train pour rentrer, j'appris qu'il était supprimé. Dépitée, je décidai de rentrer à pied. Ma bonne humeur revenait, malgré les événements tragiques que nous vivions et dont nous ne voyions pas le bout. Le fond de l'air était doux. Après tout, six à huit kilomètres, ce n'était pas le bout du monde !

Je longeais la ligne de chemin de fer, j'avais déjà quitté le quai Claude-le-Lorrain quand j'ai croisé un train rempli de soldats. Le train roulait lentement en direction de la gare où il s'arrêterait sans doute. J'ai eu ainsi le temps de voir des visages épuisés, pas rasés, le front et le nez collés aux vitres. Les yeux de ces hommes disaient toute la détresse du monde, certains essayaient de passer un bras par l'une ou l'autre fenêtre. Et mon sang s'est figé, glacé en voyant certains hommes se rasseoir brusquement, le regard empreint d'une tristesse sans nom, parce qu'une ombre passait dans le couloir. C'était un train de prisonniers français qu'on devait expédier vers l'Allemagne. J'ai compris pourquoi le train que je devais prendre pour rentrer avait été supprimé : les Allemands avaient déjà pris possession des moyens de transport.

– Ces pauvres bougres s'en vont vers l'Est, me confirma un vieil homme qui les regardait en pleurant. Ce train ne fera pas escale en gare de Nancy. C'était déjà comme cela avant-hier à la même heure. Les Allemands interdisent à ces trains de marquer l'arrêt dans les gares pour éviter les évasions.

Le train roulait au pas, si lentement que j'aurais pu courir à côté, me sembla-t-il, sans me laisser distancer. Nous nous trouvions à moins d'un kilomètre de la gare et je perçus les cris des hommes qui risquaient le tout pour le tout : « Prévenez ma mère... mon père que je suis vivant, s'il vous plaît, monsieur... mademoiselle. Je suis Raymond, de Poitiers, rue du Moulin... Et moi, Jacques, de Rennes. »

J'ai vu des bouts de papier jetés sur la voie alors que le train reprenait de la vitesse. Je n'ai écouté que mon cœur et j'ai cherché comment récupérer ces messages après le passage du train. Le vent en avait fait échouer quelques-uns hors de la voie ferrée, par-dessus la clôture. Je me suis précipitée pour les ramasser. Sur ces pages arrachées à de vagues carnets ou des feuilles de journaux figuraient des adresses.

– Vite, vite, me dit le vieil homme, ramassez ce que vous pouvez, puis sauvez-vous, je m'occuperai de ceux qui sont sur le ballast dès que le train sera hors de vue. Il faut écrire aux familles, mais sans mettre votre adresse. Tournez votre lettre comme si vous étiez de la parenté. Ne dites pas : J'ai vu Georges passer dans un train de prisonniers en partance pour l'Allemagne. Sinon le pauvre Georges verrait ses peines augmentées. Il vous suffit d'écrire : J'ai eu l'occasion de croiser Georges à Nancy, il allait très bien. Les courriers sont hélas déjà censurés. Il ne faut pas vous mettre en danger, mon petit, ni vous, ni votre famille... Adieu, nous ne nous sommes jamais vus.

« Quel malheur ! répétait le vieil homme pour lui-même en s'éloignant. Quel malheur ! La France est gouvernée par Pétain, un pantin dans les pattes des Boches. »

Je me suis réjouie : enfin je rencontrais des personnes capables de s'insurger contre le héros de 14-18 ! Je savais que ce dernier avait dit : « *Je fais don de ma personne à la France.* » La voisine ne décolérait pas. À chaque fois qu'elle ne pouvait s'approvisionner correctement pour nourrir sa nombreuse famille, elle s'en prenait à Pétain : « Parce qu'il croit être le seul à faire don de sa personne. Tous les jours je fais don de la mienne à mes enfants... » J'avais entendu la voix chevrotante de ce vieillard. Où étaient la grandeur, la force de celui qui avait participé à la victoire de la France ? Le déclin du héros faisait pitié. Ce n'était pas sa personne, une figure qui imposait le respect, qu'il avait offerte à la France. C'était une drôle de chose qui se posait en martyr, mais n'avait rien sauvé du tout. Il avait seulement donné les clés de la France au Führer. Par sa bouche, nous avions demandé honteusement l'armistice. Et cette demande signait la défaite du pays. Nous étions occupés, humiliés. L'Allemagne avait repris l'Alsace et une partie de la Lorraine, comme en 1870.

Mon cœur s'est serré en pensant à la famille d'Alsace. Heureusement que grand-père reposait au cimetière de Nordhouse. Quelle aurait été sa réaction ? J'imaginais son immense tristesse : Je suis né boche avec du sang français dans les veines et je vais mourir boche. Aurait-il pu continuer à chanter *Grosser Gott, wir loben Sie* ? Je voyais les larmes dans ses yeux. Cette défaite l'eût fait mourir sur-le-champ. J'ai retenu le chagrin qui me déchirait et j'ai repris ma route. J'avais à écrire...

L'Allemagne dictait ses lois. Installé à Vichy, le gouvernement français en était réduit à obéir. Au coup de sifflet, il claquait des talons, le doigt sur la couture du pantalon. On parlait même de la nécessaire et indispensable coopération entre la France et l'Allemagne dans la zone occupée. Et puis, il y avait la France libre, celle du Sud, que nous n'avions jamais pu gagner par le train et qui devenait maintenant la Terre promise inaccessible pour celles et ceux qui refusaient de plier le genou.

La situation était paradoxale, voire étrange. Mon père affirmait qu'il avait entendu l'appel d'un général inconnu qui était passé en Angleterre. Moi, je n'ai pas le souvenir de ce mois de juin. Mais l'été qui a suivi, à plusieurs reprises, cet homme, encore inconnu des Français, s'est exprimé sur les ondes britanniques. Il ne fut pas le seul. Les entendre, lui et tous ceux qui avaient pu gagner Londres, nous réconfortait. Il était donc permis d'espérer que l'humiliation subie après la

Blitzkrieg – Hitler se posait en maître – serait un jour lavée dès lors que des hommes et des femmes oseraient garder la tête haute. Ces voix entendues depuis Londres allaient nous devenir précieuses au cours des longs mois qui suivraient. L'Allemagne y verrait un danger, puisqu'elle s'acharnerait à brouiller les ondes. Les menaces seraient réelles à l'égard de celles et ceux qui écouteraient « l'ennemi ». Mes parents s'en moquaient. Les voisins, acquis à la cause de la France qui ne voulait pas être assujettie au Reich, venaient « prendre les nouvelles » chez Élise et Albert. Les commentaires fusaient ensuite autour d'une tasse d'un café dont Élise avait le secret. Un café qui serait d'ailleurs remplacé au fil des mois par de l'orge grillée. D'où les plaisanteries de mon père qui disait que rien ne remplacerait jamais un petit verre de blanc. De blanc d'Alsace, naturellement, lequel manquerait aussi.

La situation ne s'améliorait pas. La fin de l'année 1940, dans mes souvenirs, correspond à une époque qui a vu la France se mettre à l'heure allemande : l'administration est passée sous le contrôle du Reich. Il y a d'abord eu cette fin octobre avec l'annonce de Pétain se disant officiellement favorable à la collaboration avec l'Allemagne. C'est à partir de là que certaines sanctions commencèrent à tomber, et ce jusqu'au 31 décembre de la même année, avant d'autres, hélas. On pouvait perdre la nationalité française. Des artistes en furent victimes et, à Brest, le poète Saint-Pol Roux n'a pas survécu à la folie nazie qui avait brûlé sa maison, ses écrits, tué sa fille et sa gouvernante. Le général de Gaulle, qui nous devenait familier, ainsi que le général Catroux furent déchus de la nationalité française.

– C'est bien la preuve qu'il emmerde Hitler ! s'est écrié mon père. De Gaulle est un obstacle à la stratégie du Führer qui n'est pas parvenu à envahir l'Angleterre. Mon salaud d'Adolf, tu n'as pas encore gagné !

– En attendant, n'oublie pas d'aller te faire inscrire sur les listes à la mairie, le taquina ma mère.

– Sur quelles listes, et pourquoi, belle Élise ?

– Tous les Alsaciens doivent se déclarer...

– C'est ça, pour aller ensuite revêtir l'uniforme des Boches !

– Ils vont te rechercher.

– Et comment le pourront-ils si je ne me suis pas déclaré ? Tu sais ce qui se passe, en ce moment, dans la partie annexée en Lorraine ?

Ma mère ne répondit pas. Elle demeurait pensive tout en lavant les tasses à café.

– En novembre, on a expulsé les indésirables. Soixante-dix mille Lorrains mosellans ont été jetés hors de leur maison. Ce sera pire pour les Alsaciens...

Mon père n'est jamais allé se signaler en mairie. Il était ainsi, Albert, un frondeur qui aimait jouer les héros dans une totale inconscience. Il allait toujours à des réunions un peu secrètes, confessait-il. Un jour de janvier, il en revint, l'air très soucieux, et déclara à ma mère :

– Il faut que je te dise quelque chose, ma femme. L'heure est grave. Si un jour les Boches me cherchent des noises et m'arrêtent, ça peut arriver, brûle tout ce qu'il y a dans la valise marron au grenier.

– Pourquoi ne le fais-tu pas dès maintenant ? lui suggéra maman.

– Parce que, parce que...

Ce jour-là, elle n'en sut pas davantage. Je surpris son regard sombre et l'angoisse qui balaya son front. Elle garda le silence et reprit l'épluchage des pommes de terre, debout devant la table de cuisine, un genou plié et posé sur une chaise, dans une posture qu'elle affectionnait et qui faisait sourire ses voisines. Je l'entendis murmurer entre haut et bas que la vie était de plus en plus dure. Que tout était cher et rare. Que cette guerre était une calamité.

– Quand retravailleras-tu, Jeanne ? Je ne sais pas comment je vais payer les cours de ta sœur, gémit-elle plus bas.

Ma sœur, maintenant âgée de quatorze ans, suivait des cours de secrétariat. L'école était payante. Mon père était d'ailleurs très fier. Marie-Thérèse serait une dame plus tard. Je n'avais pas à être jalouse... Je ne l'étais pas. Seulement, je traversais une période un peu nostalgique et les événements me préoccupaient. Je n'avais pas revu mon amie Nicole. Les camarades des bords de la Meurthe travaillaient pour la plupart.

L'un d'eux, plus âgé, avait été fait prisonnier et les plus jeunes, qui approchaient l'âge de la conscription, se demandaient bien dans quelle arme et, surtout, comment ils allaient accomplir leur service militaire. La réponse leur parvint très vite. Vichy venait d'instituer les Chantiers de jeunesse pour les jeunes gens de vingt ans. Ils seraient convoqués afin d'effectuer un entraînement physique et d'être soumis à des travaux d'utilité publique. Le Chantier de jeunesse durerait plusieurs mois, peut-être une année. Paul et Jacques auraient vingt ans en 1941. Ils s'interrogèrent sur les travaux d'utilité publique qu'on allait leur demander. Ils redoutaient d'être obligés de travailler pour l'Allemagne.

À la fin du mois de février 1941, je fus convoquée par le Bureau du travail à Nancy où j'avais fait une demande dès le mois de juin 1940. L'homme qui me reçut était âgé et fort courtois.

– Je n'ai rien à vous offrir qui corresponde à ce que vous avez déjà fait. Mais j'ai cependant quelque chose puisque je lis dans votre dossier que vous parlez parfaitement l'allemand...

Mon sang ne fit qu'un tour. Je me souviens de m'être levée précipitamment.

– Asseyez-vous, je vais vous expliquer. Je vais vous parler comme je le ferais à ma fille et dans votre intérêt. La France gagnera peut-être cette guerre avec les Alliés – ce qui me plairait bien, soyez-en certaine –, mais nous sommes encore loin de la victoire. Pour l'instant, le maréchal Pétain a engagé le pays dans la collaboration et nous n'en sommes qu'au début. Les Chantiers de jeunesse ont remplacé le service militaire et, bientôt, l'Allemagne viendra puiser dans les forces vives de la France. Elle ne fera aucune différence entre les garçons et les filles. C'est déjà le cas en Allemagne. Vous n'avez pas de chance, étant de parents alsaciens vous serez très probablement envoyée en Allemagne si vous n'avez pas de travail.

Je sais que des lois se préparent et que le maréchal ne sera pas en mesure de s'opposer aux ordres de Hitler.

– Qu'avez-vous à me proposer *en France* ? J'insiste, monsieur.

– Les Allemands ont pris possession du camp d'aviation d'Essey-les-Nancy. Il y a déjà des civils français qui y travaillent, et des civils allemands. Votre pratique de la langue allemande servira.

– Mais je ne veux pas collaborer ! me suis-je écriée d'une voix blanche. C'est impossible !

Et j'ai éclaté en sanglots.

– Toute la France est obligée de collaborer. L'Allemagne s'approvisionne déjà en France... Elle prélève une quantité importante de nos produits manufacturés, des récoltes paysannes. Le système s'est mis en place et il n'est pas près de s'arrêter.

J'étais abasourdie. Le rouge aux joues, j'imaginais la réaction de mes parents, de grand-mère qui vivait encore et dont les courriers ne me parvenaient plus.

– Si vous n'acceptez pas, dans quelques mois les Allemands vous enverront travailler dans une usine allemande ou polonaise. Ce que je vous propose est un moindre mal, mademoiselle. Savez-vous qu'en Belgique le Service du travail obligatoire est déjà instauré et vient d'être renforcé. Ce qui a lieu en Belgique est un test pour l'Allemagne. Le système sera ensuite étendu à la France. Vous n'ignorez pas que l'administration militaire française est aux mains de l'Allemagne depuis novembre. L'administration civile suivra sous peu. De nouvelles lois sont en préparation. Réfléchissez, mademoiselle. J'ai besoin de votre réponse rapidement. Ce serait bien que vous commenciez avant le début du mois de mars. Si vous travaillez à Essey, je vous fais la promesse que vous ne serez pas envoyée en Allemagne.

Cet homme que je n'ai jamais revu paraissait sincère. Mais j'étais anéantie. J'ai dit oui, le jour même. Telle une somnambule, j'ai pris un tramway qui desservait Essey-les-Nancy. J'avais froid et claquais des dents. Ce n'était pas l'hiver qui me glaçait, mais l'idée de travailler pour les Allemands qui nous occupaient, qui méprisaient les Juifs. J'avais envie d'aller à Londres ou ailleurs, d'entrer dans la Résistance, mais ma mère avait besoin d'argent.

L'officier allemand qui m'a reçue au camp d'Essey a voulu vérifier ma bonne pratique de la langue. Il a été d'une grande correction. Il m'a d'abord présenté ses hommages – je m'en moquais comme de ma première chemise – et m'a félicitée pour mon courage. J'essaie de me souvenir de l'état d'esprit qui était le mien en cet instant. Je n'avais pas de courage, je ne le pense pas. Je me trouvais misérable. Un horrible sentiment de honte me submergeait. J'avais l'impression de me prostituer. Je me revois assise au bord du siège que cet officier m'avait désigné. Je me cramponnais à mon sac à main posé sur mes genoux. Il fallait écouter avec attention ce que serait mon emploi. Je devrais travailler avec les femmes allemandes et françaises aux cuisines ou dans les bureaux, où l'on pourrait avoir besoin de mes services pour transmettre les ordres ou pour traduire un éventuel papier concernant les civils français du camp. Il y avait bien un problème, pour moi uniquement, me précisa l'officier. Cependant, l'administration du camp d'aviation avait toujours des solutions.

– Vous ne pourrez pas regagner chaque soir le domicile de vos parents, car vos horaires varieront d'une semaine à l'autre. Mais (et j'ai frémi de tout mon corps en écoutant la suite)... nous avons des adresses de logements très convenables. Ne soyez pas inquiète, mademoiselle, à chaque fois que vous dépasserez l'heure du couvre-feu, vous serez raccompagnée par nos soins à votre domicile. Nous veillons toujours sur notre personnel.

J'ai cru m'évanouir. Être reconduite à mon domicile par des Allemands... Pour ce qui concernait le logement, j'ai compris qu'il s'agissait de logements réquisitionnés et une boule m'a obstrué la gorge.

– Mais nous sommes très corrects et dédommageons le propriétaire.

Toute cette conversation se déroulait en allemand sans me poser aucun problème. Quand l'officier m'a annoncé mon salaire, j'ai dû lui faire répéter à deux reprises. C'était presque le double de ce que je gagnais à l'atelier de confection. Je pourrais donc aider ma mère. Le plus dur serait de lui annoncer ce que j'allais faire et pour qui...

Finalement, j'ai décidé dans un premier temps de ne pas lui parler de ce travail. Pour justifier le fait que je devais loger à Nancy, j'ai eu la bonne idée de lui dire que le bureau de placement m'avait trouvé un travail aux cuisines de l'hôpital de Nancy, où j'avais d'ailleurs failli être embauchée quelques mois auparavant.

– Une semaine sur deux, je finirai tard. Mais ne t'inquiète pas, dis-je à ma mère pour la rassurer, l'hôpital a des chambres pour le personnel.

Ma mère avait, semblait-il, d'autres soucis... L'interrogatoire en règle que je redoutais n'eut pas lieu. Elle fut soulagée de savoir que l'argent allait rentrer régulièrement et qu'elle pourrait payer l'école de Marie-Thérèse.

Le dimanche 3 mars, je l'ai accompagnée à la messe et nous avons terminé de préparer ma valise de vêtements. Je partirais le lendemain matin par le premier train afin de déposer mon bagage dans la chambre qui m'attendait rue des Ponts, à Nancy. Nous avons écouté le bulletin de Radio Londres et cette écoute nous a fait nous embrasser, ma mère et moi. Les Forces françaises libres commandées par Leclerc avaient pris l'oasis de Koufra en Libye. C'était un beau succès. Mais ce qui nous a fait pleurer de joie fut d'entendre le serment de Koufra. Le colonel et ses hommes avaient juré « de ne déposer les armes que lorsque le drapeau tricolore flotterait sur Metz et sur la cathédrale de Strasbourg ». Il y avait donc encore des militaires français qui croyaient en la France, une France avec l'Alsace et la Lorraine. Il pouvait bien geler dehors, le froid se trouvait repoussé par l'onde de joie qui m'irriguait et me redonnait de l'espoir.

6

J'eus dix-neuf ans le 15 mai 1941. Pourquoi fallait-il que mes anniversaires soient marqués par des événements tragiques ? En mai 1940, la percée des Ardennes était consommée et signait la défaite, et en mai 1941, Philippe Pétain, encore lui, se manifestait. « Il faut me suivre sans arrière-pensée », avait-il déclaré sur les ondes de Radio Paris. Et la presse collaborationniste répandait ses propos. Pour moi, c'était hors de question. L'humiliation ressentie me pressait de toutes parts. Le système m'obligeait à servir là où je n'aurais jamais voulu aller, mais ma pensée, mes idées étaient miennes. J'en resterais maîtresse et personne ne me dicterait ma conduite intérieure.

J'avais beaucoup maigri et je ne crois pas que les restrictions alimentaires auxquelles nous devions faire face en étaient la cause. J'avais même la chance de manger très correctement au camp d'aviation, une fois par jour. Nous partagions tous la même cantine. Mais moi, je me limitais volontairement. La nourriture allemande ne passait pas. Survivre grâce à l'Allemagne était impensable pour moi. C'est ma dernière dignité, mon ultime insurrection, pensais-je. Des Françaises qui travaillaient aux cuisines de la base d'aviation s'en aperçurent.

– Jeannette, il faut manger, insista Roberte.

– Appelle-moi Jeanne, veux-tu.

– Mets donc ta fierté imbécile dans ta poche et mange ! ordonna Pierrette. C'est gratuit ! C'est toujours cela que les Frisés n'auront pas.

Quand nous parlions français un peu trop vivement, un Allemand s'approchait automatiquement de nous. Ce jour-là il me questionna.

– *Wer sind die Frisés, Fräulein Jeanne ?* [Qui sont les frisés, mademoiselle Jeanne ?]

Il fallait improviser, donner une traduction qui fût plausible, et apprendre à Roberte et à Pierrette à se taire devant les Allemands et, surtout, à ne jamais les mettre en cause. Les Allemands savaient comment nous les désignions : Boches, Fritz, Frisés et bien d'autres noms d'oiseaux encore. Je crois m'en être tirée honorablement en répondant à cet Allemand qui n'était pas dupe :

– Roberte m'a appelée Jeannette et je n'aime pas. Puis Pierrette m'a dit qu'il faut manger pour avoir des forces et que ce n'est pas parce que je me suis fait faire des frisettes que j'aurai meilleure mine.

Et, ce disant, je secouai ma tête légèrement ondulée – j'avais réussi à aller chez le coiffeur sans prélever sur l'argent dont mes parents avaient besoin.

– *Ach !* Vos amies ont raison. Vous êtes astucieuse, Jeanne, me gronda amicalement Frantz. Soyez prudente, ajouta-t-il quand nous fûmes seuls, certains officiers ici comprennent en partie la langue de Molière, comme moi, d'ailleurs.

Frantz n'était pas un militaire inféodé au régime nazi. J'appris par Paula, une Allemande condamnée à vivre en France par son père, un haut fonctionnaire, parce qu'elle refusait le mari qu'il lui avait présenté, que Frantz était pasteur ou sur le point de l'être. Elle ignorait s'il avait terminé ses études de théologie. Comme je m'étais étonnée de la présence d'un religieux dans l'armée allemande, Paula avait répliqué : « Et alors, dans l'armée française il y a aussi des aumôniers ! Les Allemands ne sont pas tous des barbares et ont également besoin du réconfort du Très-Haut. »

Frantz venait souvent nous parler et j'appris à le connaître. C'était souvent lui qui me raccompagnait rue des Ponts quand j'avais dépassé l'horaire du couvre-feu. Il était originaire de Dresde où ses parents habitaient toujours. Il venait de terminer ses études de théologie et serait pasteur comme son père. On l'avait envoyé en France parce qu'il était fiché « mauvais Allemand ». Sa famille fréquentait des amis peu recommandables pour le Reich. Frantz insistait, je pouvais le croire, je devais le croire. Il avait besoin, disait-il, que je le croie...

Un soir, la conversation se poursuivit près de la porte d'entrée menant à ma chambre. « Conversation » est un bien grand mot, car je me contentais de l'écouter. Dans les rues de Nancy, je craignais toujours d'être reconnue... J'étais au supplice, car je me trouvais en compagnie de l'ennemi. Frantz évoquait sa famille et les engagements de ses parents.

– Nous sommes restés très liés, mes parents et moi-même, à une famille juive. Mes parents avaient réussi à convaincre nos amis de quitter l'Allemagne à temps.

Et comme j'ouvrais des yeux démesurés, Frantz ajouta :

– Ne pensez pas, Jeanne, que tous les Allemands sont monstrueux. Il existe une majorité silencieuse qui n'approuve pas Hitler. L'Allemagne est certes dominée par ce parti indigne qu'est le parti nazi, mais tous les Allemands ne sont pas nazis. Comment vous en persuader ? C'est une grande tristesse que cette guerre. C'est même plus que cela, une folie...

Il avait murmuré cette dernière phrase, la main posée sur mon avant-bras. Sa main s'était crispée sur ma peau comme pour me persuader qu'il disait vrai. Un frisson s'est emparé de moi, mais je n'ai pas su mettre un nom sur ce trouble. Le perçut-il ? Il prit mon menton délicatement entre le pouce et l'index et m'obligea à le regarder. Sous le faible éclairage du proche lampadaire de la rue, j'ai saisi son regard. Le bleu de ses yeux immenses avait viré au gris.

– Me croyez-vous, Jeanne, quand je vous dis, moi, Frantz, que cette guerre est une folie ? Chaque jour, je prie Dieu d'éclairer le peuple allemand...

Il posa ses lèvres sur ma tempe gauche et murmura doucement :

– *Gute Nacht !* [Bonne nuit !]

Je me suis reculée et j'ai caché mon visage dans mes mains avant d'ouvrir la porte pour m'engouffrer précipitamment dans le couloir et avaler les deux étages menant à ma chambre. J'y suis entrée sans allumer, le cœur battant. Ma chambre donnait sur la rue. J'aurais aimé savoir si Frantz était reparti aussitôt, mais j'ai préféré l'incertitude. Je suis restée adossée à la porte de ma chambre en me gourmandant.

– C'est un Boche, seulement un Boche et rien qu'un Boche, me répétais-je en me cognant la tête au bois de la porte.

J'étais troublée, délicieusement troublée, et je me haïssais d'éprouver ce trouble pour un ennemi. L'orgueilleuse que j'étais eût préféré mourir sur-le-champ.

Et vint le comble pour ma mère : l'institution de la fête des Mères ! Qu'on célèbre les mamans pouvait être une bonne chose, mais que ce soit le maréchal Pétain – ce traître à la France, rageait-elle – qui en soit l'initiateur dépassait tout entendement. C'était une façon pour lui de détourner l'attention, de renforcer sa popularité. Je partageais le point de vue de ma mère. Je me fis la promesse, si un jour j'avais des enfants et que cette fête perdure, de leur en expliquer les origines, de leur dire qu'elle avait été installée par un traître à la patrie. Au moment de quitter cette vie, je me réjouis de l'avoir fait. Mais il semble que je n'aie pas toujours été bien comprise dans mon entourage. Mon aînée m'a approuvée, il y a peu. Mais mon mari ne m'a pas suivie. Il a toujours trouvé que c'était bien d'honorer les mères. D'ailleurs, la propagande fut parfaite et beaucoup de mères se comportèrent tels de charmants petits moutons. On sait bien que dans toutes les sociétés les femmes, les mères sont les gardiennes de la vie et de la morale. Ainsi honorées, grâce au vieux maréchal, les femmes et les mères ne pourraient que le suivre et faire pression autour d'elles. Et le comble pour ma mère fut que la plupart de ses voisines, jusque-là très critiques à l'égard de Vichy, approuvèrent le Maréchal. On savait déjà que depuis 1941, dans les écoles, son portrait trônait, et que beaucoup d'enseignants martelaient le crâne des écoliers en leur faisant chanter *Maréchal, nous voilà...* On louait cet homme bon et courageux qui restait un interlocuteur face à l'Allemagne. Un recours si Hitler allait trop loin. Élise, ma mère, ne décolérait pas. Elle jurait qu'elle ne ferait plus de café ni de brioches aux traîtres *pétainiens*. Elle était fière d'avoir inventé cet adjectif pour qualifier les partisans du maréchal honni. Plus tard, après la guerre, un autre mot surgirait. On évoquerait les « pétainistes ». À son oreille, ce terme, comme celui qu'elle avait fait naître, claquerait telle une insulte suprême et elle s'en réjouirait.

Quand je me trouvais à Bouxières-aux-Dames, nous échangions nos impressions sur l'évolution des événements tant en Afrique que sur le front de l'Est. La volte-face de Hitler face à la Russie et la résistance farouche de Staline. Curieusement, ma mère qui, comme moi, craignait le bolchevisme pour son déni de Dieu, se réjouissait de la fermeté de Staline à l'égard de l'Allemagne. Nous savions qu'en France la fête nationale avait donné lieu à des manifestations anti-allemandes qui avaient agacé le régime de la collaboration. Ces manifestations avaient été soutenues par les communistes français qui affirmaient répondre à l'appel de Staline. J'étais, quant à moi, dubitative. J'admirais pourtant le courage des frondeurs.

C'est alors que nous apprîmes que les cardinaux et archevêques de France venaient de signer une déclaration commune affirmant leur loyalisme à l'égard de Pétain. Comment ai-je eu connaissance de cet événement ? Était-ce à la messe du dimanche ? Par le curé au cours d'un prêche ? Ma foi, c'est bien possible. En ce temps de guerre et d'occupation, jamais les églises n'avaient été aussi remplies. On s'en remettait à Dieu, pourtant boudé par certains depuis bien longtemps, pour le convaincre de faire revenir la paix et les prisonniers dont les bras manquaient si cruellement aux travaux des champs. Quant à donner sa confiance à Pétain qui pliait le genou devant Hitler... Il me semblait que le clergé français était bien mal inspiré. J'enrageais et, les yeux levés au ciel, j'apostrophais Dieu : « Vous avez bien mal choisi vos chefs, c'est une honte ! »

L'heure était grave. Et le mois d'août le fut bien davantage. C'est par Frantz que j'appris l'arrestation de six mille Juifs dans le XIe arrondissement de Paris. La consternation se lisait dans son regard.

– C'est comme en Allemagne, Jeanne. Je reviens de permission et les nouvelles sont mauvaises. Hitler a resserré l'étau. Nous avons de mauvaises nouvelles de la famille juive partie chez des cousins en Hollande. C'est un drame. Je pense à Greta. Elle avait votre âge, et je pourrais même dire en vous observant qu'elle avait quelque chose de vous : la jeunesse, les étoiles dans le regard...

– Pourquoi m'en parlez-vous au passé ?

– Mes parents ont appris sa mort. La famille n'a jamais pu rejoindre la Hollande. Elle a été arrêtée à la frontière allemande et Greta a voulu fuir. Elle a été abattue sous les yeux des siens. Il semble que la famille ait été envoyée dans un camp en Pologne d'où bien peu reviendront, je le crains.

Frantz serrait les poings. Il avait détourné le regard pour que je ne voie pas le chagrin l'envahir.

– Vous l'aimiez beaucoup, n'est-ce pas ?

– Oui, mais pas comme vous l'imaginez. C'était une petite sœur pour moi. Une adorable petite sœur...

Il gardait le silence, perdu dans un passé dont j'ignorais tout et qui lui appartenait. Une histoire humaine qui n'avait rien à voir avec la guerre et les monstruosités qui se commettaient. Rien à voir avec le racisme et la folie d'un homme obsédé par la pureté de la race. Hitler voulait un monde peuplé d'Aryens.

– Je voudrais que vous sachiez, Jeanne : Hitler ne s'en prend pas seulement aux Juifs ou aux gens de couleur. Il s'en prend aussi aux improductifs. C'est tellement vrai que l'évêque de Münster, dans un sermon vigoureux, a dénoncé l'application massive de l'euthanasie aux malades mentaux. Honte à l'Allemagne, soupira Frantz.

– Mais bravo à cet évêque, m'exclamai-je en m'accrochant à son bras dans un élan spontané que je contins tout aussitôt.

– *Danke, viele Danke,* Jeanne. [Merci, merci beaucoup, Jeanne.] Je veux encore que vous sachiez, vous et vos amis opposés à Pétain, que vous pouvez compter sur moi, me répondit-il en tapotant mon bras accroché au sien.

– ?

– Ce que je saurai, je vous le dirai, Jeanne. Vous l'utiliserez comme bon vous semblera. Mais soyez prudents, vous et vos amis. Après l'attentat de Paul Colette contre Pierre Laval et Marcel Déat qui glorifiaient la Légion des volontaires français, la répression sera impitoyable. Ce que je sais aussi, c'est qu'en Allemagne, à partir du mois de septembre, tous les Juifs de plus de six ans devront porter une étoile jaune, l'étoile de David, avec l'inscription *Jude*.

– Mais pas en France, votre Adolf ne va pas oser !

– *Ach,* Jeanne ! Ne plaisantez pas, je vous en prie. Le Führer n'est pas mon Adolf ; vous m'offensez même en faisant semblant d'y croire.

– *Ich bitte Sie um Entschuldigung* [Je vous demande pardon], ai-je murmuré, très embarrassée de l'avoir peiné.

– Vous êtes pardonnée. Mais ne sous-estimez pas l'orgueil de cet homme. Pour lui, les pays conquis doivent se soumettre aux lois allemandes. Dans sa logique, il n'y a aucune raison pour que les Juifs de France ou d'ailleurs bénéficient d'un régime de faveur. Vous le savez bien, vous qui êtes alsacienne. La collaboration n'a pas d'autre but que de faire de la France, de la Belgique et des Pays-Bas des provinces allemandes. Hitler et ses voyous organisent d'ailleurs une vaste campagne visant à montrer les Juifs du doigt.

– Mais personne ne sera dupe ! m'écriai-je.

Je pensais à Nicole et à sa famille, aux amis de grand-père à Bischwiller et à Erstein.

– Hélas, Jeanne ! Ne soyez pas naïve. Quand on taquine les vieux démons, ils se mettent au garde-à-vous et se révèlent très zélés. Quand la folie a pris le pouvoir, tout est à craindre.

Que savait Frantz de très précis ? Qu'avait-il appris au cours de son voyage ? Le fait est que le 5 septembre s'ouvrait à Paris, au palais Berlitz, une exposition sur « Le Juif et la France ». Ce fut le début de cette honteuse campagne sur le Juif au nez crochu, malhonnête, pervers et coupable de tous les maux. Je me souviens d'être allée au cinéma pour voir les actualités précédant le film dont j'ai oublié le nom – et que je n'ai pas vu. J'ai assisté au compte rendu de cette exposition et je suis sortie tout aussitôt, la bouche emplie d'amertume, près de vomir. La toile de l'écran était trop petite pour montrer la foule des personnes avides de voir. De voir quoi ? La vilenie de la propagande ? Cette foule se laissait manipuler sans aucun esprit critique. Cela devint immonde quand on vit ces badauds ressortir, visiblement convaincus de la culpabilité des Juifs. Mais coupables de quoi ? D'être juifs ? Les arrestations allaient donc pouvoir continuer dans Paris et ailleurs et personne ne lèverait le petit doigt pour s'indigner. C'était ma crainte. Certes, les attentats se multipliaient contre les Allemands sans que les terribles représailles ne semblent dissuader les résistants. La police allemande, qui avait mis la police française à sa botte, se livrait à des opérations punitives sans pitié. Les prises d'otages, qu'on fusillait quasiment sur-le-champ, ne se comptaient plus. Le mois d'octobre fut si féroce que, depuis Londres, le général de Gaulle lança un appel. Ce fut lui qui demanda la suspension des attentats pour éviter des représailles aveugles.

Nous étions entrés dans le temps de l'avent. « Temps de l'attente », me disait Frantz qui multipliait les occasions de rencontre. Quand j'étais de service en matinée, il passait dans les cuisines, ouvrait une porte et me disait qu'on avait besoin de moi pour traduire de nouvelles directives pour le personnel. Je le suivais.

Frantz ne mentait pas. Il y avait bien une consigne mais qui, selon moi, pouvait attendre. J'avais compris : Frantz, dans l'un ou l'autre couloir de la base, pouvait me parler. Il m'informa de l'entrée en guerre des États-Unis après l'attaque de Pearl Harbor au début de décembre. Il s'en réjouissait : leur entrée en guerre changerait la donne. Les stratèges de Hitler seraient mis à mal. D'ailleurs, le Führer piétinait sur le front russe.

– Vous savez, Jeanne, l'URSS est une grande nation dont on ne peut venir à bout aisément, et c'est bien fait pour Hitler. Napoléon – et j'espère ne pas vous peiner – a eu sa retraite de Russie. Hitler risque bien de connaître la sienne et ce n'est pas moi qui le plaindrai...

– Vous... vous ne souhaitez donc pas la victoire de l'Allemagne ?

– Pas cette victoire-là. Pas à ce prix-là car l'homme est nié, Dieu est offensé.

– Dieu ? Ne m'en parlez pas ! Je le trouve bien trop silencieux ! m'écriai-je.

– *Ach,* Jeanne ! Que j'aime vos élans ! Mais si Dieu est trop silencieux, comme vous le dites, c'est parce que trop d'hommes ne veulent ni voir ni entendre les bruits du monde. Dieu a besoin des hommes pour qu'on croie en lui. C'est nous, les humains, qui répandons ce silence honteux en nous taisant...

– C'est parce que la peur est en chacun, Frantz.

Frantz ne me répondit pas sur l'instant. Je l'observais, il puisait en lui-même une réponse ou un élément de réflexion susceptible de m'aider. Il regardait autour de lui. Les couloirs étaient déserts. Il m'entraîna dans son bureau.

– Nous y serons mieux pour continuer cette conversation. Vous connaissez Rilke ?

– Rainer Maria Rilke ?

– Oui.

– Un peu. J'ai lu *Lettres à un jeune poète*, cette si belle correspondance avec le jeune Kappus. La poésie y est un prétexte. Les lettres de Rilke, dans mes souvenirs, sont surtout des leçons de vie...

– *So*. Vous souvenez-vous de ces belles phrases sur la peur éprouvée par les humains, cette peur qui les rend silencieux ?

– Non, Frantz, ou alors c'est un peu vague dans mon esprit. Il faudrait que je relise ces lettres.

– Fermez les yeux et écoutez-moi un instant, murmura Frantz en saisissant un petit livre qui se trouvait à portée de main sur une étagère.

Il lut :

> *Wir haben keinen Grund, gegen unsere Welt Misstrauen zu haben, denn sie ist nicht gegen uns. Hat sie Schrecken, so sind es* unsere *Schrecken, hat sie Abgründe, so gehören diese Abgründe uns, sind Gefahren da, so müssen wir versuchen, sie zu lieben.*
>
> [Nous n'avons aucune raison d'éprouver de la méfiance à l'égard de notre monde, car il n'est pas tourné contre nous. S'il recèle des peurs, ce sont *nos* peurs ; des abîmes, ils sont nôtres ; présente-t-il des dangers, nous devons tenter de les aimer.]

– *Nein, nein*... Je ne veux pas plier le genou.

– Jeanne... Ce n'est pas plier le genou. C'est accepter sa condition humaine, la connaître pour grandir. C'est écrit dans l'Évangile. Là où est ta faiblesse, là est ta force...

Il s'est levé et est venu vers moi, le livre à la main. On aurait dit un professeur, mais son regard transpirait de tendresse.

– Vous voulez bien entendre la suite ?

D'un battement de paupières, j'ai acquiescé.

Und wenn wir nur unser Leben nach jenem Grundsatz einrichten, der uns rät, dass wir uns immer an das Schwere halten müssen, so wird das, welches uns jetzt noch als das Fremdeste erscheint, unser Vertrautestes und Treuestes werden. Wir sollten wir jener alten Mythen vergessen können, die am Anfange aller Völker stehen, der Mythen von den Drachen, die sich im äussersten Augenblick in Prinzessinnen verwandeln ; vielleicht sind alle Drachen unseres Lebens Prinzessinnen, die nur darauf warten, uns einmal schön und mutig zu sehen. Vielleicht ist alles Schreckliche im tiefsten Grunde das Hilflose, das von uns Hilfe will.

[Et si seulement nous faisons en sorte que notre vie soit commandée par le principe qui nous enjoint de nous en tenir toujours à ce qui est difficile, ce qui nous semble encore être le plus étranger deviendra bientôt ce qui nous sera le plus familier et le plus cher. Comment pourrions-nous oublier ces vieux mythes qu'on trouve à l'origine de tous les peuples, les mythes où les dragons se transforment en princesses à l'instant crucial ; peut-être tous les dragons de notre vie sont-ils des princesses qui n'attendent que le moment de nous voir un jour beaux et courageux. Peut-être tout ce qui est effrayant est-il, au fond, ce qui est désemparé et qui requiert notre aide[1].]

---

1. Rainer Maria Rilke, *Lettres à un jeune poète*, édition bilingue, traduction et présentation de Marc B. de Launay, Paris, Gallimard, « Poésie », 1993, p. 110.

– Que voulez-vous me dire, Frantz ? Vous ne me lisez pas ces lignes splendides pour disculper Hitler ?

– Que non ! Loin de moi cette idée. Mais votre réflexion est intéressante et prouve, hélas, qu'il est toujours aisé de détourner les écrits. Non, je veux parler de la majorité des humains enfermés dans leurs peurs.

– Et que la peur a transformés en dragons. Peut-être que pour Hitler c'est un peu vrai. Mais lui, sauf une balle en plein cœur, je ne vois pas ce qui pourrait le transformer en princesse.

– *Gut*, Jeanne. Vous avez de l'esprit. Je pense à vos amis, lâcha-t-il. Le moment crucial, eux le vivent déjà...

– Peut-être que tous les dragons de notre vie sont des princesses qui n'attendent que le moment de nous voir un jour beaux et courageux... *Aber, ich mache einen Traum.* [Mais je fais un rêve.]

– *Ach*, Jeanne ! murmura-t-il en s'approchant de moi et en caressant mes cheveux, fasse que la paix revienne... et que...

La porte s'est ouverte tout soudain. C'était von Linden, « l'officier-amant » de Lucette – j'aimais l'appeler ainsi.

– *Frantz... Entschuldigen Sie...* [Excusez-moi...]

Il a claqué si fort des talons avant de refermer la porte brutalement que je me suis vivement écartée, mais de toute évidence von Linden avait surpris une attitude qui avait peu à voir avec le travail – le mien ou celui de Frantz. Je demeurai un instant interdite, puis quittai le bureau alors que Frantz soupirait. J'ai regagné les cuisines où quelques filles s'affairaient pour le repas du soir. J'étais ailleurs, perdue dans des pensées interdites. Frantz était allemand, protestant, mais pas nazi. C'était un homme d'une grande qualité. J'imaginais grand-père en sa compagnie. Il eût aimé échanger avec lui, j'en étais certaine, même si leurs points de vue eussent divergé, tout au moins à propos de Napoléon... Quoique... Frantz parlait de Napoléon Ier, grand-père gardait sa tendresse à l'égard du Napoléon de 1870, le vaincu des Ardennes, qui avait entraîné la perte de l'Alsace française. J'empoignai une pile d'assiettes que j'appuyai contre ma poitrine et coinçai sous mon menton pour aller les ranger à l'office. Paula n'eut pas le temps de me dire qu'il eût mieux valu faire deux voyages. De toute façon, plongée dans des pensées dont je ne pouvais m'extraire, je ne l'aurais pas entendue. Je pestais contre cette guerre qui séparait des humains qui partageaient la même philosophie et auraient pu s'entendre et œuvrer à un monde meilleur. La rage coulait dans mes veines, me donnait des audaces meurtrières. Adolf, je te hais. Et Toi, Dieu du ciel, fais quelque chose d'intelligent ! pensais-je. J'allais d'un bon pas et je ne vis pas sur mon chemin un tabouret qui n'avait rien à y faire. Je trébuchai, tentai de rétablir l'équilibre, mais la pile d'assiettes se fracassa sur le carrelage. Pas une ne fut épargnée. Le bruit fut tel que l'officier-amant de Lucette sortit de son bureau pour venir constater le désastre.

– *Wer ?* [Qui est-ce ?] hurla-t-il.

– *Ich bin es, Herr...* [C'est moi, monsieur...]

– *Nein,* rigola-t-il, *nur die Liebe.* [Non... seulement l'amour.]

Le rouge m'est venu aux joues. Je l'ai maudit car Paula et toutes les Allemandes présentes dans la pièce ont ricané et ont voulu savoir ce que les propos de l'officier cachaient. Je m'abstins de répondre.

– Il va te changer de base, t'envoyer travailler en Allemagne.

Cela m'était égal. Tout m'était égal. J'avais une immense envie de pleurer. Il ne fallait rien dire, rien montrer. J'ai ramassé les morceaux. Ma vie c'était cela, des fragments, des morceaux épars qui ne feraient sans doute jamais un bel ensemble.

Les nuits qui suivirent furent douloureuses pour moi. Je ne parvenais pas à m'endormir. Quand le sommeil me gagnait, le regard de Frantz me hantait. Cet homme avait trouvé le chemin de mon âme. Il passait par celui de la littérature et de la poésie. Or, rien n'était possible entre nous. J'ai maudit le Ciel et Hitler à la fois.

Nous arrivions à Noël. Que serait 1942 ? Cette année sonnerait-elle la fin d'un conflit devenu mondial ? Les spécialistes en doutaient. Il fallait garder courage, ne pas baisser les bras et toujours espérer. Au quotidien, la vie s'était organisée. À la base d'aviation d'Essey, l'amour s'était frayé quelques chemins de traverse. Des amours coupables, forcément coupables, entre Françaises et Allemands, Français et Allemandes.

Maurice, un mécanicien dont il fallait se méfier – c'était un collabo qui pensait à l'après-guerre –, s'était épris de Paula, une cuisinière allemande hors pair. Il fallait savoir plaisanter avec Maurice, mais se méfier de lui comme de la peste. Les amours de Lucette avec von Linden étaient devenues un secret de Polichinelle. Devant tous, pour ne pas montrer ses préférences, l'officier-amant – j'aimais de plus en plus ma trouvaille – la rudoyait. Mais Lucette m'assurait que dans l'intimité c'était le plus charmant et le plus prévenant des hommes. Elle aimait la belle vie et les cadeaux et estimait qu'il fallait savoir profiter de l'instant qui passe. « Aujourd'hui, nous sommes là, déclarait-elle pour se disculper, mais demain ? Je ne veux pas mourir sans avoir vécu. »

Je n'avais pas une bonne opinion de cette jeune fille et je restais sur mes gardes. Elle avait de la parenté à Bouxières-aux-Dames où je l'avais parfois croisée.

– Et toi ? me demanda-t-elle un jour à brûle-pourpoint.

– Quoi, moi ?

– Oui, toi. Pas d'amoureux à la base ?

– Que je sache, non... D'ailleurs le règlement l'interdit, répondis-je un peu agressivement.

– Il a bon dos, le règlement. Mon petit doigt m'a fait des confidences : Frantz te fait la cour et tu n'y es pas insensible.

– C'est un pasteur et ma mère m'a appris qu'il y a deux sortes d'hommes interdits aux regards d'une jeune fille honorable : les religieux et les hommes mariés. Et depuis que nous sommes en guerre, elle a ajouté : « Que je ne te voie jamais avec un ennemi ! »

– Sévère, la maman... Mais en ce qui concerne Frantz, son métier n'est pas un obstacle. Un pasteur protestant peut se marier.

– Oui, mais moi, je suis catholique !

Un feu soudain colora mes joues. Il était hors de question que je me confesse à cette prétentieuse qui avait l'art de piquer là où cela pouvait faire mal. Je ne pouvais accorder ma confiance à Lucette. Sur l'oreiller, que racontait-elle à son officier-amant si bien élevé et qui la comblait de cadeaux ? Il en avait fait une cocotte qu'il sortait et exhibait fièrement dans certains restaurants de la place Stanislas où l'on buvait du champagne.

Cette altercation eut le mérite de me faire prendre conscience de la nature des sentiments qui s'installaient dans mon cœur et que je devais faire cesser. Je priai mon grand-père et j'eus une vision de lui près de sa barque et je l'entendis me dire à l'oreille : « Pourquoi te tracasser, Jeanne ? La paix reviendra. »

7

Je n'ai pas gardé un excellent souvenir de l'année 1942. Je me réjouissais chaque fois qu'un sabotage avait lieu, mais je savais aussi qu'il serait suivi de représailles. Frantz me faisait part de ses inquiétudes.

Sur le front de l'Est, l'armée allemande avait repris l'offensive avec succès. Mais les arrestations de Juifs se multipliaient en Hollande et en Belgique. J'ai appris qu'on déportait les résistants et les Juifs, mais de la Solution finale, déjà en marche, je ne savais rien. D'ailleurs, nous savions peu de choses. Frantz m'avait prévenue : en mai, les Juifs de France âgés de plus de six ans, comme ceux d'Allemagne, furent obligés de porter l'étoile jaune. La paix pourrait revenir et moi rester vivante, je finirais par haïr ce joli mois de mai qui me donnait de douloureux anniversaires. J'avais vingt ans, le bel âge, paraît-il. J'étais plongée dans de graves interrogations existentielles. Où donc était Dieu dans ces années noires ? Pourquoi faisait-il silence ? Pourquoi n'entendait-on que les ricanements de l'enfer installé au vu et au su de tous ?

En juillet, on a raflé treize mille Juifs à Paris et on les a rassemblés au Vélodrome d'hiver. Pierre Laval avait accepté de livrer aux Allemands plusieurs milliers de Juifs étrangers apatrides vivant en zone libre, à condition qu'on préserve les Juifs français vivant en zone occupée. Une cynique parade. Car les Juifs français pourraient de toute façon être déportés si les quotas fixés par Himmler n'étaient pas atteints. Dans ces honteuses tractations, les humains n'étaient plus que du bétail. Personne ne protestait. C'était si rassurant que Hitler s'en prenne aux Juifs, le reste de la France pouvait encore respirer : c'est ce que j'entendais parfois dans l'un ou l'autre magasin où j'entrais après avoir fait une queue interminable.

Vint ce jour de juillet. Pourquoi avais-je accepté d'accompagner Frantz dans les rues de Nancy ? Il devait repartir en permission chez ses parents et voulait faire quelques courses. Il se disait heureux de marcher à mes côtés. Il est vrai qu'il ne portait pas l'uniforme allemand mais des vêtements civils. Il s'efforçait de parler français pour ne pas mettre mon honneur à mal. Non loin de la cathédrale, j'aperçus Nicole, mon amie Nicole que je n'avais pas revue depuis la fermeture de l'atelier. J'ai tout de suite vu qu'elle portait une étoile sur sa jolie robe de crêpe vieux rose. Elle était avec sa mère. J'ai abandonné Frantz.

– Nicole est mon amie, attendez-moi ou ne m'attendez pas, je veux aller lui parler.

– Dites à votre amie, si elle en a la possibilité, de quitter Nancy très vite et de ne pas porter cette fichue étoile.

J'ai traversé la rue. Nicole a marqué un instant de surprise et m'a montré son étoile pour que je m'éloigne d'elle. Pour qui me prenait-elle ? La stupeur se lisait sur son visage. Elle n'arrivait pas à articuler une seule parole.

– Partez, me dit sa mère. Sinon, vous aurez des ennuis. Nous sommes juives.

– Je le sais et ce n'est pas une maladie honteuse. Cela n'efface pas l'amitié. Qu'allez-vous faire ? Il faudrait fuir en zone libre, voire à l'étranger.

– Fuir ? articula Nicole. Mais pourquoi ?

– Les Allemands vont arrêter tous les Juifs et les déporter à l'Est. Je le sais. Je vous en prie, ne restez pas à Nancy.

– Mon mari est déjà hébergé en zone libre et espère que nous pourrons le rejoindre sous peu pour gagner Londres ou les États-Unis. Quant à moi, je ne crois pas que nous soyons réellement en danger ; deux femmes ne doivent guère intéresser les Allemands. Je veux rester confiante. Merci en tout cas, Jeanne, d'être venue nous parler. Tellement de gens nous ont tourné le dos.

J'ai embrassé Nicole et sa mère et, bouleversée, j'ai rejoint Frantz.

– Vos amies se trompent. Hitler ne fait aucune différence. À l'Est, les camps sont remplis d'hommes et de femmes.

Les larmes coulaient sur mes joues. Frantz s'en aperçut.

– Si ma vie pouvait servir, s'il suffisait que j'ouvre ma veste et qu'on me tire dessus pour que cette saloperie s'arrête, je vous le jure, Jeanne, je le ferais, malgré tout... toute *l'amitié* que j'éprouve pour vous...

Il me parla de Lucette et de sa liaison avec von Linden.

– Méfiez-vous d'elle, me prévint-il. Je crois qu'elle rend quelques services à l'Allemagne. Elle fréquente pas mal un certain café de la place Stanislas [aujourd'hui, c'est le Jean Lamour] que les Allemands aiment beaucoup. Vous la connaissez bien ?

– Juste un peu. Mieux que d'autres, en tout cas, car elle vient parfois dans mon village. J'espère qu'elle saura tenir sa langue et ne révélera jamais à mes parents la réalité de mon travail.

– *Ach !* Elle ne le fera pas, pas pour l'instant. Mais que vos voisins soient sur leurs gardes ! C'est tout ce que je peux vous dire.

C'était une période d'intense activité secrète pour mon père et ses voisins qui prenaient de très gros risques en abritant des prisonniers qui s'évadaient pour rejoindre différents groupes de la Résistance. Ils arrivaient dissimulés dans des wagons, parmi les marchandises, et un de nos voisins les cachait dans une remise avant de les aider à s'évader. Élise, qui pratiquait bien l'allemand, accompagnait parfois un évadé dans sa sortie, et quand ils croisaient un Allemand elle lui disait : « C'est un cousin venu m'aider dans les champs. » Était-ce de cela que Frantz voulait me parler ? Il semblait très au courant.

Parfois, nous allions marcher sur la route d'Essey, quand le temps nous le permettait. Nous parlions littérature. Frantz savait par cœur certains poèmes de Goethe ou des extraits du Cantique des cantiques. Il me les récitait. J'étais troublée par le son de sa voix chaude. La langue allemande qu'il utilisait n'avait rien à voir avec les vociférations d'Adolf ou de certains soldats. Mais je restais sur mes gardes. « Je le dois, me répétais-je pour m'en convaincre. Frantz est un Allemand, donc un ennemi » ; mais tout me portait vers cet homme. Nous parlions aussi de l'actualité. J'étais toujours indignée par les déclarations de certains évêques qui continuaient de louanger Pétain. Il fallait, selon eux, remercier le Ciel d'avoir donné au peuple français un tel chef. Mgr Saliège, l'archevêque de Toulouse, sauva en partie l'honneur du clergé. Il fit lire dans les paroisses de son diocèse une lettre pastorale s'élevant contre les persécutions antisémites. Heureusement, un peu partout, il se trouva des saints... des hommes de Dieu assez lucides pour envoyer promener le régime de Vichy et les déclarations des évêques un peu trop obéissants.

Tout bascula en août 1942, pour moi, quand les Alsaciens et les Lorrains furent incorporés de force dans la Wehrmacht. Des affiches fleurissaient à Metz et dans toute l'Alsace : *Du bist ein Deutscher. Dein Gruss : Heil Hitler !* [Tu es un Allemand. Ton salut : *Heil Hitler !*]. J'ai eu envie de vomir en lisant une de ces affiches rouges – comme le sang ! – que mon père avait pu se procurer. Je l'ai dit à Frantz un soir qu'il me raccompagnait.

– Bientôt, c'est toute la France qui devra faire le salut à Hitler. La germanisation de la France est en route, Jeanne. Vous le savez bien. Hitler étend sa toile. Il veut une Allemagne grande et forte. Dans très peu de temps, les Français seront obligés d'aller travailler en Allemagne, dans les usines et dans les fermes.

Frantz ne se trompait pas. Vichy édicta cette sinistre

loi en septembre 1942. La France allait devoir fournir cent cinquante mille ouvriers spécialisés, et en échange l'Allemagne s'engageait à libérer des prisonniers. L'affaire fut savamment orchestrée. Les services de propagande avaient acquis un indéniable savoir-faire. On encensait les courageux travailleurs volontaires qui partaient en Allemagne. Ils permettaient ainsi à des Français, chargés de famille, de rentrer chez eux. Et l'on rendit compte de la joie de quelques-uns, ravis de retrouver le sol français. Aux actualités cinématographiques, par exemple, on voyait la joie de ces hommes penchés par les fenêtres des wagons d'un train où s'étalaient des « Vive le maréchal Pétain ! ».

Tout cela fut de courte durée. Peu de prisonniers furent libérés mais beaucoup de travailleurs durent s'expatrier. Le Service du travail obligatoire allait se mettre en place...

La guerre s'intensifiait. Face à la Résistance de plus en plus organisée, les actions de représailles étaient sans pitié. Dans le même temps, les premiers bombardements touchaient l'Allemagne. Nous voyions passer les avions anglais qui se dirigeaient vers l'Allemagne. Les sirènes se faisaient entendre peu avant que le ciel se couvre d'une nuée d'oiseaux d'acier gagnés par l'ivresse d'en finir avec Hitler. Le terrifiant ronronnement plombait le ciel. Il fallait se rendre aux abris, loin des avions allemands de la base qui devenaient une cible pour les Alliés. Et puis il y eut des bombardements américains sur toute la zone occupée. Rouen et le nord de la France avaient été touchés le 17 août. À partir du 20 août, l'Est le fut également. C'est un de ces jours que je décidai de quitter le camp, alors que la sirène faisait trembler les vitres des bâtiments dans lesquels nous travaillions. Je n'avais pas envie de gagner les abris... Inconsciente, je marchais sur la route tandis que des avions volaient bas. Frantz s'était aperçu de mon absence et Paula avait dû lui dire que je préférais le grand air. Il m'a rejointe, plaquée rageusement au sol et fait rouler dans le fossé pour me protéger.

– Jeanne, vous êtes complètement folle de risquer ainsi votre vie.

– Je préfère mourir à l'air libre plutôt qu'enterrée, lui répondis-je un peu vivement, un rien agacée. D'ailleurs, ce sont des bombardiers américains et je suis française. Je ne crains rien, moi.

– Parce que vous croyez que les Alliés vont faire la différence et que c'est écrit sur votre jolie petite tête que vous êtes française ?

Mes nerfs étaient à vif. Je savais que Frantz avait raison mais je ne voulais pas l'admettre.

– J'en ai marre de la guerre, marre des mensonges, marre de la honte, marre de tout ! Je préfère mourir tout de suite...

– *So*... Et moi, je vous préfère vivante, *Liebele*. Oh, pardon ! murmura-t-il.

Plus bas et tristement, il ajouta :

– Jeanne, la situation est mauvaise pour l'Allemagne. Hitler s'entête sur le front russe. Il va y envoyer des renforts. Il a déjà expédié de très nombreux Alsaciens incorporés de force[1], ou des Allemands qu'il sait hostiles à sa politique. Si je devais faire partie d'un de ces convois et ne plus vous revoir

1. Les Malgré-nous.

pendant de longs mois, promettez-moi de ne pas mettre votre vie en danger. Je reviendrai de cette guerre, car je vous aime. Ce n'est sans doute pas le meilleur moment pour vous le dire, mais les circonstances ne me donnent pas le choix. Je l'ai écrit à mes parents. Voici leur adresse à Dresde. Allez chez eux, vous y serez accueillie telle une fille et attendez-moi, vous voulez bien, *Liebele* ? Je sais que vous m'aimez, mais vous vous l'interdisez. Cette attitude vous honore. Quand la paix reviendra, plus rien ne s'opposera à notre union. Je vous épouserai, Jeanne. Et tous deux, nous travaillerons au bonheur des hommes.

Mais pourquoi, pourquoi fallait-il que ce soit lui, Frantz, un Allemand, qui me déclare sa flamme ? Je lisais sa sincérité dans son regard. Je connaissais son humanité et son horreur de la violence et de l'injustice. Comme moi, il avait le goût des textes. J'eus envie de me blottir contre lui, d'oublier qu'il était allemand. Il était d'abord un homme, un homme dont j'admirais la clairvoyance et l'espérance.

– Croyez-vous pouvoir m'aimer un jour ?

J'ai fermé les yeux pour n'avoir pas à répondre, et de ses lèvres il a doucement effleuré les miennes. Je ne me suis pas dérobée, mais je ne me suis pas abandonnée, alors qu'un feu étrange et inconnu, délicieux, – j'étais encore très naïve – coulait en moi. Rien n'était possible entre nous sauf le rêve. En cet instant, j'ai maudit la guerre et Hitler.

J'ai pensé aux voisins de mes parents que je savais en danger. Il fallait que je rentre, que je les prévienne.

Quand je suis arrivée à Bouxières-aux-Dames, ma mère pleurait. Plusieurs personnes avaient été arrêtées dont la voisine et ses grands fils. Ma mère avait assisté à l'arrivée de la police allemande. La veille, déjà, elle avait vu une jeune femme qui ressemblait à Lucette – mais elle n'en était pas certaine – soutenir une autre femme, venue désigner à la police le domicile de la voisine ainsi que la remise qui servait si souvent de refuge aux évadés ou aux résistants traqués. Lucette semblait avoir joué un bien vilain rôle dans cette affaire. Était-ce elle qui avait livré aux Allemands la jeune femme qu'elle soutenait et dont le visage était méconnaissable ? Ma mère me raconta :

– Je crois qu'il s'agissait de la fille d'un copain de ton père aux Chemins de fer. Je l'ai reconnue à la petite veste noire qu'elle porte toujours. Son visage tuméfié montrait qu'elle avait été battue. Si tu avais vu comme *ils* l'avaient arrangée. Si elle a parlé, il ne faut pas lui en vouloir. Face à la souffrance, on n'est plus maître de ses pensées et de ses paroles. J'ai prévenu aussitôt la voisine et sa famille. Mais tu sais la tête de mule qui est la sienne. Je lui ai fait le meilleur café dont je disposais encore – bien que je le lui interdise, ton père me trouve de temps en temps du café au marché noir. J'ai insisté pour qu'elle s'éloigne quelque temps et elle m'a répondu : « Que voulez-vous qu'ils me fassent à moi, une femme qui a déjà deux fils prisonniers ? » Moi, j'ai noirci le tableau, je lui ai fait peur, mais pas assez sans doute puisque je n'ai pas su la convaincre. J'ai alors insisté sur la nécessité de mettre les plus jeunes enfants en sécurité, car la police arrête des familles entières. Albert me l'a dit.

– Et alors ?

– Elle ne m'a pas crue. Elle m'a dit : « Ce n'est pas notre famille qui peut les intéresser. On ne peut rien prouver contre nous. Nous n'avons pas d'ennemis... Et puis, hélas, c'est surtout les Juifs qui sont arrêtés. » J'ai expliqué qu'on arrête tout autant les gens qu'on soupçonne de sympathie avec les terroristes. Je lui ai dit aussi que tout le village connaît ses idées. Mais je ne pouvais pas me dévoiler, révéler mes sources. En ce moment, il faut se méfier de tout le monde. On peut parler sous la torture. La seule chose que j'ai obtenue a été son acceptation de confier les plus jeunes de ses enfants à une amie en face de chez nous. Mais elle l'a fait uniquement pour me faire plaisir. Elle ne parvenait pas à croire qu'on viendrait la chercher.

Ce fut pourtant le cas, la police allemande, secondée par la police française, est arrivée au petit matin et, sans ménagement, a arrêté la voisine et ses fils. Ma mère a vainement tenté de raisonner l'officier en lui parlant allemand. Il devait faire erreur, se tromper. Pour être terroriste, il fallait être intelligent. Cette pauvre femme n'était qu'une paysanne occupée à élever ses poules et ses lapins, trop simple d'esprit pour s'impliquer dans la Résistance. Ma mère avait du bagout quand c'était nécessaire. Elle crut un instant avoir réussi. Car l'officier allemand parut ébranlé dans ses certitudes. Il posa quelques questions à ma mère. Comment se faisait-il qu'elle parlât si bien allemand ? « J'aime l'Allemagne, a-t-elle répondu effrontément, j'ai appris cette langue à l'école. » Il hésita, puis se reprit et déclara à ma mère : « *Sie sind mutig, Frau !*

So... [Vous êtes courageuse, madame. Bien...] Nous allons interroger cette femme et nous saurons si elle est une dangereuse terroriste. Deux Allemands ont été assassinés non loin d'ici. Des voisins ont parlé... Elle est la mère de deux garçons qui causent bien des soucis à l'Allemagne ces jours-ci. »

Ma mère était effondrée. La lâcheté des Français soumis et qui œuvraient pour l'occupant la révoltait.

– Depuis, j'y pense sans cesse. C'est horrible. Comment peut-on être aussi moche entre Français et se ranger du côté de la collaboration ? répétait-elle. Un jour, il faudra rendre des comptes, ici-bas ou là-haut.

La voisine fut déportée, changée de camp à deux reprises, puis échoua au camp de Ravensbrück où elle rencontrerait, quelques mois plus tard, une femme admirable dont elle me parlerait jusqu'à sa mort. Il s'agissait de Geneviève de Gaulle, la nièce du Général. Un de ses fils ne devait jamais revenir de déportation. Il avait été exécuté peu après son arrestation. L'autre fut envoyé en Pologne et en revint très malade. Il mourrait peu après la fin de la guerre.

– Ce que tu ne sais pas encore, me confia ma mère, c'est que l'amie de la voisine qui avait recueilli ses jeunes enfants les a gardés serrés contre elle jusqu'au soir. Elle avait déclaré : « Si la police et les Boches veulent les enfants, ils devront me prendre aussi. » Quand tout est redevenu calme dans la rue qui borde la Meurthe, les femmes ont essayé de délivrer les enfants prisonniers des bras de cette femme en état de choc. Elle était incapable de les lâcher, afin qu'on les fasse manger ou qu'on les couche. Les yeux hagards, elle ne savait que répéter : « Les pauvres petits, les pauvres petits... » Personne ne parvenait à desserrer la chaîne de ses bras. On eût dit du bois. La sœur infirmière est venue jusqu'à elle et lui a donné un comprimé pour la calmer afin de libérer les enfants qui pleuraient dans ses bras. Je n'oublierai jamais cette journée...

En entendant le récit de cette tragédie insoutenable, mon cœur s'est soulevé d'horreur et d'indignation mêlées. « Puissent mes parents ne jamais savoir la nature exacte du travail qui est le mien et qui les fait vivre ! » priai-je. Le dégoût m'envahissait et je me sentais sale. Mais à qui pouvais-je m'en ouvrir ? Je crois l'avoir confié une fois à Frantz. Il comprenait. Lui, un Allemand, ressentait la honte jusqu'au bout de ses cheveux qu'il avait clairs et légèrement bouclés.

La guerre s'étendait. La zone libre avait été envahie en novembre 1942 parce que les Alliés avaient marqué quelques points en Afrique du Nord. Je pourrais dire qu'en ces jours-là j'étais au courant de la progression des événements rien qu'en lisant le regard de Frantz dans l'un ou l'autre couloir de la base d'Essey. Œil bleu et lumineux : les armées allemandes étaient en difficulté. Regard sombre, presque gris : je savais que la Résistance avait subi des revers. Quand plus rien n'allait pour les Alliés, Frantz avait l'air de me dire : sincères condoléances. Chaque fois que je le pouvais, j'écoutais Radio Londres afin de reprendre espoir. Il y eut ce jour où Frantz, visiblement heureux, m'apprit l'offensive soviétique à Stalingrad occupée par les Allemands.

– Hitler va être mis à mal et je m'en réjouis, me confia-t-il.

8

En février 1943, beaucoup de jeunes hommes nés en 1920, 1921 et 1922 tombèrent sous les ordres de mobilisation du STO. Ils devaient répondre à l'appel et aller outre-Rhin travailler pour l'Allemagne. Parmi eux se trouvaient plusieurs jeunes garçons avec lesquels j'avais joué dans les prés bordant la Meurthe. Et notamment Jeannot, l'un de mes « frères », comme l'était Jacques. Jacques, lui, avait rejoint l'armée de Leclerc. Combien de confidences à propos de leurs amours ai-je reçues ? Jacques était amoureux de Simone, c'était sérieux, tandis que Jeannot papillonnait. Il vint me dire au revoir et que j'avais changé parce que je parlais peu de moi. J'avais tellement peur de me trahir.

– Serais-tu amoureuse, Jeannette ? À moi, tu peux le dire.

– Appelle-moi Jeanne, veux-tu.

– Tu sais bien que dans ma bouche c'est affectueux. C'est le petit nom qu'un grand frère peut donner à sa sœur. Moi, on m'appelle bien Jeannot depuis toujours.

J'ai fini par sourire et j'ai tenté de rassurer Jeannot comme je le pouvais.

– Cette guerre va finir, lui ai-je glissé. Les Alliés progressent par la zone libre et par l'ouest. Ils débarqueront et prendront l'Allemagne en tenaille. Tu reviendras vite.

– Tu as l'air de savoir des choses... Est-ce grâce à ton père ?

J'ai posé mon index sur ses lèvres avant de le mettre sur les miennes. Il a souri et m'a embrassée affectueusement sur chaque joue.

– Tu as raison, il ne faut pas trop parler par les temps qui courent.

Il y eut ce soir où je descendais la rue Saint-Jean à Nancy en direction de la cathédrale. J'étais seule, la rue était peu fréquentée en cette fin de journée. Le printemps n'était plus très loin, les jours rallongeaient, mais le fond de l'air était encore bien frais. Bien que munie de mon *Ausweiss*[1], je marchais vite : j'avais hâte de regagner ma chambre, de me laisser choir dans mon lit et de rêver... à la paix. Un rêve fou, avec Frantz près de moi.

L'heure du couvre-feu était proche. J'entendais marcher derrière moi. Instinctivement, j'ai accéléré... Les pas qui me suivaient aussi. Je rasais les murs, prête déjà à m'engouffrer sous le premier porche venu, quand je sentis un souffle sur ma nuque et une voix tout aussitôt :

– Laissez-moi prendre votre bras, je ne vous veux pas de mal. Votre père m'a dit que vous pourriez m'aider. Souriez, nous nous connaissons...

1. Laissez-passer.

La voix était ferme, l'homme portait un chapeau qui cachait en partie son visage. Je n'avais pas d'autre choix que celui d'obtempérer. Et de fait, nous avons croisé une patrouille qui nous a arrêtés comme il se doit et a demandé nos papiers. J'ai pris les devants, j'ai sorti mon *Ausweiss* et mon permis de travail qui stipulait que j'étais employée au camp d'aviation d'Essey. J'ai vu changer la tête de l'Allemand qui examinait mes papiers et me regardait à la dérobée. Il a fini par sourire. Pour lui, j'étais une des leurs, ou presque.

– *Sehr gut.* C'est votre petit ami, ce monsieur ?

– Oui. Et nous devons nous dépêcher, sa mère est très malade...

Nous avons pu poursuivre notre chemin jusqu'à ma chambre. Sous la porte cochère, Pierre – c'est ainsi que l'homme m'a dit s'appeler – s'est plus amplement présenté. Il était un ancien collègue et ami de papa, et était recherché pour « certaines » actions. Il lui fallait des *Ausweiss*, pour lui et quelques amis en cavale.

– Mais qu'est-ce que je peux faire ?

– Votre père m'a dit que vous aviez le bras long auprès des Fritz... Il avait raison, j'ai cru voir cela tout à l'heure.

Mon sang n'a fait qu'un tour. Soit mon père était au courant de ma situation – après tout, la chose était possible –, soit j'avais affaire à un résistant qui me prenait pour une traîtresse à la solde des Allemands, et alors sa mission était de me coffrer. Parmi les résistants se trouvaient aussi des gens à la morale équivoque qui n'hésitaient pas à mener des actions punitives et se livraient à des expéditions peu glorieuses. Non loin, des personnes soupçonnées d'appartenir à la Milice avaient été purement et simplement exécutées en forêt de Haye. Je devais garder mon calme. Si c'était mon père qui l'envoyait, il fallait que cet homme me le prouve.

– Vous croyez qu'à l'hôpital central on trouve des *Ausweiss* comme des pansements, peut-être ?

– Pas à l'hôpital, mais à Essey, où vous travaillez, il y en a. J'ai réussi à lire les papiers que vous avez montrés aux Allemands tout à l'heure.

– Les *Ausweiss*, c'est la préfecture qui les délivre.

– Pas seulement, Jeanne. Je vous en prie, aidez-moi, pour l'amour du Ciel et de l'Alsace, en souvenir de Nordhouse, d'Erstein... Je suis un parent du boulanger près de l'église et je me suis évadé de l'armée allemande...

Il souleva son chapeau pour que je le voie mieux.

– J'étais jeune quand j'ai quitté l'Alsace..., lui répondis-je pour me défendre.

– Jeanne, je faisais partie des garçons plus âgés qui vous taquinaient au bord de l'Ill et je suis l'un des conscrits que votre grand-père a repêchés.

Je crus défaillir en écoutant Pierre. Tout me revenait en mémoire : les lieux, les fêtes, les odeurs. Une bouffée d'Alsace montait en moi. Je songeai à grand-mère dont j'avais si peu de nouvelles.

– Je veux bien vous croire. Je ne sais pas comment je vais vous aider, mais je vais essayer. Savez-vous où aller ?

– Pour cette nuit, non, et je n'ai pas trouvé les contacts prévus en gare de Champigneulles. J'ai fait tout le chemin à pied à travers bois pour arriver à Nancy et j'ai guetté le dernier tramway. Apparemment, votre père connaît bien vos horaires. Je vous ai suivie... Vous êtes mon seul espoir.

– Je vais demander au propriétaire s'il a une chambre, lui dis-je. Vous serez mon cousin. S'il vous interroge : vous ne faites qu'une brève escale à Nancy. Il n'y a plus de train pour Paris où vous attend votre mère gravement malade. Je travaille tôt demain matin. Vous pourrez prendre ma chambre et m'y attendre. Je devrais être de retour vers 17 heures avec les papiers que j'espère vous trouver.

Tout se passa bien. Le propriétaire pouvait loger Pierre dans une chambre vacante, mais pour la nuit seulement, expliqua-t-il, à cause des fréquents contrôles. Il pouvait faire une petite entorse car il m'aimait bien, j'étais une jeune fille sans histoires et de bonne moralité. Jamais un homme n'était entré dans ma chambre. Il pouvait me faire confiance.

Le lendemain, je partis très tôt à Essey. La première personne que je vis, et cela me rassura, fut Frantz à qui je racontai tout. Comment trouver des *Ausweiss* dans le camp ?

– Dans le bureau de von Linden, dans le deuxième tiroir de son bureau. Aujourd'hui, il y a une importante réunion vers 10 heures avec tous les officiers de la base dans le bâtiment d'en face. Je surveillerai et vous ferai signe dès que le moment sera propice.

Le Ciel semblait être avec moi. Je savais que je risquais gros.

Je suis entrée dans le bureau par le grand couloir dès qu'il a été désert et je me suis précipitée sur le deuxième tiroir qui était fermé à clé. La clé était pendue à un clou sous le bureau. Avait-on idée d'être aussi précautionneux ! Le temps était sombre et la très petite fenêtre, sous laquelle Frantz faisait le gué, ne me permettait pas de voir correctement la serrure du tiroir. Nerveuse, je ne parvenais pas à glisser la clé dans la serrure. Si j'allumais le bureau de von Linden, je risquais d'attirer l'attention des officiers réunis dans l'autre bâtiment situé en face du bureau. Enfin, je suis parvenue à ouvrir le fameux tiroir empli d'*Ausweiss* dûment tamponnés. J'en ai pris cinq ou six que j'ai glissés dans mon chemisier. J'ai ensuite refermé vivement le tiroir et remis la clé en place au moment où j'entendis Frantz frapper au carreau. Il m'ordonnait de sauter par la fenêtre car von Linden et le responsable de la base regagnaient leurs bureaux par le grand couloir. J'ai réussi à ouvrir la fenêtre, mais pas à l'enjamber. C'est Frantz qui s'est hissé. Nous n'avions plus le temps de fuir par le grand couloir. Les officiers arrivaient.

– Désolé, Jeanne. Nous n'avons pas d'autre choix, dit-il en me prenant dans ses bras et en parcourant mon visage de petits baisers. Embrassez-moi. Je vous aime quoi qu'il arrive.

Mon cœur battait la chamade, plus de peur, je le crains, que d'amour. Jamais un garçon ne m'avait donné un vrai baiser et celui que je recevais et qui aurait dû me combler, loin de me réjouir, sonnait le désastre d'une histoire qui n'avait pas commencé.

– *Mein Gott !* hurla von Linden, Frantz et Jeanne... Et dans mon bureau ! Jeanne, retournez à votre poste ! Et vous, Frantz, j'ai deux mots à vous dire.

Je n'ai plus revu Frantz. C'est Maurice, que je n'aimais pas, qui, le lendemain, m'a informée que Frantz avait été envoyé sur le front russe mais qu'il avait eu le temps de m'écrire. Il me tendit son message en m'assurant de sa discrétion.

– Vous vous êtes toujours méfiée de moi, à tort... Nous ne partageons pas les mêmes idées, mais je ne suis pas le salaud que vous croyez. Je pense seulement que les Allemands et les Français ont tout intérêt à s'entendre.

– Mais pas à n'importe quel prix, Maurice. Pas en déportant les faibles et les Juifs.

– La guerre, c'est la guerre...

– Non, pas celle-là, je n'en veux pas. Merci quand même pour le message.

Il était très court et volontairement très vague.

Jeanne. Je vous demande pardon. Je suis coupable de vous avoir entraînée dans cette histoire... N'oubliez pas ma famille et ce que je vous ai dit.

Frantz, für immer.

J'admirais sa grandeur. Il avait tout pris sur lui, pour me protéger. Somme toute, nous avions profité d'une réunion pour nous livrer au démon de l'amour. C'est ce qu'il avait soutenu devant von Linden et son supérieur, un SS pur et dur qui entendait faire appliquer le règlement. Frantz était pasteur et, pour ses supérieurs, sa conduite était inadmissible. Une sanction sévère s'imposait pour lui et quelques mesures de représailles seraient envisagées pour la jeune femme qui n'avait pas su résister à son charme. J'eus droit à des corvées de cuisine auxquelles j'avais toujours échappé puisque j'avais été embauchée comme interprète. Mais je m'en moquais. J'étais soucieuse pour Frantz. Il fallait que je le sois pour masquer le chagrin qui me bouffait le cœur.

Je n'ai pas retrouvé Pierre dans ma chambre à mon retour. J'errais dans la pièce vide et, sans l'odeur persistante du tabac de Pierre et le petit mot, à l'écriture élégante et penchée, laissé sous l'oreiller de mon lit, j'aurais pu croire avoir rêvé ces denières heures. Rien n'était arrivé : Pierre ne m'avait jamais hélée dans les rues de Nancy ; je n'avais pas eu besoin de mettre Frantz en danger pour dérober des *Ausweiss*. Ce n'était qu'un cauchemar duquel j'allais m'éveiller, et je retrouverais alors Frantz qui n'avait pas été envoyé sur le front russe...

Je me laissai choir sur mon lit. Je lus et relus la lettre de Pierre qui me remerciait pour mon hospitalité. Il disait avoir réfléchi ; il ne voulait pas me faire courir de risques inutiles et préférait rejoindre ses amis en forêt. Pourquoi y avait-il songé si tardivement ? Savait-il qu'il se mettait lui aussi en danger ? Les Allemands étaient très nerveux ces jours-ci à Nancy et dans la région. Des larmes de colère me submergèrent. Je me précipitai sur mon sac à main... Dans l'une des poches intérieures se trouvaient les *Ausweiss*, ces fameux permis de circuler qui me brisaient le cœur. Je pleurai longtemps sur eux, sur l'incertitude des jours, sur la guerre. Non, je ne rêvais pas. Où donc était ce Dieu amour qui restait sourd à la détresse des hommes ?

Comme j'étais de repos pour deux jours, je décidai de rentrer à Bouxières-aux-Dames. Je voulais certes parler avec mon père, mais j'avais surtout besoin de changer d'air. En arrivant à Champigneulles, avant de regagner Bouxières-aux-Dames, je suis allée au triage où travaillait mon père. La déception m'attendait à la barrière du triage, en face de la brasserie qui tournait au ralenti et fournissait une bière de bien mauvaise qualité pour les Français. La meilleure était réservée aux Allemands. Alphonse, un de ses collègues, m'a dit qu'il avait été arrêté ainsi que tout un groupe de cheminots soupçonnés de fomenter des attentats. Aux dernières nouvelles, les otages étaient détenus à Charles-III, à Nancy. J'ai couru jusqu'à la maison où j'ai trouvé ma mère dans le grenier en train de vider la fameuse valise marron dont il fallait brûler tout le contenu. Elle était donc au courant de l'arrestation de son mari.

– Albert me le paiera, répétait-elle, rageuse, les larmes au bord des yeux.

– Je ne comprends pas. Tu devrais être fière de ton mari, ce n'est pas un collabo.

– Ce n'est pas pour cela... Je viens de découvrir qu'il était franc-maçon. Tiens, regarde son catéchisme de libre-penseur... Tu trouves cela bien ? S'il est exécuté par les Boches, il ira en enfer. Il est aussi membre de la Ligue des droits de l'homme et je découvre le montant des cotisations. Voilà où passe l'argent du ménage...

– Allons, maman, il n'ira pas en enfer pour si peu.

– Pas pour les droits de l'homme, je te l'accorde, mais pour ses activités chez les francs-maçons, si. Il s'est bien fichu de moi en jouant la comédie du bon chrétien qui fait ses Pâques.

– Je crois qu'il voulait te faire plaisir. Il n'a pas démérité pour autant. C'est un homme engagé qui a le sens de l'autre. Sois fière de lui.

– Ah, ça ! Pour avoir le sens de l'autre, il l'a ! Y compris pour rincer toute la contrée au bistrot. Heureusement que tu es là. La vie est si dure, les rations alimentaires si maigres...

Elle s'interrompit pour tousser. Je la trouvais bien pâle, bien fatiguée. Les yeux cernés de violet, mais toujours si belle. Elle a essuyé ses yeux, secoué la tête, remis de l'ordre dans ses cheveux et s'est redressée. Rien n'avait été dit. Élise reprenait sa fierté, tenait son rang.

– As-tu vu le médecin ?

– C'est sans importance. Tu sais bien que nous n'avons droit qu'au médecin des Chemins de fer. Et c'est presque un collabo. Avec lui, tout va toujours bien. La fatigue, la toux sont le lot de tout un chacun. Nous ne mangeons pas assez équilibré. Dès que la guerre sera terminée, nous irons tous mieux. Quant au médecin qui œuvre non loin d'ici, je n'irai jamais le consulter. Il vient d'être accusé d'avoir aidé des femmes dans l'embarras. Je ne veux pas qu'un tel homme me soigne.

– Je te trouve bien sévère...

– On ne badine pas avec ces choses-là, ma fille. Une vie est une vie. Si on a fauté, on élève l'enfant. Un point, c'est tout.

J'étais d'accord avec elle. Mais on pouvait comprendre la détresse de certaines femmes épuisées par les grossesses à répétition. La guerre n'arrangeait pas les choses. Comment nourrir une bouche en plus avec des rations alimentaires de plus en plus maigres ? Les Allemands prenaient tout. J'essayai d'expliquer mon point de vue à maman. Elle ne voulait pas m'entendre.

– Ce ne sont pas ces femmes-là qui demandent à être débarrassées de leur fardeau, ce sont des filles qui font la vie avec les Allemands ou avec un voisin quand le mari est prisonnier. C'est honteux ! Et qu'un médecin cautionne leurs écarts de conduite m'écœure.

Ma mère n'était pas dans un bon jour. J'essayai encore maladroitement de prendre la défense des femmes. J'expliquai que dans ces affaires amoureuses, on était deux et que je trouvais profondément injuste qu'on montre uniquement la femme du doigt.

– Tu apprendras, ma fille, que les hommes proposent et que les femmes disposent... C'est aux femmes de se garder.

J'ai eu envie de dire à ma mère : Et toi, qu'as-tu fait sur la route de Custines ou non loin de l'Ill ? Qui était cet homme avec qui tu te promenais à la nuit tombée ? Un homme qui te mettait le feu aux joues alors que tu étais mariée. Je regardai ma mère longuement dans les yeux. Elle détourna le regard, attrapa les papiers à brûler.

– Aide-moi au lieu de te poser en moraliste. La vie est bien laide, c'est tout ce que je peux te dire.

Ma sœur n'était pas là. Elle était chez une amie. « Elle est jeune, avait précisé ma mère. Elle est encore insouciante. Elle a besoin de vivre. » Marie-Thérèse avait tous les droits. Il en avait toujours été ainsi. Il n'y avait pas lieu d'être jalouse. J'avais bien retenu la leçon depuis ma plus tendre enfance. En fait, ma sœur, jeune et jolie, avait déjà commencé sa vie amoureuse. Je suis certaine que ma mère ne l'ignorait pas. Après tout... Je songeai à Lucette qui voulait vivre. Aujourd'hui, nous sommes encore là, mais demain...

Je n'osai pas raconter à ma mère ma rencontre avec Pierre. La traque de Pierre était sans doute liée à cet attentat manqué et à l'arrestation de papa.

– Si tu ne travailles pas demain, nous irons à Charles-III pour voir ton père. Je dois aller lui porter du linge. J'espère qu'il sera encore vivant. Il a été pris avec une vingtaine d'autres cheminots des alentours qui prennent des risques insensés pour empêcher des trains de munitions fabriquées à Pompey de partir.

Nous avons vu mon père au parloir de la prison. Il a parlé en alsacien avec ma mère pour être certain de ne pas être compris des gardiens français et allemands. Il a été rassuré quand ma mère lui a dit avoir fait « le grand ménage ». Elle se forçait à rire. Elle pépiait et évoquait la poussière des ans et les vêtements usagés qu'elle avait redécouverts. Elle les avait lavés et avait constaté que d'immenses morceaux de tissu étaient « intéressants ». Elle en ferait bon usage et les jours qui allaient venir la verraient tailler et coudre.

– Et toi, Albert, glissa-t-elle plus bas lorsque le gardien s'éloigna, comment vas-tu ?

– Élise, ils n'ont aucune preuve de ce que nous avons fait ou pas fait. Je ne crois pas qu'ils nous garderont longtemps.

– Ils vont essayer de te faire parler comme tant d'autres avant toi.

– Ils l'ont déjà fait, et rudement... je ne peux pas te montrer mon dos ici. Mais j'ai tenu bon. Les ânes, ça a le cuir dur, déclara mon père. Et puis, j'ai le baratin, comme tu dis. Je leur ai prouvé qu'ils faisaient erreur. Si les aiguillages ne fonctionnaient pas, c'est parce que nous n'avions plus de matériel pour les réparer puisqu'ils nous prennent tout. Ce qui est vrai. J'ai promis, s'ils nous relâchaient, de tout remettre en état rapidement, si toutefois on nous donne le matériel. Belle Élise, pria mon père en s'adressant à ma mère et en lui prenant les doigts au travers de la grille, serait-ce trop que de te demander de nous apporter à manger et à boire. Il n'y a rien ici. Et nos ventres sont un peu creux.

Au bout de trois semaines, mon père et ses copains furent libérés, mais condamnés à réparer... Ils travailleraient sans être payés. Aucun n'avait parlé et l'affaire fut classée sans suite ou presque.

Pour célébrer le retour à la liberté, une petite fête fut organisée. Les femmes firent des gâteaux et j'admirai, quant à moi, comment ces femmes surent réaliser des plats de fête avec rien. Les vieux sortirent de derrière les fagots, c'est le cas de le dire, quelques bouteilles et mon père trouva même du vin d'Alsace. C'est au cours de ce petit festin que j'entendis quelques phrases qui ne m'étaient pas destinées.

– Albert, questionna Raymond, des deux filles qui nous servent (Marie-Thérèse se trouvait là et passait les parts de gâteaux), laquelle est ta fille ?

– Les deux, rigola mon père, mais l'une est la vraie ; cherche bien laquelle, mon petit gars, et je te la donne.

– La plus petite des deux ?

– La plus petite des deux est la plus âgée.

– Et l'autre ?

– Celle-là est ma vraie fille.

– Désolé, Albert, c'est l'autre qui me plairait.

– Tu as bon goût, Raymond, c'est une fille épatante et généreuse. Je ne regrette rien, ou plutôt si... mais il est trop tard.

J'aurais voulu être au bout du monde, au milieu d'un désert. Ce que j'avais toujours pressenti s'avérait exact. Albert n'était pas mon père, mais il m'avait donné son nom. Je comprenais pourquoi j'avais été élevée en Alsace, ce qu'il regrettait, semblait-il. Somme toute, je gagnais à être connue. J'étais ce qu'on appelait « l'enfant de la faute » : une enfant pas désirée. Mais alors, qui donc était mon vrai père ? Et si j'étais la fille du premier fiancé de ma mère ? J'eus plaisir à me bâtir un roman. J'imaginais qu'Élise n'avait jamais rompu avec son bel amoureux. C'était peut-être lui qui était venu jusqu'à Bouxières, lui qu'elle retrouvait parfois sur les bords de l'Ill, et c'est pour cela qu'elle m'emmenait avec elle, pour qu'il me voie, moi, l'enfant de l'amour et du secret. Je me raccrochais à ce que je pouvais pour consoler ce chagrin qui faisait des ravages.

Je songeais à Frantz sur le front russe. Était-il encore vivant ? Cette révélation sur mes origines me conforta dans l'idée qu'à la fin de la guerre je n'aurais de comptes à rendre à personne et pourrais fort bien aller où bon me semblerait. Et pourquoi pas en Allemagne dans la famille de Frantz ?

9

Les mois passaient. La France supportait mal le régime de Vichy et les privations. Les distractions publiques étaient interdites, les bals surtout. Officiellement, nous ne devions pas avoir le cœur aux réjouissances. Mais le tempérament français est riche de paradoxes. Il suffit qu'on interdise quelque chose pour que l'envie démange le commun des mortels de passer outre l'interdit. Les bals clandestins se multipliaient. Mes copines y allaient et dansaient jusqu'à épuisement avec trois motivations : rencontrer l'amour et le vivre au mépris de toutes les règles – la vie est si courte, parfois ; narguer Vichy et les Allemands dans ce qu'elles pensaient être un acte de résistance ; tourbillonner, faire des projets insensés, rêver tout simplement... La jeunesse est ainsi, malgré la guerre et les privations, les forces de la vie demeuraient intactes. Les envies de rire existaient entre deux bombardements, deux alertes qui voyaient les rues se vider et les caves s'emplir de monde. Les blagues parfois fusaient. Sans ce rire, sans ces petits instants de bonheur cueillis ici et là, comment aurions-nous osé entreprendre et espérer ?

Dans ces bals clandestins, j'ai accompagné des copines, surveillé ma sœur, c'est arrivé. Mais ce fut, il me semble, assez rare. Je n'étais pas plus vertueuse qu'une autre, et si j'hésitais à braver l'interdit de la danse, c'est parce que je ne savais pas danser et, franchement, attendre assise sur une chaise n'avait aucun intérêt pour moi. Je ne nie pas que je pouvais éprouver quelque plaisir à l'écoute de la musique ou d'un refrain à la mode... Mais le départ de Frantz, les interrogations qui étaient les miennes occupaient suffisamment mes pensées. Je cherchais l'évasion autrement, en plongeant dans d'interminables lectures. Des lectures sérieuses que me fournissait toujours cette femme un peu précieuse et cultivée qui habitait sa belle maison bourgeoise. Elle avait parfois à se plaindre des frasques de Gilbert, ce petit frère un rien turbulent, de la sonnette tirée intempestivement pour ennuyer la bonne. Elle venait s'en ouvrir à ma mère en lui disant : « Je suis au regret de dire à madame Élise que son petit Gilbert n'a pas été convenable envers moi. »

Je sermonnais Gilbert, bien évidemment, pour qu'il se corrige, mais surtout parce que je voulais pouvoir continuer à tout lire de l'immense bibliothèque dans laquelle j'avais le droit de puiser. C'est chez cette femme, qui restait un modèle pour moi, que j'ai lu Pierre Loti, Henry Bordeaux et François Mauriac. Mais je lisais aussi des livres plus légers, des lectures qui ont le don de procurer la détente et l'évasion, par exemple *Brigitte jeune fille* et *Brigitte, femme de France* de Berthe Bernage. On en parlait beaucoup.

Bien des années plus tard, je m'en suis d'ailleurs vantée auprès de mon aînée qui en fut très fâchée.

– Est-ce que tu as su que cette auteure avait eu l'aval de Vichy ? Son héroïne était le type de femme que célébrait l'Allemagne, une femme dévouée à son mari, à sa patrie et à ses enfants.

Non, je n'avais pas su. Mais l'histoire d'une jeune bourgeoise qui joue au tennis me faisait rêver. Ma fille m'a jeté un regard attristé. À ses yeux, j'étais doublement coupable. J'avais lu la littérature de Vichy et j'étais une midinette.

Grâce à Radio Londres, nous apprenions la progression des troupes soviétiques en Crimée. Nous savions aussi que les bombardements alliés s'intensifiaient. Au camp d'Essey, la nervosité était extrême du côté allemand. Les soldats allemands n'y faisaient plus que de courtes escales avant de repartir au front. Un ordre tombait, suivi de peu d'un autre ou d'un contrordre, ce qui était surprenant dans une armée jusque-là si bien organisée. C'est Maurice qui vint un jour me voir pour se confier.

– Paula est repartie en Allemagne. Elle me manque beaucoup. Je vais la suivre, même si je risque ma vie.

– ?

– L'Allemagne perdra peut-être la guerre. J'ai toujours cru à sa victoire jusqu'à aujourd'hui. Mais je sais que les Alliés sont efficaces et ne restent pas les bras croisés. Ils bombardent sans arrêt l'Allemagne...

– Alors tant mieux ! Il faut s'en réjouir.

– Tout dépend du choix qu'on a fait.

Je le regardai. J'eus envie de lui crier ma hargne, de lui jeter ses quatre vérités de traître. Mais c'est la pitié qui m'est venue en le voyant inquiet et défait. Connaissait-il le remords ? Avais-je le droit de m'ériger en juge ?

Cependant, la colère continuait de m'irriguer quand je songeais aux déportés... Comment des gens sensés avaient-ils pu se ranger sous la bannière d'un fou que seule la haine tenait debout ? Je pensais à nos voisins que la lâcheté avait expédiés Dieu sait où ; à Nicole et à ces milliers d'inconnus qu'on arrêtait, qu'on torturait. Qu'est-ce qui poussait des êtres à suivre le vainqueur quelles que fussent ses idées ? Qu'est-ce qui incitait des gens ordinaires à devenir des délateurs ? Et puis, il y avait l'immense majorité qui, bien souvent, par peur, se taisait. Qui étais-je, moi, pour oser m'indigner ? Moi qui travaillais pour l'ennemi afin de gagner un peu d'argent que je redonnais aux miens ! On pouvait aussi m'accuser d'avoir trahi.

– Je comprends sans comprendre, Maurice. Mais que trouverez-vous en Allemagne ?

– Peut-être un peu de paix si je survis, un peu de paix et d'amour dans la mesure où je reverrai Paula.

– Et dans le cas contraire ?

Il haussa les épaules et leva une main en signe de fatalité et d'impuissance mêlées puis la laissa retomber le long de son corps dans un geste de désespoir.

– Certes, il faut déjà sortir vivant des bombardements. Les Alliés n'y vont pas avec le dos de la cuiller, en France non plus, du reste. Ils vont finir par faire autant de morts que l'armée allemande. Mais je préfère risquer ma vie et mourir sous les bombardements en Allemagne plutôt que d'être obligé de rendre des comptes à la France. Vous voulez venir avec moi ?

– Et pourquoi, Maurice ? C'est le Service du travail de Nancy qui m'a placée à Essey. Je n'ai jamais collaboré, vous le savez.

– Mais le fait de travailler ici pourrait être mal interprété. Vous pourriez être dénoncée. Moi, je disais cela pour vous aider.

– Merci, mais je saurai bien me défendre le moment venu.

– C'est vrai, j'oubliais, vous avez des amis...

Je me suis tue avec le sentiment que Maurice cherchait à en savoir davantage sur « mes amis », c'est-à-dire sur mon père...

– Et Frantz ? hasarda-t-il.

– Quoi, Frantz ? ai-je répliqué vivement en levant haut le menton et en le fixant.

Un soldat venait vers nous. Un officier me demandait dans son bureau. Je m'y rendis, poussai la porte et eus la surprise de revoir von Linden, les traits creusés, en compagnie d'un autre soldat.

– Je ne suis que de passage, Jeanne. Mais le caporal Weinberg a un message qui vous fera plaisir, j'en suis sûr. Heureux de vous avoir revue. Je repars demain. Nous sommes en mars 1944. Si je puis vous donner un conseil, essayez de prendre des vacances et de ne plus revenir à la base. C'est mieux pour vous, pour votre vie et pour la suite...

Il quitta le bureau et me laissa avec Weinberg que j'entendis s'exprimer en alsacien. Il y avait de quoi s'évanouir : un Alsacien en uniforme de la Wehrmacht et gradé, cela fiche un coup.

– Je n'ai pas le temps de vous expliquer ni de me

justifier. Je reviens du front russe où tout va mal et j'ai ceci pour vous. Quelques écrits, d'un certain Frantz...

J'ai rougi telle une petite fille et il a devancé ma question :

– Il était encore vivant il y a trois semaines, quand j'ai quitté le front, et il pensait sans cesse à vous.

Le caporal Weinberg me tendit une épaisse enveloppe, claqua des talons à la manière d'un Allemand et sortit du bureau alors que je balbutiais de vagues remerciements en fourrant l'épaisse enveloppe dans mon corsage. Je devais reprendre mon travail et je n'avais pas envie de parler de tout cela avec le personnel de la base. L'ambiance avait bien changé. La nervosité régnait en tout lieu. Le personnel français comptait maintenant beaucoup d'hommes et de femmes employés dans le cadre du STO. Il m'appartenait de leur faire comprendre qu'il était préférable de courber le dos plutôt que de s'attirer les foudres des officiers qui les expédieraient en Allemagne en cas de faux pas. Faites au moins semblant, ai-je souvent dit aux plus râleurs quand des ordres « idiots » tombaient.

Dès que j'eus un moment de libre, je courus m'enfermer dans les toilettes pour ouvrir l'enveloppe de Frantz. Outre quelques lettres décrivant l'horreur d'une campagne glacée face à des civils russes dont il fallait admirer le courage, Frantz philosophait. Écrivait-il entre terre et ciel ? Il s'interrogeait sur Dieu :

C'est un Dieu bien silencieux qui nous enveloppe de sang et de neige. Mais pauvres humains que nous sommes, nous n'en percevons pas les raisons. (...) Si, face à cette étendue de malheur, je n'avais pas le souvenir de votre regard rieur, de cette tendresse que vous avez toujours retenue, mais que je connais, je me laisserais coucher ici pour l'éternité. Je veux croire que la paix viendra. (...) Je vous adresse notre *livre, j'ai eu le temps de l'apprendre par cœur. J'en ai souligné quelques passages. Oubliez Kappus en les lisant et pensez à nous, Jeanne, comme je pense à vous.*

Ihr Frantz für immer.

J'ai ouvert Rilke pour feuilleter ces lettres à Kappus, le jeune poète. Frantz avait coché :

> *Darum, liebele Jeanne* [Frantz avait récrit « *liebele Jeanne* » à la place de « *Lieber Herr* »], *lieben Sie Ihre Einsamkeit, und tragen Sie den Schmerz, den sie Ihnen verursacht, mit schön klingender Klage. Denn sie Ihnen nahe sind, sind fern sagen Sie, und das zeigt, dass es anfängt, weit um Sie zu werden. Und wenn Ihre Nähe fern ist, dann ist Ihre Weite schon unter den Sternen und sehr gross ; freuen Sie sich Ihres Wachstums, in das Sie ja niemanden mitnehmen können, und seien Sie gut gegen die, welche zurückbleiben, und seien Sie sicher und ruhig vor ihen und quälen Sie sie nicht mit Ihren Zweifeln und erschrecken Sie sie nicht mit Ihrer Zuversicht oder Freude, die sie nicht begreifen könnten. Suchen Sie sich mit ihnen irgendeine schlichte und treue Gemeinsamkeit, die sich nicht notwendig verändern muss, wenn Sie selbst anders und anders werden.*
>
> [C'est pourquoi, Jeanne chérie, il vous faut aimer votre solitude, et supporter, à travers des plaintes aux beaux accents, la souffrance qu'elle vous cause. Car ceux qui vous sont proches se trouvent au loin, dites-vous, ce qui révèle qu'une certaine ampleur est en train de s'installer autour de vous. Et si ce qui vous est proche est déjà lointain, votre ampleur confine alors aux étoiles, et elle est fort vaste ; réjouissez-vous de votre croissance où vous

ne pouvez bien sûr vous faire accompagner par personne ; soyez gentille[1] à l'égard de ceux qui restent en arrière, soyez calme et sûre de vous face à eux, ne les tourmentez pas de vos doutes ni ne les effrayez de votre assurance ou de votre joie qu'ils ne pourraient saisir. Cherchez à nouer avec eux quelques liens simples et fidèles qui n'auront pas à se modifier nécessairement lorsque vous-même vous transformerez toujours davantage.]

Un peu plus loin dans l'ouvrage, j'ai trouvé ces lignes fortement soulignées et cochées dans la marge :

Wir müssen unser Dasein so weit, als es irgend geht, annehmen ; alles, auch das Unerhörte, muss darin möglich sein.

[Il nous faut accepter notre existence aussi loin qu'elle peut aller ; tout et même l'inouï doit y être possible[2].]

Comme j'aurais aimé croire que tout et même l'inouï pût être possible. Je me répétais cette phrase alternativement en français et dans la langue de Goethe. Quand, mais quand, Dieu du ciel, vous déciderez-vous enfin à regarder le monde et votre Création ?

Lorsque je quittai mon travail en cette fin mars 1944, j'ai dit au revoir à tout le monde avec le même naturel que les autres jours, mais je savais que je ne reviendrais plus. Mes yeux ont fait le tour des

1. La traduction initiale met cet adjectif et d'autres au masculin puisque les lettres de Rilke sont adressées à Kappus, un jeune poète (*Lettres à un jeune poète, op. cit.*, p. 62).

2. *Idem*, p. 106.

bâtiments. Ils resteraient pour moi des lieux lourds de souvenirs, douleurs et espoirs confondus. J'ai observé la base, du moins ce que mon regard pouvait percevoir des bâtiments et des avions. Les forces alliées avaient frappé. Le camp avait été bombardé avec succès. Des carcasses d'avions encore fumantes gisaient près des restes de hangars qu'on s'efforçait de déblayer.

Ce serait la vision que j'emporterais. Je voulais croire qu'elle laissait présager une fin heureuse du conflit pour les Alliés. Mais je songeais aussi aux hommes et aux femmes qui avaient travaillé là. Des Allemands, des Français, des Polonais et, plus tard, des Alsaciens de passage en uniforme allemand. Certains faisaient leur devoir, mais s'interrogeaient ; d'autres affirmaient que le Führer ne pouvait se tromper et avait ses raisons. Lorsque la paix serait installée, les relations entre les uns et les autres seraient harmonieuses. Bel aveuglement, me dis-je. Combien de fois a-t-il fallu faire semblant et serrer les dents ? En ce qui me concernait, c'est ici que j'avais rencontré des femmes allemandes fort sceptiques et critiques à l'égard du régime nazi. Et puis, il y avait eu Frantz... Frantz qui avait ouvert mon regard à l'indicible. Mon regard et un domaine qui n'appartenait qu'à moi...

Mon retour à Bouxières-aux-Dames n'a pas été salué par une explosion de joie. On ne m'a rien reproché non plus. Ce n'était pas de l'indifférence, seulement une vague lassitude avant de nouvelles inquiétudes. J'allais être une bouche supplémentaire alors que tout manquait. J'ai donné mes économies personnelles, en espérant que le fameux débarquement dont on parlait à mots couverts depuis Londres ou entre nous ait lieu très vite. J'ai promis à ma mère de faire quelques petits boulots ici et là, chez les fermiers ou ailleurs, afin de continuer à lui donner de l'argent. Elle ne répondit pas. Les soucis, les privations achevaient de l'anéantir. Au moins, j'étais là pour partager le quotidien avec elle quand mon père s'absentait.

Et le joli mois de mai sonna mes vingt-deux ans dans le fracas des bombardements. Pétain avait entrepris d'aller à la rencontre de cette pauvre France. Son périple l'avait conduit à passer par Nancy. Il y avait bien eu « quelques idiots » – ce furent les mots de mon père – pour aller écouter « ce pauvre vieux », cette marionnette dont Hitler tirait les ficelles.

Le 20 mai, la première phase du plan destiné à isoler la zone de débarquement commençait. Les Alliés chargèrent les cieux de six mille bombardiers grondants qui prenaient pour cibles les routes, les ponts et les gares sur une bande de deux cent cinquante kilomètres entre la Belgique et la Bretagne. Nous vivions, quant à nous, tendus, l'oreille collée à l'écoute de Radio Londres. Viendrait le fameux vers de Verlaine extrait de *Chanson d'automne* : *Les sanglots longs...* que les résistants n'oublieraient jamais.

Le jour J était proche. C'était assez comique chez nous : on écoutait Radio Londres et puis, très vite, on tournait le bouton sur les ondes françaises pour entendre « la voix de la France vichyssoise », comme disait mon père qui voulait comparer les dires des futurs vaincus. Les commentaires fusaient et raillaient cette « radio d'opérette », ainsi que ma mère l'appelait. Il y eut donc la déclaration de Pétain sur Radio Paris demandant aux Français d'obéir à Vichy. Je me souviens d'une voisine faisant un bras d'honneur au poste de radio avant d'entonner sur un air à la mode : *Radio Paris ment, Radio Paris est allemand.* Mais il y eut surtout, ce 6 juin, sur Radio Londres, la voix du général de Gaulle dont le sérieux, voire la gravité, aurait collé le frisson à une mouche. Il n'y avait plus dans notre cuisine que cette voix. Nous retenions notre souffle pour entendre l'appel à la mobilisation : « Pour les fils de France [...] le devoir simple et sacré est de combattre l'ennemi par tous les moyens dont ils disposent. » Ma mère se signa, d'autres femmes l'imitèrent, et mon père joignit les mains en déclarant :

– C'est le jour J. Pourvu que tout se passe bien !

Ensuite, il me semble que tout fut un peu compliqué et confus. Les informations fusaient, se contredisaient. Parfois nous étions certains de la victoire – nous, les plus jeunes, voulions y croire –, parfois, le doute nous effleurait et nous rendait bien nerveux.

Nous n'avons pas appris tout de suite le massacre d'Oradour-sur-Glane dans la Haute-Vienne qui eut lieu le 10 juin 1944 ; cette chose abominable perpétrée par la Wehrmacht qui fit exécuter le sale boulot par des Alsaciens enrôlés de force. Quand nous l'avons su, ma mère s'est mise à pleurer de honte et de dégoût mêlés. Elle répétait :

– Et ce sont des Alsaciens, des gens de chez nous qui ont fait ça !

Nous allions apprendre bien d'autres choses encore sur les camps de concentration et sur la Solution finale.

10

Bien évidemment, nous sentions que le vent avait nettement tourné. Les Alliés s'installaient, progressaient. Mais parfois les Allemands reprenaient quelques forces et réoccupaient des positions d'où ils avaient été chassés. L'espoir devenait alors peau de chagrin, jusqu'en août 1944, où il nous est revenu. L'écho de la libération de Paris se fit entendre partout et nous mit en joie. Pétain avait été arrêté par les Allemands et conduit à Belfort.

– Que le Lion le bouffe ! a déclaré mon père en levant son verre et il a ajouté : Encore un que les Boches n'auront pas.

Et en septembre, nous avons été évacués jusqu'à Lay-Saint-Christophe, car ordre avait été donné de protéger les populations civiles. Les Américains n'y allaient pas de main morte quand ils bombardaient les lieux dits stratégiques. Et la ligne de chemin de fer reliant Paris à l'Allemagne passait par Champigneulles... Il y avait aussi les ponts sur la Moselle et la Meurthe à Frouard, Pompey, Bouxières-aux-Dames. Sans oublier les aciéries de Pompey qui produisaient des armes pour l'Allemagne. Tout cela tenait dans un mouchoir de poche.

Les Américains voulaient libérer Nancy et il fallait éviter une contre-offensive allemande. Nous avons vécu plus de dix jours en septembre dans les caves d'une maison de retraite, tous serrés les uns contre les autres. De temps en temps, à la nuit tombée, bravant l'interdiction de circuler, les hommes, dont mon père, partaient en expédition à travers bois jusqu'à Bouxières-aux-Dames ou Champigneulles pour soigner lapins et poules. Ils en profitaient pour en sacrifier quelques-uns qu'ils rapportaient. Je me souviens des soupes géantes... Les femmes épluchaient les légumes, les marmites chauffaient. Les jeunes filles s'occupaient des plus jeunes enfants qu'il fallait distraire. Les hommes jouaient à la belote non loin de la porte de la cave. Ils étaient notre rempart en cas d'invasion et s'assuraient que nous pouvions sortir entre deux alertes pour des besoins urgents. C'était aussi cela, la guerre...

Il y eut des bombardements. Nous entendions les bombes siffler, les explosions qui faisaient vaciller la suspension du plafond de la cave. Il fallait rassurer et consoler les petits, leur raconter des histoires en parlant plus fort que le bruit des bombes qui explosaient. Un soir, alors que les Alliés bombardaient la ligne de chemin de fer toute proche, la cave fut plongée dans le noir en même temps que des gravats et des poussières nous recouvraient. Les plus petits se mirent à pleurer et l'on entendit Popaul, un vieux copain de mon père, s'écrier :

– Je suis touché à la tête. Je vais mourir, tout mon sang me coule le long du dos. Vovonne, tu seras ma veuve...

L'heure paraissait grave. À tâtons, il fallut trouver les allumettes et allumer les rares bougies qui nous restaient pour constater l'étendue des dégâts. Quand ce fut fait, un immense éclat de rire secoua les uns et les autres. Sous le souffle de la bombe tombée non loin, une marmite de soupe pas encore trop chaude avait basculé sur la tête de Popaul, et ce qui lui coulait chaud dans le dos n'était que du bouillon... Les femmes se moquèrent de lui car il était coiffé de quelques légumes et branches de persil qu'il n'avait pas l'idée d'enlever, terrorisé qu'il était parce qu'il se croyait vraiment blessé et sur le point de mourir.

– Pour un mort, lança un plus vieux que lui, tu te portes bien et tu n'as pas l'air de trop souffrir.

– C'est qu'il paraît que les blessures dites mortelles ne font pas mal, répondit Popaul.

Sa remarque provoqua l'hilarité générale. Suzie, la nièce de Popaul, une jeune femme de Lay-Saint-Christophe qui était enceinte, s'essuyait les yeux à force de rire.

– Oncle Popaul, tu vas me faire accoucher avant le terme.

– Pas de blagues, Suzie, retiens le petiot, la sage-femme de Bouxières n'est pas ici. Il faudrait aller jusqu'à Champigneulles et on n'a pas le droit de sortir, lança un autre homme.

– Il n'y a qu'un idiot dans la région et c'est lui que j'ai épousé, déclara Vovonne qui, déjà, ramassait les légumes pour les laver et les remettre dans la marmite.

– Tu as raison, Vovonne. Faut que rien ne se perde et la soupe aura plus de goût, rigola Yves, le mari de

Suzie qui, après s'être risqué à l'extérieur pour évaluer la situation, nous rejoignait.

– Alors... ? Alors... ?

Tout le monde voulait savoir.

– Ben, ça a bardé. Il y a quelques maisons qui ont morflé, mais apparemment sans grands dégâts humains. Il paraît que les Ricains ne sont plus très loin.

Le soir même, ils faisaient une entrée triomphale au village alors que nous mangions notre soupe. Nous les avons entendus crier avec toute l'exubérance dont sont capables les gens d'outre-Atlantique. Les hommes sont sortis les premiers en leur tendant les bouteilles de mirabelle gardées à cet effet pour trinquer à la victoire.

Puis, nous, les jeunes filles, avons suivi, curieuses et heureuses. Je crois que nous ne devions pas sentir très bon après dix jours de toilettes très sommaires derrière le rideau tendu à cet effet tout au fond de la cave. Nous savions même que certains ne s'étaient jamais lavés. Je ne dirai pas que les soldats qui nous « libérèrent » sentaient l'eau de Cologne, nous n'étions pas au cinéma, mais leur cadeau pour les « petites Françaises » parut, dans un premier temps, fort surprenant. Ce ne fut ni du chocolat, ni des chewing-gums, mais des savonnettes. Quelle humiliation ! Je les ai tout de même trouvés courageux, ces Américains, dont quelques-uns étaient des Noirs – les plus âgés de la région n'en avaient jamais vu –, car ils se sont penchés pour que nous puissions les embrasser. Et ces baisers-là ont balayé tous nos jours d'angoisse et redonné l'espoir.

La guerre n'était pas finie. Le Gouvernement provisoire, sous la houlette du général de Gaulle, s'installait et la vie reprenait doucement ses droits. Pendant que les armées alliées progressaient en direction de l'est, les arrestations et règlements de comptes commencèrent. Les artistes et intellectuels soupçonnés de collaboration furent inquiétés. La chasse aux sorcières était entamée et la sinistre période dite d'épuration s'ouvrit sur l'arrestation de femmes accusées de « collaboration à l'horizontale ». Ces pratiques me donnaient autant envie de vomir que sous le régime nazi. Je ne me suis pas mise du côté de celles et ceux qui montraient du doigt et criaient au loup en voyant ces femmes se faire tondre, humilier. On les exhibait les seins à l'air ou en petite culotte. C'était indigne. Je crois même savoir que certains délateurs zélés en cette fin de guerre étaient les mêmes que ceux qui dénonçaient les résistants aux forces d'occupation. La France comptait subitement des dizaines de milliers de résistants, de libérateurs. Que n'avaient-ils agi avant pour repousser les Allemands ! La guerre eût été plus vite finie. J'ai vu des jeunes gens parader avec des brassards de maquisards FFI, et je savais, je savais... leurs actions passées. On sauve sa peau comme on peut...

La préoccupation de ma famille se tourna vers ceux restés en Alsace, qui n'était pas encore libérée. Nous savions que les Allemands opposaient une résistance farouche dans les Ardennes et en Alsace. Je tremblais pour grand-mère, pour ma tante et mes cousines Marguerite et Flora dont nous étions sans nouvelles. Les dernières lettres qui avaient pu nous parvenir remontaient au printemps et Marguerite y écrivait que grand-mère n'allait pas bien du tout, que le désespoir plus que la vieillesse la rongeait. Elle priait pour ne pas mourir avant d'avoir vu la victoire de la France.

Dès le mois d'octobre 1944, je trouvai du travail à Nancy où je pouvais être logée. Si ma mère en fut ravie – « elle voit midi au fond de son porte-monnaie », disait Albert –, elle n'apprécia pas vraiment que je me « place », comme on disait quand on était bonne à tout faire – c'était le terme à l'époque. Elle espérait que ses filles réussiraient mieux qu'elle. Vraiment, je devais lui faire honte. Politesse oblige, je laissai dire, mais la langue me démangeait de lui répondre : à qui la faute ? Si ma petite sœur peut se pavaner et travailler dans les bureaux, c'est bien parce que je suis allée travailler pour financer en partie ses études de secrétariat.

– Enfin, j'espère que tu auras de bons patrons. De toute façon, ta vie ne s'arrête pas là, se reprit ma mère avec plus de douceur. Tu finiras bien par te marier un jour. Ne tarde pas si un bon parti se présente. Tu as déjà vingt-deux ans. Je ne voudrais pas te voir coiffer sainte Catherine.

J'ai haussé les épaules. Je coifferais sainte Catherine si j'en avais envie. Ma vie m'appartenait. Je trouverais un travail qui me tiendrait éloignée de la maison, au moins la semaine. Et puis, secrètement, je crois que j'attendais Frantz. J'avais besoin de rêver...

J'ai beau chercher dans mes souvenirs, je n'arrive pas à me rappeler comment j'ai pu échouer près de la place Saint-Epvre à Nancy, dans une superbe maison bourgeoise où je devais m'occuper de trois charmantes petites filles à qui il fallait parler à la troisième personne. Qui m'avait recommandée ? Dans mes cahiers de jeunesse, je n'ai rien noté. Mon patron était l'un des actionnaires des Brasseries de l'Est et Madame vivait dans son ombre et s'occupait d'œuvres charitables. Madame n'était pas très âgée et se déclara bien inspirée de m'avoir choisie entre trois ou quatre candidates pour cet emploi. Elle aimait ma spontanéité et ma culture. J'ai rougi jusqu'aux oreilles, ce jour-là. Je crois surtout qu'elle n'aimait pas être seule et appréciait ma compagnie. Nous faisions le ménage ensemble et nous nous amusions beaucoup à plier les draps. C'était à qui surprendrait l'autre en tirant vivement sur les bords du drap, pour lui faire lâcher l'étoffe qu'on préparait ainsi au repassage. Je dois dire que Madame n'était pas en reste quand il s'agissait de provoquer le rire. Un jour, Monsieur nous a surprises en train d'accrocher les rideaux aux fenêtres que je venais de nettoyer. Perchée sur un tabouret, j'étais prise d'un irrésistible fou rire pendant que Madame cherchait désespérément l'anneau à glisser dans la bride du rideau.

– Combien de fois vous ai-je dit, Elvire, de laisser Jeanne se débrouiller des choses du ménage ? Elle est payée pour cela.

– Mais, Edmond, si je l'aide, se défendit Madame, ce sera plus facile et elle aura du temps pour...

Il haussa les épaules et sortit en claquant la porte,

alors que Madame lui adressait un vague pied de nez. Madame était encore jeune. Elle venait de fêter ses trente-cinq ans et son mari avait la cinquantaine déjà bien entamée.

– Si cela vous est possible, Jeanne, n'épousez jamais un trop vieux monsieur. Dès qu'ils ont atteint cinquante ans, ils ne savent plus rire et sont délicieusement ennuyeux.

J'aimais cette famille. J'y ai appris les bonnes manières, celles du grand monde qui cache parfois quelques hypocrisies sous des artifices bien lissés. La perfection n'est pas de ce monde. J'entendais, alors que je servais, des conversations qui ne m'étaient pas destinées. Monsieur était un râleur, qui tapait du poing sur la table, ce qui faisait sursauter Madame. Ainsi, on pouvait se dire vous et être désagréable et un peu faux cul. [Ma fille, ne t'avise pas de me corriger, j'écris comme j'en ai envie.] Monsieur n'aimait pas les manières de sa belle-famille et encore moins sa belle-mère, une femme pourtant gentille et attentive. Il parlait volontiers dans le dos des gens, comme on dit chez nous, mais dès qu'il se trouvait en leur présence il prenait la main des dames et la baisait en se déclarant « ravi, vraiment ravi » (quel comédien !) de les revoir. Aux hommes qu'il avait critiqués il envoyait du « voyons, mon cher ». Dans son dos, Madame m'adressait quelques clins d'œil complices et désolés. Tout cela était très intéressant... et s'appelait, paraît-il, de la diplomatie. Je l'ai appris de Madame.

Au sein de cette famille, il y eut pour moi une immense satisfaction : il y avait une superbe bibliothèque où j'avais le droit chaque week-end d'emprunter quelques ouvrages. Avec Madame, nous échangions sur des romans parfois un peu légers. Elle aimait tellement rire. C'est avec elle que j'ai lu Colette dans ses écrits pour adultes. Je ne connaissais d'elle que ses souvenirs d'enfance, les histoires écrites pour Bel-Gazou, comme elle nommait sa fille. Je savais que Colette était une femme libre, affranchie, qu'elle avait eu beaucoup d'hommes dans sa vie. Mais Madame me révéla que la grande Colette avait aussi eu des amantes. J'ai ouvert des yeux immenses. Une femme pouvait donc coucher avec des femmes ! Madame s'est bien moquée de moi et j'ai failli pleurer. Mais, foi de Jeanne, Madame n'aurait pas ce plaisir. J'ai serré les dents et me suis mordu l'intérieur des joues pour chasser la blessure d'amour-propre.

Monsieur était, il est vrai, très sérieux. Comme moi, il avait la passion de l'histoire et j'ai trouvé dans cette demeure de quoi combler mes curiosités. Le couple recevait autant qu'il sortait. Et quand il sortait, après avoir couché les filles et leur avoir raconté des histoires, je plongeais dans les livres, j'écrivais aussi... Je racontais dans de courts textes les mondanités, je croquais les uns et les autres sous ma plume. Quand j'ai raconté cela à mes filles, l'aînée a dit : « Notre mère se prenait pour Proust. »

Je n'avais pas l'impression de travailler. Je découvrais, et j'oubliais ainsi la longue attente de la fin de la guerre qui tardait tant.

C'est chez mes patrons que j'ai appris la libération de Metz et de Mulhouse, puis celle de Colmar et l'entrée du général Leclerc à Strasbourg.

– Soyez heureuse, petite Jeannette..., lança un soir mon patron, votre chère Alsace ne sera pas allemande.

– Je ferai remarquer à Monsieur, bien que je le serve, que j'ai un prénom. En conséquence, je prierai Monsieur de bien vouloir m'appeler Jeanne et non Jeannette, lui répondis-je, les bras droits le long du corps et le menton pointé vers la fenêtre.

Madame, qui était en train de boire, faillit s'étrangler de stupeur en m'entendant. Avant de regagner l'office, j'ai vu les sourcils de Monsieur se soulever presque en point d'interrogation.

Jusque-là, j'avais toujours été correcte avec Madame et Monsieur. Je réussissais à contenir mes humeurs. Car j'en avais. Leur parler à la troisième personne ne me gênait pas. D'ailleurs, en allemand, la politesse exige qu'on parle à la troisième personne du pluriel à une personne à qui l'on doit le respect. La politesse devait donc m'être rendue.

Il y eut aussi ce matin où Monsieur remarqua en ronchonnant que la paire de chaussures qu'il désirait porter n'avait pas été cirée et lustrée dans les règles de l'art. C'était un jour où j'étais migraineuse... Il m'agaçait, à bougonner. Ma parole, il avait dû passer de longs mois à l'armée car il exigeait que même les semelles fussent passées au cirage. Les enfants m'avaient occupée, le temps m'avait manqué, et, surtout, j'avais horreur de cette tâche. Se mettre, au sens propre, à la botte d'un homme... J'entendis Monsieur m'appeler. Cela allait être ma fête.

– Jeanne, c'est inadmissible. J'ai dû m'occuper de mes chaussures, alors que c'est votre travail.

– Que Monsieur sache que j'en suis sincèrement

désolée, les enfants m'ont accaparée plus longtemps que prévu. Charlotte est malade, comme Monsieur le sait.

– C'est tout de même inadmissible... J'ai été obligé de cirer mes chaussures, grogna-t-il.

– Je ferai remarquer à Monsieur, lui dis-je, les mains sur les hanches, que Monsieur n'en est pas mort.

Madame était dans le couloir et elle gagna sa chambre pour n'avoir pas à prendre parti.

– Et elle ose répondre, me tenir tête, à moi, le maître de maison ! s'étrangla-t-il.

J'ai pensé, en regagnant l'office, que Monsieur allait me donner mes huit jours. Je me suis assise à la table et, la tête posée dans les mains, j'ai attendu qu'il vienne me le signifier. La porte d'entrée a claqué. C'est Madame qui est venue me rejoindre. Elle avait les yeux brillants, un petit air excité, mais ce ne fut pas pour me passer un savon. Elle s'inquiétait de me voir triste.

– J'ai été un peu vive, confessai-je. Madame a le droit de me renvoyer.

– Mais, Jeanne, il n'en est pas question. Vous ne pouviez pas...

– ... être à la foire et au moulin, la coupai-je.

– C'est cela. Vous savez combien Monsieur et moi-même vous apprécions. Quant à nos filles, elles vous aiment beaucoup. D'ailleurs, cette petite leçon a fait du bien à Monsieur. Ne changez pas, Jeanne.

– J'espère que Madame n'aura pas à le regretter, glissai-je avec humour.

Elle m'appréciait et disait que je la faisais rire. Il

me semble que cette parenthèse dans cette maison bourgeoise – car la vie allait se charger d'y mettre un terme – me fit un bien fou. Je n'ai jamais eu l'impression d'être exploitée. Certes, Monsieur était austère, mais je m'étais attachée aux trois gamines que je savais consoler, distraire. J'aimais leur faire réciter les leçons. Avec elles, je pouvais exercer quelques talents d'éducatrice. Bien évidemment, cette tâche me renvoyait à mon enfance alsacienne et aux espoirs qui avaient été les miens quand j'avais dû quitter Nordhouse après la mort de grand-père. Le soir, dans ma chambre aux rideaux de cretonne fleurie, allongée sur mon lit, j'écrivais, j'écrivais. Et je relisais Rilke...

Février 1945 pointa le bout de son nez. Le sort du monde se jouait entre les grands chefs d'État qui avaient tenté d'exclure la France. Monsieur était très en colère après Churchill.

– Un vrai chef, méritant et valeureux, mais stupide sur les bords, bougonnait-il.

Selon lui, Churchill était bien un Anglais pour faire aussi peu de cas du général de Gaulle, le héros de la Résistance française. Le 3 février, nous apprîmes que les Alliés avaient bombardé Berlin avec succès. Le 4, c'était la conférence de Yalta et la France n'y avait pas été invitée. Un scandale, pour Monsieur. Je partageais son avis. J'ai su aussi que le général de Gaulle s'était rendu en Alsace. L'Alsace enfin libérée et qui ne redeviendrait pas allemande.

J'ai songé à grand-père – comme il aurait été heureux ! Quant à grand-mère... Je n'eus pas le temps de me réjouir pour elle car je reçus chez mes patrons une lettre de ma mère qui m'apprenait que grand-mère était morte à la fin de l'année 1944 alors que l'Alsace était coupée du reste de la France et qu'elle se battait avec l'énergie du désespoir. Grand-mère ne saurait jamais l'issue heureuse de cette guerre qui n'était pas encore tout à fait terminée. Hitler ne se rendait pas.

C'est le 13 février que tout se figea pour moi.

Ce jour-là, les aviations américaine et britannique prirent pour cible la ville de Dresde. Il ne devait pas rester pierre sur pierre. Une pluie de bombes incendiaires. Un jour interminable, léché de flammes qui forçaient la nuit à ne jamais venir et allongeaient la liste des victimes. Des milliers et des milliers de civils périrent : 250 000 personnes, hommes, femmes, enfants... La guerre est folie quand elle vise des innocents, des civils, pour faire plier les décideurs.

J'ai su, ce jour-là, que je n'irais jamais à Dresde. 250 000 victimes, me répétais-je, abasourdie. Parmi elles devaient se trouver les parents de Frantz. Et lui, où était-il ? S'il était encore vivant, il saurait me retrouver... Mais sans doute était-il mort sur le front russe. Et si la mort l'avait épargné et qu'il ait pu regagner sa ville avant le terrible bombardement, il y avait fort peu de chances pour qu'il soit sorti vivant de ce déluge de feu. Bien sûr que j'avais du chagrin, je ne vais pas le nier. Peut-être que le plus difficile était d'ailleurs de ne pouvoir en parler avec personne, de garder mon secret. Il m'avait été donné d'effleurer l'amour, d'en rêver, mais je ne pourrais pas le vivre.

Ce qu'il faut d'espoir et de confiance pour oser dire ce que j'ai gardé si longtemps enfoui afin de poursuivre le récit d'une vie ! Est-ce parce que je sens approcher le terme de ma vie ? Ces écrits sont comme une confession ultime. Mais si cette confession requiert ma force, elle ne m'est pas douloureuse, elle m'est délivrance. J'ai appris à connaître mon aînée. Je l'ai dit à l'une de mes nièces. Je n'aurais jamais cru qu'elle serait si attentive, si humaine. Nous nous heurtions si souvent. J'ai longtemps craint que le métier dans lequel elle s'est lancée avec une folle énergie parfois n'en fasse une Parisienne distante qui oublierait tout de ses origines, qui aurait honte de nous et nous snoberait. Or je vois qu'il n'en est rien.

TROISIÈME PARTIE

Un long chemin de lumière

Voilà, je sors du bureau du chef de service qui te suit. L'amélioration est spectaculaire, mais tu ne pourras pas vivre seule comme autrefois. Le médecin s'inquiète de ton devenir. Il me demande si je pourrai t'accueillir, si mon mari est d'accord. Nous avons, bien sûr, déjà prévu cette éventualité.

Quand il avait fallu héberger Louis, son père, nous l'avions fait, sans aucun mérite, je le confesse. Nous avons été façonnés par le vieil héritage judéo-chrétien et les commandements dont : « Tu honoreras ton père et ta mère. » Il ne nous serait pas venu à l'idée de nous dérober. Le médecin a aussi demandé ce que tu en pensais. En fait, il était parfaitement au courant, puisque nous en avions déjà parlé, toi et moi, et que, de ton côté, semble-t-il, tu lui avais tout expliqué. Il se réjouit donc pour toi et espère que tout se passera bien. Tu vivras à la maison, chez nous. Une auxiliaire de vie, rien que pour toi, sera là pendant mes absences. L'infirmière et le kiné viendront aussi. Que de personnes autour de toi qui aimes les visites ! J'essaie de t'expliquer tout cela. Tu es d'accord, mais parfois tu t'inquiètes.

– Je vais être une charge.

– Bien sûr que non, ma petite maman. Ta petite dernière, Geneviève, qui habite Orléans, est d'ailleurs drôlement contente. Elle pourra venir te voir plus souvent. Ce sera moins loin pour elle : Orléans-Ecquevilly, c'est moins de deux heures, alors qu'Orléans-Nancy, c'est presque cinq heures.

Tu ris, ou fais semblant, je crois te connaître.

Tu me racontes les coups de fil reçus au cours de cette journée. Tu es merveilleuse, tu évoques toujours ces petites surprises, ces cadeaux que sont un coup de fil, une visite imprévue.

Yolande, ta nièce de Rambouillet, est venue avec son mari, le général. Il paraît que tu l'as raconté à tout le personnel soignant. « J'ai un neveu par alliance qui est général. »

Je me suis assise près de toi et je te trouve tout de même fatiguée, plus que d'habitude. Le repas du soir ne va pas tarder à arriver. Parfois tes yeux se ferment et ta tête se pose sur ton épaule. Tu ne bouges plus. Je prends tes mains dans les miennes et tu sursautes un bref instant.

– Je suis là, ne t'inquiète pas. Je rêve seulement un peu.

– À quoi, maman ?

– À tout ce que fut ma vie, ma vie d'avant ton père, tu sais maintenant.

– Oui, je sais, tu as été bien courageuse.

– Tu crois ?

– Oui, et encore après, mais tu ne m'as pas tout dit.

– Tu sais déjà tellement de choses.

– Je voudrais que tu m'en dises davantage.

Tu soupires, ouvres les yeux et me regardes longuement.

– Quand on est enfant, devenir vieux paraît si loin, si loin. Maintenant, j'ai fait ce chemin, il n'est pas si long, il est seulement parfois douloureux. Oui, j'ai fait le chemin, comme ma grand-mère l'a fait. Je ne sais pas pourquoi je te parle d'elle.

– Parce que tu as écrit sur elle, parce que nous en avons parlé...

– J'ai rêvé d'elle cette nuit. J'étais encore une petite fille à Nordhouse et rien de mal ne pouvait m'arriver puisqu'elle était là et me protégeait.

– Je crois qu'elle t'a bien protégée.

Mais l'angoisse me gagne en t'entendant évoquer ta grand-mère.

Tu poses de nouveau ta tête sur ton épaule et t'endors tout à fait. Et voilà que je me branche sur le Ciel :

Si elle devait mourir, mon Dieu, puisque je lui ai promis, faites que ce soit aussi sereinement qu'en cet instant où je lui tiens les mains, où nous sommes toutes les deux. Rien que nous deux.

L'instant d'après, une infirmière entre prendre ta tension, ta température, et je m'en veux d'avoir eu de telles pensées.

1

Il paraît que j'ai de la chance d'avoir une fille comme elle. Tant de parents sont délaissés par leurs enfants trop occupés.

Quand nous étions deux patientes par chambre, elle allait parfois retaper l'oreiller de la vieille dame hospitalisée à côté de moi, quand la femme de service ne venait pas assez vite après le coup de sonnette. Je l'ai vue attentive auprès de cette voisine de chambre, lui essuyer la bouche quand elle avait mal dirigé sa pipette pour boire. Cette vieille dame qui n'avait pas eu d'enfant admirait qu'une fille pût être aussi dévouée, vienne chaque jour passer trois ou quatre heures à l'hôpital pour aider sa mère à manger, pour la changer quand le personnel était débordé.

Il est vrai que j'avais espéré ne pas finir mes jours seule, mais je n'osais pas imaginer que mon aînée pût faire preuve d'un tel dévouement envers sa mère. Je ne connaissais d'elle que son énergie – épuisante. Je la jugeais froide, trop déterminée. Je reconnais qu'elle aura bataillé – plus que moi, en tout cas – pour s'accomplir.

Je regrette, bien sûr, de l'avoir appelée « l'adjudant » – heureusement, elle ne l'a pas su.

Elle m'énervait, à donner des ordres ou à mettre le doigt sur mes défauts. À la mort de Roger, elle avait décidé de me prendre en main et de remettre de l'ordre dans mon laisser-aller. Je suis bohème et peu conformiste, « un rien je-m'en-foutiste », a-t-elle déclaré un jour d'agacement.

À ma décharge, sans cette façon d'être, j'aurais peut-être eu du mal à faire face à une vie pas vraiment choisie et qui me décevait. Je veux parler de ce mariage auquel j'ai consenti presque malgré moi.

Il est temps d'aborder cette autre part de ma vie, celle dont je ne voulais pas. Celle qui commença par un baiser de dépit et parce qu'on m'y avait obligée. Une longue route où j'ai marché, une longue route où, malgré les épines, j'ai tout de même cueilli quelques roses.

Il y aura sans doute des trous dans ce récit. Ma mémoire me fera parfois défaut : de simples oublis pour me cacher derrière. Il faudra faire preuve d'indulgence à mon égard.

Ce que je livrerai ne sera peut-être pas ce que tu attendais, ma fille, mais ce sera moi... Je suis ainsi, il faut me prendre telle que je suis.

Mars et avril 1945 ont passé sans que je m'en rende compte. J'étais un peu en dehors du monde. La guerre n'était pas finie en Allemagne, mais tout le monde savait que la fin était proche. En Italie, Mussolini et sa maîtresse avaient été exécutés et pendus par les pieds au toit d'un garage sur une place de Milan. Franchement, ce genre de pratique ne faisait pas honneur aux troupes victorieuses. Une foule démente applaudissait, hurlait : « Ils l'ont bien mérité. » Dans la rue, comme dans les pages des journaux, l'événement fut commenté avec le même enthousiasme.

Je n'étais pas d'accord. Les exécutions sommaires et les lynchages ne grandissent pas l'être humain. Rien ne justifie de tels actes qui relèvent de la barbarie. Je m'interroge aujourd'hui encore sur l'homme dit civilisé. Au-delà des manières raffinées dont il use, des grandes théories dont il abuse, s'il est certes capable de dénoncer l'innommable, quand la victoire change de camp la vengeance et la folie resurgissent et la bête de barbarie se réveille. Le droit et la justice doivent pouvoir se pratiquer sereinement et avec dignité.

Hitler apprit-il l'exécution de son allié italien de la première heure ? Il épousa sa maîtresse Eva Braun avant de l'entraîner dans la mort. D'étranges épousailles au seuil des ténèbres. Qui sait pourquoi il eut ce sursaut d'honneur ? D'honneur, de folie ou de lâcheté ? Il ne devait plus croire en la victoire et redoutait probablement une justice expéditive. Longtemps, je me suis interrogée, mais, à vrai dire, je n'ai pas été surprise. Les fidèles du Führer mouraient tous de la même façon. Poussés au suicide. Celui de Rommel avait été un cas d'école. L'Allemagne lui avait fait des funérailles nationales ; on portait un héros en terre que le régime vaincu avait « exécuté ». Mon patron avait dit à table :

– C'est un début. Voici que sonne le glas de ce régime de la honte.

La mort de Hitler entraîna d'autres morts : celles de Goebbels et de son épouse après qu'ils eurent empoisonné leurs six enfants, le 1er mai. J'en ai encore la chair de poule. Qui étaient ces enfants, que pensaient-ils, que seraient-ils devenus ? À la fin du mois de mai, Himmler les suivrait et rattraperait la Faucheuse... Ces morts n'émouvaient personne, et à ce propos je ne pouvais échanger avec personne. On m'aurait dit : parce que tu t'intéresses au sort des vaincus, avec ce qu'ils ont sur la conscience !

C'est bien difficile. Qu'ajouter de plus, en ce qui me concerne, que ma fille aînée ne sache déjà ? Dans *Les pommes seront fameuses cette année* [1], elle évoque ma rencontre avec Roger, son père, au jour dit « de l'armistice ». Or, elle s'est trompée de jour. Le 7 mai à 2 h 40, il y a d'abord eu la capitulation sans conditions à Reims. Ce fut une liesse inimaginable. Mais il fallait un vrai traité, qui fut signé à Berlin le 8 mai à minuit. Je crois que des bals improvisés ont eu lieu au soir du 8. C'est vrai. Mais moi, je travaillais encore.

Au matin du 9 mai, la liesse gagnait tout le pays : sur les marchés, aux portes des écoles. Tout le monde s'embrassait. Les cloches sonnaient à toute volée. C'était une joie incroyable qui s'emparait de chacun. Soudain, des étrangers devenaient des frères qui s'étreignaient et se disaient : la guerre est finie ; le bonheur va revenir. Le pays s'arrêtait pour laisser exploser les forces de la vie. On riait aux larmes. On

---

1. Élise Fischer, *Les pommes seront fameuses cette année*, Paris, Mazarine, 2000.

se touchait pour croire vraiment qu'on était en vie et libre.

Celles et ceux qui avaient souvent dû vivre dans la clandestinité n'en revenaient pas. Retrouveraient-ils le sommeil, eux qui ne dormaient plus que dans la redoutable attente des coups frappés à la porte : « Police, ouvrez ! »

Le sommeil reviendrait, mais longtemps il serait peuplé de fantômes et de cauchemars.

Je me rappelle ce mercredi quand mes patrons me donnèrent congé jusqu'au dimanche. Je revins donc à Bouxières pour embrasser les miens.

J'ai pris le train à Nancy pour descendre en gare de Champigneulles et faire ensuite à pied le reste du chemin. J'avais le cœur presque léger en passant devant la brasserie qui fabriquait la Reine des Bières.

J'ai longé à grandes enjambées les cités ouvrières appartenant à une forge qui, avant guerre, non loin du canal, avait employé bon nombre d'ouvriers travaillant aujourd'hui soit à la brasserie, soit aux aciéries de Pompey. Des enfants jouaient dans la rue qui comptait deux cafés, une épicerie, et une ferme. J'avais hâte d'atteindre la belle route champêtre bordée d'arbres magnifiques et de laisser mon regard se poser sur les prés. À gauche, je devinais Frouard, Pompey ; à droite, c'était Lay-Saint-Christophe. Au-delà du passage à niveau, la colline de Bouxières me faisait face. Il me fallait traverser la Meurthe sur un pont de bois reconstruit à la hâte.

Dans ma tête, tout se brouillait, la Meurthe ici, l'Ill là-bas, en Alsace. J'ai songé aussi à l'Elbe qui traverse Dresde. L'Elbe que je ne verrais jamais, j'en étais certaine. Combien de fois avec Frantz avions-nous évoqué cette ville, la sienne, dont Napoléon avait fait une plaque tournante militaire en 1813 ? Frantz me racontait les collines entourant la ville et me décrivait les palais de l'*Altstadt*[1] sur la rive droite de l'Elbe. C'est par sa bouche que j'avais découvert l'existence de la Gemäldegalerie, ce célèbre musée qu'Auguste III, grand amoureux de beauté devant l'Éternel, avait enrichi de toiles superbes. On pouvait y contempler des Véronèse et des Rembrandt. Frantz me parlait toujours de *Bethsabée à la fontaine*, une toile magnifique peinte par Rubens. Il n'avait pas oublié de me décrire la Frauenkirche[2], ce haut lieu de prière protestant, un lieu auquel forcément il était attaché et qu'il me montrerait, une fois la paix revenue. Ce temple était dévolu à la prière, et nulle part au monde n'existait un tel lieu édifié comme un théâtre. L'art et la prière pouvaient s'unir et s'élever dans une resplendissante majesté. Il n'avait pu passer sous silence le merveilleux palais du Zwinger. Frantz m'avait appris que Dresde méritait le nom de « Florence de l'Elbe ». « Nous irons, Jeanne, me promettait-il, et nous y écrirons notre vie. »

Comme j'allongeais le pas, semelles de bois aux pieds, le frisson me saisit. Depuis février, Dresde n'était plus qu'un amas de ruines. Si ce que l'on rapportait était vrai – cela l'était –, était-il nécessaire, pour obtenir la victoire, de s'en prendre à ce dont

1. La vieille ville.

2. Superbe église luthérienne dont la reconstruction à l'identique fut encouragée par un musicien de Dresde : Ludvig Güttler en 1990. Sa restauration s'est achevée fin 2005.

l'homme a besoin pour grandir et repousser la barbarie ? N'est-ce pas la beauté qui élève ?

Comme je passais le pont de bois au-dessus de la Meurthe dont les eaux recouvraient encore le canon que nous y avions jeté, je sus qu'il ne me serait jamais donné de flâner sur le pont Sainte-Marie à Dresde au bras de Frantz. Mon cœur se glaçait alors qu'il faisait beau et déjà chaud. Le froid de la mort m'avait enlacée. Celui du jamais plus. J'ai eu envie de pleurer.

Quand j'ai poussé la porte de la maison, la première personne que j'ai vue fut ma sœur. Elle se regardait dans la glace suspendue au-dessus de l'évier de cuisine et s'inspectait. Elle avait de l'allure quand elle tapotait ses joues, ouvrait grands ses yeux et mesurait ses cils sur le bout de son index droit. C'était une belle jeune fille de dix-neuf ans qui attirait les regards. Elle soulevait ses mèches de cheveux sombres et découvrait des yeux brillants.

– Oh, Jeanne ! s'écria-t-elle, c'est vraiment épatant que tu viennes pour fêter la victoire ! Depuis hier, on danse partout. Ce soir et demain ce sera à Custines, juste près du pont... Tu viendras avec nous ?

Ma mère était en train d'éplucher des pommes de terre, comme d'habitude debout, un genou posé sur une chaise près de la table.

– Sauf que je ne sais pas danser.

– Il n'y a pas besoin de savoir danser pour faire la fête, et puis, tu apprendras...

– J'aurai l'air d'une gourde, je suis raide comme un manche à balai.

– Je serais plus tranquille si tu y allais, est intervenue ma mère en m'adressant un clin d'œil. Et puis, tu y retrouveras toute la bande du bas de Bouxières, tes amis d'autrefois, enfin, ceux qui sont revenus...

Somme toute, comme j'avais vingt-trois ans, je pourrais surveiller les plus jeunes.

– Tu ne vas quand même pas faire des manières, a repris ma sœur. Si tu ne sors pas, tu resteras fille et...

– ... tu coifferas sainte Catherine, nananère..., a raillé mon frère, qui, à quinze ans, se prenait déjà pour un homme, gonflait le torse à tout propos et se cherchait chaque jour des poils sous le menton.

Allons, puisqu'il le fallait, puisqu'il était nécessaire de se dévouer, j'irais donc au bal de la victoire. Du moins, j'accompagnerais celles et ceux désireux d'aller danser.

Je mentirais en disant que cette soirée me pesa. Il est vrai que je revis des amis. Jacques était là avec, au bras, Simone, sa promise. Cette fois, c'était officiel. C'était une bien jolie jeune fille, réservée, un peu effacée, et qui posait sur lui des regards admiratifs. Jacques avait bien choisi et je les ai félicités tous deux pour le bonheur qui les habitait.

J'ai aussi revu l'un de mes plus proches voisins. Il pouvait enfin sortir de la clandestinité. Il attendait un de ses frères qui venait d'être libéré, mais dont l'état de santé, comme celui de sa mère, nécessitait encore beaucoup de soins. Néanmoins, Paul était là. Il y avait chez lui – comme chez d'autres qui venaient de subir des épreuves dont ils ne pouvaient parler – ce besoin de revoir des visages connus permettant de concrétiser le retour à une vie normale. Ils ne savaient pas s'ils parviendraient à se réinsérer dans cette vie, au moins espéraient-ils, osaient-ils courir ce risque.

La fête était réelle. Il y avait en cet endroit des gens venus des alentours : Bouxières, Custines, Champigneulles... Chacun avait un ou une amie qui connaissait quelqu'un qui... C'était ainsi, on fraternisait, y compris avec les Américains bien présents, fêtés, glorifiés même. Les filles ne voyaient que par eux, au grand désespoir des jeunes gens français.

Plus rien ne serait comme avant. Les filles décidaient. Certaines, déjà fort téméraires, n'attendaient pas que les garçons viennent à elles pour danser. Elles fendaient la foule et les tiraient par le poignet ou la manche jusque sur la piste de danse. La liberté retrouvée abolissait les règles de bienséance. Il fallait vivre, rattraper le temps perdu. Les plus audacieuses étaient d'ailleurs souvent celles que les occupants n'avaient eu aucune peine à courtiser.

Je croisai Mado. Elle n'avait pas hésité, je le savais, à balancer des personnes à la Gestapo. Je la voyais se trémousser sur la piste entre deux Américains et je l'entendis ensuite leur raconter combien elle était heureuse d'être avec eux ce soir-là. Elle les avait tellement attendus. Elle disait avoir rendu des services à la Résistance et leur tendait hardiment ses lèvres peintes. J'eus envie de vomir. Son regard heurta le mien. Je l'ai fixée longuement et elle a baissé les yeux en rougissant. Elle savait que je savais.

Et puis, il y eut une farandole qui entraîna tout le monde sur la piste, y compris celles et ceux qui ne dansaient pas. Je ne sais comment, ma main s'est retrouvée dans celle d'un jeune homme aux cheveux clairs et au regard de ciel. Il était aussi timide et emprunté que moi. Je ne sais pas danser, lui ai-je dit pour m'excuser. Il m'a répondu : Ça ne fait rien, je ne sais pas non plus. Et nous avons ri. Il ne m'a plus quittée de la soirée. Il habitait Champigneulles, dans une des cités devant lesquelles je passais chaque fois que j'allais à Nancy et en revenais. Il disait me connaître de vue. J'ai vu, et senti surtout, qu'il avait bien fêté la victoire. Mais il n'était pas le seul ce soir-là à avoir bu plus que de coutume.

Et la fête s'est achevée, il était très tard. Il a fallu se séparer. Tout le monde s'embrassait et se disait à demain, à après-demain. Je restais stoïque. Frantz me manquait. C'est à lui que je pensais. Le jeune homme de la farandole s'est approché en rougissant et a demandé :

– Je peux vous dire au revoir et à une autre fois ?

J'ai tendu ma main droite en souriant et ma sœur m'a bousculée :

– Idiote, tu peux bien l'embrasser.

– Je n'embrasse pas un homme qui a bu, ai-je répondu en lui tournant le dos.

– Embrasse-le, tu vas lui faire de la peine.

– Oui, oui, embrasse-le, a lancé Paul.

Jacques me faisait signe d'oser. J'étais piégée et pas vraiment contente. Mais puisqu'il fallait en finir et que je voulais rentrer, j'ai tendu ma joue.

– J'espère vous revoir très vite, a murmuré le jeune homme dont je venais d'apprendre qu'il s'appelait Roger.

2

Ce jeune homme avait de la suite dans les idées. Qui lui avait dit où et chez qui je travaillais ? Je ne prenais pas toujours mon jour de repos qui était le dimanche. Je restais chez mes patrons, les aidais pour le repas et disparaissais ensuite dans ma chambre ou bien j'allais lire à la Pépinière. Parfois, il m'arrivait d'aller au cinéma. Je ne demandais pas davantage à la vie.

Madame vint un jour frapper à ma porte en me disant que je pouvais sortir, qu'elle ne me retenait pas... Je compris que j'avais une visite et qu'il n'était pas question que je reçoive chez elle.

– Que Madame se rassure ! dis-je, confuse. Cette visite n'était pas prévue et il n'était pas dans mes intentions de recevoir quelqu'un ici.

J'ai vu ma patronne éclater de rire.

– Faites-vous jolie, Jeanne, et allez vous promener ; il fait beau. C'est un charmant jeune homme.

Le charmant jeune homme était Roger qui déclara très naturellement :

– Je passais par là et j'ai eu envie de vous dire bonjour.

Je n'ai jamais su qui l'avait si bien renseigné. Ma sœur m'a juré que ce n'était pas elle, et ma mère en a fait autant. Était-ce mon père ? La chose était plausible. À cette époque, Roger travaillait dans une entreprise de mécanique qui sous-traitait avec les Chemins de fer. Roger me parla d'ailleurs d'Albert, mon père, un homme courageux qu'il estimait. J'écoutais par politesse parce que contrariée. Sa visite avait interrompu ma lecture. J'étais plongée dans un des *Claudine* de Colette.

Roger revint sonner chez mes patrons à plusieurs reprises. J'essayais de lui mentir en prétextant que je devais parfois travailler le dimanche quand Monsieur et Madame recevaient. Mais mon petit stratagème fut de courte durée, car Roger menaça de dire deux mots à ces employeurs qui m'exploitaient. Je l'en dissuadai et dus prendre les devants en me confiant brièvement à ma patronne.

– Vous n'aimez pas ce gentil jeune homme, Jeanne ?

J'ai haussé les épaules et répondu avec une certaine désinvolture que je ne m'étais pas posé la question.

– Mais vous vous marierez bien un jour ?

– Est-ce que c'est obligé ?

– Ma foi, ce serait mieux pour vous, sans doute. C'est le lot de toute jeune fille.

– Je n'en ai pas très envie, Madame.

– Cette réponse cache un chagrin, j'en suis certaine, m'a dit doucement Madame.

Je n'ai ni affirmé ni infirmé. J'ai quitté la pièce en soupirant, vraiment embarrassée. Pour n'avoir plus à mentir et surtout pour ne plus ennuyer Madame, j'ai pris mon jour de congé et suis rentrée chez mes parents qui se sont mépris sur mes sentiments. Roger était assidu, me sortait, me reconduisait. Je le voyais très amoureux et je n'osais rien lui dire. Par lâcheté, je laissais faire. Et puis ainsi, devant les autres jeunes filles, je n'étais plus seule. J'espérais très secrètement que Roger se lasserait d'une fille si peu ardente qui ne répondait pas à ses attentes. Il était touchant, plein de prévenance et ne savait que faire pour m'être agréable.

Sans doute gardais-je trop vivace le souvenir de Frantz. De nos échanges littéraires qui m'emportaient. Il y avait eu entre nous une communion extraordinaire sur la beauté d'un vers, d'un texte. De cela, je ne pouvais parler avec Roger, dernier-né d'une très nombreuse famille. Roger n'avait pas eu la chance de pouvoir étudier. Il me parlait beaucoup d'Adèle, sa sœur aînée, qui était pour lui une seconde mère. Elle avait vingt ans de plus que lui et avait mis au monde deux enfants avant sa naissance.

– Ce qui fait de moi un tonton plus jeune que ses deux neveux ! fanfaronnait-il, heureux de m'épater.

Vint le jour où Roger, alors qu'il me reconduisait chez mes parents, aperçut sa mère qui sortait du lavoir.

– C'est l'occasion, Jeanne, je vais vous présenter. Je lui ai déjà parlé de vous.

J'espérais qu'elle ne serait pas d'accord et que tout s'arrêterait là. Mais Émilie savait se tenir. Ses aigreurs, ce serait pour plus tard. Ce jour-là, elle posa son seau d'eau et se contenta de déclarer :

– Ah, c'est vous, l'heureuse élue ! On m'avait parlé de la récente conquête de Roger. Vous n'êtes pas d'ici, à ce qu'on dit. Mais je vois que ça dure. Roger veut quitter sa vieille mère pour se marier. C'est la vie, les enfants s'en vont. Venez donc boire un café, histoire de faire connaissance.

Je suis tombée dans le piège. Le temps d'un café, la famille proche a défilé pour me rencontrer. D'abord, ce fut Gaston, « mon Tonton », disait Émélie pour désigner un des frères de Roger, marié à Yvonne et dont il avait déjà trois enfants. « Tonton » revenait des champs. Il avait fané tout l'après-midi pour les lapins. Puis Henriette, une sœur de Roger, mariée à Marcel originaire de Bouxières-aux-Dames, passa une tête et s'invita. Elle venait de faire une tarte à la rhubarbe et en apportait quelques parts. Le couple vivait là aussi et avait déjà plusieurs enfants.

Je ne dirai pas que je fus mal accueillie. Mais je ne me sentais pas à mon aise chez cette femme dont je perçus très vite qu'elle menait son petit monde à la baguette. Mariés, ses enfants restaient ses enfants, et les gendres et belles-filles devaient filer doux. Je surpris les regards d'Yvonne ou d'Henriette et je compris qui était cette future belle-mère restée veuve très jeune. Elle se drapait dans son statut de femme courageuse et sacrifiée et, à ce titre, ses enfants lui devaient tout. Elle me raconta sa jeunesse. Elle avait épousé un homme de dix ans son aîné rien que pour avoir une belle robe et faire bisquer sa cousine. À cela s'ajoutait toutefois le désir de sortir de l'orphelinat dirigé par des religieuses qui lui menaient la vie dure depuis qu'elle y était entrée à l'âge de neuf ans.

– J'avais seize ans et demi quand je me suis mariée, et pas dix-huit ans que j'étais déjà mère sans comprendre ce qui m'arrivait ; c'était une autre époque ! racontait-elle en rajustant son chignon.

Je me contentais de sourire poliment en l'écoutant. J'observais surtout les enfants de Gaston et d'Yvonne qui allaitait la dernière-née, une ravissante petite Joselyne aux cheveux clairs et qui montrait déjà un caractère bien affirmé.

– Vous n'êtes guère causante, lança soudain Émélie en rangeant le sucre après la séance de café.

Je ne savais que dire. Je répondais aux questions qui fusaient. Que faisaient mes parents ? D'où venaient-ils ? Combien de frères et sœurs ? D'oncles et de tantes ? Est-ce que j'avais de l'argent de côté ? Car pour se marier, il en fallait, surtout au sortir de la guerre où tout manquait, où le règne des tickets ne semblait pas près de s'arrêter.

Elle fut surprise. Rien qu'à me voir, une vraie demoiselle, elle pensait que j'étais fortunée. Roger lui avait décrit l'appartement de mes parents qui, selon lui, devaient avoir quelque bien, car nous avions un bel intérieur avec une salle à manger en chêne et ronce de noyer. C'est vrai que l'appartement de mes parents était coquet et bien décoré. En Alsace, les intérieurs sont toujours soignés.

Chez Émélie, on vivait dans la cuisine, une pièce très propre, mais d'où la beauté était absente. Une cuisinière, une table, un évier et un buffet de cuisine réduit à sa plus simple expression composaient le mobilier posé sur un plancher de bois blanc, lavé chaque semaine mais jamais encaustiqué. À part une petite pendule et un miroir accroché au-dessus de l'évier, les murs étaient nus. À quoi bon décorer ? Les étagères, les bibelots étaient des nids à poussière. Il y avait bien assez à faire entre la cuisine, le linge, le jardin, les animaux et les corvées d'eau.

Émélie quitta un instant la cuisine pour aller dans sa chambre et me rapporter une nappe qu'elle brodait pour une cliente. J'admirai l'ouvrage.

– Vous avez des doigts de fée, la félicitai-je, c'est vraiment très beau.

– Je me fais ainsi un peu d'argent, déclara-t-elle. C'est ce que les *gâgattes*[1] m'auront appris de bien. Pour le reste...

J'ai ri. Elle en fut heureuse.

– Bon, c'est pas le tout, va falloir que j'aille voir vos parents pour qu'on arrange nos petites affaires de mariage !

Je me défendis. Rien ne pressait. Nous devions apprendre à nous connaître...

– Taratata ! Tout le monde est au courant. Faut régulariser la chose, et sans tarder. Vous n'êtes plus si jeunes. Roger a eu vingt-quatre ans et vous vingt-trois, à ce qu'on dit.

– Oui, mais il faudra d'abord trouver un logement.

– Pas besoin. C'est pas la peine de faire la difficile. Il y a deux chambres ici. Vous en prendrez une, je vous laisserai la plus grande. Pour débuter, ce sera très bien. On verra par la suite, si des petits vous viennent.

J'eus soudain froid dans le dos. Elle organisait tout. Elle gardait ainsi son fils pour elle, son petit dernier, son *queulot*[2]. Fuir, c'est ce que je devais faire, car je

1. Mot de patois lorrain pour désigner les bonnes sœurs.

2. Mot de patois lorrain pour désigner le dernier-né d'une famille.

ne voulais pas de cette vie-là, pas comme cela. Roger mit sa main sur mon bras pour calmer la colère qui bouillonnait dans mes veines. Quand nous fûmes sortis, il tenta de me rassurer. Sa mère ne voulait pas me blesser. Elle n'avait que de bonnes intentions. De toute façon, nous ferions comme bon nous semblerait ensuite. Et c'est ce jour-là que Roger me mentit et que je le crus.

– Ma mère ne le sait pas, mais j'ai une petite maison dans la Meuse, pas loin du village d'où elle est originaire, et c'est là que nous irons vivre dès que des enfants nous viendront. Au début, nous nous installerons chez elle pour ne pas la peiner. Elle n'a pas eu la vie facile. Il faut la comprendre. Et, peu à peu, nous l'habituerons à l'idée de notre départ.

Pourquoi l'ai-je cru ou du moins ai-je fait semblant de le croire ? J'aurais dû lui dire : Quittons-nous là et restons bons amis. Il me regardait avec un air de chien battu, et j'ai eu pitié. Or la pitié conduit rarement à l'amour.

Quand la mère de Roger vint faire sa demande officielle à mes parents, j'ai vu ma mère froncer les sourcils. Le courant ne passait pas entre cette Lorraine pure et dure et une Alsacienne qui avait encore l'accent. Mon père aimait bien Roger et pensait que je pourrais être heureuse avec lui. Moi, j'étais trop fière pour montrer mes réticences. J'ai pris mes grands airs et j'ai déclaré à ma mère qu'elle n'avait pas à s'inquiéter pour mon avenir. Roger était l'homme de ma vie. Voilà, il fallait que l'aînée se marie, que je fasse de la place dans cette maison. C'était dans l'ordre des choses.

Quelque chose avait, paraît-il, changé dans mon comportement. Ma patronne m'en fit la remarque et j'éclatai en larmes sans lui dire les raisons de ce brusque chagrin.

– Et si nous vous emmenions cet été avec nous dans les Vosges, me proposa-t-elle. Nos filles vous sont attachées. Il vous suffira de les garder quand elles joueront dans la propriété de mes parents. Mes parents ont leur domestique et vous n'aurez rien d'autre à faire. Vous serez notre invitée.

– Je vais réfléchir, dis-je. Mais que Madame sache que je suis touchée par son invitation.

J'ai dit à Roger que j'étais obligée de m'en aller dans les Vosges pour suivre mes patrons. J'ai pensé : Merci, mon Dieu, il va m'oublier et tout sera terminé. Roger a bien pris la chose. Il m'a dit qu'il en profiterait pour faire les papiers de mariage et que nous pourrions ainsi faire la noce en octobre. Je me suis empressée de lui expliquer que ce serait très compliqué, car j'étais alsacienne. Il faudrait obtenir un certificat de réintégration. L'Alsace était redevenue allemande de 1940 à 1945. Roger a souri et affirmé qu'il se débrouillerait. Et moi, j'étais persuadée qu'il n'y arriverait pas.

J'ai reçu quelques lettres quand les semaines étaient trop longues pour lui et qu'il s'essayait à m'écrire. Il faisait des fautes à chaque mot. Je ne lui en voulais pas. Il n'était pas responsable. Il avait dû quitter l'école à douze ans pour devenir vacher. En fait, dès l'âge de dix ans il n'allait déjà plus en classe. Sa mère n'avait jamais voulu lui acheter les livres nécessaires. Elle estimait que ceux des aînés devaient suffire. Vingt ans s'étaient écoulés et les programmes avaient changé. Émélie ne voulait rien entendre. Pour elle, savoir lire le journal et compter était bien suffisant. J'avais vite découvert qu'Henriette lisait correctement le journal, mais était incapable d'écrire. Tout au plus réussissait-elle à écrire son prénom comme le font les enfants de quatre ans, en lettres d'imprimerie. Henriette disait savoir écrire son nom « en lettres bâtons ». C'était une femme très douce, très gentille, qui n'avait jamais osé résister à sa mère. « Chez nous, les filles sont allées à l'école la semaine des quatre jeudis, disait-elle en riant. Maman nous trouvait toujours des tâches à faire. Elle nous gardait près d'elle pour cuisiner, repasser, garder les plus jeunes pendant qu'elle faisait autre chose. Elle a toujours dit qu'une fille n'a pas besoin de faire des études pour trouver et garder un mari. L'essentiel est qu'elle soit gentille, tienne proprement sa maison et s'occupe bien de ses enfants. »

J'avais frémi en entendant cela. Certes, ma future belle-mère avait des circonstances atténuantes. Elle avait grandi dans un orphelinat où l'on n'avait pas dû lui parler souvent d'amour et l'inciter à regarder autre chose que ses marmites, ses armoires et le lavoir où les femmes se retrouvaient. Or, moi, de cette vie-là je ne voulais pas.

Mais comment me sortir de ce guêpier ?

Le mariage a eu lieu. Roger avait su s'occuper des papiers pendant que je goûtais à la ligne bleue des Vosges, me régalais de myrtilles. Si le séjour s'était prolongé, j'aurais fini par l'oublier. Il ne me manquait pas. Je me sentais sereine et en accord avec la nature à la fois paisible et mystérieuse des Vosges. La forêt vosgienne a ce pouvoir de faire croire qu'un loup peut surgir de chaque vallon ou chaque masse de conifères.

Je ne saurais jamais comment Roger s'était débrouillé, mais lorsque je suis revenue de vacances, il m'attendait sur le quai de la gare et tenait dans sa main une enveloppe. Tout était prêt, car il avait découvert que je n'avais pas besoin de certificat de réintégration. Bien que née de parents alsaciens, mon lieu de naissance était Belfort. Et si Belfort avait autrefois fait partie de l'Alsace, le lieu était resté français après 1870. L'Allemagne avait préféré renoncer à ce bout d'Alsace dont les habitants lui étaient franchement hostiles.

Le mariage a eu lieu. Alors qu'on manquait de tout, les deux familles se sont bien entendues pour organiser une petite fête. Nous avons trouvé du tissu et des chaussures. On marchandait pour obtenir un coupon de tissu, quelques kilos de lard, des œufs fournis par la ferme en échange d'autres services. Le troc allait bon train.

Le mariage a eu lieu : un 6 octobre, une banale journée d'automne. Il avait plu le matin et puis le ciel s'est dégagé vers le milieu de l'après-midi. Le mariage était prévu à 17 heures à l'église de Champigneulles. Je n'ai pas voulu me marier à Bouxières-aux-Dames, car le curé Césard officiait encore, et ce prêtre était un illuminé qui avait construit une grotte à l'entrée du cimetière. Il paraît que la Vierge y apparaissait à deux ou trois pauvres filles du village qui faisaient partie du *secret*.

Si je dis pauvres filles, c'est qu'il n'y a pas d'autres mots. Elles étaient manipulées par ce curé, sujet à quelque délire mystique. Il y avait eu Lourdes et Fatima, il y aurait Bouxières-aux-Dames, lieu choisi par Dieu. Le curé Césard savait par le secret de la confession quelle vie avait été celle de ces femmes. Des filles que n'importe quel garçon avait pu trousser. Or, ces pécheresses repenties avaient reçu le pardon. Et, signe du pardon de Dieu, la Vierge, dans sa grande bonté, leur apparaissait et leur révélait des secrets. Le curé Césard racontait cela à ses ouailles dans ses sermons du dimanche. Il semblait si sincère que les plus crédules le croyaient. « Les prostituées nous précéderont au Royaume. La preuve, la Vierge apparaît à ces pécheresses pardonnées. »

La renommée de ce doux dingue dépassa très vite la limite du village. On venait de tout le département et même de Belgique en pèlerinage à la grotte, jusqu'à ce que l'évêché s'agace et mute le curé dans un couvent où il pourrait prier toute la journée sans déranger l'ordre établi.

Cette affaire-là durait encore en 1945, et je n'avais aucune envie d'aller me confesser au curé Césard pour pouvoir me marier. Il était obsédé par la pureté des jeunes filles. Les impures pouvaient redevenir pures à condition de faire partie du *secret*. Merci bien.

Notre mariage a eu lieu. Je me forçais à croire que tout irait bien. Qu'il était temps de redescendre sur terre. Qu'étais-je, après tout ? Une fille de paysans conçue dans le péché ! Je me répétais tout cela tandis que je m'apprêtais. Je me souviens de l'instant précis relatif à l'habillement d'une future mariée à l'abri de tout regard masculin. Comme dans les romans et les films, de la chambre où se déroulaient les préparatifs s'échappaient quelques petits gloussements, des rires étouffés et des bruits de tissu. Ma mère et ma sœur m'aidaient. Point de robe longue. Nous sortions de la guerre. Une tenue courte qu'on pourrait réutiliser ferait l'affaire. Mais il fallait porter du blanc. Je méritais le blanc. J'étais une jeune fille propre, comme on disait alors. J'ai revêtu un tailleur blanc et un chapeau juponné d'une courte voilette qui ombrait mon regard.

– Comme une vierge qui se pare pour gravir les marches menant au supplice.

J'ai dit cela à ma mère qui a rigolé.

– Tu as assez d'humour, a-t-elle répliqué, pour faire face aux difficultés de la vie.

Mon père, lui, paraissait très fier de me conduire à l'église. Le roi ne serait pas son cousin. Il s'impatientait. Nous allions être en retard.

Le cortège s'en alla joyeusement à pied de Bouxières-aux-Dames jusqu'à l'église Saint-Epvre de Champigneulles. Allons, me répétais-je secrètement, les dés sont jetés ce 6 octobre 1945. C'est mon destin. Ce le fut, et quel destin ! Je ne savais pas que j'en prenais pour cinquante ans.

Je me raille, je ne sais pas faire autrement. Je ne vais quand même pas raconter ce que fut ma nuit de noces. [Ne compte pas sur moi pour agir ainsi, ma fille.]

Nos rencontres n'avaient pas permis un début d'intimité. J'ignorais tout du trouble dont certains livres parlaient à mots couverts. De l'amour j'avais connu pourtant quelques affolements, de ces baisers ardents qui peuvent éveiller, comme l'a écrit ma fille, le chant du corps.

J'avais dit à Roger que j'étais croyante et que je n'accorderais rien avant le mariage. Selon moi, il aurait dû être désespéré et aller chercher fortune ailleurs. J'aurais ainsi eu un excellent prétexte pour rompre. Il n'en a rien été.

Roger accepta tout de sa brunette d'un soir de mai. Ma fille a très bien évoqué tout cela dans ses écrits après la mort de son père. Roger était touchant et ne savait que faire pour m'être agréable. Et ce fut sans doute l'une des causes de mes désaccords avec ma belle-mère. Son petit dernier l'évinçait au profit d'une autre, « l'étrangère », ou « la Boche » – c'est ainsi qu'elle m'appelait dès que j'avais le dos tourné. Elle reprochait à son fils de n'avoir pas choisi une jeune fille des cités.

Quand vint le moment de faire de moi sa femme, Roger fut très prévenant. Je voulais le noir. Il respecta mes désirs. Il fallait m'apprivoiser. J'ai fermé les yeux. Que pouvais-je faire d'autre ? J'avais dit oui devant Dieu. Et ce oui, pour le meilleur et pour le pire, m'engageait pour une vie entière. Il n'était pas question de revenir en arrière.

Je payais sans doute d'être une enfant illégitime, une enfant régularisée. Mais je garderais enfouie au tréfonds de mon âme ma différence. J'ai pensé à tout cela, mais à qui en parler ? Ma patronne m'avait devinée. Elle m'avait suggéré de garder mon emploi. Elle me trouverait un petit logement à Nancy où je pourrais habiter avec Roger. Je travaillerais à la journée et cela me permettrait d'avoir un peu d'argent. Roger n'a pas voulu. Sa femme ne serait pas une bonne. Il était capable, et c'était son honneur, de faire vivre son épouse.

Voilà comment je me suis jetée dans la grisaille des jours en espérant éviter le malheur. J'avais à payer la faute des autres. J'en voulais à Dieu d'être le grand comptable. Aux jours les plus difficiles qui allaient suivre, je Lui ferais le serment d'oser Lui demander des comptes quand je paraîtrais devant Lui.

3

Ma belle-mère me tutoyait et m'appelait Jeannette. Je n'ai jamais réussi à lui faire dire Jeanne et j'en ai été humiliée. Toutes les femmes de la rue faisaient de même. J'en étais agacée. Avec le temps, je me suis habituée et persuadée que ce n'était pas méchant.

Je disais vous à Émélie comme je le disais à Roger. Le tutoiement ne me venait pas. Il paraît que je faisais bien des manières, ricanait ma belle-mère que j'appelais cérémonieusement belle-maman. C'était normal. Je crois qu'elle eût aimé que je lui dise tout simplement maman ou mère. Je m'y suis refusée. Elle était une belle-mère et allait s'employer à me le faire sentir.

Chez elle, je ne décidais jamais des repas. Je devais l'aider à préparer ce qu'elle avait décidé de cuisiner. Mes idées – je pouvais me dispenser d'en avoir – ne lui étaient pas d'un grand secours. La cuisine étrangère ne l'intéressait pas. Elle donnait des ordres. Il me suffisait de les exécuter pour que tout aille bien entre nous. Elle était chez elle, je devais me le tenir pour dit.

Après les tâches ménagères, je me réfugiais dans notre chambre. Elle y venait, y entrait sans frapper, ignorante des principes de base que sont la politesse et la délicatesse.

– Encore en train de lire ! s'exclamait-elle. Une femme qui lit est une femme qui ne fait rien de bon !

Et elle s'en allait le répéter au lavoir. Dans la rue, tout le monde savait que le pauvre Roger était bien mal marié. Le soir, j'exigeais de Roger qu'il fermât la porte de notre chambre et la maintînt fermée à l'aide de deux chaises, car il n'y avait ni serrure ni targette. Il obtempérait, mais redoutait les remontrances de sa mère qui n'aimait pas les portes closes.

– Et si je venais à me trouver mal, répétait-elle, que j'appelle à l'aide, vous ne m'entendriez même pas !

J'aimais beaucoup aller chez ma belle-sœur Yvonne. J'avais d'excellents prétextes. Je pouvais ainsi l'aider. Sa tâche était rude avec trois enfants et un quatrième qui s'annonçait. Je savais tricoter et j'avais entrepris de lui faire quelques brassières. D'elle, j'apprenais la broderie. Elle faisait les jours à la perfection sur les draps : jours échelles, jours Venise. Elle tirait les fils avec une infinie patience et l'aiguille, poussée par le dé d'argent, allait et venait avec une régularité et une précision d'orfèvre. Vint un jour où Yvonne me regarda en fronçant les sourcils. Elle sourit et me dit avec affection :

– Vous aussi, Jeanne...

– Oui, moi aussi, soupirai-je.

– Vous n'êtes pas heureuse ?

– Si, mais je voudrais être chez moi. Vous savez bien comment est notre belle-mère. Je cherche partout un logement et il n'y en a pas. Les listes d'attente sont longues. Beaucoup de maisons ont été bombardées et ne sont pas encore reconstruites. Et quand je trouve un logement, le loyer est trop cher. Si seulement Roger avait permis que je continue mon travail. Je n'aurais pas dû l'écouter.

– C'est comme cela dans la famille. Moi aussi j'ai dû quitter mon emploi en me mariant. Je servais chez le bon docteur Franck que la Gestapo a arrêté et déporté ensuite avec sa femme. Gaston n'a pas voulu que je poursuive mon emploi. Je m'étais pourtant attachée à cette famille où j'étais bien considérée et bien payée. Ne soyez pas triste, Jeanne, vous verrez, cela ira mieux quand le bébé sera né, m'assura-t-elle. Et puis, nos enfants vont être de la même année et ils joueront ensemble. Ce sera merveilleux.

Pût la gentille Yvonne dire vrai ! Je me sentais mal. J'avais des nausées terribles. Je devenais même indifférente à la marche du monde alors que c'est une passion chez moi. Pétain avait été jugé mais je donnais l'impression de m'en moquer. Roger me trouvait étrangement silencieuse. Selon lui, ma grossesse pouvait expliquer mon changement d'humeur.

Il y eut ce jour gris de la fin du mois de mai 1946. Au petit matin, des coups ébranlèrent la porte alors que la nuit pâlissait lentement. Un orage avait éclaté et le jour, pourtant précoce en cette saison, avait du mal à s'imposer. Ma belle-mère ouvrit la porte. J'étais près d'elle. Et nous nous trouvâmes ainsi face à face avec deux gendarmes.

– Nous sommes désolés, mesdames. C'est Roger que nous voulons. Nous devons le conduire chez un juge pour qu'il soit interrogé.

Mon sang n'a fait qu'un tour. J'ai cru m'évanouir. Roger était au travail. Il faisait les trois-huit et il allait rentrer après sa nuit de travail.

– Eh bien, on va l'attendre. Et comme nous avons un mandat de perquisition, nous allons regarder vos trésors, dirent-ils en entrant un peu vivement.

Mélie les pria d'essuyer leurs pieds sur le paillasson.

Que cherchaient-ils ?

– Évidemment, depuis tout ce temps, il n'y a plus rien, grommela l'un des deux.

Ils ouvrirent les portes des placards et trouvèrent deux boîtes de conserve, des miettes de *beef* à la sauce tomate. Ils parlaient entre eux, mais j'ai bien entendu :

– Ils n'ont pas l'air d'avoir fait du bénéfice.

– Où avez-vous eu ces boîtes, madame Mélie ? interrogea l'un des gendarmes qui semblait bien connaître ma belle-mère.

– À l'épicerie du coin. Depuis que les Américains sont arrivés, ces trucs-là sont venus avec eux, comme les doryphores, ironisa-t-elle. C'est rudement pratique pour faire des patates à l'étouffée. Ça donne du goût.

– Quoi ? Les doryphores ?

– Ben non, le beef à la tomate, rectifia-t-elle.

Et puis ils firent l'inventaire de l'armoire à linge dans la première chambre et trouvèrent une enveloppe.

– Pas touche, hurla ma belle-mère. C'est ma pension !

Et, de fait, l'enveloppe contenait quelques milliers

de francs (anciens). Ce n'était pas une fortune. J'observais Mélie, pâle comme un linge et je n'osais pas comprendre ce dont il était question.

– Que reproche-t-on à mon mari ? dis-je en m'interposant entre les gendarmes et Mélie. J'ai le droit de savoir.

Le plus âgé me regarda longuement, il vit que j'étais enceinte. Eut-il pitié ? Il se gratta longuement sous le menton avant de me répondre :

– On vit une drôle d'époque, madame. Depuis cette guerre, tout le monde dénonce tout le monde. On a d'abord dénoncé aux Allemands et maintenant ça se passe avec les Américains... Il paraît que votre mari – et d'autres aussi, on a toute une liste – aurait volé des victuailles dans les wagons des Américains à la Libération.

– C'est que du mensonge, trépignait Mélie, vous ne méritez pas votre uniforme, j'irai plus loin.

– Vous, Mélie, je vous demande de vous taire si vous ne voulez pas être inculpée pour complicité et insulte à magistrat dans l'exercice de ses fonctions. Il paraît que vous avez bien œuvré pour écouler la marchandise.

– M'accuser, moi, une pauvre vieille ! Dites que je me suis enrichie pendant que vous y êtes.

– C'est ce qu'il faudra expliquer au juge.

Je me suis assise, anéantie, la tête dans les mains. Roger rentrait de son travail et n'eut pas le temps de poser sa musette au crochet derrière la porte, ni de se laver les mains, ni de boire le café fumant que je lui avais préparé. Il dut suivre les gendarmes. Comme il avait l'air calme, les deux gendarmes, qui le connaissaient, ne lui passèrent pas les menottes. J'ai cru que la terre s'ouvrait sous moi. Quelle honte ! J'aurais voulu disparaître à jamais et j'ai couru me jeter sur notre lit. Ma belle-mère m'a rejointe et a essayé d'adoucir ma peine. Je me suis redressée, furieuse, prête au combat.

– Maintenant, il faut tout me dire, ai-je exigé.

– Te dire quoi ?

– Ce qui s'est passé et pourquoi votre fils risque d'aller en prison.

– Rien ou pas grand-chose. Mais on va aller chercher la famille pour te raconter.

– Ah, parce que toute la famille est dans le coup !

– Mais non ! On n'est pas des voleurs. On ne s'est pas enrichis avec cette affaire. Et presque tout le monde a trempé dans cette histoire. Qu'est-ce que tu veux, quand on crève de faim, c'est bien tentant, des wagons de nourriture et de tabac qui restent là à te narguer, à réveiller tes manques et tes crampes d'estomac. Eh ben, oui ! Roger et d'autres de la rue sont allés fureter et ont revendu la camelote. Oh, pas cher, seulement pour améliorer l'ordinaire. Comment crois-tu qu'il a payé ton tailleur de mariage, ma belle ? Et le bon repas de noces. C'est pas la peine de monter sur tes ergots. On va le sortir de là. Ou alors, c'est toute la route de Bouxières qui va aller au gnouf.

– ?

– En prison. C'est vrai, j'oubliais, tu ne comprends pas toujours quand on parle.

Cette arrestation et ses conséquences me plongèrent dans une épreuve mortifère. La famille de Roger s'était réunie. J'eus droit à quelque consolation. On se serrerait les coudes pour le sortir de ce mauvais pas.

Dans cette affaire, c'est Mélie qui commandait. J'étais allée en parler à mes parents. Papa connaissait un avocat. Il me reçut et m'expliqua que ces arrestations survenues à la suite de plaintes étaient l'un des chapitres de la vague d'épuration. On voulait une France propre et on sévissait, le cas échéant. Il me promit, en souvenir des services rendus par Albert, de ne pas m'assommer avec des honoraires hors de mes moyens. Roger devrait rapidement être libéré et le jugement lui rendrait son honneur. Je respirais. Déjà heureuse, j'en parlai à Mélie, ma belle-mère.

– Roger est mon fils, mêle-toi de ce qui te regarde. Nous aussi, nous saurons le défendre. Le mieux que tu puisses faire, c'est d'aller chercher du réconfort dans ta famille. Chacun chez soi, les vaches seront bien gardées. J'ai peu de moyens et je ne peux pas te nourrir à ne rien faire.

Je venais de prendre une gifle magistrale. Je ravalai mes larmes, rassemblai mes affaires dans une valise et pris le chemin de Bouxières-aux-Dames à la nuit tombée. Je n'ai pas été accueillie avec un immense sourire, ça non. Mais je n'ai pas été rejetée. J'ai promis de rembourser, dès que j'aurais du travail, ce qui aurait été dépensé pour moi.

Dès le lendemain matin, je me rendis à Nancy pour chercher du travail et obtenir de visiter Roger. Le hasard me fit rencontrer ma patronne. Elle avait lu dans le journal le compte rendu de l'affaire et elle me parla avec bonté. Mon ventre pointait. Elle posa une main dessus.

– Pauvre Jeanne, gémit-elle. Si vous envisagez de

quitter votre mari, mon époux et moi-même vous reprendrons à notre service, avec l'enfant à venir.

Je me suis redressée vivement.

– Je n'ai jamais pensé à cela, Madame. Il est mon mari. J'ai dit oui pour le meilleur et le pire. Si j'ai le pire d'abord, j'aurai peut-être le meilleur ensuite.

– J'admire votre courage. Avez-vous un bon avocat ?

J'ai fait un signe de tête affirmatif. Je n'allais pas étaler la partie de bras de fer qui m'avait opposée à ma belle-famille. C'était parfaitement inutile. J'ai remercié et j'ai poursuivi mon chemin jusqu'à la prison.

J'ai longtemps attendu l'heure de la visite. Roger était effondré et ne réalisait pas ce qui lui arrivait. Il était convaincu que sa famille pouvait tout pour lui. Qu'il allait sortir très vite. Oui, il avait dérobé quelques colis. Mais il n'avait rien perçu. Mélie et ses amis – il ne me donna aucun nom – s'étaient chargés de redistribuer les victuailles. Je lui ai dit que j'avais trouvé refuge chez mes parents et qu'il faudrait payer cet hébergement.

– Je travaillerai pour cela et je rembourserai, promit mon mari. De toute façon, cela ne sera pas long. Je n'ai rien gardé pour moi.

Les quelques jours de détention préventive devinrent des semaines. Les vacances arrivèrent et la magistrature prit ses quartiers d'été. Roger, qui devait être si bien défendu par les siens, fut oublié de tous. Je continuais, quant à moi, à lui rendre régulièrement visite. Je n'ai pas le souvenir que Mélie soit allée le voir une seule fois. Elle ne prit pas de mes nouvelles non plus. Je poursuivais ma grossesse. Quand je passais sur la route de Bouxières pour me rendre chez le médecin ou chez la sage-femme, je ne rencontrais pas âme qui vive. S'arrangeait-on pour ne pas me voir ? C'est ainsi que j'interprétais l'isolement dans lequel cette affaire me plongeait.

Le procès eut lieu en septembre. Roger fut condamné à une peine de trois mois de prison avec sursis, accompagnée d'une mise à l'épreuve de cinq ans, et tout de même d'une inscription au casier judiciaire. Il n'avait plus le droit de voter. Je retenais, pour ma part, qu'il venait de passer trois mois en préventive pour rien puisque la condamnation était avec sursis. Si l'on m'avait écoutée, il eût pu être libéré au bout de quelques jours.

– De toute façon, votre avocat était plus cher que le nôtre.

Pour une fois, Mélie disait vrai : d'avocat Roger n'avait point eu, sauf celui désigné d'office. Restait le traumatisme pour lui. Les mauvaises rencontres faites en prison et ce goût pour l'alcool qui allait croître en même temps que son mal-être.

Ma mère s'aperçut du trouble qui s'était emparé de moi.

– Si tu veux quitter ton mari, je ne te critiquerai pas. Nous ne te fermerons pas la porte. Mais il faudra que tu retrouves du travail.

– Merci, lui ai-je répondu sèchement. Je sais ce que j'ai à faire, je porte son enfant. De toute façon, c'est trop tard.

Je suis revenue vivre chez ma belle-mère qui ne me voyait pas, ne me parlait pas. Secrètement, je me suis toujours demandé si elle n'avait pas espéré la fin de notre couple. Roger semblait tenir à moi et à l'enfant qui allait naître. Nous avons repris la vie commune. Il a changé de travail. Du moins, il me semble. Mes souvenirs sont assez confus. Ce que je sais, c'est que mon mari avait de l'honneur. Il travaillait à l'usine et allait aider le fermier pour améliorer l'ordinaire et, surtout, pour rembourser le prix de ma pension chez mes parents. On ne m'a pas fait cadeau d'un seul jour, d'un seul franc. Je continuais de dire mes prières chaque soir, mais j'avais l'âme à l'envers.

Yvonne m'apportait quelque réconfort. J'aimais m'occuper de ses enfants, alors qu'elle venait d'accoucher de la petite Annie. J'essayais d'imaginer ce que cela serait pour moi. J'étais très grosse et le bébé gigotait à qui mieux mieux.

C'est le 14 octobre que je mis au monde notre petite Marie-Thérèse, une jolie poupée de plus de quatre kilos. Un accouchement long et douloureux.

– Une brunette, s'écria Roger, comme ma femme !

C'était forcément le plus beau bébé du monde. Mais sa naissance m'avait anéantie. Je perdis connaissance au moment où la sage-femme la tirait de mon ventre. Il était 4 h 30 du matin et j'étais dans les douleurs depuis quarante-huit heures. La sage-femme ne s'étonna pas de ce malaise. Elle jugea tout de même utile de faire prévenir le médecin.

– Il n'y a sans doute rien de grave. La petite Jeanne est épuisée après la grossesse de chagrin qui a été la sienne. Et toi, Roger – elle l'avait mis au monde –, ne t'avise pas de la fatiguer trop vite et de lui coller un autre marmot dans les mois qui viennent.

Il promit. Mais sa première préoccupation fut de fêter l'événement et de l'arroser. Cela m'était égal, dans le creux de mon bras vagissait notre fille. La mienne surtout. Ma mère vint me voir avec ma sœur puisque je lui avais promis qu'elle serait la marraine du bébé. C'est la raison pour laquelle ma fille s'appelait Marie-Thérèse, ce qui ne plut pas du tout à ma belle-mère. Elle pouvait râler, j'étais indifférente à ses critiques. Ce bébé me donnait la force de lui résister.

Yvonne se pencha vers le bébé et me félicita.

– Je vous l'avais dit, Jeanne. Nos filles joueront ensemble. Deux cousines du même âge, il y en aura des éclats de rire dans nos maisons.

Cette petite illumina mes jours. Je l'ai allaitée avec un réel bonheur : je sentais qu'un lien puissant se créait quand elle tétait goulûment. Je sus ce qu'était l'amour maternel. Roger la regardait s'éveiller, l'écoutait gazouiller. Il n'hésitait pas à la prendre dans ses bras, à jouer avec elle, à lui faire des grimaces pour la faire rire. Quand Mélie le surprenait, elle se fâchait :

– Tu vas la rendre idiote, les bébés ne comprennent rien. Ce sont des larves jusqu'à un an.

– C'est faux, la mère, lui répondait-il. Elle me reconnaît, elle gazouille déjà comme si elle voulait me parler.

Marie-Thérèse semblait être un bébé précoce. À cinq mois, elle tenait bien assise, agrippait les bords du berceau pour se soulever. À six mois, ses gazouillis ressemblaient à des *pa... pa... pa...* et finissaient en bulles et brouettes. Roger fondait en l'entendant et en oubliait de boire les verres que lui tendait sa mère quand il revenait du travail. Je détestais ma belle-mère en ces instants. Pourquoi usait-elle de son influence sur son fils en caressant ses plus vils instincts ?

– Un petit verre de réconfort à l'homme qui travaille, disait-elle. (Et elle ajoutait, malicieuse :) Un homme qui ne sait pas boire est une lopette.

Et lui, l'idiot, qui n'osait pas refuser.

Avril est arrivé, un printemps prometteur chargé des senteurs du lilas du jardin qui était en avance cette année-là. Il y eut cette nuit où Marie-Thérèse pleurnicha bizarrement.

– Elle fait ses dents, déclara Mélie.

– Elle a de la fièvre, dis-je, et beaucoup. Elle respire mal.

– Les dents, ça rend patraque.

Mélie avait la science infuse. Elle avait mis onze enfants au monde, trois étaient morts en bas âge, mais huit la comblaient, disait-elle. Elle savait mieux que tout le monde. Je ne voulus pas l'écouter et je demandai à Roger d'aller prévenir le médecin. Je serais rassurée.

– Le médecin, ça coûte cher. Ça lui passera, à cette petite.

Mon mari ne savait plus que faire, quasiment terrorisé qu'il était par les dires de sa mère.

– Si vous n'y allez pas, j'irai moi-même, ou bien je demanderai au fils de votre frère de prévenir le docteur en allant à l'école.

L'affaire fut entendue, le médecin prévenu, et

Marie-Thérèse auscultée. La fièvre était élevée et le regard de mon bébé pétrifié de douleur. Le médecin avait un visage sombre.

– Vous avez bien fait de m'appeler, cette petite est prise des bronches. On va faire des enveloppements pour faire baisser la température et des cataplasmes pour l'aider à respirer. Il y a plusieurs bébés dans ce cas à Champigneulles. Je reviendrai demain matin.

En attendant, il avait prescrit des sirops et des potions. Marie-Thérèse passa une mauvaise journée. Je la portais contre moi pour l'aider à respirer. Elle toussait parfois et bleuissait aussitôt. Cette fois, ma belle-mère admit la gravité de l'état de Marie-Thérèse. Vers 4 heures du matin, je réveillai Roger.

– Il faut aller chercher le médecin, elle respire de plus en plus mal.

Le médecin fut au chevet de Marie-Thérèse en un temps record.

– Mon Dieu ! s'exclama-t-il, elle aussi.

J'étais trop inquiète pour poser des questions. Je n'entendis qu'une chose : il fallait mettre l'enfant sous oxygène. C'est tout ce qu'il y avait à tenter. Il n'y avait pas encore de pénicilline dans la région. C'est bien le seul médicament qui aurait pu être efficace.

J'avais compris, la vic de notre bébé était en réel dangcr. J'ai prié Dieu, la Vierge et Notre-Dame de Plobsheim de la sauver. Roger est allé jusqu'à Maxéville pour trouver cette fameuse bouteille d'oxygène. J'ai gardé l'enfant contre moi. Je lui parlais, caressais son front. Elle ne me voyait plus, aspirée qu'elle était par son mal.

Pourquoi Dieu permettait-il la souffrance des petits

enfants ? Quelle faute devait expier ma fille ? Celle de son père, de sa mère ? Non, il n'était pas possible que ce petit ange innocent dût porter cela.

Quand Roger est revenu, exténué, la chemise trempée de sueur, je ne l'ai pas vu, pas accueilli. La sœur infirmière le précédait pour l'aider à brancher l'oxygène et permettre à l'enfant de respirer. J'étais ailleurs, perdue entre deux mondes, assise droite sur une chaise, et l'enfant serrée contre moi. La jolie petite poupée aux boucles brunes ne respirait plus. Mélie m'avait laissée pour aller nourrir les lapins et les poules.

Notre fille chérie avait cessé de vivre. J'aurais voulu mourir avec elle. La religieuse essaya de me consoler. L'enfant ne souffrait plus. De là où elle était elle nous enverrait la paix. Je ne voulais pas entendre ce pieux discours. Je ne pouvais pas. J'ai menacé Dieu. Je l'ai haï de blesser l'innocence jusqu'à la mort.

« Quand je paraîtrai devant vous, mon Dieu, vous me rendrez compte de cette injustice », ai-je murmuré avec douleur.

J'appris plus tard qu'en dix jours, dans notre petite ville, cinq ou six enfants étaient morts de broncho-pneumonie foudroyante. La médecine n'avait pas pu les sauver.

4

On ne se remet pas de la mort d'un enfant. Tout mon être était blessé. Les femmes de la rue que je rencontrais au lavoir ou à l'épicerie se montraient sensibles à ma peine. Beaucoup avaient connu de tels chagrins. La vie passerait et m'apporterait encore du bonheur. Je mettrais d'autres enfants au monde qui grandiraient et feraient de moi un jour une grand-mère.

Aucune parole ne parvenait à se frayer un chemin jusqu'à moi. Ma mère, mon père, ma sœur, les personnes qui m'étaient les plus proches ne parvenaient pas à me tirer de la prostration dans laquelle j'étais tombée. Ce bébé mort, c'était une part de moi retournée au néant. Cette enfant était ma raison de vivre. Son sourire m'avait si souvent été réconfort quand Roger revenait un peu gris du travail après être passé chez l'un ou chez l'autre et qu'il n'avait pas su refuser le verre tendu qui le rendait irritable. De cette enfant me manquerait la peau soyeuse contre la mienne, ses mains qui s'agitaient et essayaient de mimer la comptine « *Meunier, tu dors, ton moulin, ton moulin va trop vite...* »

Ma sœur se disait orpheline de sa filleule. C'est tout

juste si son chagrin n'était pas plus intense que le mien. Roger soupirait et c'est la dive bouteille qui le consolait ou ajoutait à sa tristesse. Chacun versait ses larmes. Personne ne pouvait consoler l'autre.

Je n'allais plus chez Yvonne qui m'avait pourtant toujours accueillie avec une tasse de café que nous buvions de chaque côté de la fenêtre de sa cuisine en regardant les jardins. C'est elle qui venait me voir, seule, en passant, disait-elle, avant d'aller au lavoir ou au jardin. Elle poussait la porte, sans Annie, sa petite dernière à peine plus âgée que Marie-Thérèse. Je lui ai toujours été reconnaissante d'avoir été délicate. Elle me réconfortait, m'assurait que la seule chose qui sécherait mes larmes serait la naissance d'un autre enfant. Bien sûr, les vivants ne remplacent pas les morts. Mais un nouveau bébé m'occuperait suffisamment l'esprit pour atténuer mon chagrin. Je n'oublierais rien, mais au fil du temps la douleur s'estomperait. Je voulais la croire.

La vie a repris avec cette lancinante tristesse qui me laminait. Et quand Annie a fait sa communion solennelle, je me suis enfermée dans le noir. Je ne voulais voir personne. Je ne suis pas allée à la messe. Treize ans après, j'estimais qu'il manquerait une communiante dans la procession de jeunes filles tout de blanc vêtues, et j'étais incapable d'assister à cela.

Comment ma cousine Marguerite avait-elle appris la mort de Marie-Thérèse ? Avais-je oublié cette cousine-sœur ? Je ne me souviens pas de lui avoir fait part de la mort de mon enfant. Marguerite s'était mariée peu après la fin de la guerre avec Marcel, un garçon du pays qui avait été enrôlé par les Allemands. Envoyé sur le front russe, il s'était échappé avec un autre soldat déserteur à bord d'une voiture allemande et avait réussi à regagner Nordhouse. Un exploit digne d'un film ! Il avait fini la guerre caché dans une cave, sachant qu'il risquait sa vie et mettait en danger celle de sa famille. Marguerite était éperdument amoureuse de Marcel. Si amoureuse qu'elle fit, comme on dit chez nous, Pentecôte avant Pâques et qu'elle se maria grosse de quelques mois. Elle accoucha en 1946 d'un fameux gaillard qu'elle appela Jean-Pierre.

Jean-Pierre avait donc le même âge que Marie-Thérèse et il vivait, lui... Je n'avais pas à être jalouse... Mais ces nouvelles ajoutaient à la blessure qui me gardait éveillée la nuit. Je me sentais incapable de réapprendre la vie.

Marguerite vint nous rendre visite et nous invita à passer chez elle quelques jours de vacances. Je ne réagis pas à cette offre qui, en d'autres temps, m'eût comblée. Plus rien n'avait d'importance.

Roger se dit alléché par la proposition. Il ne connaissait pas l'Alsace. Ce serait pour lui un vrai voyage. Bien différent de celui qu'il avait fait en Allemagne dans le cadre du STO. Il avait certes vu du pays, disait-il, mais à quel prix ! Enfin, il se vantait d'en être revenu avant la fin de la guerre parce qu'il avait pu jouer les grands malades après avoir absorbé quelque potion dont certains STO se passaient la recette.

Pour Mélie, ces vacances seraient de l'argent jeté par la fenêtre. Elle ne pensait qu'à ses intérêts puisque nous lui donnions les trois quarts du salaire de Roger pour le gîte et le couvert. Marguerite insistait sur la nécessité pour moi de revoir Nordhouse. Elle me racontait les travaux entrepris dans la maison pour la moderniser. Il fallait vivre avec son temps. Que voulait-elle me dire ?

– D'ailleurs, tout le village en fait autant.

Malgré le regard colère de sa mère, Roger promit que nous irions en Alsace à la fin de l'été. Il espérait surtout que ce voyage chasserait à jamais mon chagrin.

Nous avons pris le train à Nancy. Roger était heureux comme un gosse. Loin de sa mère, je retrouvais le jeune homme gauche que j'avais connu et qui, au fond, aspirait au bonheur. Il répétait que ce voyage, c'était comme la lune de miel qu'on n'avait pas faite. Il me promettait mille bonheurs. Nous venions de connaître des mois difficiles, nous avions mal commencé dans la vie, mais il n'était pas interdit d'oser entreprendre. J'essayais de lui dire que je voulais bien tenter la chose et qu'elle serait rendue plus aisée si nous étions loin de sa mère. Je crois que ce voyage fut le début des plans que j'échafauderais secrètement. Il fallait éloigner Roger de cette route de Bouxières, le soustraire à l'influence maternelle.

Tandis que je lui parlais, il gardait le silence. Et je compris que le chemin serait encore long pour lui. Il craignait cette maîtresse femme.

– Elle est si seule...

– Mais on n'élève pas les enfants pour soi. Et puis, elle a d'autres enfants.

– Je vais la tuer si je la quitte trop vite.

– Henriette, Gaston, Adèle, Albertine, Augustine et les autres ont fait leur vie, vous avez le droit et le devoir de faire la vôtre.

Astucieusement, Roger détourna la conversation en prenant ma main.

– J'aime bien te voir ainsi, ma brunette. Les projets et les idées te reviennent. Ce qui serait bien, c'est que tu me dises tu... Je te sentirais vraiment proche de moi. Tu es ma femme, non ?

Je ne savais pas tutoyer. Il me semblait que j'y parviendrais si nous étions vraiment seuls.

À Strasbourg, nous avons changé de train et pris l'autorail menant à Bâle et qui s'arrêtait à Limersheim. La micheline coupait à travers la campagne, longeait des champs immenses que bordait le massif vosgien au loin. Soudain Roger s'est écrié :

– Bon sang, les haricots ramants sont bien hauts ici !

Je me suis moquée. D'un côté, c'étaient des plants de tabac qui ondulaient dans le soleil de cette fin d'été, et de l'autre s'étendaient des houblonnières. Le houblon, cette épice subtile, indispensable à la fabrication de la bière, peut grimper jusqu'à cinq mètres... Roger a fini par rire.

Nous arrivions à Limersheim. Comme autrefois, on viendrait nous attendre. Mais ce ne serait pas grand-père et mon cœur s'est serré. Le train était à l'heure. Marcel faisait les cent pas sur le quai. Nous le suivîmes jusqu'à la sortie où il nous montra une automobile, la sienne. Ma cousine avait donc fait un beau mariage.

J'aurais bien aimé un voyage en carriole tirée par Chocolat pour retrouver les sensations de l'enfance. Je songeais encore à grand-père soulevant son feutre quand il croisait une connaissance. J'ai fermé les yeux pour redessiner ses traits et me laisser chauffer au regard de grand-mère qui m'attendait dans la cour quand je revenais de chez ma mère. Une bouffée de nostalgie me submergea.

J'évoquai tout cela avec mon mari qui, il est vrai, m'écoutait avec attention. Jamais encore je ne lui avais réellement parlé de mon enfance. Pour le faire, il faut être sur le lieu. Comment partager un bout de terre sans en offrir à l'autre les paysages, la lumière et les parfums ? Ici, Roger pouvait étreindre cette part de vie qui avait été la mienne et dont je comprenais la difficulté de me déprendre.

Tante Philomène s'est mise en quatre pour nous recevoir. Elle nous a logés dans la plus belle chambre. Celle de grand-mère que je ne reconnaissais plus. La cuisine et le séjour aussi avaient changé. Le banc de coin avait été arraché du mur qu'on avait repeint et sur lequel on avait posé du papier peint décoré d'un semis de fleurs.

– Et le banc ? ai-je demandé.

– Au feu ! a répondu Marcel. On ne va pas continuer à vivre comme au Moyen Âge, avec autant de vieilleries.

Les larmes me sont venues aux yeux. Sans doute étais-je trop sensible et pas adaptée à mon époque. J'ai respiré profondément. Le temps des deuils était venu.

Il fallait regarder de l'autre côté de l'Ill. D'ailleurs, la barque de grand-père n'était plus amarrée au piquet toujours présent, lui, au bout du jardin. La barque pourrissait, paraît-il, et les conscrits ne se noyaient plus dans l'Ill.

– Les jeunes savent tous nager, plaisanta Marcel.

Le lendemain, j'ai demandé à aller me recueillir sur la tombe des grands-parents. Je n'ai pourtant jamais aimé fréquenter les cimetières, mais je voulais voir les noms de mes grands-parents inscrits sur la pierre. Les sanglots sont venus, et à ce chagrin j'ai pu mêler les larmes pour mon bébé. J'ai prié mes grands-parents de ne pas m'oublier dans ce jardin où, j'en étais certaine, ils vivaient heureux. Ce couple resterait un modèle pour moi. Ils étaient tout : amour, respect et bonté infinie pour le prochain. Je ne marchais pas encore à leur suite... Me serait-il donné de le faire ? Qui m'y aiderait ? Je suis sortie du cimetière les yeux encore brillants, mais en partie apaisée. Marguerite avait bien fait de m'inviter.

Le lendemain, je me suis rendue seule à Plobsheim à travers champs, comme autrefois, alors que Marcel avait proposé de m'y conduire en voiture. J'avais refusé. Je voulais que mes pieds foulent la terre d'Alsace. J'ai prié à la chapelle Notre-Dame-du-Chêne. Jusqu'à ce que Roger vienne m'y rechercher. Espérais-je un miracle ? L'apparition de la Vierge, une nouvelle fois, rien que pour moi, sur le morceau de chêne, la relique pieusement conservée... Permettrait-elle à mon ventre de s'arrondir, d'être une autre terre de vie ?

Deux mois plus tard, j'étais enceinte.

Lors du retour, en gare de Strasbourg, un employé de la Croix-Rouge lançait un appel : Quelqu'un en partance pour Paris parle-t-il allemand ? Je me suis approchée du guichet. Près de l'homme de la Croix-Rouge, âgé d'une cinquantaine d'années, se trouvait une jeune femme qui tenait par la main une petite fille de trois ans environ. L'homme m'expliqua que la jeune femme était allemande et qu'elle partait rejoindre sa future famille à Nantes. Elle était attendue à la gare de l'Est, mais était un peu perdue. Je dis que je pouvais l'aider, mais seulement jusqu'à Nancy.

– C'est mieux que rien, on lancera un autre appel à Nancy et on trouvera peut-être quelqu'un qui prendra le relais jusqu'à Paris. Merci pour ce que vous ferez pour elle jusqu'à Nancy, me répondit l'homme, en partie soulagé par ma proposition.

Maria était charmante et avait tout juste vingt-deux ans. Son promis était un Français qu'elle avait connu alors qu'il était prisonnier de guerre. Ils s'étaient aimés et une petite Loreleï était née. Pierre, le mari français épousé depuis la fin de guerre par correspondance, avait tout mis en œuvre pour la faire venir chez lui. Il avait fallu vaincre les réticences de la famille allemande ; ils voulaient être certains que leur fille partait pour son bonheur. Et puis, les formalités avaient pris beaucoup de temps. De part et d'autre du Rhin les priorités étaient ailleurs. La famille française attendait Maria et Loreleï. Maria était si heureuse d'aller retrouver son mari, mais si triste d'abandonner ses parents. J'ai songé à Frantz et j'ai eu beaucoup d'admiration pour Maria qui avait eu le courage de vivre son amour.

Maria semblait ravie de pouvoir parler allemand avec moi. Roger ne m'en a pas voulu. J'ai traduit aussi souvent que je l'ai pu pour ne pas l'exclure de la conversation. Je crois qu'il me regardait avec surprise et peut-être un peu de fierté. J'ai bien expliqué que je n'avais aucun mérite à cela. J'avais seulement eu la chance de naître sur une terre où deux langues avaient coexisté sans se faire la guerre. Ce sont les hommes qui se déchirent.

Le retour chez Mélie ne fut pas aussi difficile que je le craignais. La coupure m'avait fait du bien. Je repris mes cahiers et m'intéressai de nouveau à l'actualité rien qu'en lisant dans *L'Est républicain* les pages régionales et internationales. Je suivais ainsi les événements, les arrestations et les condamnations de quelques proches de Hitler ou chefs des camps de déportation.

Je fus particulièrement choquée par l'armée britannique qui refoulait les réfugiés juifs candidats à l'immigration en Palestine. Le bateau *Exodus* avait mouillé dans les eaux du port de Haïfa, il dut repartir vers la France, et c'est finalement à Hambourg que les passagers furent débarqués. J'étais révoltée. Les Juifs avaient assez souffert. Était-il nécessaire de leur refuser le droit de s'installer sur la terre de leurs ancêtres, celle donnée par Dieu ?

À cette époque, je voyais les choses de façon simpliste. J'oubliais que sur cette terre vivaient des hommes, des femmes et des enfants palestiniens. J'oubliais le partage du monde depuis la fin de l'Empire ottoman. Je méconnaissais le rôle des grandes puissances sur des terres devenues leur protectorat. Israël voulait naître et renaître. Mais cette terre n'était pas libre. Un autre peuple y vivait. Une terre pour deux peuples. Le problème était sans solution.

5

Mélie ronchonnait souvent, pestait même devant les tâches à accomplir. Il est vrai qu'elle appartenait à cette génération de femmes du siècle passé, nées pour travailler et servir. Avec l'âge, elle se rebellait et accusait les religieuses de l'orphelinat où elle avait grandi. Elle trouvait que je m'accordais trop de temps libre. Je lisais, je crochetais, je tricotais et, dès que la chose était possible, je filais chez une belle-sœur ou à Bouxières-aux-Dames sans autre intention que d'aller flâner sur les bords de la Meurthe. Parfois, je me rendais à Nancy. Je prétextais des achats de laine ou de tissu pour préparer la nouvelle layette, et j'oubliais tout si j'avais pu acheter un livre. Il fallait le cacher, mais je finissais toujours par me faire pincer par ma belle-mère qui me chapitrait :

– Mais qu'est-ce que j'ai fait au bon Dieu pour avoir une belle-fille pareille, qui ne pense qu'à lire alors que l'ouvrage attend au jardin et au poulailler !

J'ai dû me résoudre à me rendre au jardin. Pour avoir la paix, j'ai soigné les bêtes. Mais je constatai très vite que c'était avec l'argent que Roger gagnait et qu'il donnait à sa mère que les semences étaient achetées. Nous élevions des poules et des lapins. Mais jamais je ne décidais du menu. Les bêtes étaient tuées quand belle-maman recevait et décidait de régaler ainsi la famille et les amis de passage. Pour la famille, j'étais d'accord. J'aimais bien mes beaux-frères et belles-sœurs. Mais les amis... Mélie accueillait n'importe qui, et quand je dis n'importe qui, c'est vrai.

Les bons amis de Mélie étaient souvent d'invétérés poivrots. Elle n'était pas très regardante dès l'instant qu'ils savaient bien se tenir chez elle. Bien se tenir, c'était lever le coude et chanter à la fin des repas. Pour Mélie, il était normal de profiter de la vie après les années de privations. Je n'étais pas d'accord pour cette vie-là. Roger ne supportait pas les excès. Je le voyais à sa mine. Elle allait en faire un alcoolique.

Moi, j'avais envie d'un vrai chez-moi où je pourrais m'organiser comme bon me semblerait sans avoir de comptes à rendre. Dès que nous étions seuls, je sermonnais Roger et insistais sur la nécessité de faire, lui et moi, une vraie famille dans un logement qui serait le nôtre. S'il ne disait pas non, il ne disait pas davantage oui. J'avais compris que l'histoire de la maison dans la Meuse était une invention. Je lui en ai longtemps fait le reproche.

C'est moi qui trouvai l'espace qui nous permettrait de vivre sans Mélie. Dans l'autre cité, un rez-de-chaussée s'était libéré. Deux pièces très sombres où le soleil entrait à sept heures du matin en plein été. Une cuisine avec un évier sans eau, mais le logement était situé juste à côté de l'unique fontaine de la rue. La grande chambre avait deux fenêtres. On pourrait élever une séparation. Faire ainsi une chambre d'enfants et une chambre pour les parents. Restait à convaincre mon mari. Sa mère ne serait pas abandonnée puisque nous habiterions dans la même rue. Il hésitait... Il finit par hocher la tête. Le premier pas était franchi.

– Et pour les meubles ? s'inquiéta-t-il.

– On se débrouillera. La brasserie vend des tables et des chaises dont elle ne veut plus dans sa cantine. On a le droit d'aller en acheter pour trois fois rien. Et puis, tu sais bricoler, faire des rayonnages. Ta mère peut te donner le lit dans lequel nous dormons. Le reste viendra.

Nous allions enfin disposer du salaire de Roger. Nous pourrions acheter *nos* meubles. Les deux ans vécus chez Mélie avaient représenté une certaine somme d'argent. J'avais encore des rêves. Je parcourais la rue Saint-Jean à Nancy, m'arrêtais devant les devantures des magasins et imaginais un intérieur... Le nôtre, où un peu de bonheur aurait le droit de se poser.

Mes belles-sœurs m'encouragèrent et félicitèrent Roger. Il ne pouvait plus se dédire. Mon ventre pointait déjà avec audace. Le petit que je portais pourrait naître dans ce logement. Je me sentais des ailes, je n'aurais plus Mélie sur le dos à toute heure du jour ou de la nuit. Les nuits, comme une petite fille, elle faisait des cauchemars et était sujette à des crises d'angoisse. Je crois que la peur de mourir lui vrillait le ventre.

Elle fut très contrariée quand elle fut mise au courant du « complot » qui s'était tramé à son insu. Faire ça à une pauvre veuve ! Et la famille qui encourageait son petit dernier à la quitter ! Fils indigne, belle-fille ingrate. Les noms d'oiseaux pleuvaient. Roger continuait de s'occuper du jardin et des bêtes. Mélie régentait les productions. J'étais passablement agacée. Yvonne m'incitait à la patience.

– Il ne faut pas la prendre de front. Il faut lui dire oui, même si vous pensez non.

Yvonne, comme Henriette, savait le faire. Moi, pas.

Ces préparatifs et la naissance qui approchait ont eu le mérite de me redonner un but. J'osais aller au lavoir, rencontrer les femmes de la rue. Certaines avaient la langue bien pendue. Il fallait entendre, se taire, prendre la dernière place sur la planche à laver et attendre qu'on s'adresse à moi. L'intégration à cette vie rude relevait du parcours du combattant. Je devais faire mes preuves, moi, l'étrangère, la demi-Boche.

J'appris à connaître d'autres jeunes femmes. Je n'ai jamais oublié Lucie, la discrète, une sainte femme. Elle et son mari, un homme d'une grande douceur, s'aimaient d'un grand amour. Elle était un peu plus âgée que moi et avait déjà deux filles, dont l'aînée était un peu plus jeune que ne l'aurait été Marie-Thérèse. Elle me montra son ventre sous sa blouse. Trois mois après avoir accouché, elle était de nouveau enceinte, et heureuse de l'être. Elle attendait pour août, avait dit la sage-femme.

– Comme moi ! me suis-je écriée, persuadée que j'accoucherais en même temps que Lucie.

– Jeanne, nos filles marqueront la fête de la Sainte Vierge.

Ma deuxième fille est née plus tôt que prévu. J'avais dû me tromper dans les dates, car c'était un gros bébé de quatre kilos, qui devait me consoler de tous mes chagrins, a déclaré Mélie qui ne voulait plus me voir pleurer.

Lucie me réconfortait, me conseillait et orientait nos conversations sur un livre, un film nouveau.

Ces jours où je la rencontrais au lavoir ou à la porte de son jardin ont toujours été lumineux pour moi. Lucie était cultivée et nous allions parfois ensemble à la bibliothèque. Nous parlions de nos lectures et quand, après une journée bien remplie, nos maris dormaient, nous écoutions les pièces de théâtre que diffusait Radio-Luxembourg.

J'avais récupéré l'ancien poste de mes parents qui venaient d'acquérir un modèle plus récent. J'écoutais aussi les stations allemandes pour entendre la langue de Goethe et de Rilke. Des sonorités qui me manquaient... Je rêvais encore souvent en allemand et je m'éveillais en larmes au souvenir de mon enfance perdue. Cette nostalgie qui me gagnait épisodiquement avait un nom : dépression. Elle m'avait reprise après la naissance de cette enfant ardemment désirée.

Aujourd'hui, on parle de *baby-blues* et on aide les jeunes femmes. Mais en 1948, on ne savait rien ou si peu. Je me sermonnais intérieurement, je n'avais pas à me croire malheureuse. Je l'avais, cet appartement, certes insalubre. Une moisissure grimpait dans l'angle du mur mitoyen avec les W-C extérieurs. Il fallait toujours redonner un coup de peinture à cet endroit. Je luttais de toutes mes forces contre les idées noires qui m'assaillaient. Des envies de pleurer m'assaillaient et je n'osais pas en parler autour de moi. Cet état m'empêchait d'être lucide sur le comportement de Roger qui plongeait davantage dans l'illusion des plaisirs liés à l'alcool.

Je me rendais parfois chez mes parents. Une habitude, une sorte de réflexe plus qu'un réel désir ou besoin de les revoir. Je remarquais la pâleur de maman, j'entendais sa toux sèche, mais – je me le reproche encore aujourd'hui – je ne réagissais pas. C'est une voisine qui m'en parla, car le sujet était tabou chez Élise. Elle avait consulté deux médecins différents et passé une radio pulmonaire à l'hôpital Villemin de Nancy. Il n'était pas certain qu'on pût la guérir. Le mal était déjà bien installé. Après cette révélation, j'avais une vraie raison de pleurer. C'est ce que je me répétais quand un peu de clarté inondait mon esprit. Je m'obligeais aussi à avoir une attitude digne. J'appris à refouler mes larmes devant ma mère. Je ne voulais pas lui montrer un visage triste. La vue de ma fille qui grandissait lui faisait du bien.

Mais cette petite fille décevait ma sœur. Toujours, elle évoquait sa filleule qui à cinq mois se tenait assise, à six mois babillait papa, maman et avait de si beaux cheveux frisés. Ma deuxième fille pleurnichait pour un oui pour un non. On eût dit qu'elle avait hérité de mon chagrin. Ma sœur la regardait avec condescendance. Elle comparait ce bébé avec le sien, car elle aussi était mère, d'un magnifique garçon né trois mois avant ma fille. Ce beau poupon faisait l'admiration de tous et la fierté de ses grands-parents. Comme ma sœur habitait chez mes parents, cet enfant consolait ma mère et lui faisait oublier que ses jours étaient comptés.

Je n'ai pas dû aller très bien pendant l'année 1949. Je n'ai jamais retrouvé certains cahiers... Ai-je écrit malgré tout ? Ou bien ai-je, dans un accès de désespoir, brûlé ma prose ? C'est vrai que je savais détruire quand me prenait la rage de ranger après une réflexion cinglante vantant mon désordre. Parfois, quand je me relisais, je me méprisais, me demandais à quoi bon... Faire disparaître ce que j'avais écrit, c'était un peu mourir. Un geste qui me hantait certains soirs quand je sortais prendre l'air et que je me retrouvais au bord de la Meurthe, derrière la brasserie.

Personne n'a jamais connu les assauts du néant dont j'étais la proie. Je pouvais être dans cet état d'hébétude et pourtant, sans rien montrer, répondre à un besoin urgent de l'une ou l'autre voisine qui ne savait pas rédiger une lettre administrative. On connaissait mes compétences, on les utilisait, mais je n'ignorais pas que, sitôt la porte refermée, les langues tourneraient à propos de mon esprit bohème.

Quand ma fille a eu quatorze mois – je la nourrissais toujours –, j'ai découvert que j'étais de nouveau enceinte. Devais-je m'en réjouir ? Oui, si cet enfant avait été conçu dans l'amour. Mais pour être honnête, je ne le crois pas. Roger rentrait souvent tard de son travail, parce qu'il faisait une halte chez sa mère avant de venir à moi. Et quand il allait embrasser Mélie, elle sortait toujours de dessous l'évier une bonne bouteille pour le fortifier, pour le remonter, pour lui donner le moral. Pauvre homme qui vivait avec une femme dépensière qui ne savait même pas cuisiner comme en Lorraine, qui mélangeait les salades froides et les viandes chaudes. A-t-on idée ?

Mélie se vengeait. Et Roger, tout en restant très amoureux de sa brunette, n'osait pas défendre sa femme. J'étais sans cesse inquiète pour la santé de notre fille qui ne prenait pas de poids, et voilà qu'une autre grossesse s'annonçait.

Lucie me réconfortait, sa petite Suzanne semblait éprouver les mêmes difficultés.

– C'est sans doute une année difficile, mais elles ont passé le plus dur, la première année, me disait-elle.

Il y avait des mois où la balance indiquait une prise de cinquante grammes, pas plus. J'en étais malade de honte et redoutais les visites de l'assistante sociale. Pourvu qu'on ne me retire pas ma fille, qu'on n'aille pas s'imaginer que je la délaissais.

Ma belle-sœur Yvonne tentait de me remonter le moral et, pour me changer les idées, m'envoyait ses filles : Christiane, Joselyne, Yolande, Annie – que je pouvais accueillir sans larmes. J'aidais Christiane à faire ses devoirs. Joselyne, Yolande, Annie jouaient à la maison où les jouets – au grand désespoir de Mélie – n'ont jamais manqué. Je savais que l'éveil d'un enfant passe par le jeu et l'imaginaire. Mes nièces n'étaient pas gâtées et elles venaient jouer à la poupée pour le plus grand bonheur de notre fille qui ainsi n'était pas seule. Je leur appris aussi à tricoter. Elles y mettaient tout leur cœur. Mon aînée me dirait beaucoup plus tard que j'avais eu plus de patience avec mes nièces qu'avec elle. Peut-être était-elle un peu jalouse, en tout cas jamais elle ne l'a manifesté.

Mes nièces étaient d'autres filles pour moi. Quand elles avaient terminé de jouer et repartaient chez leur mère, elles emmenaient ma fille avec elles. Yvonne se réjouissait. Mon aînée adorait le café et elle parlait d'elle-même à la troisième personne en disant : « Bonjour, marraine, petite biche aime bien le café avec du lait sucré. – Alors, petite biche, mets-toi assise par terre, suggérait Yvonne. – Petite biche aime bien le café de sa marraine, alors elle va s'asseoir. »

Ma nouvelle grossesse était difficile : je vomissais chaque jour, j'étais fatiguée, vraiment fatiguée. J'avais parfois de l'albumine, ce qui est déconseillé lorsqu'on attend un bébé. Vint le jour de la délivrance, ce 6 avril 1950. Un très gros bébé – je ne savais en faire que des gros – qui avait bien du mal à sortir. Ma belle-mère ronchonnait, me disait que j'étais punie d'avoir mangé trop de bonnes choses. Pour contenir la douleur, je m'accrochais aux barreaux du lit. Je les ai même tordus !

– Un garçon ! s'est écriée la sage-femme, mais...

Elle s'est arrêtée. J'ai vu son visage changer : l'expression de victoire se muait en consternation. Son regard devenait sombre. Le voile du malheur passait. L'enfant naissait cyanosé.

– C'est-y pas possible ! s'est exclamée Mélie. Il devient tout bleu. C'est parce qu'elle nourrissait sa pisseuse en même temps qu'elle le fabriquait.

– Vous, Mélie, ça suffit, a ordonné la sage-femme qui s'est empressée d'ondoyer le bébé qui respirait avec difficulté.

Le médecin est arrivé très vite. Quand il a poussé la porte, ce bébé, que j'aurais appelé Jean-Luc, émettait un faible râle. Déjà, les anges se pressaient autour de lui. J'étais maudite parce que je n'avais pas désiré cet enfant. Je l'avais attendu contrainte et forcée et Dieu me le reprenait. C'est ainsi que j'ai vécu cet instant.

Mon mari n'a fait qu'une apparition. Il a fait le tour de la famille pour annoncer cette naissance de larmes alors que j'attendais son retour, grelottante de fièvre dans ce lit du malheur. Il revint au petit matin en m'assurant qu'on en ferait un autre, très beau. Il promit de ne plus boire. Je l'ai cru.

Avais-je le choix ?

Trois mois plus tard, j'étais de nouveau enceinte quand un drame est arrivé à trois cents mètres de notre logement, à la gare de triage. Mon père travaillait de nuit, il a traversé les voies sans sa lanterne et une locomotive l'a happé alors que maman était à l'hôpital Villemin au service de pneumologie. Elle semblait retrouver ses forces. De nouveaux médicaments étaient arrivés. Les antibiotiques étaient maintenant couramment utilisés. Elle pouvait guérir, avait estimé le chef du service.

Décrire le chagrin de ma mère est au-dessus de mes forces. Je l'observais, les yeux rivés au cercueil de son époux. Cet homme, qu'elle m'avait donné pour père, n'était sans doute pas l'homme qu'elle avait le plus aimé, mais il était sien, celui auquel elle avait lié sa vie.

Elle abaissait le regard, drapée dans un chagrin silencieux contenu avec une dignité qui imposait le respect. Et je l'ai admirée. Elle me donnait une sacrée leçon sur la façon de se conduire.

Mais elle usait ainsi ses dernières forces. Elle se consumait doucement sans bruit. Installée dans une chaise longue à côté de la fenêtre de la salle à manger, elle demeurait ainsi de longues heures à regarder la Meurthe et les prés, une couverture à carreaux posée sur ses jambes.

J'étais anéantie et incapable de retrouver le moindre élan pour la consoler. J'avais perdu le bébé attendu, c'était un garçon. Dieu avait la vengeance tenace. La colère me mangeait le cœur – Jean-Luc dormait au cimetière. Et ce bébé en devenir, expulsé à cinq mois et demi de grossesse, qui aurait-il été ? Si je suis honnête, je crois avoir voulu mourir en ces instants. Mourir dans le silence, sans me plaindre, disparaître, me fondre dans le néant. Qui pouvait me comprendre ? Ce que j'entreprenais échouait lamentablement. Où donc étaient mes rêves ? Qu'avais-je fait de ma vie ?

Ma fille marchait avec difficulté, un pied tourné vers l'extérieur. Allait-elle être boiteuse ? Pressentait-elle les difficultés de la vie ? Elle parlait couramment, faisait l'admiration de celles et ceux qui l'entendaient, mais physiquement c'était une étrange petite chose. Ses cheveux avaient éclairci. Ils étaient fins et toujours ébouriffés. Ils cachaient avec peine deux yeux de couleur noisette si souvent fiévreux. Elle se parlait à elle-même et toujours à la troisième personne ; j'en étais effrayée. Elle avait failli mourir des suites d'une gastro-entérite, puis eut une rhino-pharyngite purulente que rien ne parvenait à guérir. Traduisait-elle ainsi le mal-être de son environnement ? « Cette petite parle avec son corps, disait le médecin de famille. Elle aurait besoin de rire. »

Un spécialiste fut appelé à son chevet. Il vint de Nancy et déclara qu'il fallait provoquer un abcès artificiel et, pour ce faire, inciser sa cuisse gauche et y répandre un produit, je n'ai jamais su lequel, pour « tirer les humeurs ». C'était une médecine d'un autre siècle, mais ma fille a guéri. Et la vie a repris, ponctuée d'espoirs déçus et de lassitude.

Roger me promettait la lune dès que les vapeurs d'alcool s'éloignaient. Il courait les bois pour me cueillir les premières fleurs. Je n'avais plus le courage de lui sourire. J'essayais de faire mon devoir de mère, d'épouse aussi, mais ça... Pour aimer, il faut admirer. J'avais de la compassion pour mon mari, mais pas de réelle estime. Me coucher à ses côtés – je dois être honnête – était devenu une corvée dont je ne pouvais m'ouvrir à personne.

J'en voulais à Dieu et aux hommes qui se réclamaient de lui d'avoir si solidement verrouillé les consciences. Que faire ? Rien. Supporter et vivre cet engagement de douleur. Devant l'autel, je m'étais agenouillée et avais prononcé ce oui. Le renier, c'était m'exclure de l'Église. On plaignait une femme dont le mari était volage à condition qu'elle demeure dans son rôle de femme seule. Mais une femme qui choisissait de s'en aller était une catin et les enfants portaient eux aussi le poids de sa faute. Cette Église-là n'était pas bonne mère pour ses ouailles. Je n'avais aucun moyen de m'en sortir. Quand je faisais le bilan de ma vie personnelle, il me semblait que je marcherais sans fin sur un chemin d'épines. À qui le dire ?

Cette solitude-là m'a rongée, mais je me suis toujours interdit de l'évoquer.

6

Pour la cinquième fois, je fus enceinte. Le garderais-je jusqu'au terme, ce bébé ? Qui serait-il ? C'est étrange, mais cette nouvelle me donna des forces. Avais-je décidé qu'il fallait en finir avec le cycle des malheurs ? J'eus envie de me faire belle. La saison était-elle en cause ? Le printemps s'installait et mes yeux le buvaient avec avidité. J'avais retrouvé le livre de Frantz, l'avais ouvert au hasard, et ce que j'en avais lu qui se rapportait à la beauté, à la maternité me bouleversait. Les phrases soulignées par Frantz me parlaient et je tremblais, telle une petite fille, incapable de maîtriser une émotion qui me submergeait.

Und der Mutter Schönheit ist dienende Mutterschaft, und in der Greisin ist eine grosse Erinnerung...

[Et la beauté de la mère est maternité qui se dévoue, et chez la vieille femme on trouve une grande mémoire[1].]

Nous avions si souvent, lui et moi, évoqué le rôle et la place des femmes dans l'histoire de l'humanité. Il m'avait dit qu'une femme en puissance de maternité est splendide. Il aimait les peintures représentant des

1. *Lettres à un jeune poète*, *op. cit.*, p. 60.

madones. Il m'imaginait à leur place. J'entendais la voix de Frantz chuchoter à mon oreille et cette brise me parcourait d'un délicieux frisson. Était-il possible que, des années plus tard, la trace de cette rencontre ait gardé autant d'intensité ? Il ne fallait pas, il ne fallait plus. De Frantz je devais me souvenir des leçons de vie qu'il avait tenté de m'offrir. De Frantz je devais me souvenir pour construire et non point pour écrire le livre des regrets.

J'ai mis de l'ordre dans la maison et installé des rideaux aux fenêtres qui n'avaient pas de volets. Le soir, quand on allumait le plafonnier de la cuisine, les passants nous voyaient. Je tendais alors de vieilles couvertures que j'accrochais à deux pointes.

Je retrouvai le goût du rire et le chemin du lavoir quand d'autres femmes s'y activaient. Depuis longtemps je ne m'y rendais plus que tard le soir ou très tôt le matin, pour être sûre de n'y rencontrer personne.

Aujourd'hui, pour guérir le mal-être des personnes, des médecins ou des psys mettent en place des groupes de parole – tu m'as fait lire tant de choses, ma fille –, mais je crois pouvoir dire qu'autrefois les lavoirs ont joué ce rôle en rassemblant les femmes en mal d'écoute. Il y avait toujours, dans ces cas-là, une parole pour chacune, une consolation, une proposition d'aide. La solitude était ainsi moins grande, moins douloureuse. Bien évidemment, ce mot de « solitude » ébranlait ma mémoire. Frantz n'était pas très loin.

La solitude... Il faut l'apprivoiser, l'aimer. « C'est

toujours à partir d'elle qu'il faut trouver son chemin[1]. » Mes yeux s'ouvraient sur les textes de Rilke.

Et puis, entre deux draps lavés, entre deux pantalons d'homme sur lesquels les femmes devisaient à mots couverts – les femmes savent aussi être coquines –, une plaisanterie fusait et le rire guérissait les bobos de l'âme. Il y eut des hivers rudes où le linge gelait sur la planche à laver. Nos mains bleuissaient et gerçaient. Des crevasses apparaissaient parfois, qui saignaient, mais entre deux coups de brosse les femmes se relayaient pour apporter de l'eau chaude qui allait dégeler le tissu un peu trop récalcitrant. Venait ensuite le café qui avait communié au schnaps, à la mirabelle ou à la quetsche. Il fallait se réchauffer, se donner du courage. Je n'ai jamais oublié comment nous procédions pour essorer nos épais draps de lin. Les femmes tordaient à deux le long saucisson de tissu, chacune dans un sens différent, et le drap obéissait à leur courage et relâchait l'eau jusqu'à la dernière goutte.

Mon aînée grandissait et, comme d'autres gamines de la rue, Suzanne, Claudine, Louisette, elle aimait venir laver les vêtements de poupée au lavoir pendant les étés. Je crois surtout que ces charmantes petites filles ne perdaient pas une miette des conversations des grandes personnes. Si l'une d'entre nous, parlant à mots couverts d'une future naissance, disait « je ne me suis pas vue ce mois-ci », ou « j'ai encore gagné le gros lot », elles décryptaient. Les familles allaient s'agrandir. Ainsi va le monde.

---

1. Rainer Maria Rilke, *Lettres à un jeune poète, op. cit.*, notamment celle écrite de Worpswede, près de Brême, le 16 juillet 1903.

Je crus que le malheur s'éloignait enfin alors que mon ventre pointait. Je revins un jour de Nancy où j'étais allée acheter quelques vêtements pour le futur bébé.

Roger m'attendait au pont de Champigneulles avec son jeune beau-frère, Gilbert, pâle comme un linge.

– Oh, Jeanne ! me glissa douloureusement mon mari, en m'embrassant.

J'ai su. Quand Roger m'appelait Jeanne, c'est que l'heure était grave. L'angoisse m'a saisie et serrée dans un étau. J'ai écouté, une main posée sur mon ventre, les yeux déjà clos.

On avait trouvé ma mère sans vie dans sa cuisine. Elle avait succombé à une hémorragie. Ma mère était morte alors que je portais la vie. J'ai serré les dents pour ne pas injurier Dieu à haute voix. Je lui ai demandé de m'oublier au lieu de s'acharner ainsi. Non, je ne voulais pas entendre ces stupides phrases : *Dieu éprouve ceux qu'Il préfère*.

Qu'Il me laisse, qu'Il me laisse ! De cet amour qui prend, rafle et tue je ne voulais pas. Je ne voulais plus.

On a couché ma mère dans le cimetière de Bouxières-aux-Dames. La tombe avait été creusée neuf mois auparavant pour Albert, son homme qu'un jour de pluie lui avait fait rencontrer sous une porte cochère à Belfort. Elle lui avait survécu neuf mois... Le temps d'une grossesse, ai-je pensé. Ma mère avait enfanté la mort pour rejoindre Albert. Leur histoire s'achevait là. J'avais à poursuivre la mienne.

Dans mon ventre, un ou une enfant donnait des coups de pied furieux.

Christiane est née le 4 décembre 1951. Elle avait au

moins six semaines d'avance. J'avais bien compté, cette fois.

C'était un tout petit bébé. Une crevette d'un kilo neuf cents grammes. Si petite, mais si braillarde. Dieu qu'elle avait de la voix ! Ses cris étaient une supplique à Dieu ou à la vie. Comment cette minuscule chose pouvait-elle déployer autant d'énergie ? Elle voulait vivre et téter avant même d'être lavée. Elle fourrait avec rage ses poings dans sa bouche.

La sage-femme a respecté son désir et l'a mise à mon sein avant de lui préparer un biberon d'eau sucrée pour la faire patienter. Pensait-elle qu'il valait mieux la satisfaire, car elle risquait de mourir bien vite ? Le ciel était lourd de neige. On a bourré la cuisinière de bois et de charbon. Il fallait que la chaleur demeure de jour comme de nuit. Le berceau a été mis à proximité de la source de chaleur et on y a couché ce minuscule bébé en l'entourant de coton hydrophile pour qu'aucun souffle froid ne vienne le surprendre. Dans le berceau on avait déposé, à son extrémité, des briques chauffées dans la cuisinière. L'enfant s'est apaisée et endormie. Une heure plus tard, elle réclamait de nouveau. La sage-femme avait bien précisé qu'il était nécessaire de lui donner à manger aussi souvent qu'elle le demanderait. Ce ne fut pas un problème, je ne manquais pas de lait. Comme cette naissance était proche de la Saint-Nicolas, j'ai pensé au prénom de Nicole pour cette fille qui venait d'ouvrir les yeux sur le monde. Roger a rigolé. Il ne voulait pas qu'on dise à sa fille : « Nicole, pot de colle », comme on le faisait pour une de ses vieilles cousines. Cette petite s'appellerait Christiane, comme sa marraine, la fille aînée d'Yvonne. Je n'ai pas insisté. Va pour Christiane. Le chemin se poursuivait.

Christiane avait décidé de vivre. J'avais donc deux filles que j'aimais habiller, coiffer et promener. La plus jeune avait des traits très fins qui attiraient les regards. On s'émerveillait sur cette poupée toute en grâce qui semblait faire preuve d'une rare volonté. Elle nous stupéfierait et marcherait à neuf mois. En revanche, elle parlerait tard. Je serais si inquiète que, sans rien dire à personne, sur la recommandation du médecin de famille, j'irais consulter un pédopsychiatre, qui ne diagnostiquerait rien d'anormal. Il m'expliquerait que les enfants sont comme les fleurs. Certains prennent plus de temps que d'autres pour se développer.

Christiane a parlé et, quand elle l'a fait, elle n'a plus arrêté de jacasser. Mais ce qui m'a le plus chagriné fut la bêtise des adultes quand je promenais mes filles. On s'extasiait sur la beauté de la plus jeune et je voyais bien que l'aînée comprenait. Je crois avoir été maladroite en essayant de rectifier : « La petite est belle, c'est vrai, mais la grande est intelligente. »

Plus tard, Christiane m'a dit :

– Si je n'ai pas réussi à l'école, c'est ta faute, d'emblée tu as pensé que j'étais idiote. Pour toi, une fille belle est forcément sotte.

L'aînée allait en classe avec Suzanne, la fille de Lucie, et toutes deux aimaient l'école. Elles surent lire avant d'entrer au cours préparatoire.

Mon aînée avait une très bonne mémoire et savait par cœur un nombre impressionnant de poésies qu'elle récitait – sans se faire prier, car elle aimait les bravos –

en donnant le ton. Elle se liait facilement avec les autres enfants. Le petit chat griffé qu'elle avait été s'était laissé apprivoiser. Chaque visite la mettait en joie.

Elle avait un défaut qui énervait Mélie : elle tenait rarement en place, sauf quand elle lisait, le pouce dans la bouche. Elle voulait danser ou faire de la gymnastique, à l'instar de ses cousins. Le moindre carré d'herbe lui était prétexte à faire des roulades ou le poirier. Mélie la moquait et elle lui répondait avec un soupçon d'effronterie. Je la reprenais, mais elle recommençait à la première occasion.

Elle avait connu un passage difficile qui m'avait inquiétée. C'était une petite fille vive, parfois turbulente, mais qui pouvait se retrancher pendant plusieurs jours dans un silence étrange, une rêverie éveillée dont rien ne pouvait la tirer. Cela avait commencé environ deux ans après la mort de ma mère. Nous allions souvent, Roger et moi, nous promener le dimanche après-midi vers Bouxières-aux-Dames ou Lay-Saint-Christophe ; notre promenade passait par l'église de Bouxières-aux-Dames et le cimetière que je fréquentais, mais uniquement avec Roger. Ces promenades me faisaient du bien tout en me laissant anéantie. Jusqu'à la mort de maman, toute marche au bord de la Meurthe s'achevait par une halte chez elle. Elle nous offrait une tasse de café, une tranche de brioche. C'était un rite que l'aînée des filles connaissait bien. Depuis la mort de maman, je ne parvenais pas à raisonner la fillette qui me lâchait la main pour se précipiter vers sa maison. Elle courait sur la route où passaient de très rares voitures. Un après-midi, j'étais particulièrement excédée.

Une fois de plus, dès qu'elle aperçut la maison de mes parents, la gamine se jeta sur la route pour arriver la première chez sa grand-mère. Elle ne vit pas surgir une voiture. Mon sang n'a fait qu'un tour, je pensai qu'elle allait mourir. J'ai fermé les yeux. Roger s'était précipité à la suite de la petite. La voiture freina et put piler. Seule la robe à fleurs avait été frôlée. J'ai cru m'évanouir en serrant la poignée du landau où dormait Christiane. Roger ramenait déjà notre fille avec calme en la portant à bout de bras :

– Ce n'est rien, ce n'est rien. Mais, Jeanne, il faut lui dire pour ta mère.

Il avait raison, mais comment exprimer cette fin, formuler ce jamais plus qui, je m'en rendais compte, était pour moi le rappel d'autres ruptures.

– Dis-lui, toi, ai-je supplié en le regardant. Moi, je ne peux pas.

Roger a été plus courageux que moi. Il a essayé de lui expliquer la mort de ma mère avec des images de la terre et du ciel. L'âme au ciel pour toujours. Elle a questionné sur le lieu où était le corps. Elle a d'abord paru effrayée par le fait de dormir enfermé dans une boîte sous terre, dans le noir. Puis le calme est, semble-t-il, revenu dans sa tête. Si elle ne faisait plus la folle sur la route, elle restait souvent songeuse. Mais à part ses questions sur la mort, à part sa peur du noir absolu, elle grandissait lentement, porteuse d'une curieuse fragilité. Je ne vois pas comment exprimer cela. Quand je m'en ouvrais au médecin de famille, il ne répondait pas. Lui ne voyait que la courbe de poids qui stagnait. Il évoquait toujours l'insalubrité du logement. Notre appartement était trop humide et manquait d'ensoleillement. Il avait raison, mais où trouver à se loger à un prix abordable ? La paie de Roger était celle d'un ouvrier. Les allocations familiales étaient un complément appréciable, mais comme le médecin venait en moyenne tous les quinze jours pour l'une ou l'autre, j'avais du mal à joindre les deux bouts. Ma belle-mère m'en faisait le reproche, et répétait à qui voulait l'entendre que si Jeannette parlait peut-être très bien le boche, pour les chiffres elle pouvait retourner à l'école. Elle ne manquait pas une occasion de m'humilier : « Ma pauvre fille, dès que tu as quatre sous, tu crois que tu n'en verras pas le bout. »

C'est vrai que je dépensais sans compter. Les ouvriers étaient payés à la quinzaine, et entre les deux quinzaines arrivaient les allocations familiales. J'avais déjà dépensé la quinzaine et je guettais le facteur qui apportait le mandat providentiel. Ce jour-là était un jour de fête pour toute la famille. Livres, bonbons, jouets à volonté, ou presque. Si je suis honnête, je dois admettre que Mélie n'avait pas tous les torts en ce qui me concernait. Mais je n'avais pas le courage de lutter davantage. Roger était souvent ivre, et pour éviter que mon mari ne devienne un pilier de bistrot et se rende chez sa mère tous les jours, j'achetais le vin. Mélie buvait de plus en plus, ce qui faisait rire tous les enfants de la route de Bouxières. Car, dans ces cas-là, elle chantait devant tous et tenait des discours très politiques sur la marche du monde. Ma fille aînée en a souffert. Elle m'a confié la honte qu'elle éprouvait quand, à l'épicerie ou dans la cour de l'école, on lui disait : « Hier, ta grand-mère avait encore pris la cuite. »

J'essayais de la consoler en lui répétant de ne pas accorder d'importance à ces bêtises. C'était peine perdue, elle sanglotait : « Je n'y arrive pas. Je pleure et tout le monde se moque de moi. »

Comment l'aider à grandir, à devenir forte ? J'ai eu une idée : « Je vais te confier un secret pour ne plus pleurer en public. Tu dois te mordre les lèvres ou les joues jusqu'à avoir mal et imaginer que tu es une princesse au fond de ton cœur. Pense que tu es la plus forte, la plus intelligente. Si on se moque de toi, c'est par jalousie. Peu à peu, la princesse que tu es dans ton cœur deviendra une reine et les moqueries ne te blesseront plus. Mais cela ne t'autorise pas à devenir une peste. » Beaucoup plus tard, elle me confiera avoir appliqué cette recette qui l'aura aidée à se faire une carapace.

Roger avait l'alcool mauvais et m'accusait de tous les maux, mais j'avais appris à me défendre et parfois les assiettes volaient bas à la maison. Si bien que ma plus proche voisine, me croisant un jour à la droguerie, s'est moquée : « Bonjour, Jeannette. Un besoin de vaisselle ! Ah ! Oui, c'est vrai, hier c'était le soir des soucoupes volantes ! »

C'est peu après que j'ai découvert que j'étais probablement de nouveau enceinte. Je vomissais mes petits déjeuners. C'était le signe, et j'avoue, cette fois, avoir été quelque peu en colère. Certes, j'avais toujours eu le désir d'avoir plusieurs enfants, mais pas à n'importe quel prix. Cette nouvelle-là ne m'a pas réjouie du tout. Le logement était petit, insalubre. Où mettre un troisième lit dans la petite chambre ? J'imaginais les corvées de lessive, les langes à faire bouillir dans la lessiveuse par tous les temps, dans la cuisine où nous vivions, les crevasses aux seins... Je n'étais absolument pas enchantée. Le médecin n'était pas très sûr de son diagnostic. Il essayait de me réconforter en me disant qu'il fallait attendre le résultat des analyses complémentaires... Mais moi, je savais. J'étais tellement furieuse que ma colère a explosé devant l'aînée qui n'avait pourtant que six ans et qui a tout compris.

– Roger, si c'est ça... ce sera la dernière fois, car nous ne dormirons plus dans le même lit.

Roger s'est défendu :

– Ça ne peut pas être de moi, j'en suis sûr, j'ai fait attention.

Il n'a pas compris ce qui lui arrivait, je lui ai expédié mon porte-monnaie en plein visage. Mon aînée a rigolé et a dit à sa sœur :

– Cricri, on va avoir une petite sœur.

Sa remarque m'a calmée et nous avons fait la paix dans un grand éclat de rire.

On eût pu croire que la comète de la fertilité était passée car, cette année-là, plusieurs grossesses s'annoncèrent au sein de la famille. Yvonne, qui avait déjà cinq enfants et était un peu plus âgée que moi, découvrit son état. Lucienne, la fille d'Henriette, vint, triomphante, m'annoncer qu'elle allait être mère et donc se marier.

– Tante Jeannette (j'arrivais à en sourire), je vais avoir un bébé ! Tu m'aideras à faire la layette ?

Sa joie était contagieuse et j'ai finalement attendu mon bébé dans la bonne humeur et la sérénité. Roger faisait des efforts pour moins boire. Il s'était disputé avec sa mère et avait décidé d'avoir son propre jardin non loin de l'étang où tous les gosses barbotaient en été.

Il était temps que mon mari coupe enfin le cordon. Mélie fut très en colère. Cependant, Roger continuait de s'occuper du jardin de sa mère qu'il bêchait, plantait. Mais nous ne payions plus ses semences.

Yvonne accoucha en avril et moi en mai. Lucienne suivit de très peu, follement heureuse. Elle vivait sa passion au grand jour après avoir enfin retrouvé son Émile. Elle l'avait fréquenté très jeune. Lui avait dû se marier avant de partir à l'armée pour réparer une bêtise d'un soir. Le ménage n'avait pas marché. Émile avait découvert son infortune au cours d'une permission : sa femme n'était pas seule dans le lit. Au retour de l'armée, Émile et Lucienne s'étaient redécouverts, plus amoureux que jamais. Ce fut Lucienne qui éleva Maurice, l'enfant né du premier mariage.

Ma belle-sœur Yvonne avait vécu une grossesse éprouvante et eut beaucoup de mal à se remettre de son accouchement. J'ai admiré le courage et le dynamisme de Christiane, sa fille aînée. Elle s'est occupée de la maison et de la petite Patricia sans jamais faillir et avec le sourirc.

Parfois, nous allions promener nos bébés le long de la Meurthe, derrière la brasserie qui se développait et employait plus de mille personnes. Toute la localité vivait de la « Reine des Bières » qui patronnait le Tour de France. « Champigneulles, disait Roger, est ainsi connu dans toute la France. »

7

Roger n'allait pas bien et, de ce fait, moi non plus. J'étais désespérée de constater combien il était dépendant de sa mère et de l'alcool. Certes, je ne savais pas gérer un budget, prévoir, économiser... mais je ne me sentais guère encouragée dans ce sens. J'avais cependant réussi à obtenir d'acheter *L'Est républicain* chaque jour. Le vieux poste de radio de mes parents était irréparable et le contact avec le reste du monde me manquait. Au moins, avec le journal, je pourrais continuer à être informée de la vie du monde, et puis je le prêterais à Mélie qui y lirait les faits divers et les avis de décès. Une lecture faite à voix haute qu'elle assortissait de commentaires. Je découvrais ainsi le passé de ces gens qui, selon elle, levaient le nez sur les autres mais ne sortaient pas de la cuisse de Jupiter. Les jugements de Mélie tombaient. On ne discutait pas.

L'hiver 1954 avait été rude. Nous avions manqué de charbon. Roger, son frère et les neveux étaient allés en forêt faire des coupes de bois au début de l'automne, mais les réserves s'épuisaient. Je reconnais le courage de mon mari qui n'hésitait pas à aller remplir quelques sacs d'escarbilles lorsque les locomotives de la SNCF déversaient leurs cendres sur le talus bordant l'étang. Il fallait éparpiller les cendres, fouiller avec un bâton et récupérer les morceaux de charbon qui n'avaient pas brûlé complètement.

J'avais suivi les événements d'Indochine et les mouvements de révolte qui éclataient en Algérie. Staline venait de mourir. Personne ne le regretterait. On commençait à savoir quel homme il avait réellement été. Il ne restait que les communistes français, dont Roger – ce qu'il pouvait m'énerver quand il parlait ainsi –, pour continuer à penser que l'histoire retiendrait le nom de ce « bienfaiteur de l'humanité »... Moqueuse, j'ajoutais toujours :

– C'est ça, pour ceux qui pensaient comme lui ou ceux qui auront échappé aux camps de redressement ou n'en seront pas sortis les pieds devant.

Mais je n'appréciais pas davantage la chasse aux sorcières qui sévissait en Amérique. J'étais immensément triste de savoir que, malgré les protestations du monde entier, on avait exécuté les époux Rosenberg. L'Amérique se conduisait aussi mal que le pouvoir soviétique qui condamnait des êtres qui osaient marcher hors des sentiers battus. Et puis, j'aimais toujours lire et la bibliothécaire réussissait parfois à me trouver des livres que je ne pouvais pas acheter... Mes nièces grandissaient et venaient faire leurs devoirs à la maison.

Lucie et son mari avaient décidé que leurs enfants feraient des études. Quand Simone, leur aînée, entra en sixième, ce fut un événement route de Bouxières. Elle apprit l'allemand et parfois je l'aidais pour les devoirs. D'autres élèves poussèrent ma porte par la suite. Il paraît que j'aurais pu arrondir les quinzaines. Je ne l'entendais pas ainsi. Je n'étais pas professeur. Je n'avais aucun mérite à parler et à écrire deux langues. J'étais née et avais grandi dans cette double culture, comme on devait le dire plus tard.

Roger m'admirait encore, mais je ne le voyais plus. L'alcool le détruisait un peu plus chaque jour. J'y ai réfléchi longtemps jusqu'à ce que j'en perçoive les raisons. La prison l'avait marqué et cette blessure fut rouverte quand il fut injustement soupçonné d'avoir volé la paie des ouvriers avec lesquels il travaillait. On est venu l'arrêter au petit matin pour le mettre en garde à vue et l'interroger sans relâche. Il répétait sans cesse : « Je n'ai rien fait. » Il avait beau donner son emploi du temps – il était au jardin –, aucun témoin ne pouvait le prouver. Le témoignage de sa femme ne comptait pas. On l'a finalement relâché. Mais je percevais – et lui aussi – les regards des uns et des autres. J'avais l'impression que tout le monde pensait : « Il n'y a pas de fumée sans feu. »

Trois mois plus tard, les coupables ont été arrêtés. Mais personne n'est venu présenter des excuses à mon mari. Je le voyais humilié, mortifié, se consoler en buvant toujours plus.

Un jour, un fait divers a scandalisé toutes les femmes du lavoir. Voici comment cela s'est passé. Une femme avait été inculpée pour non-assistance à personne en danger. Elle n'avait rien fait pour sauver son mari qui, ivre mort – une fois de plus –, s'était endormi, la tête sur la table, en attendant qu'une casserole d'eau chauffe sur le gaz. Il voulait sans doute dissiper les vapeurs d'alcool dans un café fort. Son épouse était partie laver le linge à la rivière. Elle avait interrompu sa tâche pour venir chercher le savon qui lui manquait. Elle avait déploré l'état de son mari. Mais c'est le spectacle de la casserole d'eau sur le gaz qui avait retenu son attention. L'eau avait débordé et éteint la flamme. Le gaz continuait de s'échapper. Que s'était-il passé dans la tête de cette femme pour qu'elle referme la porte sur le mari en train de dormir ? Comme si de rien n'était, elle était retournée à la rivière pour aller finir sa lessive qui la retiendrait encore longtemps. À son retour, elle avait appelé les secours, mais il était trop tard. Elle était enfin délivrée d'un homme qui la battait chaque jour.

La justice ne l'aurait jamais inquiétée si elle ne s'était confiée à une voisine. Il est des secrets qui sont parfois trop lourds à porter. Deux ans avaient passé et les deux femmes s'étaient disputées pour une bêtise, une histoire de bassine à confiture prêtée et pas rendue à temps. Pour se venger, la bonne amie était allée dénoncer sa copine. On avait arrêté la coupable et placé les enfants à l'Assistance publique.

Ce fait divers faisait la une des pages régionales du journal, et la plupart des femmes ne se privaient pas de condamner cette mauvaise épouse :

– C'était quand même son mari et, surtout, le père de ses enfants.

J'ai entendu quelques mots de trop : Tous les hommes

boivent un petit coup. S'il fallait les tuer pour cela ! Je me suis énervée, ce jour-là, et j'ai pris la défense de la pauvre femme qui était sans doute épuisée par la vie que lui faisait mener son mari. Huit enfants à élever, l'argent qui manquait et les volées qu'elle ramassait chaque jour. Était-ce une vie ?

– On n'aurait même pas dû l'arrêter, ai-je lancé, provocante, mais la décorer pour le calvaire qui a dû être le sien.

Le silence a envahi le lavoir. On n'entendait plus que le bruit des brosses sur le linge et l'eau qui se déversait dans les bacs. J'ai rompu ce silence glacé de mes questions.

– Pourquoi sont-ce toujours les femmes qui sont coupables et paient pour les bêtises des hommes ? Je vais vous le dire : parce que la loi est faite par des hommes et que la justice est rendue la plupart du temps par des hommes.

J'avais mis le doigt où cela faisait mal, mais personne ne voulait le reconnaître. Je savais que mes convictions agaçaient quand elles se transformaient en leçons.

Il y eut un autre fait divers qui se déroula à Champigneulles. Un homme avait battu à mort sa femme parce qu'elle s'était enivrée. Dans le lavoir, les langues allaient bon train :

– C'est triste pour elle, mais elle a récolté ce qu'elle méritait.

Mon sang n'a fait qu'un tour et j'ai répondu du tac au tac :

– Vous parlez sans réfléchir. Que savez-vous de la

vie de cette femme ? Est-ce qu'elle était heureuse ? Qui l'a aidée ?

– Jeannette, ne nous fais pas la morale, a dit Germaine. Un homme qui boit, c'est pas beau, tu le sais aussi bien que nous, mais quand c'est une femme, c'est la honte.

Mes yeux lançaient des éclairs. J'ai failli expédier ma brosse dans la figure de la Germaine.

– Vous êtes décidément trop bêtes pour comprendre qu'en disant cela vous faites le malheur des femmes et donc le vôtre. Boire, c'est une calamité, je suis d'accord. Mais c'est la même pour un homme que pour une femme. Pourquoi une femme devrait-elle être plus vertueuse qu'un homme ? Pourquoi devrait-on la punir plus qu'un homme pour une même vilaine action ? Pourquoi, pour un travail semblable, une femme, parce qu'elle est une femme, gagne moins qu'un homme ? Pourquoi, parce que nous sommes des femmes, ne pouvons-nous pas exercer certains métiers ? Pourquoi, parce que nous sommes des femmes, devons-nous dire amen à tout ?

Pourtant, les gens continuaient de venir me demander de rédiger une lettre ou de les accompagner pour une démarche administrative à Nancy. J'ai récolté bien des confidences et tenté d'apporter parfois un peu de réconfort en tirant les cartes. Je n'y croyais pas et je ne me livrais pas à cette activité dans un but lucratif, non. C'était une petite récréation. Un jour, Mélie m'a surprise – elle entrait sans frapper et sans crier gare.

– Je le savais, que mon pauvre Roger avait épousé une espèce de sorcière.

La réponse ne s'est pas fait attendre :

– Oui, belle-maman, je suis une sorcière, une vraie, et si vous continuez, je vous jette un sort et vous finirez en crapaud. Ainsi, vous ne pourrez plus montrer à votre famille le logis de votre fils quand je ne suis pas là.

– Qui t'a dit cela ?

– Les sorcières savent tout. Je vous interdis de toucher à mes armoires en mon absence, et si elles ne sont pas rangées dans les règles de l'art, le linge y est propre.

J'avais appris que ma belle-mère était venue me présenter une de ses cousines de la Meuse, un jour que j'étais absente. Mon aînée était à la maison et gardait ses sœurs. Il paraît qu'elle avait chassé sa grand-mère en la traitant de méchante parce que Mélie ouvrait toutes les portes pour prouver l'infortune de son fils. Ce n'est pas ma fille qui m'a rapporté la chose, mais l'une de mes nièces qui accompagnait Mélie. Quand Mélie me cherchait, elle me trouvait. Et c'est toujours elle qui revenait, car elle craignait de perdre définitivement son fils.

Un matin, Roger n'a pas pu se lever pour aller travailler. Il toussait, avait une forte fièvre et geignait. L'hiver avait été rude. Il mangeait peu, le vin lui tenant lieu de nourriture. J'avais bien constaté son amaigrissement. J'ai appelé le médecin de famille qui est venu et l'a examiné longuement. Ce médecin connaissait tout de notre vie. Il diagnostiqua une double congestion pulmonaire.

Il voulut me parler hors de la présence de Roger.

– Madame, votre mari a un foie énorme du fait de son alcoolisme. Il doit absolument arrêter de boire.

– S'il ne le fait pas...

– Il risque de mourir très vite, avant deux ans.

J'étais effondrée, mais en même temps j'ai connu une tentation terrible, épouvantable. J'ai vu la fin de mon malheur et s'ouvrir la porte de ma prison tandis que la honte de cette pensée m'inondait. J'ai pensé à mes trois filles. Marie, la petite dernière, n'avait pas trois ans.

Le médecin a posé une main sur mon épaule gauche pour me souhaiter du courage. Rien n'y faisait, j'étais vraiment une mauvaise femme. Je m'en suis confessée plusieurs fois. Et puis, je me suis ressaisie. Il fallait aider cet homme. Me revenait la promesse du jour du mariage. Pour le meilleur et pour le pire... Je venais de lire dans *Sélection du Reader's Digest*, que j'achetais parfois en cachette, un article sur le docteur Coué au sujet de la persuasion et de ses effets bénéfiques. J'allais l'appliquer en parlant à Roger. Mais il fallait que je le conduise à me suivre. Il était nécessaire que j'aie une prise sur lui. Je n'ai pas eu besoin de chercher longtemps. Il avait deux points faibles : un orgueil démesuré pour cacher ses faiblesses et la peur de la mort – un héritage de Mélie.

Je me suis approchée du lit où la fièvre le faisait claquer des dents.

– Je vais mourir, a dit Roger. Si tu savais comme cela me brûle dans la poitrine...

– Tout le monde meurt mais, c'est vrai, tu vas mourir avant deux ans, sauf...

– Sauf quoi ?

Il était à jeun, donc capable d'entendre et de comprendre.

– Sauf si tu arrêtes de boire, c'est le médecin qui vient de m'avertir.

– Je peux essayer de ralentir.

– Non, pas ralentir. Arrêter complètement.

– Je n'y arriverai pas.

– Si, moi je te connais, je sais que tu peux. Il n'y a que toi qui sois capable de le faire. Je connais ton courage et tu l'as déjà prouvé quand on t'a accusé injustement, quand tu es parti en Allemagne et que tu t'es évadé. Si tu veux t'en sortir, je t'aiderai.

– Je vais passer pour un con dans la famille.

– Au début. Mais quand ils verront que tu t'en sors, ils t'admireront. Car tu leur seras supérieur. Qu'est-ce qui compte le plus dans ta vie ? Ta femme et tes filles ou les autres ?

– Tu le sais bien.

– Alors ?

Il a tendu sa main en disant :

– Tope là, ma brunette, tope très fort. Je ne boirai plus jamais une seule goutte d'alcool. Je te le jure sur la tête de mon père qui est déjà mort mais que je respectais autant que la Sainte Vierge.

Si l'heure n'avait pas été aussi grave, j'aurais ri. Roger croyait en la Vierge, et pas en Dieu. Mais il venait de faire un serment, celui de ne plus jamais boire une seule goutte d'alcool. La maladie l'aura bien aidé. Elle a servi de coupure avec sa mère.

Roger est resté longtemps couché, très faible. Quand Mélie venait lui rendre visite avec un bon vin, je lui expliquais, ce qui était vrai, que Roger avait un traitement qui interdisait l'alcool. Elle était furieuse contre moi et le corps médical qu'elle traitait de bande de charlatans. Elle attendait son heure et le rétablissement de son fils. On verra ce qu'on verra, marmonnait-elle en repartant chez elle avec sa chopine qu'elle promenait de plus en plus ouvertement dans la rue.

La convalescence a été longue. Le médecin de famille a bien accompagné ce sevrage en me recommandant de ne jamais quitter mon mari. De l'occuper et de mettre toujours à sa disposition des sucreries pour pallier le manque d'alcool.

Nous allions nous promener tous les deux. Je lui achetais des revues, des bandes dessinées, enfin, ce que je trouvais pour le divertir. J'ai joué aux cartes avec lui alors que le simple mot de « belote » me donnait la nausée. Je me souvenais de mon père et des ardoises qu'il laissait au café. J'ai essayé de me faire belle. J'ai soigné mes cheveux pour qu'il retrouve sa brunette. Quand il disait : je vais faire un tour au jardin, je l'accompagnais, car je redoutais toujours que quelqu'un de sa famille ne l'y rejoigne avec une bouteille.

Je connaissais Mélie et ses bonnes intentions. Elle avait du caractère et ne renonçait pas facilement. Elle essaya à plusieurs reprises de faire revenir ce fils dans le chemin familial et filial. J'eus droit à quelques scènes quand je la croisais, elle me faisait la morale en pleine rue devant les voisines. Mélie avait un sens inné du théâtre. Les semaines avaient passé. Peu m'importait d'être une mauvaise belle-fille et d'avoir volé son fils à une pauvre vieille. Nous ne l'abandonnions pas. Je continuais de lui tricoter des pull-overs et de lui acheter les sous-vêtements qu'elle préférait.

Je rêvais de déménager, de quitter cette route de Bouxières pour m'éloigner de Mélie et habiter enfin un appartement plus décent qui éviterait les visites surprises des assistantes sociales. C'était une période difficile pour les petites gens. On n'hésitait pas à venir examiner les enfants sans l'accord des parents pendant les heures de classe. C'est arrivé à mes filles. Mon aînée et Christiane ont vécu cette humiliation. Que cherchait-on sur elles ? La saleté, des traces de coups ?

C'était aussi l'époque où Sacilor recrutait pour ses aciéries aussi bien dans le Nord qu'en Moselle. L'entreprise logeait ses ouvriers dans des maisons modernes pourvues du confort. J'ai conseillé à Roger de tenter sa chance. J'ai rédigé pour lui des lettres de motivation et des demandes d'embauche. Il a été convoqué. Mais les temps changeaient. Savoir travailler, être courageux ne suffisaient plus. Roger n'avait pas fait beaucoup d'études et les tests de recrutement l'ont mis en difficulté. Il est revenu en me disant :

– Dans ces nouvelles usines, les patrons marchent sur la tête. Il faut être calé comme un ingénieur pour devenir OS ou pontonnier. Ils n'ont même pas voulu me mettre à l'essai. J'ai fait une dictée et du calcul comme les gosses. Alors, sur ce coup-là, je n'ai pas été très bon.

J'ai répondu à Roger que cela n'était pas grave, que ce serait pour une autre fois. Que nous finirions bien par trouver. Secrètement, j'ai douté de lui, pensant qu'il n'y était peut-être pas allé. Mais quand les remboursements de frais de transport sont arrivés, j'ai dû admettre qu'il s'était effectivement rendu dans le Nord et en Moselle.

Un incendie venait de se produire route de Bouxières et ma quête d'un ailleurs fut détournée. L'appartement situé au-dessus de celui de Lucie, à l'autre bout de la rue, un jour très froid de décembre avait été la proie des flammes. À cette époque-là, rares étaient les familles du monde ouvrier à être assurées contre les risques d'incendie. L'appartement de Lucie fut totalement ravagé par les eaux et Lucie qui, la première, avait découvert le sinistre dans les greniers, là où passaient les cheminées, a été sauvée *in extremis* par les pompiers. Elle avait eu le temps de prévenir ses voisins du dessus. Ils avaient pu emprunter l'escalier avant qu'il ne soit également la proie des flammes. Pour Lucie, c'était trop tard. Elle devait attendre sans paniquer au deuxième étage qu'on vienne la délivrer. Déjà Gaston, notre neveu, pensait casser la cloison de l'appartement situé à la même hauteur que le sien dans l'autre montée d'escalier, afin de la sauver du brasier qui prenait une réelle ampleur, quand les pompiers sont arrivés avec la grande échelle.

L'incendie s'était déclaré peu après le départ des enfants pour l'école. Toute la rue a assisté au sauvetage de Lucie. Nous retenions notre souffle. Comment prévenir les enfants ? Je me souviens d'avoir dit à mon aînée :

– Il faut être gentille avec Suzanne. Il y a eu le feu route de Bouxières, sa maman a failli mourir. Maintenant, ils n'ont plus d'appartement, et la famille du dessus non plus.

Je lui ai expliqué que la petite Danielle et sa famille avaient trouvé refuge chez la maman de Mimi, une fille de son âge qui faisait parfois le chemin de l'école avec nous. La famille de Suzanne avait été accueillie à la ferme du chemin des Sables, à côté de la brasserie. Sous le coup de l'émotion, j'avais du mal à retenir mes larmes. Je voyais bien que ce sinistre émouvait ma fille. Ces deux familles se retrouvaient totalement démunies à la veille de Noël. Mais il y a eu un élan de solidarité extraordinaire. Les pauvres qui ne comptent pas ont toujours quelque chose à partager. Ma fille a voulu donner à la petite Danielle qui habitait sous les toits le cadeau qu'elle avait reçu pour la Saint-Nicolas. Elle lui a offert son baigneur et le trousseau que je lui avais confectionné. Je ne l'en ai pas dissuadée. Un cadeau doit être un cadeau et je me suis réjouie d'avoir une fille si généreuse.

8

Nos filles grandissaient. L'aînée ne posait aucun problème en classe. Elle était seulement dissipée, disaient les institutrices. C'était une gamine un peu vive, souvent sur la défensive. Je comprenais et j'avais beaucoup de peine à la chapitrer sur ce registre.

Elle avait toujours le nez dans les livres, les manuels scolaires et les autres. Je m'en réjouissais. Nous partagions la même passion. Ses sœurs ne semblaient pas vraiment intéressées par les études. Mais qu'y faire ?

Un jour, mon mari et moi avons été convoqués par la directrice de l'école. Roger s'est énervé et a regardé l'aînée de travers en la prévenant :

– Si tu as fait des conneries, tu vas voir ce qu'il t'en coûtera, ma belle.

J'ai dû le calmer. Je savais que Lucie et son mari étaient convoqués eux aussi. Il s'agissait de tout autre chose. Lucie m'avait prévenue. Nos filles étaient pressenties pour aller en sixième à Nancy. À cette époque, tous les élèves n'allaient pas au collège. Je ne voulais rien dire à mon mari par crainte d'un refus, et j'espérais qu'il n'oserait pas résister à la directrice de l'école.

Le plus difficile a été de le décider à se rendre à la convocation. Il fut rassuré lorsque la directrice lui expliqua que nos faibles revenus nous donneraient droit à une bourse jusqu'en troisième. Ainsi, il n'aurait rien à payer, pas même les frais de demi-pension. Il fut d'accord, dès l'instant que ces études ne nous coûteraient pas d'argent...

Et notre fille a pris le chemin de Nancy en compagnie de Suzanne. Deux petites bonnes femmes pas plus hautes que trois pommes dont le lourd cartable léchait presque le sol. Elles ont fait leur chemin et, Lucie et moi pouvions nous réjouir de les voir grandir et être si studieuses.

Ma belle-mère ne ménageait pas ses critiques :

– Roger est sous influence, c'est simple, il veut péter plus haut que son c... en envoyant sa gosse aux écoles. S'il avait deux sous de jugeote, il remettrait les idées à l'endroit à sa Jeannette qui a la tête à l'envers ; déjà qu'elle ne paie pas ses dettes à l'épicerie...

Je m'en moquais. J'estimais qu'il était de notre devoir de donner toutes leurs chances aux enfants que nous mettions au monde. Il ne suffisait pas d'apprendre à lire, à compter et à écrire son nom. Ma belle-sœur Henriette ne savait pas écrire et elle en souffrait. Pour moi, être tenu à l'écart ou privé de culture est l'injustice la plus cruelle qui soit.

De plus, je ne voulais plus jamais revoir l'expression de stupeur qu'afficha un jour notre fille en observant son père qui lisait *L'Est républicain*. C'était en 1959, quand ce quotidien relatait des événements historiques qui avaient conduit à la déclaration de guerre. Les articles étaient rédigés au présent et, en déchiffrant

« Bruits de bottes à Berlin, Paris et Londres s'inquiètent... », mon mari s'est écrié : « Jeanne, Jeanne, c'est terrible, ça recommence ! Les Boches vont revenir, cela va être la guerre ! » Notre fille s'est alors penchée par-dessus l'épaule de son père afin de lire l'article qui l'effrayait ; elle m'a jeté un regard voilé de mépris pour son père. Je lui ai fait signe de se taire pendant que j'expliquais à Roger que le journal racontait la guerre pour les jeunes. Une fois parti au travail, j'ai expliqué à notre fille que son père, lui, n'avait pas eu la chance de fréquenter longtemps l'école. S'il n'était pas un scientifique ou un historien, il savait tout de la terre et des plantes, et il avait, comme on dit, de l'or dans les mains et un cœur énorme. « N'aie jamais honte de lui, lui ai-je dit. Toi, tu feras des études et tu seras sa fierté. »

Mes nièces venaient à la maison. Elles n'étaient pas sottes et auraient pu, elles aussi, faire des études. Mais leur père s'y opposait. Le fils était électricien. Quant aux filles, elles avaient le droit d'aller au cours ménager. Ce qui était déjà une chance que d'autres jeunes filles de la route de Bouxières n'avaient pas. Dès l'âge de quatorze ans, elles prenaient, comme le signifiait mon beau-frère, la musette pour aller travailler, soit à la brasserie, soit aux usines André à Maxéville. Mais les filles qui « allaient à la godasse » n'avaient pas bonne réputation... On les traitait de filles faciles. La plupart des jeunes filles tenues par les parents se retrouvaient donc à la brasserie. Mais mes nièces qui y travailleraient pendant les étés me raconteraient, beaucoup plus tard, de fabuleuses histoires d'amour sur les bords de la Meurthe.

La guerre d'Algérie appelait les jeunes gens. Christiane, l'aînée d'Yvonne, me confiait ses premiers émois, ses secrets. Elle était amoureuse de Zouquette, un jeune homme de la route de Bouxières qui pratiquait le football avec talent. Ils s'aimaient depuis leur plus tendre enfance. Leur histoire avait dû commencer par des nattes tirées.

Christiane et lui se marieraient sans doute dès son retour d'Algérie. Elle était inquiète. Je la rassurais, son cher et tendre reviendrait. En attendant, tous deux s'écrivaient très souvent et très tendrement. Le seul problème des tourtereaux était que lui avait été élevé sans religion. Ce qui était rare à l'époque, sauf chez les communistes militants. Et encore, Roger, qui a milité au Parti – je préfère oublier les disputes qui nous ont opposés à ce sujet –, n'a jamais exigé que je tourne le dos à l'Église. Sa mère non plus.

Dans ma belle-famille, on pouvait « manger de la calotte » – c'était l'expression de ma belle-mère –, mais on avait de la morale. Baptême, communion, mariage et enterrement à l'église représentaient le sauf-conduit à toute vie. On ne vivait pas comme des bêtes, parole de Mélie. Elle aussi vouait une grande admiration à la Vierge et tenait d'ailleurs à recevoir sa statue un jour ou deux par an, au cours du mois de Marie qui rassemblait toutes les femmes de la rue qui venaient y réciter le chapelet et chanter à tue-tête *Chez nous soyez reine*...

Ma nièce Christiane était de plus en plus amoureuse et espérait que tout se passerait bien. Elle vivait sa grande histoire qui la rendait lumineuse – et qui a duré. Zouquette devrait recevoir le baptême la veille de son mariage... Pourvu qu'il l'accepte ! Or, pour ne pas perdre l'élue de son cœur, Zouquette se serait converti à n'importe quelle religion. Je les voyais partir au catéchisme en soirée, la main dans la main, pour en revenir éblouis.

En attendant, elle, qui avait de l'or au bout des doigts, cousait, créait des vêtements. Elle aurait pu aller au-delà du CAP de couture qu'elle avait obtenu avec mention très bien. Mon beau-frère s'y est opposé. J'ai trouvé sa réaction stupide. Yvonne n'avait pas voix au chapitre. Elle a dû faire sienne la décision de son époux. Leur fille, comme d'autres, irait travailler à la brasserie. Mais Christiane n'allait pas s'avouer vaincue. Elle a continué à coudre en dehors de ses heures de travail, parce qu'elle aimait créer.

Joselyne, sa cadette, n'avait pas le même caractère. Elle avait toujours été rebelle à l'ordre établi. Elle refusait de devenir une bonne ménagère. Son père se fâchait. « L'école ménagère ou la brasserie », grondait-il. Elle lui tenait tête, allant parfois jusqu'à attraper le verre de vin qu'il était en train de boire pour le jeter dans l'évier.

Elle préféra entrer à la brasserie dès l'âge de quatorze ans avant d'aller travailler à la fabrique de chaussures, car elle serait ainsi plus près de Nancy pour y suivre des cours du soir. Je lui avais indiqué une institution sérieuse : La Protection de la jeune fille, une école tenue par des religieuses qui donnaient des cours du soir de secrétariat.

Elle devint comptable, mais ne s'arrêta pas en si bon chemin. Les livres lui ouvraient les portes de la réflexion. Elle aspirait, elle aussi, à voir plus loin que le bout de son nez, elle rêvait de connaître le vaste monde. Ailleurs, l'herbe est forcément plus verte. Elle se confia. Son cœur battait pour un garçon de Bouxières-aux-Dames d'un tout autre milieu que le nôtre. Elle l'avait rencontré à la société de gymnastique et tous deux faisaient le voyage ensemble jusqu'à Nancy. François était étudiant et pétri de bonnes manières qui faisaient sourire ma belle-sœur et ses autres filles quand il acceptait de boire chez elles une tasse de café. « Puis-je accrocher ma veste à la patère ? » demandait-il.

Yvonne disait de lui : « Il est gentil, l'amoureux de ma fille, mais il ne parle pas toujours comme nous. »

Pour Joselyne, se faire accepter dans la famille de François dont le père, commandant de l'armée de terre, avait été décoré de la Légion d'honneur ne fut pas facile. Ma nièce venait de découvrir les œuvres de François Mauriac et me parlait de ce monde de riches bourgeois hypocrites pétris de conventions stupides. Elle avait également lu *Léon Morin prêtre*, de Béatrix Beck, qu'Emmanuelle Riva interpréterait au cinéma avant d'être la Thérèse Desqueyroux de François Mauriac, une héroïne dont Joselyne me disait : « Elle doit te plaire, tante, cette fille. »

Je lui répondais que du même auteur je préférais *Genitrix*, car dans le rôle de la belle-mère, une maîtresse femme, je voyais bien Mélie. En ce qui me concernait, je m'étais sentie proche de Mathilde, cette jeune femme abandonnée alors qu'elle vient de faire une fausse couche. Je lui ai cité une phrase de ce roman qui m'avait interpellée : « Mathilde mourant de la mort douce de ceux qui ne sont pas aimés ».

Sans que je le lui aie dit, ma fille aînée citerait cette phrase dans son premier roman, *La Colère de Mouche*[1].

Yolande aussi ferait un beau mariage avec un jeune homme de Bouxières-aux-Dames. Marcel était étudiant au Mans où il avait intégré les enfants de troupe. Mon neveu a bien réussi. Il est maintenant général et n'a pas oublié les siens. Quand il fréquentait Yolande, il venait également à la maison pour discuter littérature, poésie.

Et puis, il y avait Annie, fan de Johnny, danseuse de hula-hoop, puis de twist. Elle était fleur bleue et pleurait en écoutant le tube de Richard Antony, *J'entends siffler le train*, parce qu'elle venait de se disputer avec son amoureux – qu'elle épouserait. Roger continuait d'appeler Annie « le lampion », parce qu'un soir de retraite aux flambeaux le lampion qu'elle tenait, comme tous les enfants, avait pris feu. Inconsolable, elle pleurait : « Mon lampion, mon lampion. » Je me disais que j'avais de la chance d'avoir de telles nièces. Elles ne sauront jamais le soleil qu'elles m'ont apporté. Ces petites furent autant de bénédictions pour moi.

Le temps passait et Roger tenait son serment. Il ne buvait plus et s'en enorgueillissait.

– Quand on veut, on peut, répétait-il.

Il gardait certes un fichu caractère et nous continuions de nous disputer, souvent sans raison. Mon aînée a raison, c'était, pour nous, un mode de fonction-

1. Paris, Mazarine, 1998.

nement : de grandes disputes et de grandes réconciliations. Roger courant partout pour m'offrir un cadeau, et moi faisant un peu la coquette.

Le retour du général de Gaulle au pouvoir allait gommer bien des disputes. De Gaulle, le sauveur de la France, était l'idole de Roger et je ne faisais rien qui pût l'écarter de cette idée-là. Le retour de De Gaulle au pouvoir a apporté une certaine sérénité dans notre couple. Pendant dix ans nous ne nous sommes jamais disputés à propos de la politique. Je n'ai pas eu à menacer Roger d'aller coucher avec les filles s'il continuait de vanter les communistes.

Cependant, je restais critique : si de Gaulle était un grand homme d'État, je trouvais qu'en ce qui concernait l'Algérie notre héros avait été un peu maladroit. On ne dit pas aux Français d'Algérie « Je vous ai compris » pour les lâcher tout aussitôt. Mais il est vrai que l'esprit des colonies n'avait que trop duré. Une autre politique de la part de la France eût peut-être permis d'éviter cette guerre qui n'a jamais vraiment dit son nom, puisqu'on parlait des « événements » ou de la « pacification » de l'Algérie. Des événements peu reluisants, puisqu'en 1957 le général de La Bollardière, opposé à la pratique de la torture, demandait à être relevé de ses fonctions. J'approuvais cet homme, comme j'approuvais les prises de position de François Mauriac et d'autres intellectuels. La guerre de 1939-1945 était encore proche et la France avait la mémoire courte... Mes idées n'étaient pas partagées par la plupart des gens que je rencontrais. Il fallait faire parler les terroristes pour sauver celles et ceux qu'un attentat aveugle risquait de mettre en péril. Moi, je soutenais que, sous la torture, on était capable de balancer n'importe quoi et n'importe qui. On pouvait vendre son père, sa mère, son voisin et faire d'eux de dangereux terroristes. J'ajoutais aussi que, pendant la guerre, les résistants avaient été considérés comme des terroristes par Vichy et la Gestapo. Mais ça ne passait pas. Je le voyais bien, on me prenait pour une illuminée.

Au lavoir, nous avions d'autres sujets de préoccupation ou de distraction. La télévision apparaissait et, route de Bouxières, deux foyers l'achetèrent : la coiffeuse – c'était normal, elle ne manquait pas d'argent – et ma belle-sœur Henriette – ce qui l'était moins. Je n'étais pas jalouse, ça non, mais était-ce bien raisonnable ? J'estimais qu'il était indécent de faire une telle dépense quand on n'était pas capable d'aider ses enfants dans le besoin.

En effet, Henri, un des fils d'Henriette, s'était marié à une jeune fille de Dieulouard, Madeleine, qui ne plaisait pas à la famille. Personne n'était méchant avec elle, mais qui l'accueillait vraiment ? C'était une belle brune à qui mon neveu faisait un enfant chaque année et le couple ne roulait pas sur l'or. Mais on préférait évoquer la vie du monde vue à travers la petite lucarne plutôt que de s'intéresser au sort de Madeleine et de ses enfants.

On ne parlait plus que de cela, on articulait le nom de la chose extraordinaire avec un phrasé de cérémonie : le-poste-de-télévision. Un événement aussi important que les satellites qui tournaient autour de la Terre et qui allaient détraquer le temps, disait Mélie.

Cette invention rassemblait les femmes du quartier pour les grands événements, comme le mariage du prince de Monaco avec Grace Kelly, une actrice belle comme le jour, puis celui du shah d'Iran avec Farah Diba, qui fit marcher bien des langues au lavoir. On s'interrogeait sur la capacité de ce « vieux moineau déplumé » à plaire à une si jeune femme. On assurait que lorsque cette beauté verrait l'empereur des Mille et Une Nuits tout nu, elle s'évanouirait ou retournerait chez sa mère.

C'est dire le haut niveau culturel de ces conversations de lavoir et, pourtant, ce nouvel appareil de communication allait bouleverser les existences. Qui ne rêvait alors de devenir riche pour s'acheter la télévision ? Certains jouaient au tiercé ou achetaient des billets de loterie dans ce but. C'est vrai que le fait d'appuyer sur un bouton et de recevoir des images du monde entier tenait de la magie. Je le reconnais, à l'époque, cette lanterne magique flattait déjà notre côté voyeur. Regarder les mariages princiers, c'était tourner les pages des magazines de papier glacé que nous ne pouvions pas acheter. C'était une part de rêve dans lequel nous plongions. Mais sans doute en avions-nous besoin pour échapper à un quotidien parfois pesant.

Les enfants s'emballaient pour les premières émissions jeunesse, pour les feuilletons « Rintintin », « La flèche brisée » et, plus tard, « Capitaine Troy » qui faisait se pâmer les jeunes filles. Ce fut aussi la découverte des premiers dessins animés qui firent s'exclamer Mélie : « Qu'est-ce qu'on ne va pas inventer ! », qui ajoutait : « Ben, c'est pas avec ça que les femmes vont faire leur ménage ! »

Elle avait un faible pour Popeye et ses épinards.

La télévision de cette époque n'a pas désuni les familles. Elle les a rassemblées autour du même appareil et a élargi le cercle d'amis. Il fallait pousser les meubles, on ouvrait les portes et les fenêtres à des dizaines de personnes. Chacun apportait un gâteau ou une bonne bouteille. Les soirées se poursuivaient parfois au-delà de la mire des fins de programme.

9

Des cahiers d'écriture manquent et mes souvenirs naviguent dans une sorte de flou. Cependant, je sais que l'année 1963 fut difficile pour mon aînée. J'ai été hospitalisée à trois reprises pendant l'année scolaire et elle s'est occupée de la maison telle une petite mère Courage. Ma belle-mère vieillissait, il était donc impensable de lui demander de me remplacer. Mais elle venait voir Roger et tous deux se livraient à des séances de larmes en imaginant ma mort et mon enterrement.

Ma fille veillait sur la maisonnée. Roger lui faisait confiance et lui donnait l'intégralité de la paie, comme il le faisait avec moi. Elle a même préparé la rentrée scolaire des plus jeunes. Mes nièces, Joselyne, Yolande et Christiane, toute jeune mariée, sont venues l'aider pour les lessives et le repassage.

Cette année-là, il a fallu quitter l'appartement que nous occupions, car la brasserie avait acheté les cités pour y loger son personnel. J'avais confiance en la parole de Roger qui affirmait avoir demandé à son patron un logement à Frouard. Or, il n'avait jamais osé déposer sa demande. C'est pendant une de mes hospitalisations que l'huissier est venu. Nous allions être expulsés. Et c'est mon aînée – elle n'avait pas encore quinze ans – qui prit, sans nous le dire, les choses en main et écrivit au patron de mon mari et au député-maire de Nancy. Les deux hommes ont sans doute été touchés par sa lettre, car au mois de septembre suivant nous déménagions à Frouard dans un appartement où il y avait l'eau courante. Quand nous avons visité ce logement plus grand que le précédent, ma fille et moi avons ouvert le robinet et, médusées, telles des gamines, nous avons regardé couler l'eau. Et pendant ces longues minutes, nous nous disions en riant et en nous embrassant :

– On ne fera plus les corvées d'eau, on pourra acheter une machine à laver le linge, on n'ira plus laver au lavoir et on n'aura plus jamais de gerçures et de crevasses aux mains.

Pour nous, c'était un immense progrès. Dans les cités de la route de Bouxières on attendrait la fin des années 1970 pour voir couler l'eau sur les éviers. Un petit scandale. Car tous les habitants de la localité étaient raccordés au réseau, sauf une moitié de la route de Bouxières-aux-Dames. Il y avait le côté soleil, celui des riches, et le côté des pauvres, à l'ombre. Les riches, c'étaient les notables de la rue, le cafetier, le fermier, le marchand de vin, la coiffeuse, le comptable des brasseries, le commissaire de police, le maire qui habitait à l'angle de la rue – quasiment en face de chez nous. Eux ne connaissaient pas les corvées d'eau et les tinettes à aller vider dans les W-C au bout des jardins. Nous, les pauvres, si.

Ce déménagement a bouleversé notre vie. Nous

avons été bien accueillis à Frouard et nous y avons trouvé notre place. Roger avait pris Dieu à témoin : « Si un jour j'ai un nouveau logement, c'est qu'il y a un Bon Dieu. Dans ce cas, je ne serai pas un ingrat et je ne l'oublierai pas. »

Je me suis empressée de lui rappeler sa promesse en lui fichant la trouille :

– Si tu ne tiens pas ta promesse, Dieu t'aura au tournant.

De ce jour, nous sommes allés régulièrement à la messe en famille. On m'a demandé de faire le catéchisme, je suis entrée à l'ACGF tandis que Roger s'occupait de la section du Secours catholique. Nous avions gagné en respectabilité. Cela, Mélie ne le pardonna pas à son fils. Pour elle, en servant la calotte il avait trahi.

J'étais cependant en souci pour l'aînée des filles. L'argent manquait parfois et Roger n'a pas permis qu'elle poursuive ses études au-delà de la troisième. La scolarité n'était obligatoire que jusqu'à quatorze ans et il estimait qu'il était temps pour elle d'aller travailler. Mais elle était si frêle que je ne la voyais pas à l'usine... J'ai réussi à persuader Roger de lui accorder une année supplémentaire : le temps pour elle d'apprendre quelques rudiments de secrétariat et de comptabilité puisqu'elle avait étudié jusqu'en troisième.

Pour que Roger soit d'accord, je lui ai dit qu'elle gagnerait plus d'argent qu'à l'usine, et sans se fatiguer. Je redoutais la réaction de notre fille tandis que je lui expliquais nos petits moyens. J'étais désolée de casser ses rêves. Elle sembla comprendre sans rien exprimer. Si elle est devenue plus secrète, elle continuait d'aider l'un ou l'autre gosse du quartier à faire ses devoirs. Elle s'appliquait à apprendre la dactylographie et la sténographie, dont elle dirait plus tard : « J'ai redouté ces cours. Ils me terrifiaient. Je n'avais pas les doigts déliés. »

Elle lisait, veillait tard le soir. Elle devait écrire... J'essayais de savoir, de l'interroger. Elle restait évasive et disait qu'il était inutile de s'inquiéter.

Elle n'a pas terminé sa première année de secrétariat. Dès le mois de mai, elle a trouvé un travail saisonnier à la Caisse des congés payés des ouvriers du bâtiment. Peut-être qu'à la brasserie cela aurait été plus rigolo, a-t-elle confié plus tard. Car, chaque jour, elle tapait à la machine : un nom, un prénom, un numéro de Sécurité sociale, une adresse. Des centaines de mandats pendant huit heures d'affilée, cinq jours par semaine et le samedi matin en heures supplémentaires. Elle ne pensait qu'à une chose, me dirait-elle plus tard, à l'argent qu'elle donnerait pour faire taire les disputes, payer les traites, etc.

Grâce à cette deuxième paie, nous avons en effet pu acheter d'autres meubles et faire de notre appartement un lieu de vie chaleureux et coquet. Nous étions enfin comme tout le monde.

Mais mon aînée restait distante. À la rentrée, elle reprit ses études de secrétariat à mi-temps l'après-midi. Le matin, elle travaillait chez un architecte. L'année suivante, elle avait l'âge et la qualification requis pour être embauchée comme aide-comptable par la fameuse Caisse des congés payés.

Elle lisait beaucoup de romans et de pièces de

théâtre. Le théâtre était une passion chez elle. Je le savais et je m'en inquiétais. Je voulais la préserver. Elle prenait la vie trop à cœur. Elle allait souffrir. Un jour, j'ai découvert qu'elle avait passé et réussi le concours d'entrée du Conservatoire, à Nancy. La lettre est arrivée à la maison. J'ai fait quelque chose de mal, je le sais. J'ai eu tort d'ouvrir son courrier, et je lui ai interdit – elle n'était pas majeure – de poursuivre dans cette voie. J'ai eu des mots terribles et lui ai envoyé une superbe gifle dont je ne me croyais pas capable. Je crois lui avoir dit :

– Ma fille, je ne t'ai pas élevée pour aller coucher avec tous les metteurs en scène de la création !

Aujourd'hui, elle en rit. Est-ce pour se venger qu'elle est devenue journaliste, puis critique littéraire, et qu'elle écrit des livres ? Alors qu'elle était déjà journaliste, j'ai un jour reçu *La Douane de mer* de Jean d'Ormesson. Le livre était dédicacé à mon nom. J'ai lu avec émotion : « À Jeanne, pour la remercier de m'avoir prêté sa fille pendant une heure. » J'apprendrais que, hors micro, ma fille lui avait raconté comment j'avais « brisé sa carrière ». Jean d'Ormesson a toujours eu de l'humour et moi j'avais gardé la même vivacité. J'ai appelé ma fille dans les minutes qui ont suivi la réception du livre. Il fallait que je sache :

– Qu'as-tu fait avec ce monsieur ?

Ma fille a éclaté de rire. Elle ne craignait pas de recevoir une gifle – trois cents kilomètres nous séparaient.

– Devine ce qu'on peut faire avec un homme pendant une heure...

Et elle a raccroché.

Je savais bien que j'avais eu tort de ne pas lui faire confiance. Je voulais la protéger. Peut-être que, secrètement, je redoutais l'éloignement de la fille qui m'était le plus proche. J'avais peur de la perdre, qu'elle m'oublie.

Une amie à qui je me suis confiée m'a dit quelque chose qui m'a fâchée, mais avec le temps je crois qu'elle avait raison : « Au fond, vous avez agi avec votre fille comme on avait agi avec vous : vous n'avez pas réussi à exercer le métier dont vous aviez rêvé, alors, inconsciemment, vous vous êtes opposée aux rêves de votre fille. »

Cependant, ma fille a tout de même trouvé un créneau où s'épanouir. Enfin, je l'espère...

Avant de devenir ce qu'elle est aujourd'hui, elle a traversé des périodes sombres qui me firent regretter d'avoir contrecarré ses projets. C'était une jeune fille solitaire et j'estimais qu'elle avait besoin de rencontrer des jeunes de son âge. Élisabeth[1] est venue à mon secours en permettant à ma fille d'être accueillie comme cheftaine de louveteaux dans la meute de Frouard-Pompey. Je respirais...

C'est curieux comme je me sens mal à l'aise en évoquant ces choses. Je me retrouvais parfois dans la personne de ma fille. Elle paraissait docile, mais en elle sommeillait un volcan. J'avais l'impression d'agir pour son bien. Aujourd'hui, si je devais recommencer

---

1. Élisabeth Chérèque, la femme de Jacques (ministre délégué à l'Aménagement du territoire dans le gouvernement de Michel Rocard) et mère de François (actuel secrétaire général de la CFDT).

ma vie, faire de nouveaux choix, peut-être serais-je moins dirigiste.

La mort de Mélie a bouleversé Roger, l'a rendu extrêmement triste. Il avait continué de lui rendre visite et l'avait suppliée de venir au moins une fois à Frouard. Mais elle avait toujours refusé de faire les quelques kilomètres jusqu'à notre nouveau domicile. Roger avait insisté :

– Mère, il faut venir. Je t'enverrai le taxi.

Il avait tellement envie de lui montrer que tout allait mieux ; qu'elle n'avait pas à s'inquiéter mais devait au contraire se réjouir.

Mélie vieillissait mal.

Avec le recul me revient tout ce qui nous a opposées et je finis par lui trouver des excuses. Il est vrai que ma belle-mère n'avait pas eu d'enfance. La petite brodeuse née en 1882 dans l'arrondissement de Commercy avait manqué d'amour, non seulement dans son enfance, mais aussi dans sa vie conjugale. Elle avait accepté le mariage à dix-sept ans pour fuir l'orphelinat, à condition que son Lucien lui achète une alliance à large bord et une belle robe de moire noire.

Lucien, lui, avait déjà vécu. Il avait dix ans de plus qu'elle, et son métier de forgeron, il l'exerçait sur les routes. Il revenait de temps à autre pour donner quelques sous à son épouse et en profitait pour l'engrosser. Mélie avait mis onze enfants au monde. L'un était mort à trois ans, une petite fille à deux ans et une autre à deux mois. Elle avait perdu son fils préféré, Charles, à l'âge de vingt-trois ans en 1941, mais avait eu la fierté de voir son nom gravé sur le monument aux morts de Champigneulles. « Mon fils est mort pour la France », disait-elle en se redressant.

Son mari était mort tragiquement en 1935 alors que Roger, le dernier-né, n'avait pas quatorze ans. J'ai pensé à tout cela le jour de l'enterrement. Mélie allait avoir quatre-vingt-deux ans et avait été vaillante. Elle avait fait ce qu'elle avait pu. La vie est rarement juste. Que Dieu ait son âme !

Il y eut un autre drame qui me mit en colère. Ce fut la mort d'Henri, l'un des fils d'Henriette. Un cancer du foie avait eu raison de ce garçon si mal marié. La pauvre Madeleine, complètement perdue, avait alors placé sept de leurs huit enfants – l'aînée a grandi dans la famille de Madeleine – à l'Assistance publique, en attendant de pouvoir les reprendre, car personne ne s'était manifesté. Il est vrai que les soucis accablaient les uns et les autres. J'ai rué dans les brancards et, avec Yvonne, nous avons fait prendre conscience de la gravité de la situation à Henriette. Si je ne connaissais pas la famille de Madeleine, je rencontrais Henriette chaque semaine malgré notre déménagement.

– Mais enfin, ce sont vos petits-enfants ! L'aînée a douze ans et la dernière neuf mois. Vous n'allez pas rester les bras croisés !

Henriette demeurait sans réaction et malgré toute l'affection que je lui portais, j'avais envie de la secouer. Oui, elle voulait bien faire un effort, mais avec son homme cardiaque et sourd – tout cela était vrai –, ce serait difficile.

Les enfants ont été partagés : deux garçons chez Yvonne, deux filles chez Henriette. Notre famille s'est agrandie, d'abord de deux, puis de trois enfants – Geneviève, le bébé qui était à la pouponnière et que devait accueillir une sœur de Madeleine, nous serait confiée plus tard. Enfin, après le mariage de notre aînée, Claude, une des gamines dont s'était chargée Henriette devenue entre-temps aveugle, nous a rejoints. Henriette était veuve et ne pouvait plus s'occuper de ses petites-filles. Mon aînée a accueilli Éliane.

Je n'oublierai jamais notre première visite à l'orphelinat. C'était en 1965. Autant se rendre au parloir d'une prison. Il fallait montrer patte blanche au concierge et répondre à un questionnaire en règle, malgré la lettre de l'assistante sociale chargée du dossier : degré de parenté, motif de la visite, situation du mari, nombre d'enfants, etc. Me reste la vision de cet escalier qui n'en finissait pas dans ce bâtiment d'une austérité glaçante, du palier terrifiant et impersonnel avant de pénétrer dans une salle immense, appelée la salle des visites. Les enfants s'y trouvaient sagement assis et attendaient. On eût dit le magasin des enfants à vendre. C'est la première pensée qui m'est venue à l'esprit.

Je n'ai vu qu'eux, lui surtout, Georges, dont on avait rasé le crâne, sans doute par mesure d'hygiène. Georges et son visage grave planté de deux yeux noirs affolés. Il s'accrochait à Janine, onze ans. Je l'ai approché le plus doucement possible. Il redoutait le monde des adultes. Dans son regard, l'ombre de la suspicion. Une sorte de défi pour dire : passe ton chemin, j'ai fait le tour du désespoir. Roger me suivait, ému. Les mots s'étranglaient au fond de nos gorges. Nous avons décidé d'ouvrir notre porte. La détresse des enfants dans le monde m'a toujours été insupportable. Quand les polders ont cédé en Hollande, en 1951, j'étudiais déjà la possibilité d'élargir notre foyer. Quand ce fut la révolution de Hongrie, aussi. Il fallut qu'une voisine, Lucie peut-être, ou Yvonne, ou les deux, arrive à me prouver que je n'en avais pas les moyens pour me faire renoncer...

Nous avons revu les enfants de Madeleine et, très vite, nous avons été convoqués. Le dossier était accepté, le juge des enfants nous confiait Janine et Georges.

Il faisait un froid sec et vif quand nous sommes allés les chercher, et l'on ne nous avait pas dit d'apporter des vêtements chauds. Nous avons sorti les enfants de l'orphelinat avec les vêtements qu'ils portaient à leur arrivée en septembre. On ne nous avait pas permis d'aller faire des achats et de revenir car il fallait les sortir à l'heure stipulée sur le papier. Dehors, il faisait cinq degrés. Roger a ouvert son pardessus pour que Georges pût s'y réchauffer, et nous avons couru rue Saint-Dizier jusqu'au premier magasin de vêtements afin de les vêtir chaudement et acheter l'indispensable.

Janine était silencieuse. À onze ans, son regard était déjà celui d'une grande personne. D'une enfance choyée elle ignorait tout. Elle ne savait qu'une chose : vivre est un exercice périlleux. Elle était souriante et faisait tout pour nous être agréable. Nos trois filles ont accueilli sans difficulté ces petits amochés de la vie. Mais il a fallu apprivoiser Georges. Je lui ai raconté sa vie d'avant, la mort de son père, avec délicatesse. J'ai essayé d'être le plus tendre possible. Je lui disais que nous l'avions choisi, lui.

En grandissant, il devait en tirer une immense fierté. Il aimait se moquer de mes filles : « Vous, maman et papa ont été obligés de vous accepter. Moi, j'ai été choisi par eux. »

La vie se poursuivait. L'arrivée de Geneviève, quelques mois plus tard, paracheva notre bonheur. Georges, deux ans et demi, et Geneviève, quatorze mois, ensoleillaient mes jours. Avec quelle fierté je les emmenais en promenade ! Lui si brun, elle si blonde. Pour eux, j'ai mis des vêtements gais. Ils m'appelaient maman, il ne fallait pas qu'à plus de quarante ans j'aie déjà l'air d'une grand-mère. Janine, toujours discrète et délicate, semblait heureuse chez nous. Elle qui n'avait pas été gâtée, sautait de joie au moindre cadeau. Ces années, et j'espère que mes filles biologiques n'en ont pas tiré ombrage, furent pour moi celles du bonheur.

Je savais que Madeleine s'était réjouie de savoir que j'avais pris les choses en main dans l'intérêt des enfants. Elle ne devait pas survivre longtemps à Henri. Un infarctus la foudroya prématurément.

Les années 1970 correspondent à une période sereine pour moi. Je me trouvais bien dans ma peau. J'avais déjà ressenti cette impression de plénitude, mais furtivement, pendant la guerre, et j'en avais eu honte. Comment pouvait-on être heureux alors que la guerre sévissait ? C'était l'époque où j'avais pris conscience qu'on avait besoin de moi, que j'existais grâce à l'emploi que mon bilinguisme autorisait. Et puis, je voyais s'avancer l'amour... Certes, il restait de l'autre côté de la rive, mais je le voyais et j'avais tellement envie d'y croire.

L'arrivée des enfants d'Henri dans notre foyer m'a comblée. Je n'avais que du bonheur. Je découvrais et ressentais profondément que la maternité peut aussi s'épanouir à travers l'amour porté à des enfants qui ne viennent pas de sa chair. Quand je coiffais Janine ou Geneviève, quand j'habillais Georges avant de les conduire à l'école et que leurs petites lèvres se tendaient pour un bisou, je frissonnais et je me disais : où seraient-ils si nous n'avions pas ouvert les bras ?

À Frouard, j'étais reconnue. La catéchèse, le militantisme avec d'autres femmes, les cours d'allemand que je continuais d'offrir faisaient de moi une femme normale. Je n'avais plus à redouter la visite intempestive d'une assistante sociale soupçonneuse. On me disait « madame ». Je n'étais plus Jeannette obligée de se cacher pour lire. Je fréquentais un groupe biblique, et moi qui avais lu plusieurs fois l'Ancien Testament en allemand, je pouvais intervenir. Mon avis était précieux. Ce furent des instants intenses et les mots pour les décrire me manquent. Je crois que, de ce fait, j'ai attaché moins d'importance aux disputes qui éclataient encore entre Roger et moi. Si je m'échappais du foyer, j'en revenais rayonnante. Certes, mon mari désirait surtout une femme au foyer, vraiment au foyer, à cuisiner et repasser. Il soupirait pour des boutons qui n'avaient pas été recousus, pour le désordre qui sautait parfois aux yeux. Secrètement, ses remarques m'amusaient. Ma fille aînée m'a parfois reproché ce petit côté provocant. Je lui expliquais mon point de vue : il ne fallait pas être esclave du matériel, ces tâches-là avaient si peu d'importance. Elle riait et me disait :

– C'est bien de ne pas être esclave du matériel, surtout quand on sait que quelqu'un s'en charge, moi en l'occurrence.

J'ai eu de la chance, sans doute. Elle était orgueilleuse et ne voulait pas montrer un appartement en désordre quand ses copains scouts venaient chez nous, alors elle faisait le ménage et rangeait. Elle aimait aussi me coiffer. Elle rassemblait mes cheveux en chignon. Elle voulait une mère qui soit une vraie dame. Je la laissais faire. Mais parfois, elle me cassait un peu les pieds.

La vie continuait et mes deux filles aînées se sont mariées à trois mois d'intervalle. Christiane n'avait que dix-sept ans lorsqu'elle décida que son mariage avec Denys aurait lieu au mois de juin. Elle voulait devancer sa sœur dont le mariage était prévu pour septembre, afin sans doute d'obtenir davantage de cadeaux. Une rivalité existait entre les deux filles.

Christiane avait toujours fait preuve d'indépendance et obtenu ce qu'elle désirait. Roger et moi n'avons pas eu le courage de nous opposer à son désir. C'était une jolie jeune fille qui voulait briller et se distinguer d'une famille trop religieuse. Elle déclarait que Dieu n'existait pas et qu'elle était pour l'amour libre. Elle s'est pourtant mariée à l'église, sinon nous n'aurions pas accepté cette union qui ressemblait à un mariage précipité pour réparer ce qu'on appelait encore une faute – pourtant ce n'était pas le cas. Nous espérions la faire réfléchir sur le sens de l'engagement, mais je crois que nous prêchions dans le désert.

En septembre, par un jour de grand soleil, au milieu des prés – les HLM n'avaient pas encore fleuri sur la colline menant à la forêt de Haye –, la chapelle Notre-Dame-de-la-Paix à Frouard a vu sortir la grande, comme Roger l'appelait, au bras de Michel, au milieu des scouts, guides et jeannettes. C'était un beau mariage, émouvant, recueilli, et je buvais du petit-lait, comme aurait dit ma grand-mère. J'espérais que ma fille serait heureuse, très heureuse. Pourtant une houle douloureuse m'enveloppait ; comme un assaut ; je savais que le lendemain elle partirait avec son jeune époux qui travaillait à Paris.

J'ai pleuré – je ne l'avais pas fait pendant la cérémonie malgré mon émotion – quand les valises ont été mises dans la voiture de l'amie qui les emportait – il y avait une grève des trains –, et j'ai vu les yeux de ma fille devenir brillants. Nous avions de la peine de nous quitter, mais elle avait encore plus de peine de quitter Georges et Geneviève qui dormaient dans sa chambre. C'est elle qui se levait la nuit pour eux. Elle avait prévenu son futur mari : il faudrait revenir souvent à Frouard, elle ne supporterait pas d'être séparée des petits.

Elle écrivait souvent, plusieurs fois par semaine. De longues lettres qui gonflaient les enveloppes que le facteur me tendait avec un clin d'œil. Ses courriers racontaient mille choses : sa découverte de la capitale qu'elle n'avait jamais vue, les musées qu'elle visitait, le travail qu'elle avait trouvé, le petit logement qui abritait leur amour. Elle venait une fois par mois à

Frouard avec un immense bonheur, et la maison résonnait de rires. Nous nous serrions pour laisser une chambre au jeune couple et les petits guettaient la levée du jour pour d'interminables parties de chahut avec elle et Michel. Ce temps fut celui du bonheur avant les déchirures.

10

J'ai moins écrit en ces années-là. Sans doute parce que j'étais occupée à d'autres tâches. On savait que j'aimais prendre des notes et rédiger. Les comptes rendus des réunions de catéchèse, bibliques ou de l'ACGF m'absorbaient. C'était aussi un travail d'écriture. Je gardais cependant une petite place aux poèmes ou aux nouvelles que j'envoyais parfois à l'aînée. C'étaient des mots mouillés de tendresse, disait-elle. Ma fille me manquait. Pourquoi m'en cacher et dissimuler tout sentiment ?

La poésie m'a permis de dire de manière très concise le chagrin qui m'a saisie lorsque nous avons dû quitter ce quartier à Frouard, qu'on allait raser pour agrandir le port de marchandises. Nous devions nous estimer heureux, un nouveau logement nous était proposé, beaucoup plus vaste, avec « le grand confort », comme on disait alors. Cinq pièces, cuisine avec salle de bains, W-C, placards de rangement, mais... au quatrième étage. Cet appartement allait créer un manque chez Roger. Lui qui avait tellement besoin d'un jardin, comme moi, qui suis une terrienne, qui ressens la nécessité de toucher et de respirer la terre. Alors j'ai écrit, sur le coin de la table de cuisine, un poème qui a ému ma fille. *Prêtez-moi votre jardin*. J'ai compris, en lisant les compliments qu'elle m'adressait, et elle me l'a souvent répété, que j'avais aussi un petit talent.

Ma fille s'est insurgée. Elle trouve toujours injuste que le milieu social soit un frein à l'expression quelle qu'elle soit. Je partage son opinion. Combien d'êtres humains, parce qu'ils naissent du mauvais côté de la rive, n'auront jamais droit à la possibilité d'exister, de créer et d'être reconnus ? Mais ç'aura été encore plus dur pour les femmes de mon époque. Elles auront été niées, obligées de se taire, de se couler dans le moule de l'épouse et de la mère, et d'étouffer ainsi leurs raisons d'être.

Mes filles aînées sont devenues mères à trois mois d'intervalle, mais, cette fois, l'ordre a été respecté : l'aînée fut maman avant sa cadette. Le télégramme nous annonçant la naissance de Laurent est arrivé alors que j'étais en pleine réunion de catéchèse. Ce petit-fils – elle avait réussi à faire un garçon – avait trois semaines d'avance mais pesait deux kilos neuf cents grammes. Tout allait bien. J'étais à la fois heureuse et triste, car je savais que nous n'avions pas les moyens de sauter dans le premier train pour aller admirer le poupon. J'ai déçu ma fille qui espérait notre visite.

Il a fallu attendre le printemps pour découvrir notre premier petit-fils. L'hiver était froid et le jeune couple n'avait pas encore de voiture.

Nous avons reçu les premières photos avec joie. Aujourd'hui, les nouvelles vont si vite grâce à Internet.

Récemment, l'un de mes petits-fils m'en a fait la démonstration. J'ai dû montrer mon admiration, mais j'avoue n'avoir pas tout compris. Il y a plus de trente ans, il fallait savoir patienter. Une bonne nouvelle se méritait.

C'est à Pâques que nous avons fait connaissance avec le petit Laurent. Ma fille rayonnait de bonheur, m'a-t-il semblé, et j'ai cru bon de soulager ma conscience.

Elle venait de me dire que la mise au monde du bébé l'avait transformée. Qu'elle ne craignait plus la mort, puisqu'elle se sentait responsable de la destinée de ce petit d'homme. Sa vie avait du sens.

– Tu sais, lui ai-je dit, quand je te vois heureuse comme tu l'es aujourd'hui, je ne regrette pas ce que j'ai fait.

– Qu'est-ce que tu as fait ?

– Ben, c'est lorsque tu connaissais Ruben...

Je suis devenue rouge, j'avais du mal à continuer de parler. Trois ans après, j'avais encore honte de mes actes.

– Alors ?

– Eh bien, je ne t'ai jamais donné les dernières lettres qu'il t'avait écrites.

– Et pourquoi ?

– Parce qu'il te demandait en mariage...

– Il me... me... Quoi ? Tu lisais donc mon courrier ?

– Pas au début, mais cela faisait deux ans que cette histoire durait, et quand tu as eu l'appendicite, Louise, sa mère, est venue te voir à la clinique. Je l'ai croisée dans le couloir et elle m'a dit : « Nos enfants s'apprécient, je ne voudrais pas que vous soyez inquiète.

J'aime beaucoup votre fille. Et pour mon mari et moi, ce qui compte, c'est le bonheur de Ruben. » C'est à partir de là que j'ai ouvert ton courrier. J'avais si peur que tu partes, que tu nous oublies. Nous n'étions pas du même monde. Tu comprends ?

Ma fille a pâli. Je lui faisais de la peine. J'aurais dû me taire.

– J'en avais parlé à mon amie Janine qui m'a donné raison, ai-je dit pour m'excuser. Ne m'en veux pas. L'essentiel n'est-il pas que tu sois heureuse ?

Oui, elle était heureuse, j'en étais certaine, mais cette révélation la bouleversait. Elle me voyait telle que je suis, une femme craintive, possessive. Elle me haïssait en cet instant. J'aurais pu mettre ma main au feu qu'elle n'aurait pas brûlé. Il ne s'était rien passé avec ce jeune homme. Une amitié d'une grande pureté. Mais c'était son histoire. Je n'avais pas le droit d'y entrer. Je ne lui avais pas fait confiance, c'est ce qu'elle ressentait. Pourquoi m'en étais-je mêlée ? Avais-je donc si peur qu'elle se convertisse au protestantisme ? – Ruben était protestant. En écrivant, j'analyse et réalise plus justement la situation. J'avais reproduit ce qui m'était arrivé. Mon beau rêve avec Frantz n'avait pu prendre corps et je m'étais mêlée de celui de ma fille. J'ai eu honte, soudain. J'aurais dû demander pardon à ma fille. Mais l'orgueil m'en a empêchée.

Les réunions de révision de vie à l'ACGF m'auront beaucoup appris et auront contribué à élargir mon regard et ma relation avec Dieu. Ce Dieu d'amour m'attendait et je ne le savais pas. Je l'avais si souvent mis au défi que parfois je n'osais plus m'approcher de la communion. Et puis il y avait la confession. Pour trouver le chemin de lumière, il faut pouvoir s'abandonner à Dieu, baisser la garde... L'aumônier du mouvement nous a superbement expliqué que dans le mot « abandon », il y a *don*. Il est nécessaire parfois de se dépouiller pour accueillir, et tout va mieux. Ma fille s'est souvent moquée de mes scrupules en me disant : « Si Dieu est, il est amour... Alors il fera le tri et nous sauvera. Il suffit de Lui faire confiance. »

J'ai dû écrire, il y a quelque temps, combien j'avais été heureuse de me sentir accueillie à Frouard. C'est vrai, j'ai éprouvé ces sentiments. Une joie authentique. Pourtant, pour être honnête, mon hypersensibilité – je suis restée une écorchée vive – n'a pas disparu. Elle reste ancrée dans ma chair et me permet de voir et ressentir, aujourd'hui encore, ce qui échapperait à une autre personne.

Je crois que peu de personnes auront connu ma véritable nature, les réels sentiments derrière le joli sourire dont je sais me parer. On dit toujours que Jeanne est gentille, méritante et qu'elle a du courage. Mais j'entends au-delà des mots. Que cachent ces mains tendues et cette extrême bienveillance ? J'ai toujours su que je n'étais pas l'égale de ces femmes de la bonne société. Le fossé demeure entre les milieux sociaux, et pas plus que les meilleures intentions du monde la charité ne jettera une passerelle apte à gommer toutes les différences. On peut tendre la main, le temps d'une rencontre, pour se donner bonne conscience, mais on peut oublier tout aussi vite qui l'on a croisé. J'ai appris cela, je l'ai vérifié à plusieurs reprises.

Je n'étais pas comme les autres femmes de ces belles assemblées. J'ai presque la tentation d'écrire : *nobles* assemblées. Car, qui composait ces groupes de catéchèse ou bibliques ? La femme d'un ingénieur, la femme d'un médecin, le directeur d'une petite entreprise, la patronne d'un point de vente presse, dont le mari était cadre aux aciéries de Pompey, une institutrice... Dans tout ce beau monde, j'aurai été la plus fauchée.

Si personne ne m'a rejetée, j'ai parfois perçu de la condescendance. C'est arrivé lorsque le nouveau logement nous a été attribué. Ces bonnes dames ont proposé leur aide, ce qui n'a fait que raviver les vieilles blessures.

– Jeanne, aurez-vous assez de meubles ? Est-ce que vous n'auriez pas envie d'avoir une jolie pièce de réception, des meubles qui iraient ensemble ?

C'est tout juste si on n'allait pas organiser une collecte pour Jeanne la méritante. On m'avait déjà aidée et je n'avais pas osé refuser. Mais cette fois, j'allais me rebiffer.

Et s'il me plaisait à moi d'avoir des meubles dépareillés, dénichés chez un brocanteur ou chez Emmaüs... Ce seraient les miens. J'ai eu envie de répondre à ces bonnes dames : « Merci, tout va bien puisque j'ai assez de draps pour changer mes lits et que j'ai un peu de réserve dans l'armoire, quelques paquets de nouilles d'avance, un litre d'huile, et des biscuits si vous venez à l'improviste pour un café... »

Auraient-elles compris où je voulais en venir ? Les pauvres ont leur dignité. Qui sait que la charité ne fait du bien qu'à ceux qui donnent et qu'elle peut blesser ceux qui reçoivent ? Pour moi, c'est l'explication des révoltes, voire des révolutions qui ont conduit les anciennes colonies à l'indépendance. Il ne faut pas assister les êtres humains. Cette charité-là, celle des siècles passés, est une humiliation, un outrage. Le don parfait est rare. Il ne doit jamais provoquer une reconnaissance qui fait de celui qui reçoit un inférieur. Un don doit au contraire aider à grandir, rendre autonome. C'est la raison pour laquelle la pensée du père Joseph Wrésinski, fondateur de ATD Quart-Monde, a trouvé tellement d'écho chez moi.

Plus que d'autres, cet homme, qui a souffert de la misère, a su donner au mot « dignité » sa place et sa beauté.

Je ne sais pas pourquoi me reviennent en mémoire ces Noëls que je range parmi les plus beaux de ma vie. Ce ne sont pas mes Noëls d'enfance. Je l'ai déjà écrit, j'avais appris à ne rien en attendre, à ne rien espérer. De ces Noëls-là, c'est le souvenir de la cérémonie religieuse qui me reste. C'est la ferveur au côté de grand-mère. C'est la voix de grand-père près de l'orgue de l'église. C'est ensuite la chanson des Rois mages dans tout le village...

Les Noëls chez ma mère ont d'abord été des Noëls où je me sentais de trop. Il avait fallu agrandir le cercle... Et puis vinrent ceux de la guerre où tout était compté. Tout manquait. À moi, après le départ de

Frantz, ces Noëls n'apportaient que des regrets. L'être aimé était absent et j'avais déjà l'intuition que la paix ne nous rassemblerait jamais.

Mes premiers Noëls de jeune femme et de jeune mère ont été des Noëls de larmes et de rage contenues. J'ai dû un jour dire à mon aînée qui espérait que nous pourrions acheter un sapin : « Pour les pauvres comme nous, Noël est une injustice. »

Je l'ai regretté tout aussitôt quand j'ai vu qu'elle sortait de la maison très en colère pour courir chez sa tante. Elle en est revenue avec des branches de sapin que ses cousins avaient coupées au bas de leur sapin avant de le planter dans un pot. Elle les a serrées avec de la ficelle pour en faire un bouquet qu'elle a disposé dans un récipient enveloppé de papier décoré. Elle a ensuite passé des soirées entières à découper des étoiles dans du papier d'emballage de chocolat, fourni par ses cousines, et à faire des pompons avec des chutes de laine pour décorer son « petit sapin », comme elle disait. Puis, elle a sorti la crèche que j'avais achetée quelques années auparavant en me privant d'une paire de chaussures dont j'avais pourtant besoin. Elle avait sept ans et elle m'a donné une sacrée leçon.

Il y a eu ces Noëls de rêve quand la paie de notre aînée nous permettait quelques folies. J'en ai gardé la nostalgie – pas pour l'argent et les cadeaux mais parce que je parvenais alors à rassembler tout le monde autour du sapin et que nous pouvions enfin partager un peu de bonheur. Christiane et son mari se dérobaient pour aller dans la belle-famille, mais nous rejoignaient le lendemain. Je me souviens de l'absence de notre aînée quand Laurent et Matthieu, encore trop jeunes, interdisaient tout déplacement par le train. Plus grands, ils sont venus. J'aimais les rires de mes petits-fils, leur attente éblouie.

Plus tard, c'est chez l'aînée que nous nous retrouverions avec mes autres filles et leurs enfants. Que j'ai aimé ces Noëls qui ressuscitaient nos Noëls de lumière que j'appelais aussi nos premiers Noëls de riches, ceux qui eurent lieu juste avant son mariage ! Les petits battaient des mains à mesure qu'on accrochait les boules et les guirlandes. Après, nous installions la crèche et, la nuit suivante, nous commencions à déposer les cadeaux. Pour moi, on ne pouvait pas être plus heureux qu'en ces instants où celles et ceux qui nous sont si chers sont là. Je me disais : Profite, Jeanne, aime, n'oublie rien. Je me sentais gourmande, possessive, oui, c'est vrai. Cette joie était mienne, me gonflait les veines jusqu'à l'ivresse... Et si un jour ce bonheur-là s'arrêtait jusqu'à disparaître ? J'aimais tellement le poids des bras de mes petits autour de mon cou, leurs regards où brillaient mille étoiles. Je regardais longuement Roger. Lui, qui avait tellement souffert, semblait aussi apprécier ces instants. Son visage laissait passer un soupçon de tendresse et de paix. Après tout, me disais-je, tu n'auras pas si mal fait. Je savais que je pourrais écrire sur ces moments. Je l'ai fait :

> Mon amour est comme le plus vieux rosier du jardin. Il a été planté là par hasard, peut-être dans une terre qui ne lui convenait pas, mais il a cependant pris racine. S'il a souffert de la sécheresse, aux premières gouttes de pluie il a reverdi. Si les gelées l'ont fait souffrir, il a tenu bon

et d'autres rejets ont jailli de son tronc noueux. Au printemps, il a osé fleurir. Des petites fleurs un peu pâles mais dont le parfum a suffi à embellir mes après-midi et à murmurer : tu as été aimée, et tu le seras encore, Jeanne, différemment.

Au cœur de la solitude, au-delà de la tristesse, l'essentiel est que ce sentiment subsiste. Ne l'oublie pas.

Les enfants grandissaient, les petits-enfants naissaient. Christiane se cognait aux duretés et injustices de la vie. Flavien, son aîné, ne parlait pas, avait le regard fuyant, se dérobait à toute approche de tendresse. Il fallut du temps pour qu'on détecte chez lui cette maladie dont on parlait peu et si mal à l'époque : l'autisme. Maladie coupable, presque honteuse, dont on a d'abord rendu les parents – la mère surtout – responsables. D'autres garçons sont nés au foyer de Christiane. Elle en a mis quatre au monde et trois ont de réels problèmes de communication. C'est une souffrance terrible pour une mère, surtout quand le monde des psys est impitoyable. Aujourd'hui, les médecins nuancent davantage leurs propos et évoquent un possible terrain génétique. Mais à l'époque... Je me dis que nous n'avons pas su aider notre fille.

La naissance de France, une merveilleuse petite fille, lui a apporté quelque consolation, mais sans jamais réparer ce cœur brisé. Elle, qui aimait tellement la vie, est devenue un petit oiseau blessé, offert à la maladie qui allait l'emporter bien trop vite, bien trop tôt. Sa sœur aînée s'est fait une promesse, celle d'écrire l'histoire de Christiane pour lui redonner la place que la vie lui a prise.

L'aînée poursuivait cette correspondance à laquelle nous sommes toutes deux attachées. Même lorsque le téléphone nous a reliées, nous avons continué de nous écrire. Je percevais, malgré les activités qui étaient les siennes, son dévouement à de nobles causes, bien des tracas et parfois une grande solitude. Elle avait une tendance à dire ce qui n'allait pas. Je la devinais épuisée quand elle confessait que la vie lui pesait. Pourtant, que lui manquait-il ? N'avait-elle pas fait un beau mariage ? Elle avait un mari respectable et respecté, de beaux enfants intelligents qui ne posaient pas de problèmes, un bel intérieur. J'ai le souvenir d'une lettre d'elle qui m'a fait bondir. Non, je ne vais pas livrer cette lettre, c'est inutile.

Elle venait de fêter ses trente-deux ans et se plaignait d'un horizon désespérément gris. Une angoisse diffuse, un mal-être qui ne la quittait pas. Guillaume, son petit dernier, avait deux ans. Elle vivait en Alsace à cette époque. Quelle chance elle avait ! En avait-elle conscience ? Il fallait que je le lui dise. Que je cogne à la porte de son intelligence jusqu'à ressusciter l'espoir qui l'avait toujours tenue debout. Je lui ai écrit : *« Ma fille, tu as trente-deux ans et tu te plains. Sais-tu ce que furent mes trente-deux ans à moi ? »* J'ai écrit cette lettre, mais sur mon cahier personnel. Je n'ai pas pu la lui envoyer. La trouvera-t-elle un jour ?

Avec le temps, j'ai compris les raisons de la chape de grisaille tombée sur nos vies. J'ai eu le temps d'y songer. C'est bien ce drame qui était la cause du chagrin qui aurait pu nous séparer à jamais, et qui ne cessait de nous faire souffrir parce que nous nous interdisions d'en parler. Moi, pour ne pas réveiller sa culpabilité, que je pressentais. Et elle, pour ne pas me peiner davantage. Elle se taisait face à Janine. Je voyais bien qu'elle ne se le pardonnerait jamais.

Nous ne savions pas, n'osions pas, ni elle ni moi, mettre un nom sur la lassitude qui nous écrasait. Mais comment poursuivre cette vie où l'essentiel qui avait été donné avait été repris un jour de juillet ?

Janine allait se marier. Georges s'apprêtait à fêter ses dix ans en août. Il avait demandé à aller en vacances chez mon aînée, sa deuxième mère, la jeune, disait-il. Michel était venu le chercher début juillet. Je le verrai toujours dévaler les escaliers pour sauter dans ses bras, fou de joie. Il avait tellement de choses à lui dire, comme toujours.

Il est allé à la piscine. Il aimait barboter dans l'eau, comme la plupart des enfants. Il a eu un malaise... Sa vie s'est arrêtée brutalement ce 16 juillet.

Les dernières images que je garde de l'enfant-cadeau sont celles de sa joie dès qu'il a vu Michel dans la rue. Il le guettait depuis le balcon. Son regard lançait mille feux comme pendant la dernière messe. Il était enfant de chœur. J'étais si fière de le voir servir à l'autel, vêtu de son aube. Il m'avait confié à deux reprises qu'il serait prêtre quand il serait grand et qu'il prierait toujours pour moi. Il se préparait avec joie à sa première communion. Ce serait à Noël. Mais ce dimanche-là, avant d'aller distribuer la communion à l'assemblée, notre curé a, semble-t-il, eu une distraction et a donné la communion à Georges qui en tremblait de bonheur. À la sortie de la messe, il avait encore les yeux brillants de joie. « Je le dirai à Michel et à Conie. » (Je n'ai jamais su pourquoi il l'appelait ainsi.)

Le curé a relaté son geste lors des funérailles. « Que s'est-il produit, une autre main a guidé la mienne ; les grands yeux noirs de Georges réclamaient, je ne pouvais pas lui refuser... C'était comme si cet enfant savait... »

Je n'ai plus rien voulu entendre. Et ma fille aînée, pas davantage. Dieu n'avait pas le droit de permettre cela.

On ne se remet pas de la mort d'un enfant.

L'aînée a tout pris en charge. Quand j'y songe, elle n'avait que vingt-six ans. Elle s'est montrée proche, si proche et si forte, que je n'ai pas vu sa souffrance, engluée que j'étais dans la mienne.

11

Je m'essouffle, ma fille. Est-il nécessaire de poursuivre ? Est-ce si intéressant ? J'ai envie de poser cette plume pour toujours.

Que dire que tu ne saches déjà ? Je suis de plus en plus lucide dans cette chambre d'hôpital où tu viens chaque jour. Bientôt, je vais sortir, a promis le médecin. Je devrai me ménager. Mon cœur est fatigué. Mes artères ne sont plus en très bon état. Quant au diabète, il faudra le stabiliser... J'ai promis d'être sage et de suivre le traitement et le régime prescrits. La maladie apprend la patience. Je dois m'estimer comblée puisque la vue m'a été rendue. En attendant, tu restes avec moi jusqu'après le repas. Tu me changes, tu me bordes et veilles à mon confort. Je m'endors en rêvant à la chambre que tu as préparée pour moi à Ecquevilly. Tu as déménagé mes effets de la maison de Frouard. Mes livres seront près de moi, les albums de photos que je regardais quand j'étais seule aussi. Tu as pensé à tout et tu promets que nous serons heureuses, mais pour combien de temps ?

Le temps que le Très-Haut m'accordera. Je suis une vieille dame de plus en plus dépendante. Tu feins d'en rire, je le vois bien.

Nous aurons encore de beaux jours, toi et moi, toi et nous, ma petite maman...

Écris, maman. Écris, Jeanne. Tes amis et amies te le demandent. Écris, je te lirai et je te répondrai. Ce que j'ai déjà lu, je n'ai pas pu attendre, demande quelques réponses ou précisions. Mais très peu, au fond.

La vie avait repris son cours après la disparition de Georges. J'ai été très entourée, je le mesure aujourd'hui. Je pouvais comparer puisque j'avais déjà été meurtrie dans ma chair : il y avait eu Marie-Thérèse et Jean-Luc... enfouis dans la terre de Champigneulles.

Une assistante sociale amie a essayé de m'aider. Elle avait, disait-elle, besoin de moi pour accueillir des gosses « amochés de la vie », pour reprendre une de mes expressions qu'elle savourait.

Nous avons d'abord ouvert notre porte à Ludovic, un petit garçon de quatorze mois, fils d'une jeune fille placée sous la tutelle de la DDASS. En tendant les bras à Ludovic, j'ai eu à m'occuper d'Émilienne, sa jeune mère, qui a fait un autre enfant avec un autre père. Je n'ai pas à juger. J'ai donc aussi élevé Sandrine. Ludovic et Sandrine nous appelaient, Roger et moi, pépère et mémère. Et je trouvais cela très bien, puisqu'ils avaient une maman.

Mireille, neuf ans, un petit chat griffé par la vie, avait, elle aussi, débarqué chez nous, d'abord pour quelques semaines... Nous avons décidé de l'adopter, afin de lui donner une chance. Elle avait un an de plus que Geneviève. Et je pensais à elle, à qui Georges devait manquer ; ils avaient été si proches l'un de l'autre.

Quand j'y réfléchis, je l'ai eue, ma famille nombreuse, et jamais mes enfants biologiques, puisqu'il faut dire ainsi, n'ont émis la moindre réserve. J'allais souvent en vacances chez l'aînée qui accueillait avec gentillesse ma petite tribu. Elle riait et disait que le plus difficile pour elle était d'expliquer à ses enfants ou à la famille de son mari qui était qui. Les arbres généalogiques, chez nous, ont parfois des formes bizarres.

Marie, ma troisième fille, s'est mariée avec un garçon de Pompey. Ils ne sont pas restés longtemps en Lorraine. La crise de l'acier les a contraints à s'exiler en Haute-Savoie. Ils n'ont pas d'enfant. C'est leur choix, je le respecte, mais je me demande toujours comment on peut fonder un foyer sans songer à l'enfant... Christiane et Denys, la mort dans l'âme au début, se sont établis en Eure-et-Loir. Ils aimaient la Lorraine, mais la Lorraine ne leur permettait plus d'y vivre puisque le travail y faisait défaut.

Claude, la sœur de Janine, Geneviève et Georges, s'est mariée enceinte et ce fut une « affaire ». Roger n'était pas content du tout. On se serait cru dans un film de Pagnol. Le déshonneur était entré sous son toit. On eût pu en rire... Autres temps, autres mœurs. Il ne voulait pas entendre mes appels au calme. Il a tant crié que toute la rue a été au courant. D'ailleurs, il prédisait l'échec de ce mariage. Voulant protéger Claude de toutes les déconvenues, il lui avait proposé de l'aider à élever son enfant sans épouser ce garçon de presque trente ans qui, selon lui, ne serait pas un bon mari. Elle n'avait que dix-sept ans. Mais Claude est une tête de mule. Elle a déclaré qu'elle savait ce qu'elle faisait et ne reviendrait jamais se plaindre. Le mariage a donc eu lieu. Il a duré le temps pour elle de mettre au monde trois enfants. Son mari est reparti en Italie et elle a fait face avec courage. Elle est aujourd'hui remariée et déjà grand-mère.

Geneviève, ma toute-petite, comme je continue de l'appeler secrètement, a épousé Jean-Claude, un garçon adorable rencontré quand elle était en vacances chez Christiane. Je me suis fait du souci quand elle est partie vivre avec lui. Et si le bonheur n'était pas au rendez-vous ? Tous deux forment un couple heureux et épanoui, avec trois beaux enfants.

Ma grande tristesse sera de n'avoir pas réussi à apprivoiser Mireille qui a quitté la maison à dix-neuf ans pour vivre comme elle l'entendait. Le petit chat griffé n'a pas réussi à trouver ses marques. Je n'ai jamais su très exactement ce qu'avaient été ses premières années jusqu'à l'âge de huit ans, mais ç'avait été suffisamment grave pour qu'elle ne s'en remette pas. Elle brûlait la chandelle par les deux bouts. Sa vie s'est brutalement arrêtée sur une route entre Chalon-sur-Saône et Mâcon. Elle a été enterrée avec son compagnon dans le Jura.

Reste de cette courte vie, pour moi, un sentiment d'échec. Je n'aurai pas réussi à lui insuffler suffisamment d'amour et d'espoir en l'être humain pour que le désir de vivre soit le plus fort.

Tu vas t'agacer, ma fille... J'ai beau recommencer, je n'arrive pas à écrire cette dernière partie autrement qu'au présent. Il faut m'accepter telle que je suis. D'ailleurs, les événements que je relate sont très proches.

Les enfants ont tous quitté le nid. La vieillesse nous pare, Roger et moi, de cheveux gris. Moi, plus que lui. J'ai eu raison de la maladie qui s'était attaquée à moi. À soixante-dix ans, je suis encore en vie à guetter les levers et les couchers de soleil et à faire le catéchisme. Les jeunes femmes travaillent et n'ont pas le temps. Je croyais, à mon âge, être *has been*, comme on dit aujourd'hui. Mais le père André, notre curé, a insisté : « Jeanne, j'ai besoin de vous. »

Il m'appelle Jeanne et veut que je lui dise André et pas monsieur le curé. Qu'il m'appelle Jeanne me comble, me ferait presque rougir, mais que je lui réponde par André, ça, c'est une autre paire de manches.

Je ne déteste pas cette époque où les échanges sont plus simples entre les personnes. Les prénoms et les baisers claquent aux sorties d'église. Finalement, je m'y suis bien faite, à ces nouvelles pratiques, et je crois que j'aime. C'est comme les messes avec le baiser de la paix et le Notre Père récité ou chanté en se donnant la main. Tout cela a du sens. Nous ne sommes pas de purs esprits. Nous habitons un corps qui, s'il n'est pas encore glorieux, a le droit de vivre. Ma fille va être épatée de mes trouvailles.

Nous habitons à présent une maison que l'aînée et son mari ont achetée. C'était autrefois une des maisons réservées aux ingénieurs de la sidérurgie. Roger est fou de joie. Il peut de nouveau s'occuper d'un jardin. La grande l'y accompagne souvent et lui donne un coup de main. Ces deux-là ont la même passion. Des enracinés... J'aime bien me moquer d'eux. Roger déclare à qui veut l'entendre qu'il est « heureux comme un coq en pâte ».

Je m'installe dans la cuisine qui donne sur le jardin. Je vois la cime des sapins que les précédents propriétaires ont plantés. Roger taille, sarcle, prépare le printemps prochain. Il a retrouvé les plaisirs de la terre. Je peux écrire... encore un peu. Bientôt l'automne fera flamboyer les arbres sous son dernier soleil. Que j'aime cette saison que ma fille n'apprécie pas assez.

De notre jardin, nous voyons la colline de Bouxières-aux-Dames. Les soirs de beau temps, nous nous asseyons l'un à côté de l'autre dans le jardin et nous regardons la nuit tomber alors que les oiseaux lancent leurs derniers cris. Nous nous trouvons bien tous les deux et demandons à Dieu de nous accorder encore de longs soirs.

Nous en avons fait, du chemin, marché dans les ornières, mais à présent je nous regarde avancer presque pieds nus sur un sentier de sable fin. Mon mari prend ma main dans la sienne. Je me laisse faire et je pense à ce que j'ai écrit : « Mon amour est comme le vieux rosier du jardin... »

Il y a un rosier dans ce jardin, bien vieux et qui donne des roses jaunes. Elles seront toujours mes préférées.

Dans quelques mois, nous fêterons nos cinquante ans de mariage et tous nos enfants et petits-enfants seront là... J'en éprouve un vague vertige. Je n'ai jamais cru que nous vivrions assez longtemps pour fêter un tel anniversaire.

Nous ne fêterons pas nos cinquante ans de mariage, je le crains. On vient de conduire Roger à l'hôpital. C'était pourtant une belle journée comme tant d'autres. Un jour d'été ensoleillé. Il revenait des courses et me relatait ses rencontres quand soudain un épouvantable mal de tête l'a saisi et l'a fait tomber à terre. J'ai appelé les pompiers et le Samu...

Perdue, hébétée, j'ai téléphoné à l'aînée à Ecquevilly. Elle va venir très vite, elle a promis. En attendant, c'est Joselyne, ma nièce, qu'elle est parvenue à joindre à Épinal, qui sera là dans moins d'une heure. Avec le temps qui passe, on imagine ce que sera la fin de soi ou de la personne avec qui on a beaucoup partagé. Mais on ne sait pas vraiment comment les choses se produiront.

Je n'ai jamais imaginé la mort de Roger depuis qu'il a cessé de boire, puis de fumer. Je le savais en parfaite santé. J'ai pensé à sa solitude, à sa tristesse lorsque le cancer m'a atteinte. Je mourrais forcément avant lui. Aujourd'hui, c'est lui qui est tombé sans que je puisse faire quelque chose pour l'aider. Il n'a pas eu le temps de boire l'aspirine effervescente que je lui ai tendue.

Roger a été opéré à la suite de cette rupture d'anévrisme mais jamais il n'est sorti du coma. Nos cinquante ans de mariage, nous aurions pu les fêter. Il y avait encore un souffle de vie dans ce corps allongé relié aux machines ce 6 octobre. Il est mort le 11 octobre, me laissant anéantie. C'était trop vite et trop tôt.

C'est toujours trop tôt.

La grande voudrait que j'aille habiter chez elle pour que je sois moins seule. Mais ma vie, c'est ici, à Frouard, à Bouxières-aux-Dames ou à Lay-Saint-Christophe où habite Marie-Thérèse, l'une des filles d'Adèle, la sœur aînée de Roger qui le berça quand il était tout petit. Adèle et Roger avaient vingt ans d'écart et s'aimaient beaucoup.

Ma fierté, c'est d'avoir pu les réconcilier, il y a des années déjà. Mélie, leur mère, avait su semer discorde et pagaille dans la famille et la fière Adèle avait rompu avec tous, mais elle en souffrait. Un jour, à un enterrement – nous allions toujours aux enterrements de la famille même quand une dispute séparait les uns et les autres –, j'ai poussé Roger dans les bras d'Adèle. Leur joie faisait plaisir à voir. À se demander pourquoi ils avaient attendu si longtemps. Les enfants d'Adèle avaient toujours déploré cette brouille stupide entre leur mère et leur grand-mère. Cette histoire les avait privés, disaient-ils, d'une enfance normale, de chahuts, de rires entre cousins. Depuis, ceux qui sont encore en vie ont fait le constat que, si le temps perdu ne se rattrape pas, il est urgent de faire en sorte que le présent et l'avenir existent à cent pour cent.

J'ai eu le cran de refuser à mon aînée d'aller vivre chez elle. Pour moi, on ne met pas deux nids sur la même branche. Je ne veux pas l'encombrer. Je lui ai dit que j'irai chez elle quand je ne pourrai plus faire autrement. Pour l'instant, je peux encore me débrouiller. Enfin, c'est un bien grand mot. Elle vient chaque semaine, fait les courses, me conduit chez le médecin quand c'est nécessaire. Elle et son mari s'occupent du jardin, de mes papiers, et je les en remercie. Une nièce de mon mari, Jeannette (elle, il faut l'appeler ainsi), et son mari François me conduisent parfois chez le médecin. Ils sont un peu plus jeunes que moi et vraiment épatants.

Geneviève et son mari m'accueillent régulièrement dans leur maison près d'Orléans. Janine et son compagnon m'ont emmenée en Haute-Savoie chez Marie. Claude vient parfois avec ses petits depuis Mirecourt. Je vais manger de temps à autre chez Yvonne, une fille d'Adèle, avec sa sœur Marie-Thérèse, et nous papotons comme des copines de toujours. Parfois, Bernard, leur frère, et son compagnon Pierrot nous rejoignent. Personne ne m'oublie.

Les enfants de Christiane et Denys qui le peuvent m'écrivent. Je ne suis pas à plaindre. Une femme de ménage vient m'aider.

Mes nièces me téléphonent, m'invitent. Je vais souvent à Épinal chez Joselyne. Christiane et Zouquette viennent me chercher et, chez eux, à Bouxières-aux-Dames, je retrouve Yvonne, ma belle-sœur, sous le mirabellier du jardin. Nous tricotons tout en évoquant quelques souvenirs.

J'essaie de vivre ces jours le plus sereinement possible, ce sont des clins d'œil du ciel. Je n'ai pas le sentiment que ce temps sera encore très long. Quand ma fille et son mari sont là et me sortent, je me répète pour me convaincre que j'ai de la chance. Avec eux, je suis allée dans les Vosges, à Domrémy. J'ai visité la maison de Jeanne d'Arc... Une Jeanne au caractère bien trempé que cette pucelle. Et puis, j'ai demandé une nouvelle visite du Musée lorrain, de l'église des Cordeliers et de la Pépinière. J'aime tellement ces lieux chargés d'histoire. C'est ici qu'Otto de Habsbourg, le fils de Zita, s'est marié. Sans rien dire à personne j'étais allée me glisser parmi la foule sur le passage du cortège. Je voulais voir le fils de Zita. Cet « héritier » de la Lorraine.

Après la mort de Roger, Michel et mon aînée m'ont offert un beau voyage en Alsace, à Strasbourg. J'ai même eu droit à une promenade sur l'Ill, de la Petite France jusqu'au Palais de l'Europe. Ce voyage comportait une surprise, une halte à Marienthal où marraine m'emmenait quand j'étais gamine.

Voilà, Laurent a fait de moi une arrière-grand-mère comblée. Loona est née un 26 février. J'avais tricoté des brassières pour elle. La jeune compagne de Laurent les a trouvées suffisamment belles pour les mettre au bébé à la clinique. Je suis heureuse de pouvoir cncore rendre service.

Cette petite-fille est une merveille. Je pense à Roger, il aurait été si heureux. Lui, l'homme à filles. Nous en aurons élevé sept... Il disait affectueusement « mes femmes ».

Quand a eu lieu le baptême de Loona, je pouvais encore marcher et, avec ma fille, nous sommes allées à Paris que j'avais envie de revoir en prenant le train, le métro, les bus comme autrefois. J'ai découvert l'Opéra Garnier. Quelle splendeur ! J'ai vu l'exposition des costumes de scène sur le grand escalier. Je suis aussi retournée à Montmartre. Ah, revoir le Sacré-Cœur et les peintres, place du Tertre ! Paris est vraiment une belle ville dont chaque pierre porte un bout d'histoire...

Je suis très fière de mon aînée. Elle ne voulait pas que j'en parle avant. Mais elle a écrit quelques livres qui ont été publiés. On parle d'elle parfois dans les journaux et pas uniquement dans *L'Est républicain*. Et elle signe du nom de ma mère. En psychologie, cela doit signifier quelque chose. Mais je ne vais pas insister.

Elle est invitée au Livre sur la Place et Marie-Thérèse, ma nièce, va m'y conduire pour que je la voie au milieu des auteurs.

En ce moment, elle écrit un livre sur la brasserie de Champigneulles. Elle interviewe tout le monde. Je suis sûre que ce livre sera passionnant, car c'est la parole des femmes, si souvent soumises, qui s'y trouvera. Moi, j'ai comme un pressentiment étrange. Ce livre, je ne le lirai pas, je me sens bizarre ces jours-ci. J'ai des vertiges. Parfois, je me dis que je devrais accepter l'offre de ma fille et aller m'installer chez elle à Ecquevilly.

Voilà, on m'a opérée de la cataracte. J'ai même eu droit aux séances de laser quelques semaines après et à des jours de convalescence chez l'aînée. Je m'y plais bien. Je ne dirai pas le contraire. Mais quant à affirmer que je vais y rester...

Mes belles-sœurs m'ont quittée pour l'autre vie. Il y a eu Yvonne, morte dans les bras de ses filles, Christiane et Patricia. Elle n'était pas seule. Sera-ce ainsi quand mon tour viendra ? Il y a eu Adèle, à quatre-vingt-dix-neuf ans et quatre mois. Nous espérions tous qu'elle irait jusqu'à cent ans. Nous n'avons jamais eu de centenaire dans la famille... Elle a gardé sa tête jusqu'à la fin. Mais ses forces déclinaient. Elle était comme une bougie qui s'éteint doucement. Et puis, Henriette... Je suis la survivante de cette génération. Le dernier témoin ou presque...

Je vois Loona grandir, une petite brunette toute mignonne qui vient poser sa tête sur mes genoux. Je lui caresse les cheveux et suis très émue. On dirait que la compagne de Laurent attrape des rondeurs.

Voilà, c'est cela. Elle pouponne de nouveau. Elle est certaine que ce sera encore une fille.

Laurent est un homme à présent. Plus il vieillit, plus il ressemble à Roger, en plus grand. Mon mari atteignait tout juste un mètre soixante-dix. Laurent doit frôler le mètre quatre-vingt-cinq. Une perche, ce garçon-là ! Oui, oui, Laurent ressemble à son grand-père, je ne suis pas la seule à le dire.

J'ai demandé à rentrer à Frouard. Si je ne le fais pas, je ne repartirai plus. On prend vite les bonnes ou les mauvaises habitudes. C'est agréable, la vie de famille. Mais c'est leur vie... Je n'ai pas à m'incruster.

Je n'aime guère les brumes de novembre. Elles bouchent mon horizon et cachent la forêt où j'aime perdre mes regards. J'ai d'abord cru que c'étaient ces brumes de novembre qui étaient la cause du voile noir qui était tombé sur mes yeux. Je m'étais assoupie dans le fauteuil acheté par ma fille et que nous avons placé près de la fenêtre. Je vois ainsi la rue et les gens qui viennent me rendre visite. J'observe aussi le ballet des oiseaux dans la haie de troènes.

Quand je me suis réveillée, je ne voyais plus rien. J'ai frotté mes yeux. Rien à faire. Après un temps, il m'a semblé que les choses allaient mieux, enfin ma vue. Je voyais des ombres. J'ai réussi à me diriger et à appeler le médecin. Le numéro est enregistré sur le téléphone. Je n'ai qu'un bouton à presser. Le médecin m'a dit d'aller tout de suite chez un ophtalmologiste. C'est Marie-Thérèse, ma nièce, qui m'y a conduite. Puis nous sommes allées à l'hôpital. Ces spécialistes – ils étaient deux penchés sur mon cas – ont parlé d'un décollement de la rétine et d'une hémorragie rétinienne. Il n'est pas certain que je retrouve la vue, celle qui était la mienne avant. Autant mourir tout de suite, car si je ne peux plus lire ou tricoter...

Ma vue met bien du temps à revenir. Mais je n'ai pas envie d'aller encombrer mon aînée, qui s'est fâchée. Elle doit venir demain avec Laurent. Michel n'est pas en forme pour conduire. Je vais donc aller vivre chez elle à Ecquevilly jusqu'à ce que j'aille mieux. Ma fille – ce qu'elle peut être autoritaire – a dit :

– Tu ne discutes pas. Tu ne peux pas rester ainsi, à vivre seule, à marcher à tâtons, à risquer de tomber dans les escaliers.

Finalement, elle a raison. Je les attends, je dois dire, avec impatience. Mais je ne voulais pas me l'avouer. C'est bon de s'en remettre à quelqu'un qui vous aime. J'ai été trop seule.

Voilà, j'ai entendu le carillon de la porte d'entrée. J'ai reconnu la voix de Laurent qui a crié :

– C'est nous !

J'ai eu du mal à le voir dans le jour naissant. Il a fallu que je tende les mains jusqu'à le toucher. Dans ma tête, j'ai revu les gestes d'Henriette à la fin de sa vie.

C'est peut-être mon dernier voyage. Je n'ai pas le choix. Noël est proche. Le verrai-je encore ? L'aînée rassemblera tout son petit monde. Loona et ses parents seront là. La petite aura vingt mois. Peut-être ce souvenir comptera-t-il pour elle.

Les écrits de Jeanne s'arrêtent à cette époque. Sans la découverte, au milieu d'un cahier où manquaient des pages, de la Lettre à ma fille qui a trente-deux ans *et qui fut un choc pour moi, ce livre n'existerait pas.*

J'ai désiré que Jeanne écrive, qu'elle laisse une trace... une vraie, la sienne. Elle n'aurait pas voulu que je me substitue à elle. Mais en l'obligeant à prendre la plume ou à compléter ce que je savais d'elle, je me disais que j'écrirais dans la marge si je n'étais pas d'accord. À cette époque, j'espérais que ces écrits seraient une sorte de dialogue mère-fille afin de lui répondre et de lui dire ce que je pensais et que j'avais toujours tu.

Je lis et relis cette longue vie. Il n'y a rien à ajouter, rien à retrancher dans la mesure où Jeanne a été sincère et a fort bien analysé certaines situations.

Je vois trop de jeunes femmes aujourd'hui qui ne cessent de faire des reproches à leur mère ; c'est inutile et surtout stérile. Les enfants font de nous des parents. Mais nous ne sommes que de pauvres humains imparfaits. L'essentiel est d'avancer pour devenir adultes en essayant de tirer les leçons du passé.

Bien évidemment, j'aurais pu en vouloir à ma mère, quand j'ai découvert qu'elle avait lu mon courrier. C'est vrai que j'ai gardé ma colère. Je l'ai, elle l'a écrit, haïe pour son manque de confiance. Mais peut-on grandir si l'on reste dans le ressentiment et la haine ? Petite fille, j'ai longtemps pensé que Jeanne ne m'avait pas aimée autant que son premier bébé. J'ai culpabilisé de n'avoir pas été pour elle l'« enfant de la consolation ». Sa peine mangeait mes sourires. Il aura fallu du temps, de longues années, et la mort de Georges pour que je comprenne enfin.

J'aurais pu me rebeller quand elle a décidé de me soustraire au lycée à la fin de la troisième. Ce fut pour moi la fin du monde. Tous mes rêves s'envolaient. Mais avait-elle le choix ?

Elle confie dans ces pages m'appeler l'adjudant et a toujours pensé que je ne l'avais jamais su. Je l'ai appris par une de ses petites voisines, plus jeune que moi. J'en ai d'abord été irritée, avant d'en rire.

Il y a une chose que j'aurais pu écrire dans la marge et que maman ne saura jamais : c'est le jour où mon père, ivre de désespoir, m'a révélé avoir fait de la prison. Avait-il bu un peu plus que de coutume ? Il pleurait, assis devant un verre vide, et gémissait :

– Ton père, ma pauvre fille, aura été un taulard.

Ce jour-là, j'ai partagé son chagrin et sa honte. J'ai compris qu'il me faudrait serrer les dents pour taire la honte et faire de grandes choses pour la laver.

Et cela...

12 février 2005

Voilà, tout est mis en place pour ta sortie d'hôpital. Je vole jusqu'à ta chambre où tu nous attends avec impatience, je le sais. Dans le long couloir, je croise une infirmière qui me sourit. Elle se croit obligée de me rassurer :

– Elle va bien. Enfin, comme on peut aller dans son état. Elle vous attend. Elle a encore eu une nuit agitée. Beaucoup de cauchemars. Elle appelait sans cesse : Mère, mère, ne me laisse pas.

Je m'efforce de sourire et de répondre à l'infirmière :

– Elle devait rêver de sa grand-mère qu'elle appelait mère. C'est elle qui l'a élevée. Vous savez bien, quand on vieillit, c'est l'enfance qui nous revient...

Mais je n'aime pas cela du tout. Mon cœur se serre. Je ne sais pas pourquoi, ou si je le sais, je m'en défends. Je refuse de toutes mes forces ce qui s'avance... Alors je me répète inlassablement : tout se passera bien. Quand elle ira mieux, elle pourra tricoter dans le petit fauteuil Voltaire devant la grande baie vitrée du séjour et elle verra les rosiers jaunes que j'ai plantés pour elle.

Ma chère petite maman...

L'infirmière vient chaque jour. Le kinésithérapeute aussi. Le médecin passe souvent et quand je reprendrai le travail mercredi, pendant mon absence, une auxiliaire de vie viendra pour toi uniquement. Elle est attentionnée, te prépare ton repas, observe le régime pour ton diabète. Elle t'administre tes médicaments. Vous vous entendez très bien.

Tu as eu la visite de tes nièces Yolande et Christiane venues avec Julie sa petite-fille. Tu étais comblée. Maintenant, tu attends la visite de Geneviève, prévue samedi. Puis ce sera celle de Janine. C'est une joie immense pour toi de revoir Pierre, Anne-Marie, Jean-Paul.

Loona est passée avec sa maman. Loona grimpe sur le canapé où tu es assise et t'appelle Mamie Jeanne. Rien ne te fait plus plaisir.

Dans la nuit de vendredi à samedi, tu souffres terriblement et tu geins. Au matin j'appelle le médecin de famille qui augmente la dose de calmants. Tu dis avoir mal dans tous tes os. Je ne comprends pas. Je ne veux pas. Je ne parviens pas à interpréter les regards du médecin.

La visite de Geneviève efface tout. Tu souris, tu ris même. Tu ne sens plus rien, dis-tu. Et je respire. Je veux croire que tu étais seulement angoissée. Ce qu'on peut être sot parfois.

Tu ris avec tes petits-enfants et tu procèdes à une distribution géante de cassettes audiovisuelles enregistrées par papa. Il y a de tout dans l'immense carton que j'ai rapporté de Frouard, des films d'amour, des westerns, des comédies, des dessins animés, et tu évoques des souvenirs. Dieu que cette parenthèse est douce à nos âmes !

Le lendemain matin, dimanche, je te lève. Nous n'avons pas bien dormi, ni toi ni moi. Je pense à ce que tu disais en me confiant une prière que tu avais lue dans un couloir d'hôpital proche de l'aumônerie :

« Seigneur, vous avez fait la nuit trop longue pour les malades. » Je vérifie ton taux de diabète. Bigre, on est à 4 grammes à jeun. Comment faire ? Je ne te montre rien. J'essaie de plaisanter. Allez, on va faire une belle toilette... C'est dimanche.

– Tu me mettras « Le Jour du Seigneur » ?

– Tu sais bien que oui.

Dans la salle de bains tu chavires un peu. Tu te cognes dans la baignoire et tu rigoles quand Michel et moi te remettons assise. Tu sembles bien. Tu parles, tu parles. Tu as mille anecdotes à propos des vieilles dames de Frouard rencontrées aux heures d'amitié. C'était, me rappelles-tu, le temps du père de Vienne, le prêtre qui m'a mariée.

Te voici dans le canapé sous la fenêtre. Posée telle une reine. Je pense à Michael Lonsdale me confiant les derniers mois vécus avec sa mère : « Je l'installais sur le grand canapé, vêtue de sa plus belle robe, et elle était comme une reine en majesté. »

Je mets en route l'émission à laquelle tu tiens : « Le Jour du Seigneur ». Nous avons de l'avance. Cécile, une amie de Frouard et qui vit dans le Midi, t'appelle. Tu es heureuse. Pour toi, elle est restée la femme du docteur qui soignait tout le monde. Je repasse pendant ce temps et je t'observe. Ta voix devient sourde, tu tiens avec peine le combiné du téléphone. Je le reprends. Cécile a raccroché. Tu déclares avoir la nausée. Tu l'as eue tant de fois. Je te propose une tisane. Tu bois, le regard ailleurs, et tu as envie de vomir. Je te parle, tu n'arrives plus à articuler correctement tes réponses. Où t'en vas-tu ainsi, ma petite maman ? Je te serre contre moi avant d'appeler pompiers et Samu, comme je l'avais fait au matin de Noël.

Quand ils arrivent, tu es inconsciente. J'ai réussi à changer ton pull. Je n'ai pas cessé de te parler.

On t'emmène à l'hôpital de Mantes-la-Jolie où l'on te passe un scanner. Tu as eu une hémorragie cérébrale. Un œdème s'est mis à saigner. Je ne comprends pas. D'où vient-il ? Est-ce quand tu t'es cognée ce matin ? Ce n'est pas possible... Il est vrai que tu es sous anticoagulant puisqu'en décembre on a détecté une artérite du cerveau. Tu avais des petits caillots de sang qui bouchaient l'artère temporale et provoquaient des pertes de conscience.

Les médecins tentent le tout pour le tout. On t'emporte en hélicoptère à l'hôpital Percy de Clamart où l'on va t'opérer dans la soirée. Michel est près de moi et nous voyons dans ce ciel clair s'éloigner l'hélicoptère blanc vers cet hôpital où je te rejoindrai dès demain. Michel a pensé en voyant l'hélicoptère blanc dans le ciel bleu à une âme s'élevant et tourbillonnant vers ce monde invisible à nos yeux. J'irai te voir le lundi entre midi et deux heures et tu seras administrée. Je téléphonerai ensuite plusieurs fois dans l'après-midi, le soir, le matin.

Le mardi, je suis là pour la visite en réanimation. Le chirurgien veut me rencontrer. « Nous nous sommes dit tant de choses au téléphone. » Ce sont ses paroles. Il aurait dû aller se reposer, mais il a attendu mon arrivée. Il tente de me préparer à l'inéluctable.

– Nous sommes en train de la perdre, concède-t-il.

Je demande à rester près de toi. Me le permettra-t-on au-delà de l'heure des visites ?

L'aumônier m'a rejointe. Je prends ta main dans cette chambre située en rez-de-chaussée, au milieu d'un jardin. Elle est chaude, infiniment douce. Tu aimerais ce jardin que le soleil caresse. Je te le raconte. Et je te parle. Je crois revivre ces semaines auprès de papa. Je te parle encore et je récite le chapelet. Je ne sais plus que cela. Cette prière mécanique, mais qui porte, qui accompagne les derniers battements de ton cœur qui se raréfient sur l'écran.

Nous sommes le 20 février. Je sais que c'est le jour de la Sainte-Aimée. Il est écrit que ce sera ton jour.

À seize heures, l'écran où sont affichées tes pulsations cardiaques devient noir. C'est étrange et je suis pétrifiée. Le médecin entre. C'est fini. Ta main est encore chaude dans les miennes. Il me dit qu'il va te débrancher et que je vais entendre le dernier souffle. C'est une réaction mécanique. La dernière bouffée d'oxygène que ta cage thoracique retient encore va s'envoler. Effectivement, ta poitrine se soulève et tu émets un bruit rauque, j'ai même l'impression que ton corps bouge, proteste, craint, je ne sais pas, ne sais plus... C'est le souffle, le souffle qui s'est dérobé.

Ton corps est calme à présent, allongé près de moi. Tu baignes dans une grande paix, comme lorsque tu m'avais donné la vie ? Tu t'en es allée, définitivement cette fois. J'espère que ta grand-mère que tu avais appelée t'attendait. J'aime imaginer que Roger te guettait et Frantz aussi, et Georges et tous ceux que tu portais dans ton cœur. Dans cet autre monde, nous sommes tous frères et sœurs, n'est-ce pas ? Dis-moi, as-tu trouvé ton jardin planté de roses ?

Je sors de l'hôpital alors que le soleil de février

caresse la ville. Je ne pleure pas. Ce sera pour plus tard. Sans doute suis-je assez forte, assez grande... Je téléphone à mes sœurs, à Janine qui devait arriver demain. Elle soupire douloureusement : « Elle ne m'a pas attendue. »

Le sommeil ne vient pas ce soir. Je suis encore à te tenir la main... Je réalise que ta mort m'a remise au monde. La première fois, tu étais à mes côtés. J'avais à apprendre à grandir.

D'autres apprentissages restent à faire. Sans toi, désormais. Je ne pourrai plus te demander ton avis, te faire part d'une joie, d'une peine, t'envoyer le livre rare, te faire lire ceux que j'écrirai.

Mon Dieu, qu'est-ce que la vie, la mort ?

C'est André qui célèbre tes funérailles... comme il avait déjà célébré celles de papa.

Jeanne, ma mère, maman, tu me manques déjà sur le chemin que tu as tracé.

Élise Fischer – Champigneulles, Frouard, Nordhouse, Ecquevilly –, janvier 2005-septembre 2006.

ANNEXES

Prêtez-moi votre jardin

De mon perchoir, ma main peut toucher les nuages,
Mais pour mes petits, la terre n'aura plus d'âge,
Ils ne sauront rien des saisons, le sol est loin,
S'il vous plaît, prêtez-moi un peu votre jardin.

Pour que les fleurs éclosent sous leurs petits pieds,
Et que leurs pas foulent gaiement l'herbe mouillée,
Pour qu'ils voient les sillons que les vers ont creusés,
Prêtez-moi un peu votre jardin, s'il vous plaît.

Pour que mes petits comprennent que si la cime
Des arbres produit fleurs, fruits, c'est que des racines
Plongent dans la terre pour en extraire la vie,
S'il vous plaît, faites-leur voir votre paradis.

Pour qu'ils respirent des fleurs le tendre parfum,
Que leurs corps se dorent au chaud soleil, un brin,
Que sur leurs mains coule la rosée du matin,
S'il vous plaît, prêtez-leur un peu votre jardin.

Pour qu'ils voient toutes les fleurs, quand tombe la nuit,
Fermer doucement leur corolle dans le noir,
Et que leurs mains touchent des araignées le fil,
Autour de votre jardin, ne tendez pas de fil.

Pour leurs cris qui se feront aimables chansons,
Pour la joie qui sera dansée sur vos gazons,
Pour tous les ravissements qu'ils auront trouvés,
Merci du jardin que vous leur aurez prêté.

Jeanne, mars 1970

Automne, automne,
Saison douce à mon cœur,
Automne, automne,
Saison qui viendra sans que je craigne.

Les feuilles se sont vêtues de pourpre,
Dans les sentiers,
Un discret craquement
Avertit de leur chute.
Serait-ce la fin de toute chose ?
Que non. L'été nous reste encore un peu,
J'en sens comme un dernier parfum.
Le soleil ne descendra pas si vite derrière les vallons.
Ce n'est pas demain que l'hiver poindra.

Automne, automne,
Saison douce à mon cœur,
Automne, automne,
Saison qui viendra sans que je craigne.

Pour moi aussi, c'est l'automne,
Mes cheveux se sont argentés,

Chassant le jais dont ils se paraient,
Mes traits commencent à se flétrir,
La sève ne m'irrigue plus comme aux beaux jours,
Pourtant, c'est maintenant que je porte mes fruits mûrs.

Automne, automne,
Saison douce à mon cœur,
Automne, automne,
Saison qui viendra sans que je craigne.

Si mes gestes n'ont plus la même vivacité,
Je peux comme les dernières feuilles
Danser le dernier tourbillon,
Mes journées passeront dans un pas de valse lente.
Qui oserait blâmer la dame aux cheveux blancs
Quand elle se repose ?

Automne, automne,
Saison douce à mon cœur,
Automne, automne,
Saison qui viendra sans que je craigne.

Ce n'est pas encore l'hiver,
Même si le ciel s'obscurcit.
Il est des heures de paix
Où je puis me permettre de lire,
D'enrichir mon esprit et de voyager en rêves.
La lassitude totale viendra plus tard,
Quand tout sera blanc,
Quand enfin il faudra joindre les mains,
Mes pauvres mains devenues inutiles.

Automne, automne,
Saison douce à mon cœur,
Automne de la nature
Automne de la vie,
Non, je ne vous bouderai pas.

Automne, automne,
Saison qui vient sans que je craigne.

Jeanne, septembre 1985

Merci à

Bernard Fischbach qui a trouvé le livre rare, Maria Zur Aych et ses quelques petits conseils de traduction ; il sait.

Merci et pardon à Michel, l'homme de ma vie.

Merci à vous, chère famille, cousines et cousins chéris. Vous n'avez pas oublié Jeanne.

Élise.

BIBLIOGRAPHIE NON EXHAUSTIVE

RACHMÜHL Françoise, *Contes traditionnels d'Alsace*, Toulouse, Milan, 1997.

RACK-SALOMON Denise et WIMMER Anne-Marie, *Erstein. Au fil des mots, au fil de l'eau,* postface de Théo Schnée, maire d'Erstein, Strasbourg, La Nuée bleue, 2003.

NAGYOS Christophe, *Guerres et Paix en Alsace-Moselle. De l'annexion à la fin du nazisme, histoire de trois départements de l'Est, 1870 à 1945*, Strasbourg, La Nuée bleue/DNA, 2005.

RIEUBLANDOU Pierrette (dir.), *J'ai vécu la Résistance*, Paris, Bayard Jeunesse, 2005.

ZEHNACKER Michel, *La Cathédrale de Strasbourg*, Paris, Robert Laffont, 1993.

TATU Laurent et TAMBORINI Jean-Christophe, *La Grande Guerre dans le Territoire de Belfort*, Strasbourg, Coprur, 2005.

VOGLER Bernard, *L'Almanach de l'Alsace*, Paris, Larousse, 2001.

JORDY Catherine, *L'Alsace vue par les peintres*, Thionville, Serge Domini, 2002.

DUFRESNE Jean-Luc (dir.), *Les Enfants de la guerre à la paix, 1930-1950* (exposition en 2004, Cherbourg-Octeville, musée de la Libération, et Granville, musée Christian Dior), Paris, Somogy, 2004.

RILKE Rainer Maria, *Lettres à un jeune poète*, édition bilingue, traduction et présentation de Marc B. de Launay, Paris, Gallimard, « Poésie », 1993.

DEMAY-KAPP Bernard, *L'Intérieur paysan en Alsace*, préface de G. Klein, Gambais, Bastberg, 1995.

HANSI, *L'Histoire d'Alsace racontée aux petits enfants par l'Oncle Hansi*, images par Hansi et Huen, Paris, Herscher, 1989 (première édition Paris, H. Floury, 1916).

LAAGEL René VON, *Maria Zur Aych, Geschichte der Altesten Marienwallfahrt im Elsass,* Plobsheim, Strasbourg-Paris, Éditions F. X. Le Roux & Cie, 1948.

BARBIER Nina, *Malgré-Elles. Les Alsaciennes et les Mosellanes incorporées de force dans la machine de guerre nazie*, Strasbourg, La Nuée bleue, 2000.

GIMARD Jacques, *Mémoire d'Alsace et de Lorraine*, Paris, Le Pré aux Clercs, 2000.

DEMAY Bernard et Christine, *Meubles polychromes alsaciens*, Gambais, Bastberg, 2002.

MANNONI Édith, *Mobilier alsacien*, Paris, Massin, 1996.

LESER Gérard, *Noël-Wihnachte en Alsace*, Mulhouse, Éditions du Rhin, 1989.

Nordhouse à travers les âges, t. 1 et 2, réédition traduite de l'ouvrage de A. Kim, introduite par Francis Grignon (maire de Nordhouse), annotée par Marc Grodwohl (Maisons paysannes d'Alsace) et participation des associations du village et de la région, 1983, 1984.

PETITDEMANGE Francis et GENET Jean-François, *Nos libérateurs. Lorraine 1944*, préface de Pierre Mesmer, Strasbourg, La Nuée bleue, 2004.

LUNEAU Aurélie, *Radio Londres, 1940-1944. Les voix de la liberté*, Paris, Perrin, 2005.

Du même auteur :

LES ENFANTS DE L'APARTHEID, Fayard, 1988.

FEU SUR L'ENFANCE, Fayard, 1989.

LA COLÈRE DE MOUCHE, roman, Mazarine, 1998.

LES POMMES SERONT FAMEUSES CETTE ANNÉE, roman, Mazarine, 2000 (GLM, 2004 – prix du Roman du terroir décerné par le Salon de l'œil et la plume de Cosne-sur-Loire).

L'INACCOMPLIE, roman, Mazarine, 2000 (prix Feuille d'or de la Ville de Nancy et prix France-Bleu Sud-Lorraine).

TROIS REINES POUR UNE COURONNE, roman, Presses de la Cité, 2002 (GLM, éditions Feryane et France Loisirs).

LE DERNIER AMOUR D'AUGUSTE, roman, Fayard, 2002 (GLM et éditions Libra Diffusion).

LES ALLIANCES DE CRISTAL, roman, Presses de la Cité, 2003 (GLM et éditions Feryane).

UN PETIT CARRÉ DE SOIE, roman, Fayard, 2003 (éditions Libra Diffusion).

MYSTÉRIEUSE MANON, roman, Presses de la Cité, 2004 (GLM, éditions Feryane et France Loisirs – prix de l'association Le Printemps du livre lorrain, 2004).

LE SOLEIL DES MINEURS, roman, Presses de la Cité, 2005 (GLM, éditions Feryane, Readers'Digest – prix Victor Hugo, 2005 ; prix des Conseils généraux de la région Lorraine, 2005).

NOUS, LES DERNIERS MINEURS. L'ÉPOPÉE DES GUEULES NOIRES, avec Camille Oster, essai, Hors Collection, 2005.
L'ENFANT PERDU DES PHILIPPINES, roman, Presses de la Cité, 2006 (GLM et éditions Feryane).
LES CIGOGNES SAVAIENT, roman, Presses de la Cité, 2007.

Composition réalisée par NORD COMPO

Achevé d'imprimer en avril 2010 en Espagne par
LITOGRAFIA ROSÉS
Gava (08850)
Dépôt légal 1re publication : janvier 2010
Édition 02: avril 2010
LIBRAIRIE GÉNÉRALE FRANÇAISE – 31, rue de Fleurus – 75278 Paris Cedex 06